familiar

LEIGH BARDUGO

O familiar

Tradução
Isadora Prospero

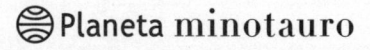

Planeta minotauro

Copyright © Leigh Bardugo, 2024
Copyright © Editora Planeta do Brasil, 2025
Copyright da tradução © Isadora Prospero, 2024
Todos os direitos reservados.
Título original: *The familiar*

Preparação: Caroline Silva
Revisão: Carlos Silva e Lígia Alves
Projeto gráfico e diagramação: Matheus Nagao
Capa: Jim Tierney
Ilustração de capa: Aastels / Shutterstock; Juan Pantoja de la Cruz (1553–1608) / Bridgeman Images
Adaptação de capa: Isabella Teixeira

Dados Internacionais de Catalogação na Publicação (CIP)
Angélica Ilacqua CRB-8/7057

Bardugo, Leigh
 O familiar / Leigh Bardugo ; tradução de Isadora Prospero. -- São Paulo : Planeta do Brasil, 2025.
 416 p.

 ISBN 978-85-422-3151-9
 Título original: The familiar

 1. Ficção norte-americana I. Título II. Prospero, Isadora

25-0196   CDD 813

Índice para catálogo sistemático:
1. Ficção norte-americana

Ao escolher este livro, você está apoiando
o manejo responsável das florestas do mundo

2025
Todos os direitos desta edição reservados à
Editora Planeta do Brasil Ltda.
Rua Bela Cintra 986, 4º andar – Consolação
São Paulo – SP – 01415-002
www.planetadelivros.com.br
faleconosco@editoraplaneta.com.br

Para minha família – convertidos, exilados e fantasmas.
A mi familia – conversos, exiliados, y fantasmas.
A mi famiya – konvertidos, surgunlis, i fantazmas.

Capítulo 1

Se o pão não tivesse queimado, essa seria uma história muito diferente. Se o filho da cozinheira não tivesse voltado tarde para casa na noite anterior, se a cozinheira não soubesse que ele estava às voltas com aquela dramaturga, se ela não tivesse ficado acordada de noite, preocupando-se com a alma imortal dele e chorando pelo destino de seus possíveis netos, se ela não estivesse tão cansada e distraída, o pão não teria queimado e as calamidades que se seguiram poderiam ter acometido alguma outra casa que não a Casa Ordoño, em alguma outra rua que não a Calle de Dos Santos.

Se, naquela manhã, Don Marius tivesse se inclinado para beijar a bochecha da esposa antes de cuidar dos negócios do dia, essa seria uma história mais feliz. Se ele a tivesse chamado de *minha querida, minha pombinha, minha bela*, se tivesse notado o lápis-lazúli em suas orelhas ou as flores que ela tinha colocado no saguão, se Don Marius não tivesse ignorado a esposa para ir até os estábulos de Hernán Saravia e examinar cavalos que nunca teria dinheiro para comprar, talvez Doña Valentina não tivesse se dado ao trabalho de descer à cozinha, e toda a tragédia que se seguiria teria se vertido na sarjeta e rolado até o mar. Ninguém teria que suportar nada além de uma tigela de mariscos melancólicos.

Doña Valentina fora criada por pais frios e distraídos que sentiam por ela um vago senso de decepção por sua beleza tépida e a improbabilidade de que arranjasse um bom casamento. E não arranjou. Don Marius Ordoño possuía uma fortuna decadente, terras coroadas com oliveiras que não davam fruto e uma casa de boas proporções, mas modesta, em uma das melhores ruas de Madri. Ele era o melhor que Valentina, com seu dote pouco notável e rosto ainda menos, poderia esperar. Quanto a Marius, ele já fora casado uma vez, com uma herdeira ruiva que tinha entrado na frente de uma carruagem e morrido pisoteada poucos dias após o casamento, deixando-o sem filhos ou uma única moeda da fortuna de seus pais.

No dia de seu casamento, Valentina usou um véu de renda dourada e pentes de marfim no cabelo. Don Marius, fitando o reflexo deles no espelho aquoso apoiado na parede da sala frontal de sua casa, tinha se surpreendido com a pontada de luxúria que o tomou, inspirada, talvez, pelos olhos esperançosos da noiva ou pela visão de si mesmo em seu traje de casamento. Mas é mais provável que tenha sido movido pelas cerejas em licor que tinha comido a manhã toda, mastigando-as devagar em vez de conversar com o novo sogro. Naquela noite, caiu sobre a noiva em um frenesi de paixão, sussurrando poesia nos ouvidos dela, mas conseguira dar apenas algumas estocadas desajeitadas antes que a vertigem o dominasse e ele vomitasse os corpos carnosos e meio mastigados das cerejas em licor em cima dos trajes nupciais que Valentina bordara com as próprias mãos ao longo de muitas semanas.

Nos meses e anos seguintes, Valentina se lembraria daquela noite quase que com nostalgia, dado que o ardor de Marius, impulsionado pelas cerejas, fora o único sinal de paixão ou mesmo de interesse por ela que ele já havia demonstrado. E, embora fosse verdade que ela simplesmente passara de um lar sem amor para o outro, isso não significava que não sentisse a ausência de amor. Doña Valentina não tinha um nome aceitável para o anseio que sentia nem qualquer ideia de como aliviá-lo, então ocupava seus dias irritando os poucos criados deles com constantes correções e existindo em um estado de insatisfação sem fim.

Foi por isso que ela desceu à cozinha naquela manhã – não uma, mas duas vezes.

A cozinheira se tornava cada vez mais instável à medida que a obsessão do filho pela dramaturga Quiteria Escárcega se tornava conhecida, então Doña Valentina fazia questão de ir vê-la toda manhã. Naquele dia, quando desceu as escadas, sentindo o calor aumentar ao redor dela, foi cumprimentada pelo odor inconfundível de pão queimado e quase desmaiou com o prazer de ter algo tangível do qual reclamar.

Mas a cozinheira não estava lá.

Valentina pretendia ficar ali, suando no calor do fogão, a raiva crescendo até um fervilhar furioso, refinando um longo discurso contra o desperdício, a negligência e o caráter como um todo da cozinheira. Mas uma batida soou na porta lá em cima, e Valentina sabia que deveria ser alguém querendo falar com seu marido sobre as oliveiras dele. Poderia até ser um convite – improvável, mas a mera esperança foi suficiente para fazê-la se mover. Não havia mais ninguém para atender a porta na Casa Ordoño. O marido deixara claro que eles não podiam bancar mais criados e que ela tinha sorte de ter uma cozinheira e uma criada de cozinha para ajudá-la na casa. Não havia o que fazer além de pôr sua fúria de lado e subir outra vez os degraus com passos pesados, secando o rosto úmido com a manga.

Quando marchou escada abaixo de novo, com uma carta do pai não lida enfiada na manga, ouviu a cozinheira tagarelando sobre alguma coisa com a criada atarracada, que cheirava à umidade e estava sempre tropeçando pela casa olhando para os próprios pés desajeitados.

— Águeda — disse Valentina quando irrompeu na cozinha, a voz vibrando com a nota virtuosa de uma boa reprimenda —, pode me dizer por que achou adequado desperdiçar a fortuna do meu marido e o meu tempo ao queimar o pão mais uma vez?

A cozinheira olhou para ela com indiferença, os olhos mal-humorados vermelhos após chorar pelo filho tolo, e voltou o olhar para a mesa no centro da cozinha, onde o pão aguardava na assadeira preta.

Mesmo antes de olhar, Valentina sentiu-se corar, a humilhação se aproximando como uma tempestade súbita. O pão estava ali dentro, uma pequena almofada dourada em sua cama de ferro, o topo alto, reluzente e marrom-dourado, perfeitamente crescido, perfeitamente assado.

Doña Valentina queria examinar o pão, cutucá-lo com o dedo e declará-lo mentiroso. Ela vira aquele mesmo pão minutos antes, enegrecido e arruinado, seu domo de crosta desmoronando de calor. E sabia, *sabia* que não era outro pão tirado do fogo para substituir o primeiro, porque reconhecia aquela assadeira de ferro com sua leve mossa no canto.

Não era possível. Ela só tinha saído por alguns minutos. *Estão me pregando uma peça*, pensou Valentina. *A cozinheira idiota e a criada idiota estão tentando me provocar, tirar uma reação de mim e me fazer de idiota.* Ela não lhes daria esse prazer.

— Você já queimou pão antes — disse ela, com leveza — e não tenho dúvida de que o fará de novo. Certifique-se se que nossa refeição do meio-dia não chegue atrasada à mesa.

— Don Marius vai jantar em casa, señora?

Valentina considerou estapear o rosto convencido da mulher.

— Acredito que não — disse ela, alegre. — Mas duas amigas se juntarão a mim. O que vai preparar?

— O porco, señora. Como pediu.

— Não — corrigiu Valentina. — Eu pedi codorna. O porco é para amanhã, é claro.

Novamente a cozinheira a encarou, os olhos duros como tocos de carvão.

— É claro, señora.

Valentina sabia muito bem que tinha pedido o porco. Ela planejara as refeições da casa com uma semana de antecedência, como sempre. Mas era bom que a cozinheira se lembrasse de que aquela era a casa dela e que ela não seria o alvo de uma brincadeira.

Depois que Doña Valentina saiu, Luzia depenou a codorna e ouviu a cozinheira murmurar raivosamente enquanto deixava de lado o cozido de porco, as panelas e travessas fazendo uma algazarra. Apesar de seu ataque histérico, o porco poderia ser guardado até o dia seguinte sem grandes problemas. Foram os modos de Doña Valentina que tinham azedado ainda mais o humor infeliz de Águeda. Luzia quase estava grata. Uma Águeda furiosa era companhia melhor do que uma Águeda deprimida.

Ainda assim, a infelicidade de Doña Valentina se infiltrava em tudo. Cada vez que ela vinha à cozinha, Luzia se preocupava que sua amargura pudesse azedar o leite ou apodrecer os legumes. Sua tia a avisara, muito tempo antes, que algumas pessoas traziam infelicidade consigo como o mau tempo, e contara a história de Marta de San Carlos, que, traída pelo amante, saíra para passear nos caminhos frondosos junto ao Alcázar e chorou por tanto tempo e com tanta força que os pássaros se uniram a ela. Por anos depois disso, qualquer um que entrasse nos jardins e visse os pássaros era tomado pela tristeza. Pelo menos era o que sua tia dizia.

Quando Luzia vira o pão queimar, não pensou muito antes de passar a mão sobre ele e cantar as palavras que a tia lhe ensinara – *"Aboltar cazal, aboltar mazal"*. Uma mudança de cena, uma mudança de sorte. Ela as cantarolou muito baixinho. Não eram exatamente em espanhol, assim como Luzia não era exatamente espanhola. Mas Doña Valentina nunca a aceitaria naquela casa – nem mesmo naquela cozinha escura, quente e sem janelas – se detectasse qualquer indício de judaísmo nela.

Luzia sabia que deveria tomar cuidado, mas era difícil não fazer algo do jeito fácil quando tudo o mais era tão difícil. Ela dormia toda noite no chão do porão, em um colchão de trapos que costurara, tendo um saco de farinha como travesseiro. Acordava antes da aurora e saía no beco frio para se aliviar, depois voltava e atiçava o fogo antes de ir à Plaza del Arrabal pegar água da fonte, onde via as outras criadas e lavadeiras e esposas, dizia seus bons-dias, enchia seus baldes e os equilibrava nos ombros para voltar à Calle de Dos Santos. Então punha a água para ferver, tirava os insetos do painço e começava a preparar o pão do dia, se Águeda ainda não tivesse começado.

Era trabalho da cozinheira visitar o mercado, mas, como seu filho tinha se apaixonado pela elegante dramaturga, era Luzia que pegava a bolsinha de dinheiro e caminhava entre as barracas, tentando encontrar o melhor preço de cordeiro e cabeças de alho e avelãs. Ela não sabia barganhar, então às vezes, no caminho de volta para a Casa Ordoño, ao perceber que estava sozinha numa rua, sacudia a cesta e cantava *"Onde iras, amigos toparas"* – aonde quer que vá, que possa encontrar amigos – e, onde havia meia dúzia de ovos, haveria uma dúzia.

Quando ainda estava viva, a mãe de Luzia a alertara de que ela queria coisas demais, e alegava que era porque Luzia tinha nascido no dia da morte da terceira esposa do rei. Quando a rainha morreu, suas cortesãs se jogaram contra as paredes do palácio e seu choro foi ouvido por toda a cidade. Não se devia lamentar os mortos; diziam que isso era negar o milagre da ressurreição. Mas a morte de uma rainha era diferente. A cidade deveria lamentar seu falecimento, e seu cortejo fúnebre foi um espetáculo comparável apenas à morte do seu enteado, Carlos, que acontecera mais cedo naquele mesmo ano. O primeiro choro de Luzia ao entrar no mundo estava misturado com o choro de cada madrilenho pela rainha perdida.

"Isso a confundiu", Blanca contou a ela. "Você achou que era o motivo desse choro, o que lhe deu ambição em excesso."

Uma vez, embora a tia a tivesse alertado contra tais coisas, Luzia tentara usar a mesma cantiga de amizade com as próprias moedas. A bolsinha tinha sacudido alegremente, mas, quando enfiou a mão lá dentro, algo a mordeu. Doze aranhas de cobre saíram de lá e fugiram depressa. Ela teve que cantar para o queijo, o repolho e as amêndoas para compensar o dinheiro perdido, e Águeda ainda a chamara de idiota e inútil quando vira o conteúdo da cesta de compras. Era isso que se ganhava com a ambição.

A tia Hualit só rira quando Luzia contou a ela.

— Se um pouquinho de magia pudesse nos tornar ricas, sua mãe teria morrido num palácio cheio de livros e eu não teria tido que foder com um homem para conseguir essa linda casa. Você tem sorte por ter sido só uma mordida de aranha.

A tia lhe ensinara as palavras, tiradas de cartas escritas em países do outro lado do mar, mas a melodia sempre foi de Luzia. As canções simplesmente entravam em sua cabeça, as notas criando uma vibração agradável na sua língua – para duplicar o açúcar quando não havia dinheiro para mais, para acender o fogo quando as brasas tinham esfriado, para reparar o pão quando estava com o topo queimado. Pequenos jeitinhos de evitar pequenos desastres, de tornar os longos dias de trabalho um pouco mais suportáveis.

Ela não tinha como saber que Doña Valentina já tinha ido à cozinha naquela manhã, ou que vira o pão queimado na assadeira. Porque, embora Luzia tivesse nascido com certos talentos, a previdência não era um deles. Ela não era dada a visões ou transes. Não via futuros nos padrões do sal derrubado. Se visse, teria sabido que seria melhor deixar o pão intocado, e que seria muito melhor suportar o desconforto da raiva de Doña Valentina do que o perigo do seu interesse.

Capítulo 2

Valentina não tinha uma criada pessoal, então cabia à criada da cozinha ajudá-la a se despir toda noite, apagar as velas, limpar as janelas e fechá-las bem e dispor os penicos sob as camas. Em geral, Valentina conseguia ignorar a garota. Ela era uma empregada decente, apropriadamente sem graça em suas roupas de linho e lã, do tipo que não atraía atenção. Era um dos motivos de Valentina a ter contratado, embora, verdade fosse dita, ela não tivesse tido muita escolha. O pagamento que podia oferecer era baixo e, com tão poucas mãos para ajudar, o trabalho era árduo.

Naquela noite, porém, enquanto a garota desenganchava as costas do seu vestido e passava a mão nele para tirar a poeira, Valentina perguntou:

— Qual é o seu nome?

Ela provavelmente já ouvira o nome da criada em algum momento, mas o usara pouco demais para lembrar.

— Luzia, señora — respondeu a garota, sem tirar os olhos do trabalho.

— E você tem um pretendente?

Luzia balançou a cabeça.

— Não, señora.

— Que pena.

Valentina esperava um *sim, señora* murmurado. Em vez disso, Luzia, dobrando o vestido e guardando-o no baú, disse:

— Há coisas piores para uma mulher do que ficar sozinha.

Eu era mais feliz na casa da minha mãe. O pensamento veio repentinamente à mente de Valentina, a dor súbita e arrebatadora. Mas, claro, não havia vergonha maior do que ser uma filha solteira, nada mais inútil do que uma mulher sem marido e filhos. *Essa garota é feliz?*, perguntou-se Valentina, a questão se formando em sua língua. Ela bateu os dentes, contendo as palavras. De que importava se uma criada era feliz, contanto que fizesse seu trabalho?

— Você e a cozinheira acharam que iriam rir às minhas custas hoje, não é?

— Não, señora.

— Eu sei o que vi, Luzia.

Nesse momento a garota ergueu os olhos, e Valentina se chocou ao ver que eram castanho-escuros, quase pretos.

— O que viu, señora? — perguntou ela, o olhar escuro como uma pedra de rio escorregadia. Valentina teve uma sensação inquietante ao perceber que estavam sozinhas no quarto, o silêncio da casa, a própria fraqueza. Sentiu que tinha aberto um armário e encontrado um lobo.

— Nada — conseguiu dizer, envergonhada quando a voz falhou. — Não vi nada. — Ela se levantou e cruzou o quarto, o bom senso retornando enquanto se distanciava da criada. — Seu olhar é muito ousado.

— Perdoe-me, señora — disse Luzia, baixando os olhos novamente.

— Vá — disse Valentina, com o que esperava ser um aceno indiferente.

Porém, quando Luzia partiu, trancou a porta.

Luzia não dormiu naquela noite e não assumiu riscos no dia seguinte. Esperou a água ferver sem cantar uma palavra sequer para apressá-la.

Reuniu lenha para o fogo sem dizer uma sílaba sequer para acendê-la. Não respirou direito até estar se apressando pela rua rumo a San Ginés. Doña Valentina a vinha observando atentamente desde o incidente com o pão. Ela não estava procurando magia; Valentina achava que Luzia e a cozinheira queriam pregar uma peça nela.

Mas, nas ruas, Valentina não podia segui-la. Nenhuma mulher em sua posição podia sair de casa sem marido ou pai ou padre para acompanhá-la. Luzia ouvira falar de damas ricas que quebravam ossos caindo do alto de casa, e uma que até morrera ao se inclinar demais para fora, tentando obter um vislumbre de algo novo. Às vezes, fazia uma brincadeira consigo mesma quando estava cansada ou quando suas costas doíam: será que preferiria ficar sentada numa almofada e bordar o dia todo, mas só ver a vida encerrada por um batente, ou preferiria outra caminhada até o poço? Quando os baldes estavam vazios, a resposta era fácil. Quando estavam cheios, não.

Ao passar na frente da casa, sentiu o olhar de Doña Valentina de sua janela alta, mas se recusou a erguer os olhos. Caminhou o mais rápido possível para San Ginés, as curvas e guinadas das ruas empoeiradas familiares, os quilômetros desaparecendo sob seus pés.

A tia de Luzia lhe dissera que ela deveria ser vista na igreja todo dia. Porém, quando entrava na nave escura, era na mãe que pensava, enterrada em algum lugar sob seus pés. Alguém sempre estava sendo enterrado em San Ginés, as pedras erguidas, reassentadas e desalojadas de novo, os corpos rearranjados para criar mais espaço.

Blanca Cotado tinha morrido em um hospital de indigentes, seu cadáver levado pelas ruas com os outros mortos para que o padre da paróquia pudesse coletar doações destinadas a missas para os falecidos. Luzia tinha dez anos e se lembrara das instruções da mãe, das preces verdadeiras que ela deveria recitar, um eco secreto na cabeça. Era um jogo que ela e a mãe jogavam, dizendo uma coisa e pensando outra, os pedacinhos de hebraico herdados parecidos com pratos lascados. Luzia não sabia se Deus a ouvia quando ela rezava nas sombras frescas de San Ginés ou se Ele entendia a língua que ela falava. Às vezes isso a preocupava, mas nesse dia ela tinha outras preocupações.

Ela saiu pela porta leste da igreja até o jardim vizinho, com a estátua da Virgem Abençoada amamentando. *Ela pode ser Rute,* o pai dissera, *ela pode ser Esther.* Mas sua mãe vinha de uma longa linhagem de homens instruídos e sussurrara: *Essas estátuas não são para nós.* Os pés de Luzia a carregaram por uma rua lateral sinuosa que levava à Plaza de Las Descalzas, e depois até uma casa de tijolos com uma videira entalhada sobre a porta. Luzia a visitava a cada poucas semanas, mas iria todo dia se pudesse. Ela sempre carregava roupas de cama limpas na cesta de compras, para poder fingir que as trazia para uma das criadas de Hualit se por algum motivo fosse questionada. Mas nunca era. Luzia sabia ser invisível.

Uma vez ela vira o protetor de Hualit, Víctor de Paredes, saindo da casa da tia. Ele usava veludo preto e entrara em uma carruagem ainda mais preta, como se estivesse desaparecendo num poço de sombras, uma parte da noite que se recusava a retirar-se no sol da tarde. Para evitar questões para a tia, ela tinha passado reto pela porta de Hualit, fingindo que estava a caminho de algum lugar, mas não conseguira resistir a uma espiada dentro da carruagem. Só tivera um vislumbre das botas de De Paredes, e, na frente dele, encolhido num canto, um jovem esguio e adoentado, sua pele lisa e cintilante, seu cabelo de um branco frio como o peito de uma pomba, os olhos reluzindo como conchas de ostra. Quando encontrara seu olhar pálido, ela tivera a estranha sensação de que estava erguendo-se dos sapatos, e seguira às pressas, olhando para trás apenas quando teve certeza de que a carruagem se fora. Ainda era inverno, e ela ficara surpresa ao ver que as amendoeiras que se erguiam além dos muros da rua da tia tinham desabrochado, seus galhos espessos com tufos de flores brancas e tremulantes.

Hoje, não havia flores de amêndoas, nenhuma carruagem preta esperando na frente da casa, e tia Hualit abriu a porta pessoalmente, convidando-a a entrar com um sorriso.

Renda rígida e veludo preto eram a última moda, e Hualit os usava sempre que saía de casa, quando se tornara Catalina de Castro de Oro, amante de Víctor de Paredes. Mas, dentro de casa, no pátio elegante com sua fonte borbulhante, ela usava roupões de seda colorida, o cabelo preto e espesso caindo sobre os ombros em ondas aromatizadas com monarda.

Luzia sabia que era tudo uma ilusão. Um homem como Víctor de Paredes tinha gosto pelo exótico, e Hualit era ainda mais excitante que a pimenta-malagueta que chegava aos portos nos navios dele. Os navios de De Paredes nunca afundavam, por mais revoltos que estivessem os mares, e por toda a capital as pessoas cochichavam que isso era um sinal da proteção de Deus. Mas naquele pátio ele exclamava que Catalina de Castro de Oro era seu amuleto da sorte, e Luzia se perguntava com frequência se Hualit tinha lançado algum encantamento sobre seu protetor, dado que sua fortuna estava tão entrelaçada com a dele.

— Algo está errado — disse Hualit quando a porta se fechou. Ela agarrou o queixo de Luzia e examinou seu rosto, os dedos como pinças de ferro.

— Se me soltar, posso solucionar o mistério para você.

Hualit bufou.

— Você fala com raiva, mas eu sinto é cheiro de medo.

Ela gesticulou para que Luzia se juntasse a ela no sofá baixo no canto do pátio, habilidosamente adornado com almofadas bordadas. Nada disso era estritamente mouro, mas era tudo decadente o bastante para dar uma sensação de algo proibido a De Paredes. E o cenário combinava bem com Hualit. Tudo nela era suave e luxurioso, a pele cor de mel, os olhos luminosos. Luzia muitas vezes desejava ter nascido com qualquer porção da beleza da tia, mas Hualit só estalava a língua e dizia: "Você não é sábia o suficiente para a beleza, Luzia. Gastaria como dinheiro."

A criada de Hualit, Ana, serviu vinho e uma bandeja de azeitonas e tâmaras na mesa baixa, dando uma batidinha no ombro de Luzia como se ela fosse um bichinho de estimação querido. Era a única criada da tia, uma mulher robusta que mantinha o cabelo prateado em três tranças entrelaçadas nas costas. Amava jogos de cartas e mastigar sementes de anis, e, mais importante, nunca fazia fofoca.

— Como você sabe que pode confiar nela? — perguntou Luzia quando a criada se retirou.

— Ela já teve mil oportunidades de me trair e nunca aproveitou nenhuma. Se está esperando o momento certo, talvez morra antes de tentar a sorte. — Hualit serviu vinho em tacinhas de jade e disse: — Por que perguntar depois de todo esse tempo? E por que você parece tão preocupada? Há um vinco tão grande entre suas sobrancelhas que parece que bateu com uma pá na testa.

— Me deixe ficar aqui — disse Luzia, sem querer. O outono chegara e as folhas das videiras que se enrolavam nas colunas do pátio tinham um tom laranja luminoso, pendendo em certos pontos e revelando as tranças cinza retorcidas dos caules, as frutas colhidas havia muito para secarem. — Eu não aguento voltar para aquela casa. — Já era ruim o suficiente temer e se ressentir de Doña Valentina, mas sentir pena dela, testemunhando sua vigília solitária na janela à espera de um marido que mal era um marido, era insuportável.

— Seu pai nunca me perdoaria por corromper sua virtude.

Luzia fez uma careta.

— Vou sair da Casa Ordoño com as costas arruinadas e os joelhos encaroçados e as mãos ásperas como areia, mas pelo menos minha preciosa virtude estará intacta.

Hualit só riu.

— Exatamente.

Luzia sentiu vontade de jogar a taça de jade contra os azulejos, mas o vinho era bom demais e a meia hora que passava comendo tâmaras e ouvindo as histórias da corte de Hualit lhe era cara demais. Quando a mãe morreu e a instabilidade na vida deles se tornou um terremoto, Luzia desejou trabalhar na casa de Hualit, mas a mente do pai estava lúcida o bastante para proibi-la. "Se trabalhar na casa de uma pecadora, será o fim de sua virtude. Você nunca terá um marido ou seu próprio lar."

Luzia tinha grande dificuldade em imaginar como se casaria, já que passava todas as suas horas se matando de trabalhar na Casa Ordoño e atendendo às ordens de Doña Valentina. Quando ia ao mercado, via-se olhando o rosto de todos os jovens – e de alguns velhos também –, mas se tornara boa demais em se fazer invisível. Caminhava sem ser notada pelos açougueiros e peixeiros e fazendeiros. Tendo passado dos vinte anos havia um bom tempo, nunca tivera um pretendente, nunca sequer beijara alguém, exceto um bêbado que a tinha agarrado no mercado e tentado esfregar o rosto áspero contra o seu antes que ela chutasse sua canela.

Ela já ouvira e vira muitas coisas, homens e mulheres ajoelhados em becos estreitos, as saias erguidas, as calças abaixadas; beldades veladas em suas carruagens no Prado, damas elegantes indistinguíveis de prostitutas na escuridão; e conversas vulgares que flutuavam das barracas na *plaza*. "O quer torna uma mulher boa?", um padre perguntara a um grupo de artistas a caminho de um dos *mentideros*. "Ela pode ter habilidade com a agulha", disse um jovem ator, dramaticamente, para a plateia. "Ou talento para a conversa", continuou. "Ou pode segurar o pau de um homem dentro de si e apertar até ele ver Deus", exclamou, e a plateia irrompeu em risadas enquanto o padre berrava que todos arderiam no inferno.

Quando o pai de Don Marius adoeceu, Luzia fora chamada à casa do velho para ajudar a banhá-lo. Foi levada ao quarto dele e parou com as costas contra a porta fechada, apertando sua bacia cheia de água, o sabonete e a toalha, sussurrando toda prece que conhecia, segura de que a haviam deixado sozinha com um morto. Observara o corpo desidratado até ver seu peito estreito subir e descer. Mas, quando tentara banhá-lo, ele agarrara sua mão e a fechara ao redor do pau. Parecia um ratinho, macio e pulsante. Ele era forte, mas ela usara a outra mão para cobrir o nariz e a boca dele até soltá-la. Ela manteve a mão apertada no rosto dele até seus olhos reumáticos começarem a sair das órbitas. "Vou terminar de banhá-lo agora, Don Esteban, e o señor vai ficar imóvel, ou vou quebrar esse seu graveto patético pela raiz." Ele se tornara dócil depois disso. Tinha quase parecido satisfeito.

   Essa era toda a sua experiência com corpos masculinos.

   — Tem que haver mais que isso — disse ela, abaixando o vinho e fechando os olhos. — Por que me ensinar a ler se eu devo viver uma vida sem livros? Por que me ensinar latim se um papagaio teria mais oportunidades de falá-lo?

   — Só Deus sabe para o que estamos destinados — disse Hualit. — Agora, coma mais uma tâmara. Faz bem para estômago azedo e autopiedade.

Capítulo 3

Quando a criada da cozinha foi à igreja, Doña Valentina pegou seu garfinho de prata. O vestido em seu colo não era seu favorito, mas era um dos únicos três que ela tinha. Os novos estilos eram simples e austeros, feitos para enfatizar uma cintura pequena – que ela ainda tinha, uma vez que nunca gerara filhos. Também eram feitos para serem ornamentados com cordões de pérolas e joias – que ela não tinha. Ela usou os dois dentes do garfo para achar a ponta do fio e puxou, fazendo um rasgo bem na costura. Algo fácil de reparar se estivesse errada.

Valentina não sabia bem por que fizera isso, mas não conseguia parar de pensar no pão, no rosto impassível da cozinheira, na criada se encolhendo para longe da mesa. Se era uma piada, elas não tinham parecido entretidas por ela. A cozinheira parecera ressentida e distraída, como sempre, mas a criada, Luzia, parecera assustada.

Valentina ouvira boatos sobre ilusões e milagres na corte. Lucrecia de León tinha sonhos com o futuro, o profeta em desgraça Piedrola alegava falar com anjos, e dizia-se que os Mendoza empregavam um sábio santo que podia mover objetos com a mente. É claro que Valentina nunca vira nenhuma dessas coisas. Ela nunca recebera um convite para La Casilla, muito menos o Alcázar, e nunca receberia. *A não ser que...*

Mas o seu *a não ser que* fedia a desespero, e, enquanto se curvava sobre a costura da saia, puxando fios como um pássaro bicando minhocas, ela quase sentiu ânsia de tanto nojo que tinha de si. A vergonha era uma coisa desengonçada atrás dela, perseguindo-a, fazendo-a seguir em frente, impelindo-a a fazer o seu pior.

Assim que Luzia voltou da igreja, Valentina desceu à cozinha. Chamou a cozinheira aos berros e alegou que havia gorgulhos no arroz, o qual derrubou no chão para que a criada tivesse que catar tudo, rastejando de joelhos para achar os grãos que se espalharam. Exigiu água para um banho, sendo que já tomara um no dia anterior, e, quando um pouco de água vazou no chão, deu um tapa tão forte em Luzia que a garota cambaleou para trás.

Valentina se sentia sem fôlego, assustada, como se tivesse escapado de suas rédeas, como se tivesse enlouquecido de repente. Não havia nada que ela não pudesse fazer.

— Traga-me meu vestido — rosnou ela. — Rápido. — Ela quase esperava descobrir que presas tinham brotado em suas gengivas, garras na ponta dos dedos. No vidro da janela, estudou a lua pálida que era seu rosto com um senso de maravilhamento e quase se esqueceu de observar Luzia, que tirava o veludo preto do baú, encontrando o rasgo, hesitante. Valentina a viu erguer os olhos, certificando-se de que estava de costas para ela, e então ouviu um suavíssimo, fraquíssimo cantarolar.

Luzia balançou a saia e a trouxe para sua senhora. As mãos de Valentina estavam tremendo quando a aceitaram.

O rasgo tinha sumido.

• • • •

Luzia soube que tinha cometido um erro terrível assim que fitou os olhos de Doña Valentina. Eles estavam desvairados naquela noite, o azul instável de águas revoltas.

Ela ficou parada com a patroa no silêncio do quarto, ambas segurando o vestido preto, como se pretendessem dobrá-lo juntas, guardá-lo, esquecê-lo.

— Você virá ao jantar esta noite — disse Valentina. Ela lambeu os lábios pálidos. — Quando servirmos as frutas, vai se apresentar.

Luzia não conseguiu pensar em nada a dizer exceto:

— Não posso.

— Mas vai — disse Valentina, um sorriso começando a se formar. — Precisa.

— Não sei o que a señora quer que eu faça.

Valentina agarrou seu pulso.

— Pare com isso — sibilou. — Você consertou minha saia. Consertou o pão. Vai fazer isso ou vou jogá-la no olho da rua hoje mesmo. Pense no que significaria ser uma mulher sozinha, sem emprego, sem proteção. Pense antes de negar outra vez.

Luzia não conseguia pensar, não conseguia raciocinar naquele momento. Ela não podia fazer o que Valentina pedia. A magia era uma coisa insignificante, um pequeno divertimento, uma ilusão de ótica, e, nas mãos de uma mulher cristã pobre e pia, não representava nenhum perigo. Mas, se alguém procurasse com atenção, o que encontraria? Se alguém se desse ao trabalho de examinar a linhagem de Luzia, de perguntar quem eram seus pais, seus avós? A família do pai era portuguesa. Talvez isso tornasse seu passado mais difícil de rastrear. Mas e o lado da mãe? Todos eles mortos e enterrados ou queimados, mas tão perigosos para ela quanto se estivessem postados na rua, pregando. *Diga que você é uma garota simples, uma garota idiota, que aprendeu algumas palavras mágicas, que só estava brincando*. Mas, quando Doña Valentina exigisse saber onde ela aprendera tais coisas, o que diria?

Valentina deve ter visto certa rendição no rosto de Luzia, porque soltou seu pulso e deu batidinhas gentis em sua mão.

— Vista um avental limpo antes de se juntar a nós. E não fique curvada assim, como se estivesse esperando o próximo golpe.

Luzia cumpriu o resto de seus deveres naquela noite em um tipo de transe. Ajudou a cozinheira a preparar as saladas frias, e estender a massa de torta, e cortar a língua de boi em fatias finas. Encheu tigelinhas com lavanda e água morna para os convidados lavarem as mãos. Tia Hualit gostava de descrever os banquetes na casa dos seus amigos ricos em que centenas de pratos eram servidos, e bobos da corte e dançarinos se apresentavam entre cada um, mas torta de peixe e língua de boi e salada eram o melhor que os Ordoño podiam oferecer. Luzia carregou as tortas escada acima e as dispôs na pesada mesa junto à parede da sala de jantar. Valentina serviria os convidados.

Subir as escadas, descer as escadas. Os pratos passaram, um por um, mais rápido do que deveriam, em uma indicação de que a conversa estava desinteressante e que a noite não seria considerada um sucesso. Luzia arrumou a língua em uma travessa, encheu uma jarra de molho e ouviu a cozinheira murmurar *Escárcega, Escárcega, Escárcega*, como se o nome da dramaturga fosse uma maldição.

Ela pensou no que Valentina dissera sobre sua postura e endireitou as costas, mas era difícil largar o passo arrastado de criada que ela trabalhara tanto para aperfeiçoar. Era melhor não ser vista. Era melhor não ser notada. Tudo o que queria era correr para Hualit, mas para isso teria que admitir que fora uma tola. *O que foi que eu fiz?*, ela se perguntava, vez após vez. *O que posso fazer?*

A resposta, é claro, tinha que ser nada. Ela simplesmente não faria nada. Ficaria parada na cabeceira da mesa com cara de boba, e talvez derrubasse algo em si mesma. Suportaria um pouco de humilhação, e

Doña Valentina também. Talvez ela jogasse Luzia no olho da rua, mas talvez tivesse pena dela, ou talvez não conseguisse encontrar outra garota miserável o suficiente para aceitar o mísero salário que oferecia. *Talvez os convidados voltem para casa antes que as frutas sejam servidas.* Luzia olhou as peras, vermelhas e inchadas de vinho, em seu belo prato. Ficou atenta, torcendo para ouvir o arranhar de cadeiras, quando os convivas se ergueriam da mesa e se despediriam. Em vez disso, apenas a voz de Doña Valentina soou, seu sussurro descendo as escadas como um dedo de fumaça se curvando.

— Luzia.

A cozinheira riu quando viu Luzia amarrar um avental limpo ao redor da cintura.

— Colocando seu melhor vestido?

— Ouvi dizer que Quiteria Escárcega tem dois amantes e deixa ambos tomá-la de uma só vez — disse Luzia, saboreando o prazer breve e mesquinho de ver o queixo da cozinheira cair, e pegou as peras em seu prato prateado.

Irei até tia Hualit, pensou enquanto subia as escadas. *Irei a pé até Toledo e começarei uma vida nova.* Ela se tornaria uma mendiga, como o pai. Exceto que nem mesmo esse era um trabalho seguro para uma mulher.

— Luzia vai servir — instruiu Doña Valentina quando Luzia entrou com as peras.

Velas queimavam no aparador, na mesa de jantar, na cornija da lareira. Era o esperado na casa de um nobre, mas Luzia sabia que comeriam pão e sardinha por semanas para compensar o gasto. Don Marius estava letárgico na cabeceira da mesa, parecendo sombrio e entediado.

Luzia percorreu a sala lentamente, segurando o prato de peras sem jeito na curva do cotovelo, uma colher pesada na outra mão, ciente do silêncio, da falta de conversas ou risadas. Ela podia sentir os olhos ávidos de Valentina sobre ela, os outros convidados deliberadamente ignorando-a – só dois esta noite, Don Gustavo e sua esposa cintilante.

Quando por fim deslizou a última pera do prato, virou-se, os pés formigando enquanto dava um salto na direção da porta.

— Luzia! — chamou Valentina, ríspida.

Luzia congelou, o prato nos braços.

— Tem algo errado com ela? — sussurrou a mulher, seus cordões de pérolas reluzindo como luz na água.

— Largue o prato e venha aqui — disse Valentina, a voz alta e alegre. — Luzia tem algo para nos mostrar, um pouco de entretenimento para nossos convidados.

Com isso, a mulher se inclinou para a frente.

— Ela canta? Eu amo um *villancico*. Dá para ouvi-los cantando no mercado pela manhã.

Don Marius se remexeu na cadeira.

Doña Valentina pegou um pão queimado do bolso e o pôs na mesa. Parecia que alguém tinha jogado uma pedra pela janela que tinha pousado entre as taças de vidro preciosas e as travessas de metal antiquadas.

A risada de Don Marius foi cruel.

— Você enlouqueceu?

— É um truque? — perguntou Don Gustavo, alisando a barba. — Conheci uma garota em Córdoba que conseguia enfiar uma laranja inteira na boca.

Doña Valentina apertou os lábios com a obscenidade, mas era tudo que podia fazer.

— Luzia — insistiu.

Uma parte imprudente de Luzia queria pegar o pão, consertá-lo, torná-lo apetitoso de novo, mas manteve as mãos imóveis ao lado do corpo. Valentina esperaria até a manhã ou a jogaria na rua naquela noite mesmo? Se fizesse isso, será que Hualit a abrigaria? Não faça nada, ela disse a si mesma. Não seja nada. Se ela desejasse o bastante, talvez desaparecesse nas paredes de pedra.

— E então? — perguntou Don Gustavo.

— E então? — repetiu Don Marius.

Doña Valentina estendeu a mão e beliscou o braço de Luzia com força, mas Luzia não se mexeu.

— Só mande-a de volta à cozinha — disse Don Marius. — Está tarde.

— Não está tão tarde — protestou Valentina.

Luzia não ergueu os olhos da mesa, do pão queimado e das velas, mas ouviu a infelicidade na voz de Valentina. Uma festa não deveria acabar tão cedo. Representava um fracasso do anfitrião e da anfitriã. Se o fato fosse divulgado, menos convites seriam oferecidos ou aceitos. Valentina se sentaria em sua janela, e ela e Don Marius jantariam sozinhos. Mas esse problema não era de Luzia.

Don Gustavo suspirou pesadamente e empurrou a cadeira da mesa.

— É hora de nos des...

— Luzia tem algo a nos mostrar — insistiu Valentina.

— Qual é o seu problema? — rosnou Don Marius. — Isso é uma vergonha para mim e para essa casa.

— Eu só queria...

— Não há fardo pior do que uma esposa tola. Eu lhe ofereço minhas desculpas, Don Gustavo, meus amigos.

— Por favor — disse Valentina. — Eu... Se vocês tivessem visto...

— E ela continua tagarelando.

Don Gustavo riu.

— Como é que dizem os poetas? Deus concedeu a beleza às mulheres para tentar o homem, e a fala para enlouquecê-los.

Luzia não pretendia olhar. Ela não pretendia ver o brilho das lágrimas nos olhos de Valentina, o sorrisinho da mulher das pérolas, Don Marius e Don Gustavo arrogantes e vermelhos de vinho. Não tinha a intenção de pegar uma das taças de vidro veneziano, presentes de casamento que Doña Valentina só tirava do armário para ocasiões especiais, translúcidas e perfeitas como gotas de chuva.

Ela lançou a taça contra a mesa.

A sala caiu em um silêncio. Os convidados a encararam. A mulher das pérolas cobriu a boca com as mãos.

Luzia sentia que estava flutuando até o teto, sobre o telhado, no céu noturno, como se seus braços tivessem perdido a forma, curvando-se para fora e tornando-se asas. Valentina teria reconhecido a emoção que se espalhava pelo sangue dela, o potencial selvagem e terrível, a mesma ousadia insana que a fizera jogar o arroz no chão e estapear o rosto de Luzia. *Não há nada que eu não possa fazer.*

Luzia juntou as mãos, forte e rápido, escondendo as palavras da canção que sussurrava, uma melodia breve e cantarolada. Abriu as palmas sobre os cacos da taça destruída e eles flutuaram de volta ao lugar, como pétalas pegas numa brisa invisível, uma rosa trêmula de pedaços quebrados, e então, no espaço de uma mera respiração, havia uma taça novamente.

Os convidados arquejaram. Valentina soltou um suspiro feliz.

— Deus seja louvado! — exclamou Don Gustavo.

— *Maravilloso!* — disse a esposa.

Don Marius estava boquiaberto.

Luzia viu seu reflexo na taça, diferente, mas igual, ao mesmo tempo perfeita e arruinada.

Capítulo 4

Luzia não conseguia dormir. Deitou-se no chão sujo da despensa e ficou olhando as prateleiras, os jarros de conservas, os cordões de alho balançando, os presuntos pendurados como membros decepados. Pensou em acender uma vela e tentar ler, mas tudo que tinha era o manual de Alejo de Venegas sobre como morrer bem. A tia lhe havia presenteado o livro na sua última visita, e Luzia o escondera atrás de uma jarra de ovos em conserva que ninguém jamais tocava.

— Poesia da próxima vez — implorara ela.

Hualit apenas riu.

— Aceite o que lhe dou e fique contente.

Mas Luzia duvidava que a poesia seria um conforto naquele momento. Ela não chorou, embora desejasse conseguir chorar. Em vez disso, olhou para a escuridão, incapaz de conceber o que tinha feito. Era como se estivesse parada ao pé de uma parede, olhando para cima, para cima. Não tinha como saber a altura da parede, ou sua largura, ou a forma da construção. Estaria olhando para um palácio ou uma prisão?

Acabou, disse a si mesma. Acabou. Valentina está satisfeita. O dia vai nascer e você vai acordar e começar a fazer o pão e ir até o mercado e será o fim de tudo. Ela disse isso a si mesma vez após vez, até que por fim adormeceu.

Ao amanhecer, o ar estava frio e ainda não havia ninguém na rua, exceto os gatos e os fazendeiros e os peixeiros gritando uns com os outros de algum ponto perto da *plaza*. Ela foi até a fonte e encheu seus baldes e tentou não pensar. Lorenzo Botas estava em sua cadeira junto às barracas dos peixeiros. Ficava sentado lá o dia todo, contando o troco e embrulhando cavalas, depois caindo no sono até que o filho o jogava nos ombros e o levava para casa.

— A *garrucha* — Águeda contou a ela uma vez. — Penduraram Lorenzo do teto e puseram pesos em seus pés. Depois o derrubaram. Não sei quantas vezes. Os ossos dele nunca se encaixaram direito depois disso.

— Por que os inquisidores o levaram?

— Ele fez uma piada com a Virgem. Uma piada suja. Sempre foi um velho safado. Se tivesse confessado mais cedo, talvez ainda conseguisse andar.

Luzia tentou não pensar nos joelhos do velho escapando das juntas enquanto voltava para casa. Ela não era mais a mesma garota que parara com seu avental limpo diante da mesa, movida pela pena ou pela raiva ou por alguma outra coisa igualmente inútil. A noite tinha sido um sonho, o vidro não era um vidro, e sim uma bolha de sabão, nascida e estourada na mesma respiração. Se ela pudesse simplesmente não pensar no que acontecera, talvez nunca tivesse acontecido.

Luzia agarrou-se à ideia de não pensar enquanto segurava essa bolha de sabão cuidadosamente nas mãos. Considerou apenas a farinha e a água e a preparação do pão, o calor do fogo, a pele fina das cebolas que deslizavam sob suas mãos calejadas e sua fragrância chorosa enquanto eram cortadas. Reparou na chegada de Águeda à porta da cozinha, na batida e no chacoalhar de travessas e panelas enquanto a cozinheira começava o dia de trabalho. Os resmungos dela eram um conforto nesse dia. Luzia não pensou no fato de que Doña Valentina não descera as escadas para importuná-las naquela manhã. Recusou-se a ouvir quando soou uma batida na porta da frente, ecoando pelos cômodos acima.

Visitantes raramente vinham à Casa Ordoño, e nunca tão cedo.

Vinte minutos mais tarde, veio outra batida, um bater de tambores súbito, como cascos de cavalos parando na porta da frente. Luzia sibilou quando a faca errou o alho e cortou sua mão.

— Imbecil! — Águeda bateu na mão dela com a colher de madeira. — Pare de sangrar nos legumes.

Luzia embrulhou um pedaço de tecido no dedo e continuou o trabalho. Águeda estava cantando, como se o sacrifício do sangue de Luzia tivesse melhorado seu humor.

A aldrava de ferro soou vez após vez. A manhã toda.

Águeda estalou a língua contra os dentes.

— O que está acontecendo lá em cima? Alguém morreu?

Talvez, pensou Luzia. *Talvez*.

— Luzia. — A voz de Valentina se infiltrou na cozinha. Seu passo estava leve naquela manhã, como se ela tivesse descido as escadas dançando, e suas bochechas pareciam brilhar na luz baixa. — Venha comigo.

Valentina levou Luzia a seus aposentos no segundo andar. Ela nunca conhecera o prazer da expectativa. A corte de Marius fora solene e breve; os preparativos para o casamento, práticos. Quando deixara a casa dos pais, tinha sido com toda a pompa de um guarda-roupa sendo movido para outra parede. Mas agora ela estava leve, flutuando. Embora nunca tivesse ficado bêbada, essa sensação era tão nova, tão atordoante, que ela teve certeza de que deveria ser a mesma coisa.

— Veja! — disse ela, passando a mão sobre sua penteadeira, onde pedacinhos de papel dobrados estavam espalhados como uma nevasca.

A criada encarou a abundância sem dizer nada; era uma garota que nunca sentira o gosto do açúcar sendo presenteada com um banquete de bolos.

— São convites — explicou Valentina.

— Eu sei. Como a señora vai conseguir alimentar todos eles?

Valentina queria estapeá-la. Poderia fazer isso, claro, mas ficou preocupada ao se dar conta de que fazê-lo agora não parecia mais sábio. Ela não estava com medo, disse a si mesma. Era só que queria tomar cuidado, como alguém tomaria com um pedaço de renda caro ou um belo broche.

Pelo menos poderia se poupar de vê-la.

— Tudo bem. Volte à cozinha e aproveite seu tempo junto ao espeto.

Luzia foi como se não houvesse nada que quisesse fazer mais. Para começo de conversa, Valentina se perguntou por que tinha mostrado os convites àquela garota estúpida. Como nunca conhecera o prazer da empolgação, ela não entendia o impulso de trazer outra pessoa para esse estado cintilante, o instinto de multiplicar seu deleite, de oferecê-lo em uma taça para ser compartilhado. Começou a reunir os convites, pombinhas brancas em suas mãos. Quase podia sentir o coração deles batendo com a possibilidade. Muñoz. Aguilar. Llorens. Olmeda. Bons nomes, ainda que não ótimos. Certamente melhores que o dela. Essas pessoas só tinham convidado Valentina sabendo que ela precisaria convidá-los à sua casa em troca, para poderem ter um vislumbre de algo milagroso. Ela não tinha castiçais de prata pesados, não tinha músicos refinados para entreter os convidados. Não podia servir faisão ou pêssego com açafrão. Só tinha Luzia, teimosa e emburrada.

Teimosa e emburrada, e cheirando à umidade, e tão maltrapilha que era inevitável que sua aparência refletisse nos donos da casa. Correu para o seu baú. Uma dama elegante daria a Luzia um dos seus vestidos descartados, mas Valentina não podia se dar ao luxo de abrir mão de um dos seus vestidos. A verdade podre era que Luzia tinha razão. Ela não sabia como alimentaria todos aqueles convidados quando fosse obrigada a retribuir sua hospitalidade e, se não pudesse retribuir a hospitalidade, não poderia aceitar um único convite. Todas as suas pombas preciosas voariam para longe.

— Farei um empréstimo. — Marius estava parado na porta. Ela se sobressaltou de tal forma que deixou a tampa do baú cair sobre a ponta dos dedos e teve que engolir um grito de dor. Uniu as mãos atrás das costas e percebeu que não conseguia lembrar a última vez que vira o marido na porta do seu quarto. — Teremos carne para servir aos nossos convidados.

Ela fez uma pequena mesura.

— É uma boa coisa isso que aconteceu — disse ele.

Ela ficou dividida entre a alegria pelo elogio e o desejo de gritar que isso não era só uma coisa que *tinha acontecido*. Não era a mão de Deus movendo as estrelas ou chuva caindo na cidade. Ela, Valentina, tinha confiado em suas suspeitas, enganado a garota para que revelasse seu dom e talvez mudado a sorte deles. Era blasfêmia pensar assim? Dos pecados, o orgulho era tão desconhecido por ela quanto a empolgação.

— Ela não é inteligente — disse Valentina.

— Nem bonita — respondeu Marius. — Mas talvez não tenha que ser.

Valentina obrigou-se a não olhar para seu reflexo no vidro, a mancha que era seu rosto comum. Esperava que Marius tivesse razão, que a vida não exigisse beleza, mas sim força de vontade.

Nos dias e semanas que se seguiram, Luzia nunca ficou sabendo como Don Marius conseguiu pagar pelas velas que chegavam com seus pavios presos como ramos de trigo, o cordeiro e o porco e o peixe para as sextas-feiras, os vinhos doces e os pacotinhos de temperos. Ela subia e descia as escadas, maravilhando-se ao ver quão rápido os boatos tinham se espalhado, grata pelas noites em que Doña Valentina e Don Marius jantavam com amigos, e não em casa.

Os rumores dos *hidalgos* eram entreouvidos por criados e se tornaram rumores em cozinhas e mercados. Doña Valentina tinha uma garota capaz de realizar *milagritos* sob seu teto. Quão milagrosos eram esses pequenos milagres? Bem, isso era difícil de dizer. Poderiam ser só alguns truques – mas bons truques. E a chance de tal entretenimento não valia uma noite de Don Marius bebendo todo o seu vinho e da conversa sem graça de Doña Valentina? Então eles vinham à Casa Ordoño e comiam os ensopados pobres e os pedaços de carne que Valentina servia. Suportavam o caldo morno e as fofocas igualmente mornas, até que, quando tinham sofrido o suficiente, Valentina pedia licença e chamava a criada da cozinha.

Toda noite, Luzia servia a fruta, e toda noite uma das convidadas de Valentina recebia uma taça esguia, seu vidro arco-íris reluzindo à luz das velas. A convidada escolhida a tomava jubilosamente nas mãos, e em seguida – às vezes com a bravata ansiosa da leve blasfêmia, ou com a confiança teatral de um jogador pondo uma carta vencedora na mesa – quebrava a taça no chão. Os outros gritavam e pulavam como se tivessem tomado um susto. *Mas como poderiam ser surpreendidos quando isso era inevitável?*, Luzia se questionava, mas nunca perguntava. Toda noite, ela unia as mãos ou batia os pés para esconder suas palavras sussurradas. A melodia voava de seus lábios como faíscas numa brisa. Os cacos de vidro giravam e se reuniam, a taça novamente intacta.

Toda noite os convidados arquejavam e aplaudiam.

— Como ela faz isso? — Eles queriam saber. — Qual é o truque?

— Ora, ora — dizia Don Marius, sorrindo para Luzia como um pai afetuoso, tamborilando na mesa como se estabelecesse um ritmo para músicos. — Os segredos da garota pertencem a ela.

— Ela é muda? — perguntou uma mulher certa noite. As pérolas penduradas em suas orelhas eram do tamanho de ovos de codorna.

— Uma criada que não fala? — disse o marido. — *Dios*, bem que podíamos ter essa sorte.

— Você é muda, Luzia? — perguntou Don Marius daquele mesmo jeito carinhoso, um homem generoso sempre pronto para conceder um presente. Era a primeira vez que ele dizia algo que não uma ordem a ela, certamente a primeira vez que usara o seu nome.

Luzia não ergueu os olhos, mas podia imaginar as mãos de Valentina retorcendo o guardanapo no colo, apertando o tecido como se fosse a mão de Luzia e a instando a falar, a impedi-la de passar vergonha, a agradar Don Marius como mais nada parecia fazer.

— Não, señor — disse ela. — Apenas não tenho nada a dizer. — Ela tinha muito a dizer. Sobre o ensopado ralo e aqueles brincos de pérolas e o preço do sal e a surpresa desagradável de que mesmo a magia podia se tornar enfadonha. Mas não era nada que eles quisessem ouvir.

— Isso nunca me impediu! — trovejou o marido, e todos gargalharam com gosto. Luzia pensou: se eu realmente pudesse fazer milagres, vocês não ririam tão fácil assim.

Naquela noite, ela desfez o cabelo de sua patroa, as tranças tão apertadas que o rosto de Valentina pareceu se vergar quando foram soltas. Luzia escovou os fios, daquele tom turvo em algum ponto entre loiro e marrom, um rio preguiçoso em suas mãos.

— Isso não pode continuar — disse ela, sem interromper o ritmo das escovadas, surpresa e satisfeita com o peso de suas palavras.

Valentina agarrou a mão dela. Não era exatamente a mão de uma mulher rica. Ela precisava usá-la em serviços demais para que fosse apropriadamente macia.

— Vai continuar ou eu boto você na rua.

Mas Valentina a apertava como uma mulher agarrando-se a uma corda molhada, com medo de soltá-la e afundar no mar. Ela estava vendo um navio cheio de convidados se afastar no horizonte, um galeão iluminado, cheio de fofocas e prazeres.

Luzia encontrou os olhos de Valentina no espelho.

— Não acho que vá fazer isso.

— O que você quer?

— Dinheiro.

— Eu não tenho dinheiro.

— Então eu não tenho milagres.

Valentina estendeu a mão e puxou a pequena pérola da orelha esquerda. Não se parecia em nada com as gotas quentes e brilhantes que pendiam das orelhas de suas convidadas, mas era a única pérola que Luzia já segurara.

Era inútil, é claro. Se tentasse vendê-la, ela seria acusada de roubo. No entanto, apertou-a na palma enquanto dormia no chão da despensa, uma lua que ela tirara do céu quando tal coisa não deveria ser possível, um tesouro todo seu.

Capítulo 5

Dez dias se passaram antes que Luzia tivesse permissão para ir à missa. Doña Valentina inventava milhares de tarefas que precisavam ser feitas para impedi-la de sair de casa.

— Você pode ir à igreja no próximo domingo — reclamou ela. — Decerto é suficiente.

Luzia examinou as aves recém-limpas dispostas para o jantar daquela noite. Havia algo acusatório em sua nudez, seus corpos pálidos e encaroçados. Os dedos dela ainda doíam do esforço de remover suas penas.

— É de minha alma que estamos falando — disse Luzia, abaixando a voz como se o próprio diabo pudesse ouvir. — Decerto *isso* é suficiente.

Luzia sabia que Valentina a condenaria à danação eterna alegremente em troca de um lugar na mesa certa, mas seria muito ruim se Luzia não fosse vista na igreja, recebendo a comunhão, confessando-se. Na luz fraca da cozinha, ela viu Valentina calcular a diferença estreita entre um pequeno milagre e o crime de feitiçaria.

— Águeda... — começou Valentina.

— Eu vou à missa em San Sebastián — disse a cozinheira.

— Mas...

Ela foi calada pelo cutelo de Águeda, que cortou os pescoços de cada ave na mesa com uma série de golpes decisivos que deixaram seu argumento claro: eu sou uma cozinheira. e não uma acompanhante.

— Tudo bem — disse Valentina. — Mas nada de se demorar. Espero você de volta em uma hora. Não sei como pode passar tanto tempo se confessando se não tem nada a confessar.

Eu tenho muitos pensamentos homicidas, Luzia considerou dizer, mas se segurou. Ela nunca conseguiria ir e voltar da casa de Hualit em uma hora, mas iria à igreja mesmo assim. Ajoelhada para rezar, pelo menos não teria que ficar de pé.

Ela ainda estava confusa com a determinação de Valentina de mantê-la na casa quando virou a esquina que levava a San Ginés e um homem usando veludo e pele apareceu.

— Señorita?

— Guarde suas moedas, señor. Sou uma mulher de virtude — disparou ela com toda a força que conseguiu, grata pelas pessoas que passavam pela rua. Quando um homem rico se aproximava de uma criada, só podia querer uma coisa.

— Señorita Cotado, sou um empregado da Casa Olmeda e minha señora me instruiu a perguntar se a señorita gostaria de uma mudança de posição. Ela pode lhe oferecer um salário e uma situação bem melhores.

Luzia reduziu o passo.

— Você está me oferecendo um emprego?

— Minha señora está.

— É uma casa respeitável?

— Muito respeitável.

— Vou considerar — disse Luzia, as palavras estranhas em sua boca quando tudo que queria fazer era gritar *sim*.

Na rua seguinte, ela viu uma carroça sendo carregada com bens e mobília. Outros itens tinham sido jogados na rua. Luzia se perguntou se alguém tinha morrido, mas então viu que os homens esvaziando a casa pertenciam ao *alguacil* da Inquisição. Enquanto arrebentavam a tampa de um baú trancado com um machado, as pessoas passavam depressa, com a cabeça baixa, ansiosas para se afastar dos assuntos do tribunal.

— Livros e papéis — disse um deles, e então ergueram o baú para a carroça, uma potencial prova para o julgamento.

Fique grata, ela disse a si mesma enquanto se sentava e se erguia e se ajoelhava no banco estreito em San Ginés. Pense na Casa Olmeda. Um novo emprego com uma família mais rica, um salário melhor. Fechou a mão ao redor da pérola em seu bolso. Talvez Deus tivesse aberto esse caminho para ela.

Ela pensou nos livros que os homens do *alguacil* tinham colocado na carroça. O que aconteceria com eles? E o que aconteceria com a pessoa que os colecionara, que os guardara cuidadosamente naquele baú, que talvez nunca mais voltasse para casa? Tortura, exílio, uma pena de serviço em uma galera ou prisão, banimento para um convento, morte. Todos eram destinos assustadores. Todos possíveis. Mas havia muitos destinos deprimentes a serem encontrados em Madri sem qualquer relação com a Inquisição.

Blanca Cotado tinha caído e morrido em um hospital de indigentes antes que Luzia ou o pai dela pudessem encontrá-la ou levá-la para casa. Ela não queria pensar na mãe agora, perguntar-se quem tinha lavado o seu corpo ou se seu espírito tinha se rebelado contra as preces ditas sobre seu cadáver. *Leveyat hamet*, o pai sussurrara enquanto cambaleava atrás da amada, enquanto ela era carregada com os outros indigentes do hospital até a igreja, embrulhada em sua *mortaja* de linho, como uma mosca preparada por uma aranha.

Leveyat hamet. A mitzvah. A mitzvah. Ele tinha rasgado a camisa, a voz ficando mais alta, até que, aterrorizada, Luzia o puxara para longe. *Fique quieto*, ela implorara, repreendera, sem conseguir impedir as lágrimas. *Fique quieto ou vão levar você também*. Ela era jovem demais para entender de verdade o que estava acontecendo. Só sabia que os padres tinham o corpo da mãe e que alguém poderia ouvir se o pai continuasse falando; as palavras viajariam, uma mancha se espalhando, até atingir os ouvidos dos inquisidores.

Luzia se sacudiu, dispensando a lembrança. O luto não chegava nem perto da vergonha que ela sentia ao lembrar do pai se encolhendo contra a parede, os olhos brilhando, os lábios ainda sussurrando frases proibidas. *Eu não vou acabar assim*. Não como a mãe, enfiada sob as pedras daquela igreja; não como o pai, jogado numa cova sem nome. Ela tentou agarrar o fio de esperança que tivera dentro de si poucos momentos antes.

— Casa Olmeda — sussurrou para si mesma enquanto seguia para os fundos da igreja.

Uma mão fechou-se ao redor do seu pulso, o aperto forte o bastante para machucar.

— Espero que esteja satisfeita consigo mesma, *milagrera*.

— Hualit?

A tia sibilou em alerta e a puxou para uma das capelas que geralmente ficavam trancadas atrás de um portão de ferro. Um crucifixo enorme assomava sobre o altar, com a Virgem à esquerda, João Batista à direita, os dois cercados por um conjunto de santos e mártires. Hualit estava usando suas roupas de Catalina de Castro de Oro, embrulhada em uma capa de veludo preta comprida. A gola branca de rufos roçava seu queixo pontudo, seu rosto emergindo como uma pérola luminosa acima dele, seu cabelo grosso e encaracolado preso em uma pilha ordenada.

— Você é o assunto do momento de todos os *hidalgos* e *caballeros* de Madri — sussurrou Hualit, furiosa. — Que loucura invadiu seu corpo para fazer um jogo desses?

Luzia se desvencilhou da mão da tia.

— Estou tentando ganhar um pouco de dinheiro, assegurar uma posição melhor para mim. Só isso. A señora da Casa Olmeda está me oferecendo emprego em sua casa.

Hualit bufou, rindo.

— Aquela bruaca sem graça? Você pode encontrar algo melhor do que Vitoria Olmeda.

— Não dormir num chão de terra toda noite seria melhor, não?

— Se houver o menor indício de heresia nos seus milagres, os inquisidores vão prendê-la e mandá-la para Toledo para ser julgada.

— De que outro jeito eu devo abrir caminho no mundo? Você comentou mais de uma vez que não tenho beleza. Não tenho talentos fora esse pequeno...

Hualit aproveitou-se da hesitação dela.

— Que nome vai dar a isso, Luzia? Está cogitando fingir que anjos falam com você, com seu sangue turvo? Roma já está insistindo para pôr fim ao estudo da astrologia e da adivinhação. — Ela olhou para o altar como se os próprios santos pudessem estar ouvindo. — A Igreja é dona dos milagres. Não criadas de cozinha e profetas de rua. Você não é uma beata fazendo boas ações.

Luzia sentiu um tipo de raiva frenética acomodar-se na base da garganta, uma dor que, se ela não tomasse cuidado, viraria lágrimas quentes e a faria parecer uma criança. Respirou fundo, tentando engolir a mistura amarga de pânico e raiva e algo sem nome que tinha a forma de um pássaro, perdido nas vigas de um teto, procurando o céu.

— Não posso continuar do jeito que estou — conseguiu dizer. — Minhas costas já estão retorcidas pelo peso da água e das lavagens e de cestos cheios de maçãs. Estou ficando velha antes de ter a chance de ser jovem.

— Há coisas piores para nós, mulheres.

Nós, mulheres. Como se fossem todas iguais. Não era só uma diferença de posição ou conforto. Ela e Hualit não eram um cãozinho paparicado com uma pelugem sedosa sentado ao lado de um vira-lata buscando restos de comida no lixo. Elas não estavam nem na mesma classe de criaturas. Luzia vivia como um rato, e sua única escolha era ficar escondida ou arriscar a morte. Quantas vezes tinha reclamado com Hualit sobre sua situação miserável? Mas nada tinha mudado; não houve pérolas nem propostas de damas nobres até ela ousar se esgueirar da cozinha e deixar-se ser vista.

— Você diz que há coisas piores, tia. Mas eu digo que uma morte rápida é melhor que uma lenta.

Hualit revirou os olhos.

— Você não corre risco de vida por trabalhar duro. Acha que conhece adversidades, mas os homens têm um dom para achar novos jeitos de fazer as mulheres sofrerem. Se não a acusarem de feitiçaria, você ficará marcada como judaizante. Está andando até a pira e assobiando no caminho.

— Uma *conversa* não é o mesmo que uma judia.

A mandíbula de Hualit se tensionou.

— Para eles é. Nunca se esqueça disso. Só porque foi mergulhada na água e um padre sussurrou palavras sobre sua cabeça, você acha que eles nos consideram cristãos de verdade? Nós somos veneno para eles. Algo que foram forçados a engolir, que corrói a própria substância do que são. Você já exibiu seus truquezinhos. Agora tem que pôr fim a isso.

— É por mim que você teme ou por si mesma?

— Há espaço no meu enorme coração para nós duas.

— Ninguém sabe que sou sua sobrinha.

— Quantas perguntas serão necessárias antes de você contar aos inquisidores quem eu sou, onde eu moro? Antes que eles descubram que você tem a mácula do judaísmo em seu sangue? Você não vê aonde isso a está levando? Onde está seu medo, Luzia?

Ainda estava lá, vivo e se contorcendo, acordando-a de noite como um recém-nascido aos berros. É claro que ela tinha medo. Mas não estava arrependida. Não quando poderia transformar aquele momento em uma sorte real. A mãe e o pai tinham desaparecido da terra como se tivessem sido consumidos, como se nunca tivessem sequer existido, sem celebrações, sem homenagens, sem serem lamentados por ninguém além de Luzia e Hualit. Melhor viver com medo do que em descontentamento opressivo. Melhor ousar esse novo caminho do que continuar sua marcha lenta e sombria pela estrada que fora escolhida por ela. Pelo menos a paisagem seria diferente.

Ela enfiou a mão no bolso e estendeu a pérola de Valentina.

— Você pode vender isso para mim?

Hualit pegou o brinco e o ergueu sob a luz.

— Você realmente trabalha para indigentes, não é? Isto é uma merda.

— Então não pode vender?

— É uma merda, mas ainda é uma pérola. Você não roubou, certo? Eu não vendo joias roubadas. Até meus amigos têm critérios.

— Foi um presente.

— Você quer dizer um suborno.

— Suponho que depende de quem você estiver interrogando — rebateu Luzia.

— O que pretende fazer com o dinheiro?

— Ainda não sei.

— Claro que não.

— Vou comprar um chapéu coberto de penas de avestruz.

— Seria melhor jogar seu dinheiro no rio.

— Então os peixes e eu seremos felizes.

— Por um tempo.

— Algum de nós pode esperar mais que isso?

— Como você se tornou filosófica agora que é famosa. — Hualit deixou o brinco cair no bolso. — Vou vendê-lo e conseguir um bom preço por ele, mas chega de *milagritos*.

Luzia não disse nada. Ela não ia mentir com a Virgem e todos aqueles santos olhando para ela.

Hualit suspirou.

— Me abrace, Luzia. Rápido, antes que alguém veja. E não fique com essa cara fechada. Isso vai envelhecê-la muito mais que qualquer labuta.

Luzia deixou-se ser envolvida pelos braços da tia. O cabelo dela cheirava a amêndoas e, quando recuou, esperou ver Hualit sorrindo. Mas não conseguia entender bem a expressão da tia. Seus olhos estavam um pouco apertados, como se ela estivesse preocupada com o orçamento da casa ou insatisfeita com o corte de um vestido.

— Chega de *milagritos* — repetiu Hualit.

Só alguns, Luzia barganhou em silêncio. O suficiente para outra pérola, uma chance de assegurar o trabalho com Vitoria Olmeda. Ela tinha o direito de querer mais para si mesma. E, mesmo se não tivesse, encontraria um jeito de obtê-lo.

Mais tarde, Luzia entenderia que, quando se tratava de algo que valia a pena ter, não havia limite para esse *mais*. Ela refletiria sobre o caminho que vira à sua frente e sobre como estivera errada quanto ao lugar aonde ele levaria.

Mas, naquele dia, só sorriu para a tia e disse:

— Eles vão se cansar dos meus truques uma hora, e aí vou voltar para a minha triste vida de criada.

— Se você tiver sorte — disse Hualit, empurrando Luzia de leve pelo portão. — Coisa que nossa família nunca teve.

Capítulo 6

De volta à casa, Luzia ajudou Águeda a remover balas de chumbo das aves. Encaixou dentes de alho embaixo da pele, recheou o interior macio com groselha e pedacinhos de porco, amarrou suas pernas com barbante e enfiou-as num espeto de ferro, tão pesado que ela e Águeda tinham que erguê-lo juntas. Enquanto Águeda filtrava um xarope de romã pegajoso para o molho, Luzia virou o espeto lentamente, longe o bastante das chamas para as aves cozinharem sem queimar, seu rosto rosado e brilhante do calor. Logo ela as regaria com mel e vinho, para que ficassem douradas e apetitosas.

As aves não se importavam se estavam cozidas ou cruas, se seus corpos estavam macios e frios ou chamuscados e quase explodindo de tanto molho. Estavam além de se importar com o que o fogo poderia fazer. Ela ouvira falar de hereges e bruxas sendo queimados vivos junto com judeus e muçulmanos suspeitos de manter seus próprios costumes depois de serem batizados. Mesmo seu bisavô terminara desse jeito, ou pelo menos foi o que o pai lhe contara. Eles também tinham sido transformados pelo fogo, e sua queima tinha transformado aqueles que assistiam, as multidões que se reuniam para rezar e ser purificadas ao purgar as forças sombrias de seu meio. Luzia não queria ter um destino infeliz, mas, enquanto contemplava a bainha manchada de ferrugem do vestido e os pés ásperos como cascos, tinha que admitir que estava bem familiarizada tanto com as cinzas quanto com a tristeza.

Ambição em excesso, a mãe tinha alertado, contando a história do nascimento de Luzia e de como a cidade tinha chorado por uma rainha. *Desejos em excesso*. Luzia de fato desejava certas coisas – uma cama macia, roupas bonitas, barriga cheia, a chance de descansar e algumas coisas mais difíceis de nomear. Quando estava com Hualit, sua mente parecia diferente, como se uma barragem tivesse estourado e o lodo da rotina cedido, a água fluindo, tornando-se nítida e veloz, sua língua livre para metê-la em encrencas sem realmente metê-la em encrencas. Ela queria sempre viver dessa forma.

Depois que as aves assadas tinham sido servidas em camas de alecrim, encaixadas entre romãs abertas, depois que as peras mergulhadas em vinho foram mordiscadas em suas tigelas, Luzia subiu as escadas e viu a taça se estilhaçar na sala iluminada a velas. Os arquejos felizes foram como mel deslizando por sua pele, dourando-a no calor do fogo.

Talvez esses prazeres não durassem muito. Talvez a tia tivesse razão em acautelá-la. O que ela tinha realizado de fato? Não subira uma montanha e sim uma colina baixa, mas poderia muito bem desfrutar da vista enquanto tinha a chance. E, se ia se lançar nas chamas, por que não fazer isso com um pouco de firmeza?

Ela ergueu os olhos dos sapatos e encontrou os olhares dos convidados.

— Todos vocês devem aplaudir.

— Mas você ainda não se apresentou — protestou Don Marius, franzindo o cenho.

— Alimentamos a cabra antes de tirar o leite — respondeu ela.

— Que vulgar! — exclamou a mulher ao lado dela, alegre, quase derrubando a própria taça enquanto puxava os aplausos. Os outros se juntaram a ela. Os risos soaram agradáveis dessa vez, talvez porque tivesse sido ela a fazer a piada.

Luzia ignorou a expressão preocupada de Valentina e deixou os aplausos mascararem as palavras enquanto cantava o feitiço um pouco mais alto, a magia pulando para obedecer ao seu comando, brincando com ela. A magia gostava do ritmo dos aplausos. *Uma mudança de cena. Uma mudança de sorte.*

Quando a taça voltou a ficar inteira, fez um *ping* suave, como se alguém tivesse lhe dado uma leve batidinha. O som encheu o cômodo e então foi abafado por uma maré de aplausos. No entanto, à medida que os aplausos iam morrendo, o homem sentado no canto, à direita de Don Marius, se inclinou para a frente.

— E? — A palavra pousou como um dedo apagando uma vela.

Valentina deu uma risada nervosa.

O homem tinha uma barba curta e usara algum tipo de tintura para deixá-la ruiva. Fazia parecer que tinha sangue no queixo. Suas pálpebras eram pesadas, como se o tédio do entretenimento da noite o tivesse embalado em um sono prematuro.

— Todos nós já ouvimos sobre seu truquezinho com a taça — disse ele, a voz arrastada. — O que mais você pode fazer?

Era como se Hualit tivesse conjurado aquele homem para colocá-la de volta no caminho certo. Lá estava a oportunidade de aceitar sua punição, de deslizar para o pé da colina e enterrar-se embaixo dela outra vez.

Talvez, se ela tivesse nascido em um dia diferente, ou mesmo em uma hora diferente, sem as preces pela alma de uma rainha ecoando nos ouvidos, ela tivesse feito exatamente isso. Mas não podia ser ninguém além de si mesma.

Naquela primeira noite, quando tinha consertado a taça para salvar Valentina do desprezo do marido, para salvar a si mesma do peso cansativo da humilhação, foi como se tivesse se erguido na noite. Tinha visto Madri de cima, suas ruas sinuosas, a lacuna escura do Prado. O que poderia enxergar se se aventurasse mais alto? O velho quarto onde a mãe empurrara uma caneta em sua mão, as ruas esquálidas onde o pai vendera trapos, a ponte maldita onde ele tinha morrido. Ruas entalhadas no interior, as paredes iluminadas por tochas de El Escorial bem além, prados e campos e fazendas, e, em algum ponto distante, o nada negro do mar, o leve brilho de uma ilha na escuridão, uma lanterna esperançosa balançando do mastro de um navio. Quão grande o mundo poderia se tornar?

Ou ela poderia permanecer ali, naquele cômodo, naquela casa. Poderia retornar ao seu chão sujo e criar raízes como uma espécie de nabo. Poderia mudar o peso dos pés e agir como uma imbecil. Valentina a espancaria. Marius se juntaria a ela. Mas então todos poderiam deixar de lado suas ilusões e voltar ao que tinham sido. Tudo seria como antes, a taça consertada e guardada de novo na estante para reunir poeira depois de seu breve momento de incandescência.

— E então? — exigiu o homem da barba ruiva. — Vejam como ela fica parada ali como uma pedra. Você espera que eu acredite que Deus colocaria um poder real nas mãos de tal criatura?

— Deus ou o diabo — murmurou a mulher que tinha rido com tanto gosto da piada de Luzia.

O homem riu.

— Certamente o diabo escolheria um instrumento de sedução mais atraente.

— Batam palmas — disse Luzia, surpresa com a autoridade em sua voz. Foi como o estalo de um chicote no lombo de um cavalo.

A risada do homem morreu em seus lábios. Quem era aquela campesina para dar ordens a uma pessoa da sua estatura? No entanto, naquele cômodo, naquela noite, fora ele quem pedira que ela se apresentasse, logo, a impudência deveria ser permitida. Tal era o poder temporário do cantor, do ator, do bobo da corte.

— Batam palmas — exigiu ela, e todos obedeceram.

Luzia sentiu a canção quente sob a língua como sementes de pimenta. O barulho mascarou sua melodia, uma canção familiar que ela usava quando as brasas na lareira tinham esfriado. *Quien vende el sol, merca la candela.* Um aviso. Uma reprimenda. *Ele que vende o sol deve comprar velas.* Luzia podia ver o dedo de Hualit balançando, mas em sua boca as palavras pegaram fogo.

Antes, as velas na mesa e no aparador estavam derretendo em poças de cera, queimadas até o toco, mas agora as chamas dispararam para cima, explosões de luz amarela que quase alcançaram o teto.

Don Marius deu um gritinho quando sua manga pegou fogo. Bateu o braço contra a mesa, tentando abafar as chamas, e Valentina jogou um jarro de água nele.

Todos empurraram as cadeiras para trás. Estavam todos falando juntos. Luzia sabia que tinha exagerado, mas não queria parar.

En lo oskuro es todo uno.

A canção tomou forma facilmente, como se estivesse esperando por ela; disparou um arrepio através de seu corpo, como uma nuvem passando na frente do sol.

Não havia necessidade de erguer o braço, mas ela ergueu, exigindo a atenção da plateia. Com um sopro de ar, as velas se apagaram, deixando o cômodo na escuridão.

Agora, todos estavam falando e gritando.

— Vou desmaiar! — exclamou a mulher.

Valentina acendeu um candelabro. Suas mãos estavam tremendo e ela derrubou o pavio para acender as velas quando queimou a ponta dos dedos, mas seus olhos arregalados estavam cheios de alegria e maravilhamento. Os convidados agora estavam rindo, abanando-se, as bochechas coradas de prazer. A luz tinha sido restaurada e Luzia era novamente só uma criada que fizera seu melhor para entretê-los. A deliciosa ilusão de perigo tinha passado e todos podiam exclamar sobre o que acontecera e maravilhar-se com a manga chamuscada de Don Marius.

Mas não o homem da barba ruiva. Só ele ficou em silêncio e sentado. Não parecia mais sonolento. Certamente não parecia satisfeito. Permaneceu em sua cadeira, encarando Luzia, imóvel como um gato que tinha avistado sua presa.

Capítulo 7

Encolhida no chão da despensa naquela noite, Luzia manteve sua vela acesa, embora soubesse que só receberia outra dali a uma semana. Ficou ouvindo os camundongos correndo em seus túneis e pensou em como seu tempo como pássaro, mesmo um pássaro amarrado à terra, tinha sido rápido. Rato ou nabo, ela tivera sorte em viver longe da atenção de qualquer um.

Não dormiu naquela noite. Em vez disso, encheu sua cesta: o resto de um queijo e palitinhos vermelhos de *lomo embuchado* apimentado que ela ajudara Águeda a fazer e que ficaram secando acima dela enquanto dormia por meses. Alguns figos secos, um pão dormido, seu segundo conjunto de roupas de baixo, e as poucas moedas que conseguira ganhar. Era tudo que possuía. Com sorte, Hualit poderia adiantar um pouco do dinheiro que obtivera com a pérola de Valentina.

Ela não tinha um casaco quente nem sapatos de viagem, mas teria que dar um jeito. Talvez devesse estar grata por não ter muito a carregar, mas sentiu uma pontada de raiva ao pensar em quão pouco peso ela tinha no mundo, quão pouco possuía que a pudesse impedir de ser levada no vento e espalhada como poeira varrida da frente de casa.

Entendera tarde demais quem era o homem da barba ruiva – não só outro nobre entediado, mas um informante. Ele iria até os inquisidores. Provavelmente fora enviado por eles para descobrir a natureza demoníaca do que ocorria sob o teto da Casa Ordoño. Ela seria jogada numa cela como Lucrecia de León, exceto que não tinha amigos ricos para defendê-la. Seria açoitada e torturada, depois queimada como herege ou bruxa, ou talvez eles decidiram que ela fora possuída por um demônio. Hualit a avisara: a Igreja era dona dos milagres e seus santos os realizavam, não criadas com sobrenomes de origens turvas. Ela não podia culpar a natureza teimosa da mãe nem a loucura do pai, nem mesmo qualquer ancestral na árvore genealógica obscura. Talvez realmente houvesse um demônio dentro dela. Um demônio que ansiava por camas de pena e comida boa e aplausos.

Ela pensou em partir antes do nascer do sol, mas tinha medo de andar sozinha pelas ruas à noite e era importante que não parecesse que estava fugindo. Então esperou.

Ao amanhecer, envolveu o xale ao redor dos ombros e saiu como se fosse para o mercado, a cesta balançando no braço. Então virou e seguiu para San Ginés. Provavelmente deveria ter ido se confessar ou ido à missa, mas tinha medo demais de parar de se mover. E de que isso adiantaria?

Tinha sido o bisavô da mãe que fora arrastado de sua casa em Sevilha e recebido a opção de morte ou batismo, que vira o Talmude queimado e regado em urina, as casas de seus vizinhos saqueadas em busca de prata e seda. Uma vez, o pai levara Luzia a uma parte de Madri que ela não conhecia. Ele apontara para seis janelas enfileiradas sob um telhado. "Tome cuidado", dissera ele, os olhos brilhando de empolgação. "Não pareça curiosa demais. Isso era uma sinagoga. Você precisa lembrar. Precisa aprender nossos segredos para que seu nome possa ser escrito no livro."

Nada daquilo fazia sentido. Depois da morte a mãe, o pai começou a ver sinais e segredos em todo lugar. Luzia perguntara sobre isso a Hualit e a tia ficara furiosa. Tinha estapeado Afonso e amaldiçoado seu nome. Mas fora Hualit quem ensinara a Luzia aqueles pedacinhos preciosos e perigosos de linguagem, aquela mistura de hebraico e espanhol e turco e grego que chegava em cartas carregadas por terra e mar.

— Qual é a diferença? — perguntara Luzia quando ainda era criança.
— Meu pai me dá o hebraico. Você me dá... o que quer que sejam esses *refranes*. Ambos são segredos que tenho que guardar.

— O hebraico do seu pai é tão cheio de buracos quanto a mente dele. Era sua mãe que tinha instrução. E a diferença, querida, é que meus segredos podem ajudá-la. — Ela sorrira e acenara a mão sobre as íris murchas na mesa de jantar. — *Quien no risica, no rosica*.

Uma baboseira, uma riminha. Mas as bordas curvas das pétalas de íris tinham se inchado e estendido, gentilmente passadas a ferro por uma mão invisível, macias como se tivessem acabado de desabrochar, sua cor roxa forte e nova.

— Agora você, Luzia.

As palavras tinham formigado na língua de Luzia, reunindo-se em sua boca como se quisessem ser ditas.

Quem não ri não desabrocha. Elas emergiram em um cantarolar, e novos botões desabrocharam nos caules de íris, suas pétalas se estendendo, suas bocas amarelas se abrindo, um refrão pronto para se juntar à música.

Hualit apertou o queixo. Havia maravilhamento em seus olhos, mas Luzia também viu medo neles.

— Onde aprendeu essa melodia? — perguntou.

Luzia não tinha resposta.

— Cuidado, querida — disse Hualit. — Você precisa ter cuidado.

Luzia não queria procurar Hualit agora, não queria admitir que fora uma tola nem arriscar manchar a porta da tia com sangue maculado. Mas não tinha pai nem marido para protegê-la. Se quisesse ter esperança de sair de Madri, precisava de ajuda. Só podia rir do jeito como dispensara os alertas de Hualit. Ela não tinha pensado que o medo tornava a vida interessante? Bem, só que não conhecera o medo de verdade, não é? Tinha sentido o gosto de temperos e achado agradável. Agora estava mastigando a pimenta, com sementes e tudo.

Ela tinha certeza de que a qualquer momento veria o homem da barba vermelha, ou um dos inquisidores, um padre ou um agente vestido de preto com a cruz branca no peito. Talvez uma multidão furiosa se reunisse. Talvez ela morresse como o tataravô, embora agora não houvesse Talmude para destruir junto com ela. Talvez ela nunca passasse por um julgamento e só fosse arrastada para a rua e espancada até a morte.

Porém, entrelaçado com esse medo, não havia um fio de expectativa também? Havia um pequeno prazer no drama de sussurrar para si mesma: *Essa é a última vez que sairei da Calle de Dos Santos. Essa é a última vez que passarei pela porta dos fundos e andarei pelas ruas que levam à casa da minha tia.* Irei para Pamplona. Verei uma cidade nova. Sobreviverei com minha astúcia. Conforme o pai envelhecia e sua mente escorria como uma colina molhada, ele contara apenas as histórias tristes e terríveis. Mas antes disso houvera histórias de garotas que venceram reis e órfãs que atraíram gênios para barganhas temerárias. Ela se agarrou a essas histórias. Elas a manteriam viva, não o terror que a perseguia sobre os paralelepípedos.

A tia abriu a porta antes que Luzia pudesse bater duas vezes e a puxou para dentro. Seus olhos escuros estavam tão arregalados que o branco parecia brilhar.

— Só fique quieta e faça o que eu mandar — sussurrou Hualit, apertando o braço dela. — Agora você nos fodeu, querida.

Ela conseguia ouvir as vozes de homens e os sons pesados de botas na pedra que vinham do pátio.

Eu deveria ter parado para rezar em San Ginés, pensou Luzia, seu medo eclipsando toda história e parábola. *Eles já estão aqui.*

Capítulo 8

Mas não havia soldados parados no pátio sob o céu de outono anuviado. Em vez disso, Luzia viu um homem que reconheceu, vestido da cabeça aos pés em veludo azul muito escuro, as mangas com um toque de cetim cor de creme, uma capa revestida de pele jogada sobre o ombro. Era Víctor de Paredes, o amante de Hualit, o homem cujo dinheiro comprara aquela casa e as roupas que a tia usava naquele exato momento. Seu cabelo escuro era curto, sua testa alta e branca, e seus olhos frios, úmidos e verdes como uma pedra musgosa.

Dizia-se que Víctor de Paredes era o homem mais sortudo de Madri, talvez da Espanha. Seus navios passavam ilesos por toda tempestade. Os homens que ele enviava em busca de ouro e prata sempre os encontravam. Pragas nunca atingiam suas plantações e seu telhado nunca vazava – a não ser que ele estivesse com sede e precisando de uma bebida. Ninguém conseguia explicar o fato de ele ter atingido o título de *caballero* e ser aceito nos melhores círculos sociais – apesar de continuar a se dedicar ao comércio. Ele tinha uma cicatriz na forma de uma lua crescente na bochecha, resultado de um pedaço de bala perdida durante uma caçada, prova de sua sorte. Aquele pedacinho de chumbo e ferro teria tirado o olho de um homem menos sortudo. Quando as pessoas diziam o nome dele, batiam os próprios dedos na bochecha, como se o gesto pudesse trazer-lhes sorte. Mas Luzia se perguntava: *para começo de conversa, se ele era tão sortudo, por que a bala o atingira?*

De Paredes tinha uma barba aparada e um bigode bem cortado. Tudo nele parecia exato, e ele estava um pouco virado, como se estivesse posando para um retrato. Luzia viu que tinha tirado o chapéu. Então estava ali fazia um tempo, esperando.

— Vamos — disse Hualit. — Faça uma mesura.

Luzia fez o seu melhor e, sem encarar Don Víctor, tentou se lembrar de sua postura deferente de criada. Ele não parecia inteiramente real para ela. Ela visitava a casa da tia desde criança, e só vislumbrara Víctor de Paredes duas vezes – a primeira na rua, naquele dia, e a segunda quando ele chegou mais cedo um dia e Hualit tinha empurrado Luzia para a cozinha, onde Ana nem erguera os olhos da panela que estava mexendo. Luzia tinha esperado que eles saíssem do pátio e então correu até a rua, fazendo seu melhor para ignorar os sons dos suspiros e risadas da tia.

Agora ele aparecia como um homem fantasiado, um ator numa peça, exceto que ela não fazia ideia de qual papel viera interpretar. Ela se perguntou onde Ana estaria. Será que Hualit a mandara sair ou ela estava escondida em algum lugar da casa? Víctor de Paredes estaria ali para alertá-las sobre os inquisidores? Ou – e Luzia sabia que não deveria esperar por isso – teria vindo para oferecer algum tipo de salvação? Apesar de todos os seus pensamentos sobre órfãs corajosas e rainhas astutas, elas também não recebiam ajuda de mentores gentis? Reis beneficentes?

Don Víctor a olhou dos pés à cabeça. Um vinco apareceu entre suas sobrancelhas e seu rosto comprido perdeu toda a imobilidade digna. Ele parecia uma criança prestes a soltar gases.

— Quando você a descreveu... — O desgosto dele era óbvio, como um homem que tinha encomendado algo por um preço alto e que se decepcionou na hora da entrega.

— Ela é esperta e obediente — disse Hualit. — Qualidades muito mais valiosas em uma jovem.

— Mas para o que pretendemos...

— Outro desafio — admitiu Hualit.

— Um desafio e tanto.

Uma mulher só podia aguentar até certo ponto.

— Se deseja dizer que sou mais feia do que esperava, peço apenas que dirija seu insulto a mim, em vez de falar a meu respeito como se eu fosse um candelabro.

De Paredes a encarou como se ela fosse de fato um candelabro que começara a falar.

Hualit riu de leve, mas beliscou o braço de Luzia.

— Pronto, viu? Um pouco de audácia é o que precisamos.

Para quê?, Luzia queria perguntar, mas as unhas de Hualit se cravavam em seu braço através da manga, pressionando um pedido de silêncio na pele de Luzia.

— Ela recebeu alguma educação? — perguntou Don Víctor.

— Ela aprende rápido — disse Hualit.

Até Luzia sabia que isso não era uma resposta.

— Diga a ela o que quer. — Essa nova voz pareceu vir de lugar nenhum, água sem uma fonte. Soava ausente de vida como cinzas frias.

— Paciência, Santángel — respondeu Don Víctor, com um olhar mínimo sobre o ombro.

Ao lado dela, Luzia sentiu um arrepio percorrer o corpo da tia.

Espiou a alcova escura onde ela e Hualit geralmente se sentavam para beber vinho. Havia um homem encolhido no canto, com uma capa preta puxada com força ao redor do corpo, embora não houvesse qualquer brisa no ar. Seu cabelo era tão claro que irradiava branco, e seus olhos cintilavam no escuro, madrepérola prateada. Ele parecia menos um homem que uma estátua, um ícone feito de conchas e pedras, um santo patético enfiado em um nicho numa igreja de paróquia negligenciada.

— Tenho toda a paciência do mundo — disse a criatura no canto, o homem que Don Víctor chamara de Santángel. — Mas é como ver um gato brincar com seu jantar. Deixe o rato ir embora ou explique em que refeição pretende transformá-la.

Don Víctor manteve os olhos em Luzia.

— Quero ver o truque que você realizou para o espião de Pérez ontem à noite. Seu *milagrito*.

Então Luzia tinha razão. O homem de barba ruiva era um espião. Pérez seria um inquisidor, então? Um padre ou um cardeal de algum tipo? E o que ela deveria fazer? Mentir? Dizer que fora só um truque bobo? Ela tinha medo de olhar para Hualit em busca de orientação.

— Vamos — disse Don Víctor enquanto ela ficava parada ali, sem se mover. — Finja que está em outra das festas tristes de Doña Valentina. Mostre-me.

— Não há velas — disse ela, a voz fina de medo.

— Mostre-me outra coisa.

Luzia sussurrou:

— Não há mais nada.

— Ela não tem educação, mas aprendeu a mentir.

— Não seja cruel, Víctor — repreendeu Hualit, com gentileza. — Luzia é uma garota simples.

Simples, idiota, deselegante. Coisas que fora instruída a ser. Certamente ela era tola o bastante para acabar naquela situação. A encruzilhada estava muito atrás dela, e qualquer oportunidade de fazer a escolha prudente ficara para trás. Hualit a avisara, mas Luzia não tinha ouvido. Tinha gostado demais da sensação dos *refranes* em sua boca, da música que pertencia apenas a ela, uma coisa pequena, quase inútil, mas sua. Talvez a magia que usava fosse demoníaca, no fim das contas. Às vezes se perguntava quem respondia quando ela cantava suas musiquinhas. E se fosse o diabo que ouvia suas preces sussurradas?

— Ela está com medo — disse Santángel. — E é inútil. Não está vendo que não é capaz disso? — Ele se ergueu sob o arco, como um morcego emergindo de sua caverna, ainda abrigado pela sombra das videiras murchas que cresciam pela colunata. Era incomumente alto e a pele se esticava tesa sobre os ossos afiados do rosto. Parecia ao mesmo tempo belo e moribundo, como se uma mortalha tivesse sido posta sobre um cadáver especialmente bonito. E era tão esguio que ela se perguntou se era um padre ou algum tipo de monge que jejuaria até virar pó a fim de aproximar-se de Cristo.

Seus olhos eram curiosamente prateados, cintilando como moedas, e foi só quando encontrou seu olhar que ela percebeu que o vira antes, naquele dia na rua da tia quando as amendoeiras tinham desabrochado. Ele estivera encolhido na carruagem de Víctor de Paredes, e Luzia naquela manhã tivera a mesma sensação que tinha agora, como se estivesse erguendo-se dos sapatos. Agarrou o braço de Hualit com mais força, convencida por um momento de que talvez pudesse simplesmente sair flutuando para longe ou se humilhar vomitando nas pedras do pátio.

— Talvez possamos beber algo? — ofereceu Hualit, erguendo uma mão com elegância. — Boas decisões raramente são tomadas sem um pouco de vinho.

O gesto de Hualit foi gracioso como sempre, sua voz firme e cheia daquele tom caloroso que lembrava a Luzia uma taça doce de *jerez*. Exceto que Luzia conhecia a tia bem demais. Ela estava nervosa. Isso se via nos cantos contraídos do seu sorriso, no ângulo tenso da cabeça. Hualit estava com medo – mas não de Don Víctor. Tinha medo do estranho pálido na alcova, enrodilhado em sua capa como uma folha de outono. Tinha medo de Santángel.

— Eu não vim aqui para tomar vinho e conversar — disse Don Víctor, com um tom duro.

Hualit deu um aceno curto e apertou o braço de Luzia de novo.

— Mostre a eles.

Ela queria que Luzia fingisse fracassar? Estavam apresentando sua própria peça? Seria fácil. Don Víctor e seu amigo estavam quase preparados para dispensar Luzia, para acreditar que ela era uma fraude. Ele ficaria bravo com Hualit por desperdiçar seu tempo, mas sem dúvida ela encontraria algum jeito de consolá-lo.

Ou Hualit estava falando sério? Luzia só pôde pensar no olhar avaliador da tia da última vez que elas se encontraram. Como Don Víctor chegara àquele pátio? Como saberia da associação dela com Hualit a não ser que a tia tivesse contado? Fazer cálculos era natural para uma mulher que vivia duas vidas, e, olhando ao redor do pátio, Luzia se perguntou: será que a tia tinha montado esse palco por vontade própria?

Bem, se Luzia aprendera algo com Hualit, era o valor de amigos poderosos. Hualit podia bufar ao ouvir que Vitoria Olmeda tentava tirar Luzia de debaixo do teto dos Ordoño, mas não podia desdenhar de Víctor de Paredes, seu próprio protetor. Os criados dele se vestiam com mais elegância que o próprio Don Marius. Luzia poderia queimar. Ou poderia fazer brotar asas, no fim das contas – asas muito finas de veludo e pérolas.

Luzia se afastou da tia, forçando Hualit a soltar seu braço. Curvou a mão ao redor da boca, escondendo os lábios, e dobrou-se sobre a videira como se cochichasse uma notícia para ela. Era a primeira canção que cantara na vida, a primeira magia que aprendera de Hualit.

— *Quien no risica, no rosica* — instou ela, as palavras tiradas de uma carta escrita por uma mão exilada. Ela faria brotar um cacho de uvas esplêndido para Don Víctor e ele a convidaria para ser parte da sua equipe doméstica. Ela trabalharia nas cozinhas ou talvez fosse treinada como criada pessoal. Encheria os bolsos de moedas de ouro e teria mais de um vestido e pagaria missas que ajudariam a alma dos pais a sair do purgatório.

A videira se desenrolou como se estivesse ávida para ouvir mais sobre esse futuro glorioso, um galho verde que emergiu dos caules cinza mortos, retorcendo-se e curvando-se, tentando achar algo para agarrar, uvas verdes duras explodindo das folhas em um cacho que inchou, sua pele tesa brilhando rosa e então vermelha como granada, doces e redondas, implorando para serem estouradas entre os dentes de alguém. Luzia ousou olhar para Hualit, que estava parada com os braços cruzados, as mãos segurando os cotovelos; para De Paredes, inclinando-se para a frente com os lábios levemente entreabertos; e para o doentio Santángel, seus olhos desinteressados como opalas, cinza depois verdes depois dourados. De novo, sentiu que estava erguendo-se para fora dos sapatos.

As videiras saltaram, entrelaçando-se na coluna, espalhando-se sobre o pátio em um tapete ondulante de brotos e folhas aveludadas. Explodiram em cachos espessos de uvas vermelhas, transbordando sobre a borda da fonte, enchendo sua bacia, e então subiram pelas paredes, pulando para cima e sobre o teto. Hualit deu um salto para trás. De Paredes tropeçou quando as videiras galoparam sobre seus sapatos e enrolaram-se em seus tornozelos.

Luzia bateu a mão na boca, abafando a canção. Algumas notas, quase nada, mal um *milagrito*, um pedacinho de melodia que ela usara para fazer um vaso de ervas crescer no inverno, uma rosa branca florescer imprudentemente no Prado para animá-la um pouco e, uma vez, quando a filha de Águeda tinha chorado no dia do seu casamento, dizendo que não havia flores para o seu cabelo, criando uma coroa de jasmim adocicado bem no momento mais necessário. Era uma magia pequena, ínfima, fraca.

Então, o que tinha acontecido? Por que eles estavam parados agora em um caramanchão sombreado de folhas de videira, o céu mal visível, as videiras estalando, água da fonte borrifando nas frutas que entupiam a bacia em forma de estrela e pingando nos azulejos do pátio? Por que ela sentia um eco daquela pequena melodia dentro dos pulmões, uma canção desesperada para ser cantada de novo, mais alto, crescendo tanto que poderia rachar suas costelas com seu desejo de ser libertada?

Os olhos de Víctor de Paredes estavam em chamas, suas faces coradas. Parecia um homem que tinha tropeçado numa sala cheia de tesouros e não sabia o que agarrar primeiro. Luzia podia sentir Santángel observando-a das sombras profundas, mas tinha medo de olhar para ele de novo.

Por fim, Don Víctor estendeu a mão e arrancou uma uva da massa inchada ao lado de sua cabeça. Enfiou-a na boca, fechou os olhos e mastigou até engolir, nenhum som no pátio exceto o clique de seus dentes e língua e garganta se movendo, junto ao suspiro das videiras.

Quando abriu os olhos, a cobiça ainda estava lá, mas ele perdera o ar descontrolado. Jogou a capa sobre os ombros e pôs o chapéu. Um homem que sabia quais providências tinham que ser tomadas.

— Um convite chegará a você através de sua patroa e você vai aceitá-lo — disse ele a Luzia. Gesticulou para Santángel segui-lo e passou por elas a caminho da porta, amassando uvas sob as botas pretas de couro. — Dedique-se a torná-la apresentável — acrescentou para Hualit enquanto atravessava a porta para a rua.

Santángel o seguiu, a capa apertada ao redor dos ombros estreitos. Ela não conseguia entender a pena que vislumbrou antes que ele erguesse o capuz para esconder o rosto e aqueles estranhos olhos cintilantes.

Capítulo 9

— A presentável para o quê? — perguntou Luzia quando a porta se fechou atrás de Santángel.

Hualit murchou como se seus ossos tivessem ficado moles, então marchou até a mesa onde tinham sido dispostas tacinhas de jade e pilhas de queijo e tâmaras que ninguém tinha tocado. Ela se serviu uma taça de vinho e a bebeu de uma vez, depois serviu mais uma e a levou a Luzia.

Luzia a empurrou para longe.

— O que estou fazendo aqui? O que o seu protetor quer comigo?

Hualit virou a segunda taça.

— Nunca recuse vinho, Luzia. Você não sabe quando podem lhe oferecer de novo.

— Quem era aquele homem? O de cabelo branco?

Dessa vez, Hualit tentou disfarçar seu tremor com um dar de ombros.

— Guillén Santángel. Ele é... um membro da casa dos De Paredes, e já faz muito tempo.

Não era uma grande explicação, mas Luzia tinha questões mais prementes.

— Por que você fez isso? Por que me trouxe aqui?

— Sua reputação exigiu que eu o fizesse. Se não tivesse trazido você a Víctor, alguma outra pessoa teria.

— Ele sabe que sou sua sobrinha?

— Claro que não. Eu disse a ele que você é órfã, o que é verdade, e deixei que tirasse suas próprias conclusões.

— Então ele acha que sou uma bastarda criada no Colegio de Doctrinos?

— Você não me deixou muita escolha. — Hualit afundou nas almofadas e se serviu outra taça de vinho. Ela era uma das mulheres mais lindas que Luzia já conhecera, mas no momento parecia apenas velha e cansada. — Você precisa de aliados agora. Nós duas precisamos. O homem que você conheceu ontem à noite pertence a Antonio Pérez.

Antonio Pérez.

— Não o...?

— Antigo secretário do rei, Luzia. Ele é o homem mais ardiloso e perigoso da Espanha, e você atraiu a atenção dele. Foi aí que seus milagres a levaram. Acha que Marius Ordoño pode protegê-la de Antonio Pérez? Acha que o rei vai simplesmente vê-la fazer uma mesura e assentir estupidamente e deixá-la voltar a esvaziar penicos?

— O rei? — A voz de Luzia falhou, rachando nas palavras. — Mas certamente...

— O rei quer milagres e Pérez prometeu que os forneceria. Ele está promovendo um *torneo* em La Casilla para encontrar um campeão divino.

Luzia afundou ao lado de Hualit.

— Aceito o vinho agora.

Hualit serviu.

— Bem — disse Luzia quando terminou a segunda taça. — Suponho que eu esteja condenada.

— Não seja idiota. Você recebeu uma oportunidade e eu vou ajudá-la a agarrá-la. Por nós duas.

— A boca de um tubarão é uma oportunidade?

— Para o tubarão é.

Luzia conhecia o preço dos peixes e sabia como ver se uma laranja estava no seu ponto mais doce. Sabia tirar manchas das roupas de cama e limpar sujeiras do vidro. Não sabia nada sobre política ou influência.

— Essas águas são profundas demais, Hualit.

— Você precisa se acostumar a me chamar de Catalina. Ou, melhor ainda, Señora de Castro de Oro.

Luzia fez uma mesura exagerada.

— Perdão, señora. Mas mudar seu nome não muda nossas circunstâncias. Não tira os judeus dos ramos de sua árvore genealógica.

— Deixe que eu cuido disso.

Ela tinha cálculos nos olhos de novo, e, por fim, Luzia entendeu.

— Você sabia — disse Luzia. — Sabia que Don Víctor se interessaria. Me mandou parar meus *milagritos* porque tinha certeza de que eu ia desobedecer. Você sabia que o espião de Antonio Pérez estaria na Casa Ordoño?

Hualit encolheu os ombros de leve.

— Cabia a você decidir qual desastre cortejar.

Luzia se ergueu e sentiu o vinho afetar seu equilíbrio. Hualit tinha montado a armadilha. Ela a tinha provocado e confiara no orgulho teimoso de Luzia, em sua crença de que seus dons tinham que contar para alguma coisa.

— Você conhece os mesmos *refranes* — disse Luzia. — Foi você que me ensinou as palavras. Por que não pode ser você a cortejar Pérez e o rei?

— Você não tem talento para a política, eu não tenho talento para a magia. — Hualit falou com leveza, mas Luzia não achou que tinha imaginado a amargura nas palavras. Como ela nunca percebera? Hualit não conseguia trabalhar com os *refranes*, não como Luzia. Não conseguia ouvir a música delas, senão teria alegremente agarrado essa oportunidade para si mesma. — Pense por um momento, Luzia. Considere o que Víctor está lhe oferecendo. Como acha que me transformei em Catalina de Castro de Oro? Considere o custo de se tornar uma viúva adequada para mais do que uma hora de esfregação com um homem como Víctor de Paredes. Você não consegue nem imaginar a degradação que foi necessária para criar um nome novo e uma história nova para mim mesma, para aparar nossa árvore genealógica do jeito certo.

Uma imobilidade caiu no pátio, como se algo poderoso pudesse estar escutando – o destino ou Deus, ou, ainda mais perigoso, um vizinho curioso. As uvas que Luzia criara pendiam pesadamente da treliça, agora estranhas a ela, como se outra pessoa as tivesse feito desabrochar e amadurecer. Ela teve a sensação inquietante de que, se segurasse uma daquelas uvas na mão, a sentiria tremer em sua palma, como se fosse um ovo, com algo esperando para nascer sob a fina casca vermelha. O que poderia se tornar? O que *ela* poderia se tornar? Víctor de Paredes poderia reescrever sua história tão facilmente?

— Ele pode me dar um nome? — Um nome de verdade. Um velho nome cristão, livre de dúvida ou mácula ou suspeita. Ela procuraria emprego em casas melhores. Poderia se casar e ter filhos sem medo. Poderia ser livre para falar, para ler, para ser vista.

— Precisa fazer isso, se for apresentar você a Pérez.

Impossível. Perigoso. Eles eram todos insanos por cogitar a possibilidade.

— Sua ambição está anuviando seu juízo — disse Luzia, com raiva da voracidade em sua voz, do anseio, da coisa gananciosa dentro dela que não podia dar as costas a essa chance. — Não posso jogar esse jogo.

— Deixe o jogo comigo — disse Hualit. — Eu posso jogar com os melhores.

Não muito longe daquele pátio silencioso, a carruagem de Víctor de Paredes sacudiu sobre os paralelepípedos de uma das ruas recém-pavimentadas da capital, e Santángel observou a cidade passar por eles, a bagunça torta de paredes de tijolo e adobe inclinadas e a ocasional fachada de pedras, todas espremidas umas contra as outras. Pensou nas ruas sinuosas de Toledo, nas colinas de Granada. Madri o entediava. Ele estava farto do cheiro de merda de cavalo e da imundice, do tagarelar das pessoas. Estava farto de tudo.

— Está ouvindo, Santángel?

Ele assentiu, embora não estivesse.

— Está tarde para assegurar um convite a La Casilla — continuou Víctor. — A competiçãozinha de Pérez começa em poucas semanas, mas encontrarei um jeito.

— Não tenho dúvida de que vai tentar. — Nada estava fora de alcance para Víctor de Paredes. Não havia limite para sua influência ou suas aspirações. Nem para sua sorte, é claro. — Mas os outros esperançosos de Pérez estão se preparando há meses. A garota estará em uma desvantagem impossível.

— Ela vai conseguir — disse Víctor — ou não vai.

Seu tom casual não enganou Santángel. Certamente, Víctor esperava já ter construído uma *ménagerie*, uma *casa de fieras*. Seus outros candidatos se provaram arriscados demais, e apresentar uma criada de cozinha analfabeta a Antonio Pérez poderia se provar ainda mais perigoso. Se Víctor pudesse pegar seu sobrenome e o polir até que brilhasse forte toda noite, faria isso. Então, se realmente pretendia apoiar a garota nessa empreitada tão pública, ela não teria escolha exceto o sucesso.

— Tem tanta certeza assim de que Pérez vai permitir? — perguntou Santángel. — Ele não gosta de você. — Subornos não adiantariam. Pérez era o único homem em Madri com mais dinheiro que Víctor de Paredes.

— Vai. Ele está desesperado demais para recuperar o favor do rei para fechar a porta para o potencial dela.

— E o que ele vai encontrar quando abrir essa porta?

Víctor suspirou.

— Claro que eu gostaria que ela fosse uma candidata mais atraente. Mas você viu o que ela pode fazer.

— Um pouco de magia doméstica.

— Eu sei, eu sei. Você já viu maravilhas. Mas tente lembrar que a corte não testemunhou os mesmos milagres que você.

— Você também deveria se lembrar disso. O que aquela sombra triste e tímida de garota conseguiu fazer não tem nada a ver com Deus ou os anjos dele.

— Não estou preocupado com isso.

— E é um tolo por isso. Um título vale tanto que você arriscaria sua vida e fortuna?

Víctor olhou para ele como se estivesse louco.

— É claro. E, quando eu terminar meu trabalho com ela, aquela sombra de garota vai arder tão forte com a luz divina que o papa vai ter que apertar os olhos para olhar para ela.

Santángel quase riu. Como Víctor parecia humano, completamente à vontade, transbordando de confiança e humor, alegremente blasfemando como se ele e Santángel fossem velhos amigos. Talvez fossem. Um mestre nunca conseguiria conhecer um criado de fato, mas um criado precisava conhecer bem o seu mestre, e não era difícil entender Víctor de Paredes. Ele era tão ambicioso quanto seu pai e seu avô haviam sido. Era um *caballero*, mas desejava subir mais alto, e para isso precisaria do ouvido do rei, algo que nem Santángel poderia oferecer. Desde a perda da armada, Filipe se tornara ainda mais recluso, escondendo-se em El Escorial como um pretendente rejeitado, seu presente de guerra sangrenta recusado pela rainha herege da Inglaterra.

Não era só o rei que estava emburrado. Era como se toda Madri, toda Castela, compartilhasse do seu humor sombrio. Sua grande marinha em ruínas. Suas preces sem resposta. Piratas ingleses sitiando a costa. Os avisos de Piedrola e as profecias sombrias daquela menina estúpida, Lucrecia de León, tinham todas se realizado. As ruas imundas da capital estavam cheias de descontentamento tanto quanto de urina e lixo. Quem era aquele austríaco para esbanjar os impostos e os filhos deles em suas guerras infinitas? E se Deus tivesse virado as costas para a Espanha e seu império? Filipe ouvia os murmúrios. Fora por isso que enviara a Inquisição atrás de Lucrecia e os seguidores dela.

— Você não deveria estar tão ávido para amarrar sua sorte à de Pérez — avisou Santángel, embora se perguntasse por que se dava ao trabalho. Talvez porque, apesar de todos aqueles anos, ele ainda quisesse salvar o próprio pescoço amaldiçoado, e sua sorte não podia ser desemaranhada da de Víctor e da família dele. — O rei não tem mais amor por ele.

— O humor do rei vai mudar quando Pérez lhe trouxer um campeão.

— A sua campeã.

— Precisamente.

— Uma criada de cozinha.

— Sou um mendigo à mesa e devo aceitar as migalhas que me caem. Além disso, o candidato da Marquesa de Ardales é o filho de um plantador de azeitonas.

Com isso, um pequeno sorriso cruzou o rosto de Víctor, sua cicatriz se enrugando de leve. E se aquele pedaço de metal tivesse perfurado seu olho e saído direto pelo crânio? Santángel tinha se perguntado sobre aquele momento muitas vezes. Víctor não tinha filhos. Se ele tivesse morrido naquela caçada, Santángel teria ficado livre? Ou estaria condenado a sentar-se ali, esperando até que um herdeiro de De Paredes pudesse ser encontrado para lhe dar ordens?

— Ela surpreendeu você — disse Víctor. — Admita.

Santángel não confessaria nada do tipo. Pelo menos não a Víctor, mas para si mesmo poderia muito bem admitir que esperara outra fraude. Já conhecera incontáveis supostos místicos e homens santos em sua longa vida. Monges que alegavam levitar, videntes cujas mãos sangravam quando eram possuídos por visões, praticantes de radiestesia e profetas. Mas não podia negar o que a garota fizera no pátio ou o modo como seu sangue tinha saltado em resposta. Uma sensação desconfortável. Ele estava adormecido havia tanto tempo que não queria despertar para abrir as cortinas e estreitar os olhos contra a luz do sol. Mas lá estava aquela criada triste, tirando magia do ar e forçando-o a acordar. E que garota: ombros curvados, olhos abaixados, sem dignidade nem beleza nem fogo. Um receptáculo pobre para o poder.

Seu estômago se agitou. Sentia fome pela primeira vez no que pareciam ser muitos anos.

— Ela tem um pouco de talento — disse Santángel a contragosto. — Mas isso não será suficiente. Você espera que aquela coisinha assustada e feiosa sobreviva entre os abutres de Pérez? Se deseja destruir sua reputação e trazer ruína a sua família, então, por favor, leve sua criada a La Casilla, e, quando ela fracassar, vou desfrutar de sua humilhação.

Pelo menos isso era verdade.

— Ela não vai fracassar — disse Víctor. — Você vai se certificar disso. Viu o poder nela.

Viu? Santángel sentira os ossos tremerem com ele.

— O que eu vi foi selvagem. Imprevisível. Uma criança que aprende a acender um pavio também é poderosa.

— Ela pode ser treinada.

— Você está confiante demais. E se algo der errado? Está disposto a ver sua família arrastada até Toledo para julgamento? Sua fortuna é grande, e tenho certeza de que a Igreja e a Coroa adorariam afaná-la.

— *Você* vai proteger minha família da ruína, como sempre fez. — Víctor cofiou a barba gentilmente. — Vai ensinar essa garota. Vai certificar-se de que ela passará nos testes que Pérez lhe apresentar e que vencerá esse torneio. Pérez vai voltar às graças do rei e tornar-se secretário dele de novo. O rei terá sua campeã para ganhar da rainha puta da Inglaterra. E eu serei um conde. Talvez um duque. Em tempo, chegarei ainda mais alto.

— Todos ficarão felizes.

— Até você, Santángel.

— Agora, *isso* realmente seria um milagre.

— É claro que será feliz — disse Víctor. — Você será livre.

Santángel parou de bater os dedos enluvados no joelho. Observou o rosto de Víctor. A liberdade não era assunto de brincadeira para Víctor; era algo de que ele jamais falava. Quando era garoto, fizera promessas a Santángel. Prometera que não seria cruel como o pai ou o avô haviam sido, que não desejava um escravo. Isso tinha mudado, como todas as coisas mudam. Santángel ficou quieto, esperando.

— Treine-a bem — disse Víctor. — Assegure o sucesso dela como a favorita do rei e será libertado do meu serviço.

Ele não podia estar falando sério. No entanto... se aquela garota pudesse vencer, se pudesse reivindicar um lugar ao lado do rei, poderia ser tanto espiã como serviçal de Víctor de Paredes, mais valiosa do que Guillén Santángel jamais fora.

Liberdade. Após centenas de anos. Primeiro a fome, agora o medo. E tudo numa tarde. Mas não eram coisas tão diferentes, na verdade. Aquele era o medo de desejar algo que ele se obrigara a acreditar que sempre estaria fora de alcance.

Seria sequer possível tornar a criada um sucesso? Pensou nela parada no pátio, a touca branca apertada na cabeça, as faces coradas, as mãos ásperas e avermelhadas fechadas em punhos enquanto a magia a tomava.

— Isso vai acabar mal, Víctor.

Víctor de Paredes sorriu.

— Para alguém, talvez. Mas não para mim.

Capítulo 10

uzia não teve que esperar muito pela revelação. Na manhã seguinte, voltou do mercado e mal tinha fechado a porta quando Valentina entrou correndo na cozinha, abanando uma carta como se tocasse um sino.

— La Casilla! — exclamou ela, a voz estridente, lançando as palavras como um feitiço. E talvez houvesse mesmo magia nelas. — Vamos a La Casilla!

Era o convite que De Paredes dissera que chegaria. Mas era boa ou má notícia? Deus ou o diabo falando?

— Um palácio de pecados — disse Águeda, bufando.

— É um palácio de pecados muito grandioso? — perguntou Luzia, abaixando a cesta e desenrolando o xale dos ombros. Podia ver o selo de cera rompido da carta e o que parecia ser a marca de um cavalo parado num labirinto.

— Vinte e dois cômodos, obras dos grandes pintores italianos. Dizem que Pérez fez sua cama... — Valentina deu uma risadinha de sua própria indiscrição. — Dizem que fez sua cama como uma cópia exata da do rei!

A cozinheira bateu a tampa na panela de vinagre.

— A pretensão do homem.

— Que bela coisa, poder ver tal lugar — disse Luzia com cuidado. — Imagino que todas as mulheres lá se vistam com muita elegância. Devem ter as joias mais lindas.

Os dedos de Doña Valentina apertaram o papel, o prazer drenando do seu rosto. Ela olhou ao redor da cozinha, tocando a frente do vestido como se tivesse acabado de perceber o que tal convite implicava, o que significaria entrar num salão de baile com seu veludo velho e cansado, suas pérolas amareladas e tristes do casamento ao redor do pescoço. Como poderia chegar lá em uma carruagem privada ou em cavalos?

— La Casilla — repetiu ela, lutando para achar um sorriso, como um pássaro ao qual fora ensinada uma única palavra. Ela se virou e subiu as escadas devagar.

Luzia a viu sumir na escuridão como uma centelha que se apagava. Doña Valentina raramente parecia feliz, e Luzia roubara aquela felicidade dela. Mas era melhor passar uma faca em sua própria esperança e na de Valentina antes que criasse vida e tomasse forma.

Desejos concedidos raramente eram os presentes que aparentavam ser. Qualquer idiota que acreditasse no contrário nunca ouvira uma história até o fim. Víctor de Paredes podia dar uma vida nova a Luzia, limpando os seus antecedentes, e a controlaria como controlava Hualit - sua linda e poderosa tia, que ria tão fácil e nunca duvidava do seu próprio juízo, que extraía prazer de todas as coisas e agia conforme ditava o seu humor. Luzia sempre a imaginara como um tipo de feiticeira, encantando um nobre poderoso e mantendo-o cativo. Mas não era isso que ela vira naquele pátio. Hualit podia alegar que sabia jogar esse jogo, mas tinha sido Don Víctor a dar ordens e todos tinham corrido para atendê-las, até o estranho Santángel, que fizera Hualit tremer de medo.

Os caprichos de Don Víctor não eram o que realmente a preocupava - os dias de Luzia já eram moldados e esmagados pelos acessos de mau humor de Valentina. Na noite anterior, porém, ela tivera que lidar com o que uma performance poderia exigir se ela procurasse subir mais alto. Como deveria dizer seus *refranes* na frente de Pérez ou do rei, isso para não falar em competir no *torneo*? Suas batidas de pé e palmas eram um escudo débil. Qual era a solução de Hualit para isso? E como Luzia poderia explicar a um homem como Víctor de Paredes que não podia obedecer a suas ordens? Talvez a pobreza dos Ordoño a salvasse. Eles não tinham os meios para visitar La Casilla, não importava quem fizesse o convite.

Fique feliz, disse ela a si mesma. *Fique grata por não poder avançar mais nesse caminho.* Mas era difícil reivindicar a vitória com a ideia de passar o resto dos seus dias fatiando repolho e sentindo a vida drenar para o chão de terra toda noite. Certamente aquele pedacinho de magia, aquele mísero fiapo de poder, tinha que significar mais.

Não tão mísero, pensou ela enquanto estendia a massa para Águeda. Entre as videiras, sua magia não parecera tão pequena. Em vez disso, preenchera-a como um poço que nunca secaria. Tinha quase sobrecarregado Luzia. Uma vez, ela andara a cavalo com o pai, quando ele ainda fazia negócios nos arredores da cidade. Era o cavalo de um fazendeiro, velho e pulguento, mas Luzia amara ficar no alto e se sentira outra pessoa, uma princesa ou uma dama elegante do séquito de um rei, enquanto o animal seguia lentamente pelas colinas secas fora dos muros da cidade. Quando chegaram a uma valeta, o pai dissera "Segure firme, Luzia" e batera os calcanhares nas laterais do cavalo.

O animal ganhara vida embaixo deles, como se fosse uma fera totalmente diferente, como se asas tivessem brotado de seus flancos. Ele pulou a trincheira, seus músculos como um rio correndo sob ela. Tinha corrido por menos de um minuto, mas o coração de Luzia tinha corrido com ele, exultante com o vislumbre de outra vida para ela, para o cavalo. Era assim que sua magia parecera ser no pátio de Hualit, enquanto as videiras ganhavam vida estrondosamente ao redor dela, poderosas e quase saindo do seu controle, uma coisa ávida e forte que poderia carregá-la a qualquer lugar – ou que poderia empinar e jogá-la de suas costas, deixando-a toda quebrada à beira do rio.

Hualit tinha dito que seus *refranes* não eram nada, um segredinho a ser mantido, um pequeno conforto para uma pequena vida. Por que Luzia acreditara nela com tanta facilidade?

Muito acima, alguém bateu na porta da frente.

— Luzia. — Seu nome flutuou escada abaixo. Pelo visto o pássaro conhecia mais palavras, afinal. — Venha comigo.

Luzia enxugou as mãos e subiu as escadas. Encontrou Valentina esperando ali, seu rosto pálido como cera de vela, alisando o cabelo como se buscasse conforto. Será que a patroa a puniria agora por dissipar suas ilusões?

— Venha comigo — repetiu Valentina, mas não se virou em direção à escada.

Luzia a seguiu até a sala de visitas, o cômodo mais elegante na casa, embora não tivesse uma bela vista das janelas nem pinturas refinadas nas paredes. Um fogo estava aceso no braseiro, e Luzia podia ver que fora enchido com carvão em vez de caroços de azeitona, apesar do custo. Seus passos vacilaram quando ela viu o homem parado à janela, as mãos apertadas às costas. Era por isso que os Ordoño estavam ostentando convites. Víctor de Paredes. Ele não tinha perdido tempo.

Ela ficou quase igualmente chocada ao ver Don Marius na sala. Ele raramente se encontrava em casa para a refeição do meio-dia e passava a maior parte do tempo ali entocado no escritório. Era estranho vê-lo à luz do dia, e ela ficou surpresa ao ver como ele parecia jovem. Porque está sorrindo, percebeu. Ele parecia satisfeito em vez de azedo e emburrado, porque um homem rico e poderoso estava em sua casa.

— Eu a deixarei aqui — disse Valentina, com uma pequena mesura.

Luzia queria chamá-la de volta. Como se Valentina pudesse protegê-la do que viria.

— Don Víctor, essa é Luzia Cotado — disse Marius.

Se a visão dele ao sol era estranha, o som de sua voz falando o nome completo dela era totalmente bizarro.

Luzia tentou não encarar e fez sua melhor mesura, que foi tão ruim quanto no dia anterior. De todas as coisas que imaginara, Don Víctor naquela sala, naquele momento, nunca passara por sua cabeça.

O peito de Marius inflou um pouco mais.

— Don Víctor ouviu falar dos seus talentos e se ofereceu para se tornar seu protetor.

Protetor. Em qualquer outro contexto, teria sido uma proposta obscena. Hualit contara a Luzia sobre o dia em que conhecera Víctor de Paredes, como ele tinha visto a carruagem dela nos jardins do Prado e se aproximara, como ela lhe contara que seu nome era Catalina de Castro de Oro e não Hualit Cana, e que ela era uma viúva, de modo que ele saberia que ela podia ser tomada sem preocupações quanto a sua virtude ou o risco de enfurecer algum pai orgulhoso. Nem o nome nem o marido morto eram reais, mas serviram ao propósito de qualquer boa história e abriram a porta às possibilidades. Poucos dias depois, ele chegara em sua casa com uma esmeralda do tamanho de uma noz e se oferecera para se tornar seu protetor. Pelo menos essa era a história que Hualit tinha contado. Pela primeira vez, Luzia se perguntou se era verdade. Se a vida podia ser tão fácil assim, mesmo para uma mulher tão bela quanto Hualit.

Luzia não sabia bem se deveria parecer surpresa ou feliz ou temerosa, então encarou os sapatos sem reação. Melhor que a julgassem um pedaço de argila, inadequada para ser moldada.

— Protetor, señor? — murmurou.

— Ele a instruirá e a vestirá apropriadamente para uma audiência com Antonio Pérez.

Ao ver Luzia em silêncio, Marius limpou a garganta.

— Diga que está encantada e agradeça a Deus pela generosidade de Don Víctor.

Luzia sabia que deveria só repetir as palavras de Marius, mas as palavras em sua língua de alguma forma se deturparam.

— Eu agradeço a Deus pela generosidade de homens altruístas.

— Muito bem — disse Marius, aliviado por ela não o ter envergonhado. — Você começará suas aulas hoje.

— Caminhe comigo, cara Luzia — disse Don Víctor.

Ele ofereceu o braço e, quando partiram pelo corredor, sua mão deslizou ao redor do pulso dela.

— Pense com cuidado antes de falar a partir de agora, *preciosa* — sussurrou ele. — Não sou um tolo como Don Marius, e você não é a tonta que finge ser. Que nós dois lembremos disso.

O aperto dele ficou mais forte e ela sentiu os ossinhos no pulso se dobrarem. Puxou o ar bruscamente, mas não gritou. Atrás dela, podiam ouvir Marius e Valentina sussurrando entre si, seguindo-os como criados.

Luzia assentiu e ficou em silêncio enquanto Don Víctor tagarelava sobre os muitos cômodos de La Casilla e a glória dos jardins e como eles precisariam de roupas para várias refeições e apresentações. O pulso de Luzia latejava, mas ela ignorou a dor. Sim, ela se lembraria. Tomaria mais cuidado. Tinha desejado um rei beneficente e, se Víctor de Paredes desejava interpretar o papel, ela ficaria feliz em ser a menina do campo que ele resgatara. Seguraria a língua e aprenderia a fazer mesuras e encontraria um jeito de tornar aquilo um sucesso. Agarraria essa oportunidade da boca do tubarão, desde que conseguisse encontrar um jeito.

Luzia olhou para trás e viu Don Marius sorrindo largo. Valentina, andando dois passos atrás dele, só parecia nervosa.

Ela sentia que estava sendo levada a um altar de sacrifício, mas era só o quarto no segundo andar da casa que eles usavam para guardar as roupas de cama. Tinha sido feito para ser um quarto de criança, mas os filhos nunca vieram. Agora, as pilhas de cobertores e cortinas tinham sumido, e a cama estreita na qual eram colocados fora arrumada. *Por quem?*,

Luzia se perguntou. Será que Valentina tinha batido no colchão? Arejado os lençóis? Alisado a coberta?

— Don Víctor pediu para ver seu quarto — disse Don Marius, com um olhar duro para Luzia. — Ele está muito preocupado com seu bem-estar.

Então eles não queriam que o grande homem soubesse que sua *milagrera* dormia na despensa.

— Talvez ela ficasse mais bem acomodada em aposentos privados na minha casa — disse Don Víctor. — Há muito espaço e lá ela poderia ter suas aulas sem interrupções ou inconvenientes.

Luzia não gostou dessa ideia. No dia anterior, teria agarrado a chance de trabalhar na casa de um homem desses, cercada por riqueza e abundância. Mas seu pulso doía e ela não queria imaginar o que poderia lhe acontecer sob o teto de Don Víctor.

— Não podemos abusar de sua hospitalidade — balbuciou Marius.

Valentina passou o braço no cotovelo de Luzia, e Luzia tentou não demonstrar o susto.

— Don Víctor, o senhor é gentil demais, mas tudo isso é muito novo para Luzia e ela mora em nossa casa há anos. É melhor que permaneça em um lugar familiar, entre pessoas que conhece.

Marius pareceu pasmo com o jeito como a esposa tinha contornado Don Víctor, e Luzia não podia dizer que não estava impressionada. *Se o medo de me perder é suficiente para estimular a sagacidade de Valentina*, maravilhou-se ela, *eu devo mesmo ser muito valiosa*.

Luzia esperou, suspensa, um ossinho da sorte preso entre o braço de Don Víctor e o cotovelo de Valentina. Os Ordoño não estavam dispostos a cedê-la tão facilmente. Ela era criada *deles*, seu tesouro inesperado, o butim de um país desconhecido. Mas, se Víctor de Paredes a quisesse em sua casa, Luzia não tinha dúvidas de que realizaria sua vontade. Na verdade, ele poderia simplesmente oferecer um salário maior e ela sairia pela porta com ele agora mesmo. O dinheiro era um tônico maravilhoso para o medo.

Em vez disso, ele sorriu e abaixou o queixo minimamente, um perdedor gracioso. Luzia teve a sensação de que ele não perdera de forma alguma. Ele a queria ali, naquela casa, sob o teto dos Ordoño, não sob o seu. Mais um mistério para ela tentar desvendar.

— Vamos discutir os termos — disse Don Víctor a Marius. — Estamos no começo de uma grande aventura, meu amigo.

Quando Marius e Don Víctor saíram, Valentina disse:

— É uma grande sorte.

Ela não fez nenhuma pergunta, mas parecia estar esperando uma resposta, então Luzia disse apenas:

— Sim.

— Eu já vi o palácio de Don Víctor. Ele o construiu perto dos jardins do Alcázar. É situado de tal forma que tem vista para parques e campos de quase toda janela. Dá até para esquecer que você está na cidade. Pelo menos foi o que ouvi.

— Então ele é muito rico.

— Ah, sim. E há muitas gerações. A família De Paredes é conhecida por sua sorte. — Ela bateu um dedo na bochecha, recordando aquele tiro de caçada que não fizera nenhum dano real a Don Víctor. — Mas dessa vez foi o nosso navio que desembarcou na costa certa.

Havia ferocidade em seus olhos, um tipo de ardor que Luzia nunca vira ali antes. Don Víctor compraria vestidos para as duas e talvez fornecesse uma carruagem à família. Valentina deveria saber que haveria um preço, assim como Luzia sabia, mas nenhuma das duas podia adivinhar qual seria.

— Vá — disse Valentina, gesticulando para o quarto vazio. Então, como se lembrasse de quem era, acrescentou: — Só para deixar claro, sua posição não mudou. Não importa onde descanse a cabeça à noite.

Luzia não se deu ao trabalho de responder. Ambas sabiam que não era verdade.

Capítulo 11

Quando Valentina foi embora, Luzia foi até a cama. Sentou-se hesitante na beirada, com medo de apoiar todo o seu peso nela. Nunca entrava naquele quarto exceto para reunir colchas e toalhas de banho quando eram necessárias, e para tirar o pó quando Valentina a lembrava disso. Duas vezes por ano, elas tiravam os cobertores pesados e as capas dos baús e os batiam no beco para se livrar de aranhas e pragas. Uma vez, abriram o baú e encontraram uma rata enorme deitada de lado, amamentando os corpos contorcidos de seus bebês. Valentina tinha gritado. Águeda os reunira em um lençol sem dizer nada, levando o pacotinho agitado até a cozinha, e os afogara em um balde d'água. Luzia se sentira mal pelos ratos, e então se sentira mal por si mesma, porque teve que ir até a fonte pela segunda vez naquele dia e carregar mais dois baldes cheios de água para a casa.

Essa seria a cama *dela* agora. Olhou pela janela. Na rua abaixo, viu Don Víctor falando com Don Marius. Um lacaio enorme estava parado ao lado da carruagem lustrosa dos De Paredes, vestido em um uniforme cor de mostarda.

Do outro lado da rua, podia ver através das janelas do segundo andar uma sala com cortinas azuis onde uma mulher estava parada ao lado de uma harpa. Ela apoiou a mão na moldura de madeira, como se a avaliasse, e Luzia torceu para que tocasse algo. A mulher ergueu os olhos, seu olhar mal reparando em Luzia, e foi fazer outra tarefa. O que havia para olhar ou notar? Luzia era só uma criada que subira para arrumar o quarto.

Eu durmo aqui agora, ela queria gritar. Um teto sobre sua cabeça em vez de uma casa inteira a pressionando. Uma janela que podia abrir a qualquer hora do dia para ouvir os cascos dos cavalos, o chacoalhar das rodas das carruagens, canções de pássaros se tivesse sorte. *Pode haver mais*, disse aquela voz faminta dentro dela, *muito mais. Você poderia olhar pelas janelas de um palácio. Poderia até conhecer um rei.*

Ela foi até a bacia. Não havia água no jarro. No espelho, viu seu rosto amarelado, a touca apertada contra o cabelo trançado. Algo se moveu atrás dela e ela deu um salto.

Um pedaço de sombra pareceu se soltar do canto do quarto, e Luzia teve que conter um gritinho quando Santángel emergiu da escuridão. Ele usava as mesmas roupas escuras, a cabeça loira brilhando como uma joia.

— Há quanto tempo está aí? — perguntou ela, tentando firmar a voz. Um homem não deveria estar no seu quarto, mas Guillén Santángel não era exatamente um homem. — Você não deveria estar aqui. Comigo. Sozinho. No meu quarto.

Ela parecia uma idiota balbuciante.

— Esse não é o seu quarto.

— Claro que é, señor.

Santángel abriu o guarda-roupa.

— Não há nenhum vestido aqui.

— Esse é meu único vestido, señor.

— Nem roupas de baixo limpas.

— Esteve vasculhando meu baú?

— Não há baú de roupas para vasculhar. — A sobrancelha clara dele se ergueu. — Nem um único sinal de ocupação. Nenhum ícone do seu santo padroeiro, nenhuma vela ou flor seca ou lembrancinha a ser vista.

— Eu sou uma criada, señor. Tais coisas não têm utilidade para mim.

— Mesmo uma criada pode ter uma alma, señorita Cotado.

— Posso ajudá-lo com alguma coisa? — perguntou Luiza, ruborizada. Ela não queria que as palavras soassem vulgares, mas saíram assim mesmo.

Santángel a estudou, os olhos cintilando.

— Duvido seriamente — disse por fim. Seu olhar correu do topo da cabeça coberta dela até seus sapatos arranhados. — Você tem as mãos de uma criada de cozinha.

— Porque sou uma criada de cozinha, señor.

— E há terra no seu pescoço.

— Porque eu durmo no chão.

— Então esse não é o seu quarto.

— Não — admitiu ela. Por que se importava com o que ele pensava dela? Por que proteger Valentina e Marius? — Eu durmo no chão da despensa. Como um porco comum no chiqueiro. Se não deseja que eu pareça um porco comum, seria melhor garantir que eu tenha água quente e um sabonete. Então, quem sabe eu possa parecer um porco mais digno.

Lá se ia o plano de segurar a língua.

Ele franziu o cenho.

— Você não pode *ser* essa pessoa, não se espera sobreviver.

— No entanto, cá estou. — Ela deveria tomar cuidado com essa criatura que desaparecia nas sombras e fazia a tia estremecer de terror, mas manter a boca fechada estava se provando mais difícil do que o esperado. Talvez só tivesse sido fácil enquanto ninguém se dava ao trabalho de falar com ela.

— A erva daninha viceja até ser arrancada pela raiz — disse Santángel, sombrio como um padre. — O Torneo Secreto não é só um jogo. Não é um entretenimento para a alta sociedade, onde seus truques de festa vão impressionar. Pérez acredita que pode voltar às graças do rei levando um usuário de magia santo para ele. A vida e a fortuna dele estão em risco.

— Alguns de nós não têm fortuna para apostar.

— E sua vida? Você a tem em tão baixa estima? — Luzia não conseguiu evitar a sensação de que ele estava fazendo uma pergunta diferente, como se pudesse apenas escutar com mais atenção e ouvir seu real significado. Ele deu um passo na direção dela e ela teve que se esforçar para não recuar. — Você sabe por que estão permitindo que se junte a esse torneio?

— Porque Pérez está desesperado?

Com isso, ele fez uma pausa e ela soube que estava certa.

— Um dos competidores foi morto — disse ele. — Bom. Vejo que está escutando agora. Um jovem monge de Huesca.

— Ele... Don Víctor, ele...

Os olhos peculiares de Santángel se estreitaram. Mas ele não exclamou "É claro que não!" ou "Como pode pensar tal coisa?". Em vez disso, disse:

— Não, o monge se afogou há mais de uma semana. Bem antes de Víctor ter ouvido falar de seus dons.

— Um acidente, então?

— Que atitude otimista você tem. Os homens caem de pontes às vezes. Ou pulam. Ou são empurrados.

— Se não foi Don Víctor... — Luzia sentou-se. — Há outros competidores nesse *torneo*?

— Três.

— Então, um desses candidatos matou o monge?

— É mais provável que tenha sido um dos mecenas deles, mas sim. Ou talvez o monge estivesse bêbado de aguardente e tenha se inclinado sobre a ponte para ver melhor seu reflexo.

— Preciso ir conferir a sopa.

— A sopa — repetiu ele, inexpressivo.

— Águeda se distrai e a esquece na panela. Vai ficar salgada demais para comer.

Foi tudo que conseguiu pensar em dizer. Precisava de tempo para refletir. Ela queria dinheiro, uma chance de uma vida que não acabaria num hospital de indigentes ou numa rua onde as pessoas pisoteariam seu corpo até alguém ter a gentileza de tirá-la do caminho, mas não sabia se ser jogada num rio ou envenenada por um rival soava muito melhor.

Santángel tirou uma bolsinha de veludo do bolso e a virou na escrivaninha que ficava abaixo da janela. O objeto pousou com um baque.

— Um feijão? — perguntou ela. — Deseja que eu o acrescente à sopa?

— Desejo que me mostre o talento que exibiu no pátio.

Ela não podia fazer isso. Não naquele quarto silencioso. Não sem algum jeito de esconder suas palavras.

— Então parou de tentar me assustar?

— Se eu quisesse você assustada, você estaria. Quero que reconheça o perigo que vai enfrentar.

— Sim, señor. Eu entendo. Provavelmente serei assassinada na minha cama.

— Talvez. Mas talvez possa passar por isso e vencer.

— Acredita nisso?

— Vivi o suficiente para acreditar que todas as coisas são possíveis.

Ele não parecia tão velho. Doentio e a caminho de uma cova precoce, mas não velho.

— É possível — disse ela. — Mas improvável.

— Muito — admitiu ele. — Meu trabalho é prepará-la e certificar-me de que seus milagres não a condenem.

— O senhor pode me manter longe da danação?

— Posso ao menos tentar garantir que você não a convide até sua porta.

— Ou a de Don Víctor.

— Correto. Há certos lugares aonde seus milagres não devem ir. Ressurreição, transformação. Só Deus em sua glória pode transformar uma coisa em outra.

— Como transformar água em vinho.

— Exato.

— Mas os alquimistas não tentam transformar chumbo em ouro?

— Isso é ciência, não milagre.

— Isso não faz sentido — protestou Luzia, ao mesmo tempo que dizia a si mesma para ficar quieta. Ser humilde. Ser grata.

— Reclame com a Inquisição. Ilusões pertencem ao diabo. Milagres pertencem a Deus.

— E meus *milagritos*?

— São os modos como Deus fala através de você. Pelo menos é o que você dirá quando lhe perguntarem.

— Por que Deus me escolheria?

— Porque Deus ama os miseráveis — disparou ele. — Eu já respondi perguntas suficientes, então aqui vai uma minha: você já ouviu falar de Lucrecia de León?

— A garota que tinha visões.

— Sonhos proféticos. Centenas. Ela previu a derrota da armada do nosso rei.

— Então não era mentirosa.

— Talvez não, mas agora ela sonha em uma cela em Toledo, presa pela Inquisição. Será julgada e condenada por fraude e heresia, talvez feitiçaria, talvez algo mais.

— Vão queimá-la na fogueira? — Luzia não queria demonstrar seu medo.

— É uma possibilidade. Se ela tiver sorte, será reconciliada com a Igreja, açoitada e exilada. Será que ela previu a derrota da armada ou de alguma forma a causou? Há uma linha fina entre uma santa e uma bruxa, e me pergunto se você está pronta para andar nela.

— Estão me oferecendo uma escolha?

Ele pareceu considerar a pergunta.

— Você poderia escolher não entrar no *torneo*. Pouparia a todos nós da humilhação da derrota.

Lá estava: um novo convite, uma chance de escolher a sabedoria em vez do próprio orgulho.

— E se eu tentar vencer? — perguntou ela, não conseguindo se segurar.

— Então eu a ajudarei e tentaremos aproveitar ao máximo nossas más decisões. Isso significa treinar, não passar a tarde mexendo a sopa. As ordens de Víctor de Paredes devem ser obedecidas.

Talvez. Mas ela chegara ao final daquela dança. Não podia arriscar nada na frente daquele estranho.

Luzia deu de ombros e sentiu prazer em dar as costas para ele.

— No entanto, a sopa deve ser mexida.

Capítulo 12

Ela tinha mesmo dado as costas para ele? Aquela criada feiosa que abaixava a cabeça como um burro, mas falava como se estivesse trocando alfinetadas no *mentidero*? Ela não era estúpida, isso era óbvio pelo jeito como tinha entendido a implacabilidade de Víctor. Não, o patrão dele não mandara alguém assassinar o monge na ponte, mas poderia ter mandado.

— Por que não quer me mostrar sua habilidade? — perguntou ele. — Possui algum tipo de talismã pagão? Tem medo de que eu reconheça a língua dos seus milagres? Eu a vi cobrir a boca naquela pequena pantomima ontem.

Os passos arrastados da garota pararam e ela lhe lançou um olhar. Não parecia se assustar fácil, outra qualidade interessante, mas esse era um medo que não conseguia esconder. Se era isso o necessário para fazê-la prestar atenção, então que fosse.

— Que língua você usa? — insistiu ele. — Não precisa ter medo de mim. Não quanto a isso, pelo menos.

Ainda assim, ela não disse nada. Não era tão jovem quanto ele pensara, muito além do primeiro desabrochar da beleza, se é que tinha havido um.

Pobre, solteira, analfabeta. Ainda assim, ser pobre significava ser desesperada. Ser solteira significava que não haveria um marido tolo para aplacar ou eliminar. E, se ela não sabia ler, também não sabia escrever e apresentava menos riscos de causar problemas. Não havia nada mais perigoso do que uma mulher com uma pena na mão.

— Árabe? — perguntou ele. — Sânscrito? Hebraico? — Era como falar com uma boneca com olhos de vidro. — O que quer que seja, você não vai poder usar no *torneo*. Posso ajudá-la com isso.

Ela manteve os olhos fixos nos próprios pés, os ombros ainda curvados, mas ele podia ver que ela estava considerando, a curiosidade atiçada.

— Pode?

— Posso. O poder não está na fala. Você pode aprender a formar as palavras na mente como se estivesse prestes a falar. Não é difícil.

— Cantar — murmurou ela. — Eu canto as palavras.

Era um começo.

— Imagino que não saiba ler, não é? Seria mais fácil se soubesse.

— E ainda mais fácil se eu soubesse falar francês e dançar a pavana?

Lá estava aquela sagacidade imediata outra vez, sagacidade que não deveria pertencer à boca daquela garota estranha.

— Muito bem, já que não pode imaginar as palavras na página, tente ouvi-las na cabeça. Ouça-as serem faladas. Ouça a canção no escuro.

Ele pegou a mão dela e ela se encolheu. A palma de Luzia era toda calejada e havia sujeira sob as unhas.

— Sua pele é quente — murmurou ela.

— Viu? Eu só pareço um cadáver.

Ela ergueu as sobrancelhas e pressionou os lábios, como se tivesse medo de rir.

— Feche os olhos — disse ele. Ela franziu o cenho. — Não tenho planos de atacar sua virtude.

Ela pareceu quase brava com isso. Tinha alguma vaidade, então. Uma característica fácil de manipular.

— Isso não vai funcionar — resmungou ela, mas respirou fundo e fechou os olhos. Os cílios pretos contrastavam com as bochechas, com sardas abundantes de sol.

— Pelo seu bem, vamos torcer para que funcione. Não acho que seus aplausos e sussurros vão enganar Antonio Pérez. — O quarto estava em silêncio. A mão dela estava flácida na dele. — Você está pensando como é estranho estar nesse quarto, parada desse jeito comigo. Esqueça de mim e dessa casa e dessa rua e de toda Madri. Pense só no silêncio, na imobilidade. Tudo está vazio, como era para Deus antes que Ele começasse a criação, antes que a primeira palavra fosse dita. Agora, deixe essa palavra tomar forma, interrompendo o silêncio. Ouça-a na cabeça, uma canção destinada apenas a você.

— A melodia...

— Murmure a melodia, ou cante, mas guarde as palavras para si mesma.

Seu peito se ergueu enquanto ela inspirava, a cabeça inclinada para trás. A língua tocou os lábios e então um cantarolar suave emergiu dela, a melodia estranha, um salto entre uma nota e a seguinte. O som o fez pensar em pessoas chegando a uma festa, uma após a outra, a multidão ficando mais animada.

A mão dela apertou a dele.

O feijão na mesa pulou, como se tivesse sido colocado em uma panela quente. No momento seguinte, havia dois feijões, três, dez. Uma enchente. Eles caíram pela beirada, espalhando-se no chão.

Ela abriu os olhos e puxou a mão de volta, apertando-a contra o peito.

— Pronto, pronto. Não precisa ser tão teimosa. Víctor ficará satisfeito.

— O rei gosta tanto assim de feijão?

Isso o surpreendeu a ponto de lhe tirar uma risada, uma gargalhada seca que poderia ser confundida com um grito. Tinha perdido a prática.

— Como você sabia que eu não precisava das palavras? — perguntou ela. — Onde aprendeu isso?

Ele se lembrou de Heidelberg, Al-Azhar, Khanbaliq, Granada. Noites insones passadas lendo à luz de velas, árabe, aramaico, as formas de hieróglifos, inscrições gravadas em bronze, o mundo se abrindo sob a ponta de seus dedos.

— Eu lhe contarei se me disser em qual língua você canta.

— Espanhol — mentiu ela.

— Nenhum grande milagre jamais foi realizado em castelhano.

— Por que não?

— Porque é uma língua que gasta seu poder em comandos e conquistas. Mas você estava errada quando disse que não precisava das palavras. Precisa delas, sim. Assim como Deus precisou quando pôs toda a sua engrenagem horrenda para funcionar. A língua cria possibilidades. Às vezes, ao ser usada. Às vezes, ao ser mantida em segredo. Eu a verei amanhã, Luzia Cotado.

— E o que eu faço com todo esse feijão?

— Acrescente-o à sopa — disse ele, sentindo certo prazer quando foi sua vez de dar as costas para ela.

Capítulo 13

Finalmente começara a esfriar, e a caminhada pela cidade foi agradável. Santángel já tinha passado por muitos infortúnios, mas o verão no fedor de Madri era por si só uma punição singular. Virou os pés para o sul, rumo à parte mais perigosa da cidade. Podia ir longe o suficiente para cumprir sua tarefa, mas, se avançasse demais além dos muros da cidade, sabia que sentiria a corrente que o amarrava a De Paredes puxá-lo de volta. Santángel podia ignorá-lo, mas não por muito tempo, a não ser que quisesse lidar com as consequências.

Ele não queria. Porque era um covarde. Sempre temera a morte mais do que se ressentia de sua vida implacável.

Sua primeira aula com a criada lhe mostrara duas coisas: ela tinha uma mente ágil e estava dando o seu melhor para escondê-la. Nunca era uma má estratégia para um serviçal, embora ele tivesse parado de se dar ao trabalho de fingir havia muito tempo. Nem Víctor nem Antonio Pérez ansiariam por uma campeã com pensamentos próprios. Ela era teimosa, combativa, sigilosa, mas queria aprender e era capaz disso. Ele não tinha descoberto muito mais.

Ela poderia ser uma *conversa* ou uma *morisca*. A maior parte da magia que sobrevivia na Espanha vinha de Morvedre ou Saragoça ou Yepes. Mas quem sabia por quanto tempo duraria, perdida para o exílio e para a Inquisição, a magia sangrando junto com os corpos de judeus e muçulmanos, sua poesia silenciada, seus conhecimentos enterrados nas pedras de sinagogas transformadas em igrejas, os arcos de palácios mudéjar? A tolerância a textos misteriosos como o *Picatrix* seria reprimida pelo papa, e o rei Filipe o seguiria.

Ele já podia sentir os efeitos de seu breve tempo com ela. Seu passo estava mais confiante, os pulmões respiravam mais fundo. Havia prazer na magia compartilhada – e perigo também. Atiçava a mente e o espírito. Preenchia o espaço com possibilidades.

Santángel cruzou um dos becos sinuosos, mantendo Avapiés à esquerda, e apressou-se até a oficina e os canis de Garavito. Essa era a parte da cidade conhecida como El Rastro, repleta de curtumes e carvoeiros e tanoeiros, seus prédios esfacelados espremendo-se uns contra os outros, suas ruas cobertas com lama e merda e sangue do abatedouro. Ninguém o viu enquanto se movia através do tráfego de carrinhos de mão e carroças, homens levando carga e bens. Seu dom de furtividade servia bem a Víctor, então vinha fácil a Santángel, mas ele se perguntava às vezes se, à medida que perdera o interesse no mundo, o mundo passara a prestar menos atenção nele.

Garavito morava no andar térreo de um prédio com paredes de reboco descascadas, construídas ao redor de um pátio onde seu senhorio o deixava manter suas gaiolas. Vinha de uma família de caçadores de peles, e, embora tivesse tentado se tornar um peleiro, não tinha talento para isso. Vendia peliças de menor qualidade para campesinos e mercadores para seus colchões, mas as martas e ginetas que berravam e choravam nas caixas de madeira apertadas no pátio seriam vendidos a homens com maior talento para transformar coisas vivas em elegantes casacos revestidos de pele, chapéus de feltro e luvas aromatizadas.

Santángel poderia ter entrado na casa com facilidade, mas bateu na porta. Um jovem atendeu, escondendo o rosto dos transeuntes na rua.

— Olá, Manuel — disse ele. — Seu pai está em casa?

O garoto assentiu e abriu espaço, virando-se. Quando Manuel tinha apenas oito anos, acidentalmente soltara uma raposa sob os cuidados do pai. Garavito tinha pegado o martelo que usava para pregar e esticar peles e esmagara o lado esquerdo da cabeça de Manuel. O garoto deveria ter morrido, mas sobreviveu, o olho para sempre semifechado, a pele da testa sarando sobre a cratera em seu crânio. A mãe já sumira havia tempos, mas, se ela tinha fugido no meio da noite ou sido assassinada por Garavito, dependia de onde as fofocas eram contadas.

Santángel pôs uma pilha de *reales* de prata na mesa arranhada.

— Saia daqui. Encontre seus tios. Ou vá embora sozinho.

O garoto manteve o olhar em Santángel, como se temesse um truque.

— Você vai matar ele?

Santángel não respondeu, só esperou. Houve um tempo em que algum senso de justiça ou virtude o teria feito querer matar um bruto como Garavito, mas agora era só uma tarefa a ser completada.

Manuel pegou as moedas da mesa, segurando-as junto ao peito.

— Vá — repetiu Santángel.

Enquanto seguia pelo pátio, ele captou o brilho de olhos em pânico e garras desesperadas através dos buracos nas jaulas. Odiava aquele lugar, e só estava feliz por depois de hoje não ter que visitá-lo de novo.

Garavito estava sentado em um banco, curvado sobre o corpo de um esquilo ensanguentado, a faca fazendo uma bagunça ao separar o corpo flácido do animal de sua pele.

— Garavito — disse Santángel suavemente.

O grandalhão se sobressaltou e ergueu-se de um pulo, derrubando o banco para trás. Ele tinha uma cabeleira preta espessa e um nariz que fora quebrado tantas vezes que se achatava quase plano contra o rosto.

— Merda — balbuciou ele, reconhecendo Santángel. Ficou parado com o esquilo estraçalhado em uma mão e a faca na outra, até que fez uma mesura desajeitada.

— Señor — disse ele. — Eu não o estava esperando.

De novo, Santángel segurou a língua, deixando o silêncio encher o pátio, os únicos sons sendo os choramingos e sibilos das jaulas.

— Eu... eu não tenho novas informações — disse Garavito. — Pode ter certeza de que enviarei notícias quando tiver.

Os irmãos de Garavito caçavam no campo, bem além da cidade, e falavam com outros caçadores de animais. No passado, esses contatos tinham fornecido a Víctor informações vitais e notícias de eventos incomuns no campo.

Garavito se remexeu sem jeito conforme o silêncio se estendia, então jogou o corpo do esquilo no banco virado. Enxugou a lâmina da faca na calça. Suas mãos ainda estavam manchadas de vermelho.

— E então? — perguntou. — O que quer? Tenho trabalho para fazer.

— Como você gosta de falar, pensei em deixá-lo falar.

Agora os olhos de Garavito se afastaram rapidamente.

— Don Víctor sabe que pode confiar em mim.

— Você demorou para nos avisar do plantador de azeitonas.

— Já expliquei tudo isso. Eram boatos, nada mais.

— Boatos de um *milagrero*. Um *milagrero* que agora pertence a Beatriz Hortolano.

Garavito cuspiu.

— Se Don Víctor tem um problema com...

— Seria sábio parar de dizer o nome dele. Você já o falou com liberdade demais. Ele perdoou a perda de Donadei, mas não pode tolerar ser alvo de fofocas. Você vem comentando minhas investigações sobre o plantador de azeitonas e nosso conhecido em Toledo. Introduziu o nome do nosso empregador nas conversas. Então, não, ele não confia em você, e isso é uma coisa muito ruim.

Garavito saltou. Santángel sabia que faria isso. Vira o modo como a postura do grandalhão mudou, seu ajuste no cabo na faca. Pulou de lado e deixou Garavito passar por ele aos tropeços.

Garavito girou e atacou de novo. Santángel poderia ter desviado do golpe, mas sua aula matinal com a criada deve ter eriçado seu humor. Ele deixou o golpe atingi-lo.

A faca se cravou nas suas entranhas, o cabo sujo projetando-se do seu torso como uma protuberância misteriosa.

Uma risada surpresa borbulhou da garganta de Garavito, como se não conseguisse acreditar totalmente no que realizara.

— O escorpião de Don Víctor não tem uma grande picada!

Ele soava tão orgulhoso, tão triunfante. Santángel quase se sentiu culpado. Mesmo assim, houve certa satisfação ao ver esse triunfo tornar-se perplexidade quando puxou a faca de debaixo do seu esterno.

Ele ofereceu o cabo de volta a Garavito, cortês.

— Gostaria de tentar de novo?

Garavito encarou a faca na mão de Santángel com a mesma suspeita que o filho demonstrara perante a pilha de moedas. Depois, agarrou o cabo e o apunhalou vez após vez, empurrando Santángel contra a parede.

Santángel deixou-se ser empurrado. Sabia que estava sendo bobo, teatral. Deveria ter se esgueirado para a casa de Garavito e cortado sua garganta. Agora estava sangrando e provavelmente teria algum tipo de febre naquela noite. Talvez pensasse que Garavito, que chamava o filho de *meia-lua* e gostava de esfolar as criaturas sob seus cuidados enquanto ainda estavam vivas para sentir, não merecia uma morte rápida. Talvez estivesse entediado. Sua mente já pensava adiante, na caminhada de volta para casa e no que escolheria para a aula do dia seguinte.

De novo, tirou a faca das tripas.

— Demônio — disse Garavito, recuando. Fez o sinal da cruz, os olhos fixos no sangue escorrendo através do gibão de Santángel. — Deus me ajude. Jesus me salve.

— Dói — disse Santángel. — Se isso o faz se sentir melhor.

Era hora de concluir a cena. Ele virou a faca contra Garavito: golpes rápidos no estômago – um eco do ataque que acabara de receber, outro gesto teatral –, um após o outro até que seu oponente desabou, depois um corte atrás de cada joelho para garantir que ele não pudesse se erguer.

Santángel abriu as gaiolas, libertando coelhos, ginetas, doninhas, arminhas que ainda não tinham ainda trocado sua pelugem castanha pelo branco do inverno e uma única raposa. Alguns fugiram. Outros se ergueram nas pernas traseiras, sentindo o cheiro de sangue no ar, sua fome tornando-os ousados.

Ele os observou se esgueirarem, hesitantes, até onde Garavito estava deitado, gemendo e tentando cobrir a ferida atrativa. Talvez os vizinhos ouvissem os gritos e viessem ajudá-lo. Talvez eles se lembrassem do empurrão que ele lhes dera na rua ou no bofetão no rosto e fechariam as janelas para bloquear o som.

Enquanto Santángel atravessava o apartamento apertado, viu que Manuel não tinha partido. Ele estava encolhido junto à janela, observando o pai morrer.

— Eu precisava saber — disse Manuel. — Não me mate, por favor.

— Certifique-se de ir embora antes que as autoridades cheguem — respondeu Santángel, e saiu de novo na rua. Víctor lhe diria para assassinar o menino também, mas Víctor não estava ali.

Levou menos de meia hora para atravessar a cidade, a capa apertada sobre as roupas destruídas, a distração das ruas lotadas bem-vinda enquanto passava por casas construídas sobre os velhos muros da guarnição. Não mentira para Garavito. Seus ferimentos eram dolorosos, mas a dor não lhe trazia nenhum interesse real. Sabia que pararia. Sabia que a morte não viria. A dor sem medo era fácil de suportar. Lavaria as mãos e trocaria as roupas e esqueceria o nome de Garavito, como esquecera os de tantos outros.

Cedo demais, viu a Casa de los Estudios, as mulheres gritando umas para as outras das barracas de verdureiros na Plaza del Arrabal, os acrobatas se apresentando na praça diante do Alcázar, e, ali, o novo palácio de Víctor – uma grande realização de pedra. Esse era o terceiro palácio

De Paredes onde Santángel já morara. Houvera quartos alugados, depois casas humildes, e então mansões grandiosas conforme a riqueza da família crescia. Esse palácio fora construído no estilo italianizado, todo de pedra em vez de tijolo, uma prova da fortuna dos De Paredes. Era a mais nova das muitas propriedades dele, construída quando começaram a correr boatos de que Filipe transferiria sua corte para Madri.

O enorme guarda-costas de Víctor estava parado fora da biblioteca dele. El Peñaco, como era chamado, um pugilista e lutador de algum lugar perto de Sigüenza. Víctor sempre o mantinha por perto quando Santángel não estava em sua presença.

— Garavito? — perguntou Víctor quando avistou Santángel na porta.
— Não vai mais fofocar.
— E a criada? Tem alguma chance?
— Nenhuma.
— Que tragédia para você. — Víctor não ergueu os olhos da escrita.

Santángel tinha esquecido suas emoções havia muito tempo. Não tinha humores para equilibrar, nada de bile, nada de baço, nada de desejo. No entanto, enquanto observava Víctor rabiscar em sua correspondência, sentiu a velha raiva se agitar. No passado, ele já ansiara por vingança quase tanto quanto pela liberdade. Isso o ajudara a superar a mesmice dos dias e lhe dera propósito. Mas, com o tempo, mesmo sua fúria tinha esvanecido, extinta pela verdade de sua maldição, pela marcha incessante dos anos. Como era estranho descobri-la ainda dentro dele, uma fonte subterrânea capaz de alimentar um grande rio.

Capítulo 14

O quarto novo de Luzia não tinha tranca. Mesmo se tivesse, ela não teria ousado fechá-la, mas apoiou uma cadeira contra a porta, por motivos que não conseguiria explicar. Não pensava que Valentina viria açoitá-la com uma vara à noite, e nunca temera avanços de Don Marius. Ele batera nela mais de uma vez, e muitas vezes a pedido de Valentina, quando a mulher sentia que seu braço era débil demais para a disciplina necessária, mas Luzia nunca se preocupara com ser encurralada num corredor escuro. A única paixão do homem era carne de cavalo cara. Além disso, ela não era uma estranha na casa. Conhecia o cheiro daquele quarto, a roupa de cama que ela mesma lavara em água fria. Como seria se deitar sob o teto da casa De Paredes? Ou em La Casilla? Um palácio teria os mesmos cheiros? Será que Guillén Santángel dormia em belos aposentos, ou era enfiado em algum sótão, empoleirado como um morcego?

Ele era frio e desdenhoso, mas ela não podia negar seus conhecimentos. Suportaria de bom grado o seu desdém se ele pudesse ajudá-la a vencer o *torneo* e manter os olhos da Inquisição longe dela. Luzia ouvira as palavras na cabeça, como ele instruíra, e também as vira, formando-se na escuridão como se escritas em tinta dourada, dançando quando encontraram sua melodia. Criadas de cozinha não sabiam ler nem escrever, e ela não tinha interesse em atrair mais perguntas sobre seu passado. Podia realizar seus *milagritos* e manter os *refranes* das cartas da tia para si mesma. Ali estava a chance pela qual ela rezara.

Luzia pensou brevemente nos presuntos e nos bulbos de alho pendurados como decorações de festa na despensa. Ouvira falar em soldados que voltavam de longos cercos e escolhiam dormir no chão duro porque não toleravam o luxo de um colchão macio, mas talvez não tivesse inclinação militar, ou talvez um quarto escuro fosse muito parecido com qualquer outro, porque adormeceu imediatamente e sonhou com fileiras de laranjeiras, os caminhos entre elas cobertos com cascalho branco, o céu azul e sem nuvens acima. Ela podia ouvir os borrifos de uma fonte, música tocando em algum lugar, uma canção conhecida sendo dedilhada nas cordas de um instrumento que não sabia identificar. Estava caminhando de mãos dadas com alguém, mas não sabia dizer quem.

Acordou faminta e vestiu-se devagar, sem conseguir livrar-se do prazer do sonho. A languidez tinha se infiltrado em seus membros e fazia seus movimentos parecerem passos em uma dança que ainda estava aprendendo. Espartilho, meias, saia. Ela cantarolou enquanto vestia cada peça, sua mente tentando agarrar a canção do sonho, tentando situar onde a ouvira antes.

Em seguida, desceu à cozinha para atiçar o fogo e começar a preparar o pão. Ainda havia trabalho a ser feito, não importava onde ela dormisse; Valentina tinha razão sobre isso. No mercado, ousou gastar um dinheirinho numa *empanadilla* recheada com porco e uvas-passas doces. Águeda fazia as dela com vinho de marmelo e Luzia admitiria que eram melhores, mas sentou-se ao sol e as comeu com prazer mesmo assim, deixando a sensação que tivera no laranjal dominá-la – a paz, o deleite daquela mão na sua. Algumas vezes, ajudara Hualit a escolher sedas para vestidos e eles pareciam água fresca fluindo através dos seus dedos. Esse era um prazer similar. Tentou cantarolar a canção de novo, sentindo-a faiscar sob a língua. A melodia queria ser alguma coisa, ela só precisava achar as palavras.

Quando voltou à Casa Ordoño, amarrou um avental novo e enfiou o cabelo com cuidado sob a touca. Observou seu reflexo na superfície curva de um jarro de estanho. Tentara certificar-se de que não houvesse sujeira no pescoço, mas não podia fazer nada quanto à camada de suor em seu cenho, ao rubor das bochechas adquirido no calor da cozinha, às sardas que pairavam como nuvens de pólen em sua pele.

Águeda irrompeu em risadas.

— A dama elegante está se preparando para receber visitantes? Pode olhar quanto tempo quiser, não vai ficar mais bonita.

Luzia abaixou o jarro com um baque metálico.

— Talvez eu devesse me banhar nua sob o luar. Quiteria Escárcega diz que faz maravilhas para a pele.

Águeda só bufou.

— Vai precisar de mais que isso, tonta.

— Que você perca dois dentes para cada um que tem — murmurou Luzia.

— Quem você espera impressionar? Don Víctor veio nos agraciar com sua presença de novo? Sem dúvida trará aquela criatura amaldiçoada com ele.

Por um momento, Luzia imaginou Víctor de Paredes com um pássaro no ombro ou uma pantera na ponta de uma coleira incrustada de joias. Ela sabia de quem Águeda falava, mas perguntou mesmo assim.

— Criatura?

— El Alacrán. — Ela fez o sinal da cruz e cuspiu por cima do ombro. — O criado de Don Víctor, mas vai saber o que realmente faz naquela casa.

El Alacrán. O escorpião. A mãe lhe tinha dito que eles eram mais perigosos que cobras, porque quando eram rechaçados não tinham o bom senso de ficar longe. Escondiam-se até estarem prontos para atacar.

— Por que o chama assim? — perguntou Luzia.

— É como ele chama a si mesmo.

— Ele se veste como um cavalheiro, e fala como um também.

— Não deixe os bons modos dele enganarem você. E nunca olhe diretamente nos olhos dele. É assim que ele rouba almas. — Águeda abaixou a voz. — Ele fez um pacto com o diabo pela vida eterna.

Luzia não conseguiu evitar revirar os olhos.

— Então deveria pedir o dinheiro de volta. Parece estar com um pé na cova.

— Mas nunca entrou nela, não é? — Águeda pegou um ramo de alecrim, esfregando a mão nele para remover as folhas fragrantes. — É melhor tomar cuidado, Luzia Cotado. Pessoas que cruzam o caminho daquele homem acabam mal. Não pense que eu não ouvi as fofocas sobre seus truquezinhos. Isso é obra do diabo, eu juro.

Luzia arrancou o alecrim da mão de Águeda e jogou no fogo.

— Diga essas palavras de novo e sua touca será a próxima.

— Você não tem...

Luzia tirou a touca da cabeça de Águeda e a jogou nas chamas.

Águeda deu um grito estridente.

— Você enlouqueceu!

Talvez. Mas falar no diabo era perigoso. Aquilo podia criar raízes e fazer brotar uma árvore que seria seu cadafalso.

— Meus *truquezinhos* são *milagritos*. São uma dádiva de Deus.

— A arrogância...

— Uma dádiva de Deus. — A faca de Águeda descansava na mesa, esperando para ser usada no peixe que Luzia tinha trazido do mercado em seu balde. Luzia não a ergueu, mas bateu os dedos no cabo. — Diga.

— Qual é o seu problema? Eu...

— Diga.

— Eles são a obra de Deus — disse Águeda, entre dentes cerrados.

— Na próxima vez que pensar em falar o nome do diabo nesta casa, pense o que significaria ter uma inimiga que fala com ele. — Luzia recuou um passo. — Paz, Águeda. Pense também no que uma mulher santa poderia fazer por você, se a tratasse com gentileza.

Com isso a cozinheira piscou, sua indignação e medo abrindo caminho para uma avaliação, como se considerasse pela primeira vez quais acidentes poderiam ocorrer com uma certa dramaturga.

— Isso mesmo — disse Luzia. — Nunca se deve esperar por milagres, mas pode-se torcer por eles mesmo assim.

Ela imaginava encontrar Santángel a esperando no quarto, mas quase tropeçou quando viu Hualit sentada à escrivaninha, e Doña Valentina rondando a janela. Pelo menos ela tinha uma desculpa para parecer atrapalhada.

— Finalmente — disse Hualit, erguendo-se da cadeira com tanta graciosidade que pareceu simplesmente flutuar para cima. Ela estava usando seu traje completo de Catalina de Castro de Oro, embrulhada em veludo preto, as mangas volumosas e bordadas em um padrão elaborado para revelar o cetim cor de creme por baixo. O espartilho espremia seus seios em uma espécie de couraça de modo que ela parecia um grande sino, mas de alguma forma combinava com ela. — Eu desejava conhecê-la há tanto tempo. Madri só fala de você.

As palavras eram um eco quase exato do que Hualit dissera a Luzia na capela de San Ginés, e ela teve um estranho senso de duplicação. Elas eram Luzia e Hualit, sobrinha e tia. Eram duas estranhas, criada e viúva.

As mãos de Valentina se agitaram, então repousaram na cintura.

— A señora de Castro de Oro concordou em ajudar a preparar você para La Casilla.

— Isso é muito gentil, señora — disse Luzia, com uma mesura.

As sobrancelhas de Hualit se ergueram. Luzia tinha treinado sua mesura no quarto novo na noite anterior, colocando um pé atrás do outro. Não era tão difícil quando suas pernas e costas eram fortes graças ao trabalho doméstico.

— É, não é? — murmurou Hualit baixinho. Ela andou lentamente ao redor de Luzia e disse: — Bem, não será fácil. Ela é baixa demais para ser imponente, e eu desejaria uma pele mais clara. Mas Pérez deve olhar para ela e ver uma arma a ser afiada. Além disso, Gracia de Valera é uma das outras candidatas, e seria tolice tentar colocá-las em pé de igualdade.

— Não conheço esse nome — disse Valentina.

— Não? Ela aparece na corte com frequência.

Luzia queria celebrar a crueldade da tia, mas não conseguia deixar de sentir que, ela e Valentina, pássaros cinzentos ordinários raramente vistos fora do seu poleiro, tinham mais em comum do que ela e Hualit.

Hualit bateu as palmas uma vez e seguiu para a porta.

— Venha. Temos muito a fazer.

— A señora vai sair? — perguntou Valentina.

— *Nós* vamos sair. Será mais fácil se visitarmos Perucho no armazém dele.

— Você não pode levá-la!

Hualit parou e virou-se lentamente no calcanhar, o movimento exagerado, quase cômico.

— Iremos juntas, não?

— Juntas?

— É claro. Você também precisa de vestidos novos. Ou entendi errado?

Como Luzia compreendia o anseio e a humilhação de Valentina.

— Não podemos... — A voz de Valentina era rouca. — Não podemos ir desacompanhadas.

Viúvas tinham mais liberdade que a maioria das mulheres. Viúvas ricas, ainda mais. Mas havia limites.

— Meu confessor irá conosco — disse Hualit, como se fosse óbvio. — Ele está esperando na carruagem.

— *Sua* carruagem?

Os lábios de Hualit estremeceram. Então Valentina não era totalmente desprovida de coragem.

— A carruagem pertence a Don Víctor, mas ele a ofereceu para nosso uso.

Luzia viu Valentina hesitar. Ela não sabia qual regra estaria violando, qual liberdade estaria tomando. Teria que pedir a Don Marius permissão para sair. Luzia se perguntou o que Hualit faria se Valentina dissesse não, se proibisse Luzia de ir. Ela provavelmente deveria. Isso colocaria Hualit no seu lugar, e Luzia conhecia a tia: tal demonstração de orgulho a impressionaria. Mas Luzia não queria que Valentina recusasse essa oportunidade. A coisa ávida dentro dela estava faminta por veludo e pele.

— Vou pegar minha capa — disse Valentina.

Hualit sorriu, e Luzia não conseguiu evitar sorrir também.

Valentina tinha comprado os dois vestidos que usava em casa de uma barraca do mercado e fizera o terceiro – o mesmo que usara em seu casamento – ela mesma. Não havia orgulho nisso. Ela sabia que mulheres ricas tinham seus próprios alfaiates, que lhes traziam tecidos ou mesmo vestidos da Itália e da França.

O confessor de Valentina, que era muito mais velho e severo e coberto de suíças do que o jovem ao lado da janela na carruagem, dissera que era da natureza das mulheres se preocupar demais com questões mundanas, e que fora assim que o diabo tentara Eva no primeiro jardim do mundo. Ele contara a história de uma jovem condessa que ansiara por um broche de rubi com tanto fervor que acordara com a língua bifurcada.

Então Valentina soube que tanto sua alma como sua língua estavam correndo perigo conforme a carruagem chacoalhava pelas ruas. Mesmo assim, não conseguia impedir seus pensamentos desobedientes e luxuriosos. Era inapropriado, imoral, mas, por mais que tentasse abafá-lo, ela sentia que o prazer vazava dos seus poros, untando sua pele. Não era só a promessa de novas roupas. Andar de carruagem na rua, ver o mundo passar em tantas cores. Ela teria alegremente percorrido a cidade toda dessa forma, sua mente tropeçando na pressa de reconhecer ruas e monumentos, absorvendo fontes e vitrines de loja e rebanhos de pombos de peito claro. Valentina ergueu o pulso ao nariz; o sachê de ervas secas amarrado a sua manga estava cheio de alecrim e sálvia, e ela inspirou fundo. Era feito para proteger a pessoa de cheiros fétidos, mas nada podia ser fétido nesse momento. O fedor da cidade, mesmo a lama e o excremento nas ruas, eram lindos hoje.

Marius parecia pouco à vontade na carruagem estreita, mas não estivera disposto a deixar a esposa sair com Catalina de Castro de Oro, acompanhada por padre ou não. Por mais que fosse uma viúva, favorecida por sua inteligência e beleza, e bem-vinda entre as melhores famílias, a lealdade dela era para com Don Víctor, e ele não a queria sozinha com a Luzia deles.

Não que Marius tivesse perguntado, mas Valentina achava que ele tinha razão em se preocupar. Havia uma estranha intimidade entre Luzia e a viúva. Talvez intimidade não fosse a palavra certa. Era como se cada palavra que elas falassem tivesse um significado oculto por trás.

Quando o grupo emergiu na rua, Valentina sentiu outra pontada de exultação. Eles não tinham ido muito longe, só até Puerta de Guadalajara, mas parecia que estavam a um oceano inteiro da Casa Ordoño. Ela não sabia bem como chamar o prédio em que entrara, parte loja e parte armazém. Não era como um açougue ou uma livraria, mas uma espécie de silo para a estocagem de objetos de luxo, dois andares repletos de prateleiras e araras de roupas, conectadas por passarelas e escadas, as pilhas de tecido dobrado e montes de brocado assomando sobre três mesas de corte e um coro de manequins estofados, seus torsos alfinetados com pedaços de seda rígida e amarrados com renda. Duas fileiras de cabeças flanqueavam as portas em toucas e véus com joias. Caixas cheias de penas refletiam a luz da janela, suas prateleiras carregadas com penachos cuidadosamente bordados com fios de ouro e prata, penas de faisão listradas, papagaio azul e vermelho, plumas iridescentes cintilando verdes e amarelas.

— Você está encarando — disse Marius, beliscando seu cotovelo e a guiando adiante.

— Por que não encararia? — disparou ela, sem pensar. — Um homem cego não encararia sua primeira visão do mundo?

Ele a fitou boquiaberto e ela se perguntou se bateria nela ou... ela não sabia o quê. Nunca atraíra a atenção *ou* a ira de Marius.

Mas a viúva entrelaçou o braço com o de Valentina.

— Tão poucos prazeres são permitidos às mulheres. Não é à toa que ansiamos por um pouco de seda.

— É pecaminoso — disse Valentina, odiando sua voz afetada e melindrosa.

A viúva só deu uma piscadela.

— É mais pecaminoso andar nua.

— É por isso que não há alfaiates no inferno — disse um homem baixo vestido em camadas pesadamente adornadas de brocado cor de ameixa.

O confessor da viúva soltou um ruido desaprovador, e Valentina não sabia se ria ou implorava perdão por manter a companhia de tais pessoas.

O alfaiate fez uma mesura a cada um deles, recebendo-os calorosamente e se apresentando como Perucho, com o ar de alguém que esperava que seu nome fosse bem conhecido. Seu cabelo era comprido e dividido no meio, seu bigode elaboradamente lubrificado. Ao lado dela, Valentina sentiu Marius se retesar. Embora o sotaque do alfaiate fosse impecável, ele tinha o ar de um estrangeiro.

— Vocês notaram o trabalho de nosso *plumajero* — disse ele, gesticulando para as caixas. — Fica atrás apenas do homem do rei. Garçotas, avestruzes, papagaios, até garças-noturnas. Notem as cores. Não encontrarão alume aqui. Nós tingimos com cúrcuma e frutas da Pérsia, mais roxas que um hematoma. — Ele os conduziu até uma das mesas. — Venham. Acabei de retornar de uma viagem de compras que me levou por terra e mar, e tenho algumas coisinhas especiais preparadas para vocês.

Enquanto falava, ele assentiu muito sutilmente em direção a clientes em outro canto da loja, um pai com sua filha.

A garota era como uma bonequinha, a risada aguda e doce, seu cabelo dourado-avermelhado afastado do rosto por dois pentes incrustados de joias.

— Ah — disse a viúva, os olhos brilhando de interesse. — Teoda Halcón. Confio que não desperdiçou seus melhores produtos naquela viborazinha.

— Ela é uma criança — disse Valentina, escandalizada.

Teoda virou enquanto ela e o pai saíam da loja, seu olhar passeando pelo grupo deles e pousando em Luzia, os lábios curvando-se num sorriso.

— Essa não é uma garota comum — disse a viúva quando eles foram embora. — Ela é a Criança Celestial.

O confessor fez o sinal da cruz.

— Das visões sagradas.

— Ela é uma de suas oponentes — disse a viúva a Luzia. — Lembre-se disso.

— Uma garotinha? — perguntou Valentina.

A viúva assentiu.

— Aquela garotinha fala com anjos. As visões dela são incrivelmente precisas.

— Um coração puro — disse o confessor. — A encarnação da inocência.

— Veremos — disse a viúva.

— O que o pai comprou para ela? — perguntou Don Marius.

— Adornos — respondeu o mercador, rindo. — Presentes para sua queridinha. Seus negócios o levam com frequência à Alemanha e aos Países Baixos, então ele não tem muita necessidade dos meus serviços. — Trocou um olhar com a viúva que Valentina não entendeu. — Agora, Luzia, deixe-me vê-la. Ouvi tanto sobre seus *milagritos*. Não sou tão vulgar a ponto de pedir uma demonstração, mas talvez, depois que a transformar, esse humilde mercador mereça um convite para jantar com seus benfeitores.

Marius tensionou e Valentina sentiu uma pontada de tristeza. O marido jamais receberia tal homem na casa deles, mas que coisas lindas ela poderia ganhar se o fizesse?

Perucho deu um passo para trás e observou Luzia.

— Como uma criada deve impressionar um rei? Ela é tanto artista quanto serviçal, então qual o modo mais vantajoso de exibi-la?

— Ela deveria se vestir como os outros competidores do *torneo* — disse Marius, brusco.

Novamente o mercador riu.

— Isso seria um erro desastroso. Não precisamos nos preocupar com o príncipe...

— Príncipe? — repetiu Valentina, esganiçada. — Luzia vai competir com um príncipe?

Mas Perucho continuou:

— A Criança Celestial vai usar cores claras para complementar seus cabelos e olhos. E a señorita Gracia de Valera... bem, ela tem seu próprio alfaiate, um italiano, e, embora me doa admitir, ele é um gênio. Mas isso... — Ele apontou para Luzia. — Um desafio. Ela tem uma cintura. Já é alguma coisa. Pena que não podemos exibir o decote. Se ao menos ela não fosse tão escura, como uma pequena noz...

— Eu sei como deveria me vestir.

Todos encararam Luzia, e Valentina percebeu que quase tinha esquecido que a mulher podia falar.

— É mesmo? — perguntou a viúva.

— Eu não posso competir com beleza. Não posso ser encantadora como uma criança. Então me dê uma armadura. Faça parecer que eu escolhi ser humilde.

— Intrigante — disse Perucho devagar.

— Você tem minha atenção — disse a viúva.

Os olhos de Luzia estavam obstinados enquanto sustentava o olhar de Catalina de Castro de Oro e afundava em outra mesura chocantemente graciosa. Valentina não tinha certeza se elas tinham formado uma amizade ou se estava vendo soldados se preparando para se enfrentar no campo de batalha. De toda forma, ela ganharia três vestidos novos e talvez uma nova touca, se gastasse seu dinheiro com cuidado.

Capítulo 15

Luzia aprendeu como se comportar à mesa de banquete, as formas de tratamento corretas, como sentar-se com seu novo espartilho, e como arranjar os aros e suportes de seu *verdugado* para poder usar um penico sem tombar para a frente ou sujar os sapatos – embora tivesse sido firmemente instruída a esperar uma criada para ajudá-la, a não ser que a situação fosse drástica. Os sapatos em si eram de couro, mas os *chapines* que lhe tentaram impor tinham sido rapidamente descartados. Os sapatos de madeira com seus saltos de roliça deveriam torná-la mais alta, mas ela não tinha tempo para aprender a andar neles com confiança. Tinha dado dois passos titubeantes durante sua segunda prova antes que Perucho abanasse as mãos e declarasse:

— Nem todos os experimentos são um sucesso.

Não se esperava que ela soubesse dançar ou tocar um instrumento ou falar sobre geografia ou questões do mundo. Na verdade, ela não precisava falar de forma alguma. Sorria e erga sua taça quando as pessoas ao redor fizerem isso. Mantenha os olhos nos sapatos ou no seu prato. Respostas seguras a perguntas sobre política ou investidas inapropriadas eram as mesmas: "Eu vivi uma vida protegida, señor" ou "Eu não sei o que pensar". Não era tão diferente de ser uma criada.

Uma garota com cabelo laranja apareceu na cozinha uma manhã, sua cesta de mercado cheia já acomodada na mesa, seus braços molhados até o cotovelo enquanto lavava grãos-de-bico para Águeda. Luzia ficou parada ao pé das escadas, sem saber o que fazer até Águeda perguntar:

— A señorita deseja alguma coisa?

Luzia abriu a boca. Fechou-a.

— Não — conseguiu dizer.

Águeda soltou algo entre um grunhido e uma risada, soprando o cabelo para longe do rosto suado.

— Pense só, Juana, se aprender uns truques e lavar o pescoço, você também pode se tornar uma dama elegante.

O tom dela não tinha o mesmo estalo cruel de sua colher de madeira. Agora ela estava ansiosa, sem saber bem o que Luzia poderia ser ou se tornar. Luzia também não tinha certeza.

Mas ela estava mais preocupada com Juana encarando-a boquiaberta por cima da cevada e das amêndoas.

Águeda a tinha avisado de que os boatos se espalhavam, e lá estava uma prova. Luzia estivera presa na Casa Ordoño, concentrando-se em suas aulas e tentando pensar em novos jeitos de usar as palavras das cartas de Hualit. *O que aconteceria se eu andasse até o mercado agora?*, ela se perguntou. Cabeças se virariam para segui-la, uma maré de murmurinhos se formando atrás dela? A ideia lhe deu um arrepio vergonhoso de prazer.

Mesmo assim, Luzia sentia-se possessiva em relação ao seu chão de terra e sua vela escondida na despensa, e teve que resistir ao impulso de rosnar para a pobre Juana. Subiu as escadas devagar. Tinha perdido seu lugar, mas o que havia para lamentar? Por que essa nova pontada de medo? Talvez porque nada tivesse parecido real antes desse momento. O quarto novo, as roupas, as aulas. Ela não tinha exatamente acreditado em nada disso. Pensara que estava ensaiando uma peça que nunca iria estrear.

Santángel esperava fora do seu quarto para a aula deles. Era tão alto que ela arriscava um torcicolo se quisesse observar os ângulos de seu rosto adequadamente, e parecia diferente naquela manhã. Ainda pálido e esguio, mas menos como se pudesse morrer a qualquer momento.

— Você está distraída — disse ele quando a seguiu para dentro, deixando a porta aberta como sempre.

— Estou questionando onde tudo isso acaba.

— Na vitória, é claro.

— Você mente muito mal. — Do outro lado da rua, as cortinas da sala de música estavam fechadas, a janela trancada. Luzia se perguntou se jamais ouviria a harpa ser tocada. — Nós dois sabemos que não posso vencer.

— Se eu acreditasse nisso, não me daria ao trabalho de tentar.

— Você faria o que Don Víctor lhe manda fazer.

Ele cruzou os braços.

— Conte-me mais sobre o que eu faria.

Luzia era sábia o bastante para hesitar, mas achava difícil não ser imprudente durante essas aulas, sem ninguém assistindo ou ouvindo exceto Santángel.

— Dizem por aí que você é um assassino.

— Você mesma disse que eu faço o que me mandam.

— E seu patrão o manda cometer assassinato?

O aceno de Santángel era desinteressado.

— Ele cultivou minhas habilidades e elas são sangrentas. Nós fazemos o que nos instruem a fazer. Há outro caminho para criados?

— Não que eu tenha conseguido descobrir — admitiu ela. Ele se importava tão pouco com as vidas que tirara? Ela deveria ter mais medo por ele não se importar?

— Por que você acha que não pode vencer? — perguntou ele.

— Posso ver em seu olhar, ouvir em sua voz. Eu não tenho os modos nem a postura. Tenho um fiapo de poder e seu patrão tem ilusões.

— Você tem mais do que um fiapo de poder — disse ele a contragosto.

Luzia sabia disso, mas a visão de Juana e seu cabelo laranja na cozinha tinha azedado seu humor.

— O suficiente para vencer? — insistiu ela. — O suficiente para sobreviver à vida de campeã do rei?

Santángel não sabia bem como responder. Ele estava tanto empolgado como perturbado com o progresso da criada. Qualquer que fosse o poder que fluía através de Luzia Cotado queria rédea solta. Esse poder pertenceria a Víctor – e Santángel seria livre. Simples assim. E ela não ficaria mais feliz? Mais satisfeita do que estivera quando dormia no chão? O palácio de Víctor poderia parecer uma maldição para ele, mas, para uma garota sem instrução e sem perspectivas, seria uma mudança de circunstâncias gloriosa.

Se ela pudesse vencer. Luzia podia encher um quarto com feijões. Podia fazer rosas florescerem em profusão.

— Mas não tem talento para previsões? — perguntara Víctor na noite anterior. Ele estivera agitado, irritável, exigindo atualizações constantes sobre o progresso da criada. Quanto mais se aproximavam do *torneo*, pior ele ficava.

— O rei tem astrólogos para fazer previsões.

— A Criança Celestial tem visões, visões corretas.

— Você me trouxe uma garota com um talento singular — disse Santángel. — Não posso refazê-lo na imagem que prefere.

— De que adiantam rosas e feijões para um rei?

Santángel se maravilhava com a falta de imaginação de Víctor. Ele ansiava por uma garota com visões, mas ele mesmo era míope.

— E se os feijões fossem navios? — perguntou Santángel. — E se ela simplesmente pudesse fazer uma nova armada para ele? Ou mil mosquetes a partir de um?

— Ela pode?

Com a ajuda dele, ela poderia. Com a sorte dele. Mas sem ele?

— Ainda não sei.

Ela não podia multiplicar ouro ou pedras preciosas sem consequências. Ele aprendera isso às suas próprias custas quando insistira que ela tentasse transformar uma moeda de prata em muitas. Elas se tornaram pequenas vespas, e ele ainda estava coberto de vergões. Mas livros ela fizera em profusão, multiplicando seu estimado Petrarca em uma pilha de cópias perfeitas, cada palavra no seu lugar certo, mesmo que não soubesse lê-las.

Havia um conselho que ele deveria dar a Víctor. Era perigoso atar seu destino a alguém de talento incerto. Um título era uma coisa, mas era tolo colocar-se em tamanha proximidade aos caprichos de um rei. Se Santángel fosse um amigo verdadeiro ou um conselheiro real, talvez tivesse dito todas essas coisas. Mas ele era um prisioneiro, e o único pensamento na mente de um prisioneiro era a liberdade.

— Ela vai impressionar — prometeu. — Mesmo se eu tiver que espremer a magia dela pessoalmente, ela vai impressionar.

Agora ele observou Luzia ir até a mesa e sentar-se. Ela apoiou as mãos no colo e fechou os olhos.

— O que está fazendo?

— Sentando.

— E?

— Sentar é um grande prazer para uma criada.

— Doña Valentina deveria ter contratado outra criada.

— Juana foi coisa sua?

— Do meu patrão. Ele quer seu tempo e forças dedicados ao treino e à prece.

Os olhos dela se abriram, grandes e escuros, com cílios grossos. Ele entendia por que ela escondera esse olhar, constantemente mantendo os olhos fixos nas mãos ou no chão ou nos pés estabanados. Era sábio demais, vigilante demais, e dizia a ele que ela sabia que ele estava mentindo.

Santángel sugerira contratar a nova criada quando Víctor reclamou que Luzia fedia a cozinha.

— Do que adianta vesti-la em veludo se ela cheira a cebola e gordura de bacon?

Santángel ficara tentado a corrigi-lo. Ele estivera perto o bastante de Luzia para saber que ela cheirava a flor de laranjeira, e tinha considerado aconselhá-la de que mulheres de boas famílias não usavam fragrâncias. Como ela podia bancar isso, afinal? Teria um amante? A ideia o perturbava, mas só porque ela não podia se dar ao luxo de ter indiscrições.

— Então tire-a da cozinha — dissera ele a Víctor, ecoando as próprias palavras de Luzia. — Pague por uma criada. Isso lhe dará outro par de ouvidos dentro da casa.

— Como você está ansioso para gastar o meu dinheiro — resmungara Víctor.

— Só porque sei quanto você tem.

Santángel observou Luzia, devolvendo seu olhar.

— Você não está feliz de ter outro par de mãos no trabalho?

— Ela é jovem — disse Luzia — e tem o físico de um pedaço de palha quando precisamos de uma vassoura inteira.

— Isso não é mais problema seu. Sua meta é vencer. Ou se apresentar bem o suficiente para o rei escolher mais de um campeão.

— Isso é possível?

Santángel olhou pela janela, para onde El Peñaco estava encostado na carruagem de Víctor, aguardando ordens. Por que o rei aceitaria um único soldado divino quando poderia ter um exército?

— Se o rei puder garantir que seu poder é angelical, é possível que deseje colecionar *milagreros* como coleciona relíquias. Mas Filipe odeia a corte. Ele fica mais feliz sozinho com seus livros ou curvado sobre trabalhos que deveriam estar abaixo dele. Se escolher mais de um campeão, vai apenas armar o palco para uma grande rivalidade. Isso seria perigoso para todos.

— Como eu sei... — Luzia hesitou, os olhos no crucifixo pesado pendurado sobre a porta. — Como eu sei se o meu poder é angelical?

Santángel sentou-se na cama na frente dela.

— Essa é uma pergunta perigosa. Mais perigosa do que ser uma *conversa* na corte do rei.

Quando ela se encolheu, Santángel soube que seu palpite fora certeiro. Os *conversos* tinham sido o começo da Inquisição, o medo de que os judeus que aceitaram o batismo para salvar a vida e o lar, e então permanecer na Espanha, não fossem fiéis de verdade, mas fraudes que praticavam sua religião em segredo e poderiam corromper a própria alma da Espanha. Os padres e seus capangas tinham feito bem seu trabalho e, ultimamente, havia poucos judeus secretos para caçar, então eles voltaram sua atenção para os hereges e fornicadores e blasfemos. Mas qualquer mácula de sangue judeu, não importava quantas gerações no passado, não podia ser associada a alguém que esperava uma posição social mais alta, juntar-se a uma ordem militar ou estudar na universidade, e certamente não a alguém que podia realizar milagres.

Se Luzia entrasse no serviço do rei, cada elemento de sua vida seria esquadrinhado. Seu batismo, o tempo que ela passava na missa, quando ela tomava ou não tomava a comunhão, se celebrava dias de festa ou jejuava na Quaresma, ou se não comia de um prato feito com carne de porco. Em seguida, ela seria desafiada a jurar fé na Trindade, o que era fácil. Mas, então, poderia ter que a explicar – algo que poucos *viejos* podiam fazer. Vencer o Torneo Secreto seria só o começo.

— Víctor de Paredes não dá nenhum passo sem entender o jogo que está jogando — disse Santángel. — Ele já se encontrou com uma *linajista* para atestar a pureza do seu sangue e escrever uma história limpa para você.

— Como se eu fosse me casar.

— Com qualquer família de fortuna ou reputação, sim.

— Uma criada de cozinha não tem tais preocupações.

— Não. Ninguém olha perto demais para uma mulher vestida em trapos.

— Pois deveriam — disse Luzia. — Quem tem mais poder numa casa do que a mulher que mexe a sopa e faz o pão e esfrega os pisos, que enche o aquecedor de pé com brasas quentes, e organiza suas cartas e cuida dos seus filhos?

A raiva irradiava dela como o calor de uma pedra deixada ao sol. Ela tinha razão, é claro. Esses eram os modos como as mulheres entravam no corpo, através da cozinha, através do quarto das crianças, suas mãos na sua cama, suas roupas, seu cabelo. Havia perigo nessa confiança, e um homem sábio aprendia a respeitar as mulheres que cuidavam de seu lar e herdeiros.

— *Você* não questiona de onde vem esse poder? — perguntou ela. — Não o teme?

— No *Ghāyat al-Hakīm*, a magia era vista como o resultado natural de uma vida santa, a marca de um verdadeiro sábio. Por muito tempo, a Coroa e a Igreja compartilharam dessa crença. O livro foi até traduzido para o castelhano, por ordem real.

Luzia riu.

— Mas eu não vivo uma vida santa.

— Eu já vi todo tipo de poder — disse ele. — Sagrado e perverso. Nunca consegui localizar os limites entre ciência e fé e magia, não que me importe em fazê-lo.

— E não tem medo... do diabo? De seus lacaios?

— Tema os homens, Luzia — disse ele. — Tema suas ambições e os crimes que eles cometem a serviço delas. Mas não tema a magia ou o que pode fazer com ela.

Era o mais próximo da honestidade que ele podia chegar.

Capítulo 16

om ele, ela não tinha medo. Ali, com o escorpião que conhecia seus segredos, com um assassino que fazia Hualit estremecer e Águeda se persignar. Talvez ele não temesse o diabo porque era um demônio ele mesmo. *Pessoas que cruzam o caminho daquele homem acabam mal.* Talvez, mas, naquele quarto, no silêncio da manhã ou da tarde, só havia a aula e o prazer de deixar a magia tomar forma, de senti-la se expandir e se fortalecer. Era por isso que ela esquecia o seu lugar tão facilmente com ele, por isso que deixava de segurar a língua ou curvar os ombros.

Ela não podia dizer nada disso, então disse:

— Me conte sobre os desafios.

— Primeiro, sua aula. Passamos tempo demais filosofando. — Ele se ergueu e foi até a mesa onde deixara a bolsa de couro que carregava com frequência. Às vezes continha feijões ou brasas ou livros. Naquele dia, ele tirou uma bolsinha de seda e esvaziou os conteúdos na mão.

— Sementes? — Eram pequeninas e branco-cinzentas, com manchas rosa em alguns lugares. Pareciam dentes de bebê.

— Vamos começar com algo fácil. O seu milagre das videiras, para fazê-las florescer. — Ele pôs uma única semente na palma.

Simples. As palavras se formaram na cabeça dela, tinta dourada vertendo-se na página. Ela não conhecia as línguas bem o suficiente para diferenciá-las – espanhol, turco, grego, não tinha certeza, mas sentia que estavam ganhando ímpeto, afastando-se da Espanha até países que ela nunca veria e voltando.

Com um roçar da palma dela sobre a dele, um caule verde e fino brotou onde a semente estivera, suas raízes frágeis não se agarrando a nada. Outro passe da mão e o caule engrossou, explodindo em folhas, o bulbo da raiz engordando de modo que Santángel teve que colocá-lo na mesa ao lado de sua bolsa. Uma corrente de calor a atravessou, como se a magia tivesse sido refletida de volta na sua mão.

— Romã — arquejou ela, encantada.

— Elas levam três anos para dar frutos — disse Santángel, seu olhar como nuvens se movendo sobre água. — Mas isso não é desafio algum para você.

Ele estendeu o dedão e o indicador e rompeu o caule. O broto quebrou, sua cabeça verde pendendo desamparada sobre a beirada da mesa, e Luzia sentiu uma pontada de tristeza pelo que tinha feito.

— Uma coisa é reparar um objeto como uma taça — disse ele. — Mas você pode curar uma coisa viva?

O milagre da videira, agora o milagre do cálice. Deveria ser fácil.

Luzia fechou os olhos e alcançou aquela canção simples que usara tantas vezes: *uma mudança de cena, uma mudança de sorte*. Dessa vez pareceu estranha, como se a música estivesse sendo puxada em duas direções, faminta para formar uma nota nova, um padrão novo. As letras oscilaram no escuro. Ela abriu os olhos e fitou Santángel, que a observava muito atentamente. Como eram estranhos os olhos dele; no entanto, ela não podia negar que gostava de ser o foco de sua atenção. Podia sentir a forma dele no quarto, como se ele fosse uma pausa na música, uma pedra pesada e imóvel contra sua maré. Luzia puxou a canção de volta em sua forma apropriada, mais forte do que antes.

O caule estremeceu, algumas folhas se soltando, e então se endireitou como um homem acordado de um sonho profundo e se sentando na cama. Novas folhas desenrolaram-se do caule reparado – um tronco, agora, cinza e firme. Suas raízes treparam pela mesa, procurando apoio; flores laranja brilhantes irromperam de seus galhos. Um pequeno sorriso tocou os lábios de Santángel.

— Sem solo. Sem chuva. Entretanto, ele cresce. Quem sabe do que você é capaz, Luzia Cotado?

Ela piscou, assustada pelo eco de seus próprios pensamentos, pensamentos de que ela tentava se arrepender desde a noite em que se sentiu flutuar acima de Madri, quando se apresentara pela primeira vez aos convidados de Valentina, quando tomara seus primeiros passos incautos num caminho que ainda permanecia envolto em sombras. O modo como ele acreditava nela era vinho numa barriga vazia, e a deixou atordoada.

O silêncio foi rompido pela voz grave de Víctor de Paredes.

— Milagres parcos, de fato.

Os cantos de sua boca estavam curvados para baixo. Sua testa alta e pálida estava lisa. Ele tinha o olhar descontente de um homem que temia ter acabado de comer uma ostra ruim.

— Estamos fazendo progresso — disse Santángel. — Não é uma coisa pequena restaurar a vida quando a vida é interrompida.

— Então vejamos quais ferimentos ela pode reparar de fato. Álvaro, venha aqui.

Luzia reconheceu o guarda-costas grandalhão, que às vezes chamavam de El Peñaco e que acompanhava Don Víctor nos dias em que Santángel vinha dar aulas a ela. Ele teve que curvar a cabeça para entrar no quarto. Tinha olhos azuis-claros e o cabelo loiro curto ao redor das orelhas, sua textura como palha. O rosto largo era tão rosa que ele parecia ter acabado de emergir de um banho quente.

— Agora — disse Don Víctor. — Quero saber aonde está indo todo o meu dinheiro. Quero ver a grande *milagrera* para quem comprei vestidos e na qual toda a minha família depositou suas esperanças.

Luzia manteve os olhos nas mãos unidas. Ela nunca vira Víctor de Paredes nesse humor, mas o conhecia bem o suficiente. Por Marius. Por Valentina. Até por Águeda. Uma criança emburrada procurando alguém em quem bater.

— Vem gostando de suas aulas?

— Sim, señor.

— Gosta do seu professor?

— Sou grata a ele e ao señor.

— Vejo que o verniz de Catalina pelo menos lhe deu um pouco de lustro. Acha que está pronta para impressionar Pérez? Acha que seus entretenimentos são adequados para um rei?

— Só posso rezar para que seja o caso, señor.

Don Víctor a agarrou pelo queixo, forçando-a a encontrar seu olhar.

— Eu não tenho interesse nas preces de uma criadinha de merda.

— Víctor. — A voz de Santángel era fria, um eco ouvido do fundo de uma caverna. — Basta.

— Não use essa palavra comigo. *Basta* é proibido a você.

— Deixe a garota em paz. Descarregue sua raiva em outro lugar.

— Não estou com raiva dela. — Víctor balançou a cabeça, apertando os dedos enluvados. — Só estou cansado da mediocridade dela. — Ele se virou para Santángel. — É você que merece minha ira.

— Então me bata. Golpeie-me, se tem tanta certeza de que não posso achar um modo de devolver o golpe.

Luzia não entendia essa batalha, mas não queria ser espancada e não queria ver Santángel espancado.

— Ele tentou me ensinar — disse Luzia, esperando apaziguar Don Víctor. — Eu sou uma má aluna.

Mas ele não se importava com o que ela tinha a dizer.

— Que gentil de sua parte se voluntariar, Santángel. Como sempre, fico grato pelos seus serviços. — Ele se virou para o guarda-costas. — Álvaro, quebre os dedos dele. Se nossa aluna está fazendo um progresso tão maravilhoso, será capaz de repará-los.

— Por favor — começou Luzia. Mas Álvaro não esperou. Agarrou a mão de Santángel e dobrou o primeiro dedo à direita. O estalo foi como um graveto sendo quebrado. — Não! — gritou Luzia.

— Vá em frente — disse Don Víctor. — Conserte-o como consertou o broto. Se puder.

Santángel não disse nada. Ele não lutou nem resistiu nem gritou. Seu olhar estava fixo em Víctor, mas não havia luz em seus olhos, só uma noite longa e fria.

— De novo — ordenou Don Víctor.

— Espere! — implorou Luzia. — Me dê um momento para pensar!

— Ela pensa agora. Quem lhe mandou ensiná-la a fazer isso?

Crack. Álvaro dobrou para trás outro dedo de Santángel, um galho quebrando-se no inverno, a mandíbula de um animal fechando-se. El Peñaco estava sorrindo agora. Ele era louco? Isso lhe dava prazer?

A mente de Luzia buscou desesperadamente as palavras que tinham vindo tão facilmente poucos momentos antes. *Aboltar cazal, aboltar mazal.* Ela não conseguia encontrar a melodia. O som dos ossos de Santángel se quebrando era tudo que conseguia ouvir.

— Álvaro vai continuar até você me mostrar do que é capaz.

Quem sabe o que poderia fazer?

Luzia fechou os olhos, bloqueando o quarto, bloqueando a ansiedade nos olhos de Álvaro, a resignação sombria no rosto de Santángel. Lá estavam a melodia e as letras se formando uma após a outra, mas novamente ela sentiu aquele puxão, aquela sensação de deslizamento, da canção buscando outra forma.

— De novo, Álvaro — comandou Don Víctor.

Ela fora acalentada pelo conforto daquele quarto, pela paciência de Santángel, pelos vestidos de veludo e pelas aulas de comportamento. Odiava aquela casa e todos nela. Odiava aquela cidade também. *Qualquer lugar menos aqui*, pensou. *Eu desejo estar em qualquer lugar menos aqui*. Ela lutou para encontrar a melodia e então, de repente, lá estava a canção, e ela a seguiu, cantarolando, o som desabrochando do seu peito com a força de uma colmeia, um enxame de abelhas cantando com ela, as palavras tomando forma, atravessando o mar, o tempo, as palavras de exílio, de novos começos, de sobrevivência.

Aboltar cazal, aboltar mazal.

A canção emergiu num grito e Luzia berrou quando a dor a estraçalhou.

Capítulo 17

Em um momento, Santángel estava olhando para o rosto satisfeito de Álvaro enquanto ouvia o som de seus próprios ossos quebrando; no seguinte, o homem tinha sumido. Luzia caiu de joelhos, sangue jorrando da boca.

A árvore de romã explodiu com vida ao lado dele, os galhos batendo contra o teto, frutas pesadas caindo deles.

Víctor estava pressionado contra a parede, mais abalado do que Santángel jamais o vira.

Ele ignorou a dor nos dedos e foi até Luzia, tropeçando em algo no chão. Os olhos dela estavam desvairados e revirando, o ruído que saía de sua garganta algo entre um gemido e um rosnado, um som animalesco. Sangue cobria seu queixo, seu pescoço, o tecido do vestido. Estava nas mãos dela e no tapete.

— Luzia — disse ele, tentando manter a voz calma. — Luzia, sua língua rasgou e preciso que você cante para curá-la.

Ela estava tremendo. Logo perderia sangue demais e não haveria modo de ajudá-la. Ele não tinha sua própria magia, e o poder do que tinha acontecido naquele quarto havia estilhaçado a proteção de sua influência.

Ele ouviu um choramingo engasgado e percebeu que vinha de Víctor. Valentina estava no corredor gritando.

— Luzia — disse ele de novo, repetindo o nome dela como um encantamento. — Luzia, preste atenção à minha voz e nada mais. Você precisa achar uma canção. Você é o pão queimado. Você é o vidro quebrado. Eu não posso curá-la, mas você pode.

Ela balançou a cabeça de um lado para o outro e ele não sabia se estava rejeitando as palavras ou se estava simplesmente assustada demais para entender.

Ele apertou a mão dela.

— Eu estava errado quando lhe disse para temer os homens e sua ambição — murmurou no ouvido dela. — Não tema nada. Luzia Cotado, você se tornará maior do que todos eles. Agora cante para mim.

Ele quis gritar de triunfo quando ela apertou sua mão de volta.

Ela não podia formar palavras, não com a língua rasgada no meio, mas uma melodia veio mesmo assim, de algum ponto em seu peito, irregular e vacilante no começo. Então a melodia emergiu e se tornou mais clara. Santángel conhecia essa canção, de muito tempo antes. Ele a ouvira num jardim. Suas narinas se encheram com o aroma de um laranjal florescente.

A canção ergueu-se e caiu e ergueu-se de novo, e ela ficou imóvel. Gentilmente, ele enxugou o sangue do rosto dela com a manga.

— Abra a boca para mim. — A língua dela estava inteira e rosada. — Ainda dói?

Ela assentiu.

Ele ergueu os olhos para Víctor, que continuava espremido contra a parede, e Valentina chorava nos braços de Don Marius.

— Pegue gelo para mim, se tiver, ou leite frio, se não tiver. Traga água para limpá-la. E pare de soluçar. Está tudo bem.

Olharam para ele como se estivesse falando alguma língua misteriosa.

Foi só então que Santángel entendeu no que tinha tropeçado. No meio do sangue e dos corpos estourados das romãs, Álvaro, El Peñaco, jazia no chão. Mas não inteiro. Seu ombro, parte de uma perna vestida na libré cor de mostarda dos De Paredes, metade de sua cabeça e um olho aberto, como se tivesse deitado de lado para dormir e simplesmente caído através das tábuas do chão.

— Onde... onde está o resto dele? — arquejou Víctor.

— Meu escritório — disse Don Marius, rouco, do corredor onde segurava a esposa às lágrimas. — Eu estava examinando a nossa contabilidade e... pedaços... caíram através do teto. — Ele apertou a mão na boca e Santángel soube que encontrariam seu vômito ao lado do resto do corpo de Álvaro.

Ele entendia agora o que tinha dado errado, o que Luzia fizera, mas não era hora para explicações.

Santángel ergueu-se com Luzia nos braços, os dedos enviando pontadas intensas de dor até seus ombros.

— Leve-me ao seu quarto — ordenou a Valentina. — Traga Juana da cozinha e mande a cozinheira ir para casa mais cedo. Diga a ela que alguém está doente. Víctor, mande a carruagem de volta para a casa e faça-os voltar com Gonzalo e Celso. Eles podem nos ajudar a arrumar essa bagunça. Entendeu?

Víctor fechou a boca e conseguiu grunhir.

— Bom — disse Santángel. — E meu patrão poderia fazer a gentileza de chamar alguém que possa reparar meus ossos quebrados para que sarem direito?

Ele esperou Víctor encontrar seu olhar.

— Sim — disse ele, rouco.

Com a sua criada de cozinha nos braços, Santángel passou pelo homem mais sortudo de Madri.

Capítulo 18

Luzia dormia no quarto de sua patroa, um corpo silencioso ao redor do qual o resto da casa continuava a girar em suas novas órbitas.

O médico pessoal de Víctor chegou para consertar os dedos de Santángel e lhe oferecer algo para a dor, que ele recusou. Precisava da mente afiada para tudo que estava por vir, e seu corpo já estava realizando o trabalho de se consertar. O perigo era sempre sarar rápido demais, antes que os ossos tivessem sido alinhados corretamente, e então teriam que ser quebrados de novo.

A carruagem voltou com dois homens de Víctor, que passaram a raspar Álvaro do chão do quarto de Luzia e a examinar o escritório de Don Marius em busca de partes de corpo. Era como se uma carroça de açougueiro tivesse tombado: uma perna e virilha ainda cobertas de libré de veludo ao lado da mesa pesada, metade de um torso e uma mão flácida pendendo na lateral de uma cadeira bordada, e o resto da cabeça do guarda-costas, o crânio partido com um corte limpo, a massa cinza e cintilante do cérebro exposta como creme de ovos em um prato.

Os criados não disseram nada. Cortaram a romãzeira que já tinha começado a murchar sem terra e água ou a magia de Luzia para sustentá-la. Levariam os restos de Álvaro para o campo e os enterrariam em algum lugar no terreno de uma das muitas propriedades de Víctor ou encontrariam alguns porcos para alimentar. Isso não era problema de Santángel.

A viúva veio cuidar de Luzia, já que Valentina ainda irrompia em lágrimas a cada poucos minutos. Juana foi chamada da cozinha para esfregar o arquipélago de manchas que as partes de Álvaro tinham deixado no chão. Quanto ao teto do escritório de Marius, era mais difícil de alcançar, mas seus caixotões obscureciam as marcas sangrentas do desastre.

No fim do dia, quando todo o trabalho macabro tinha sido concluído e Juana fora mandada de volta à cozinha com uma moeda extra no avental e o aviso *servicio y silencio*, eles se reuniram na sala de visitas.

Mordiscavam distraidamente um prato de queijo e uvas sultanas, e Santángel ficou surpreso ao descobrir que estava com fome. Ele não pensara na força necessária para erguer Luzia e acomodá-la na cama de Valentina. Sua saúde estava voltando e, com ela, seu apetite. Por causa dela.

A viúva parecia cansada, seu rosto pálido. Valentina fungava gentilmente num lenço. Don Marius ainda não recuperara a cor e bebericava cautelosamente uma taça de *jerez*. Víctor desaparecera nas horas em que havia trabalho a ser feito, mas tinha voltado. Sua expressão era sombria, mas a arrogância que o abandonara brevemente ao ver o guarda-costas cortado entre as tábuas da casa também retornara. Ele andava um pouco, inquieto, então se sentava, então começava a andar de novo.

Por fim, disse:

— Se algo assim acontecer na competição, estaremos todos arruinados.

— Ela quase morreu — murmurou a viúva.

— Eu não vi um ferimento.

— Talvez por conta de todo o sangue? — perguntou ela, alegre demais.

Víctor lhe deu um olhar frio e ela abaixou o olhar.

— Você não viu ferimento porque ela foi capaz de se curar — disse Santángel. — Podemos retomar as aulas quando ela tiver descansado por alguns dias.

— Acha que isso é sábio? — perguntou a viúva.

Don Marius abaixou a taça, piscando como se acordasse de um sonho por seus interesses próprios.

— Ela deve continuar.

— Sim — concordou Valentina, levando o lenço ao nariz.

Se Luzia não continuasse, não haveria mais dinheiro, vestidos, estadia em La Casilla. Mas Santángel era igualmente ruim. Pior. Ele precisava de Luzia no *torneo* e a faria chegar lá.

Víctor começou a andar de novo.

— E o que acontece quando ela sangrar por todo o grande salão de baile? Quando fatiar no meio um guarda ou um convidado ou o próprio Pérez?

— O que deu errado hoje? — perguntou a viúva. — O que aconteceu naquele quarto?

Víctor deu um olhar de alerta para Santángel. Decerto Catalina de Castro de Oro já conhecia a natureza do homem, mas, se desejava discrição, ele a teria.

— Não sei — mentiu Santángel. — Eu fui rígido com ela. Seu medo pode ter maculado o milagre.

— Isso pode acontecer? — Víctor quis saber.

Tudo podia acontecer, mas essas eram as primeiras mentiras que ele ousava – ou se dava ao trabalho de – contar a Víctor em muito tempo. Quando fora a última vez? Talvez quando Víctor tinha perguntado se ele sentia dor. O patrão era jovem na época, mas Santángel já vira o que Víctor de Paredes estava se tornando, a ganância do pai infiltrando-se nele.

— Não como você — dissera ele na ocasião, o que era menos verdadeiro do que gostaria. Santángel entendia, ao contrário de alguns, que a dor era fugaz, que havia muito pouco que não podia ser suportado.

Mas se lembrava bem demais da tortura que suportara ao entrar em sua imortalidade. Não tinha confiado que Víctor não testaria esses limites, e o comportamento de Víctor naquele dia era mais um sinal de que estivera certo em demonstrar cautela.

No entanto, Santángel estava preparado para pôr uma criada analfabeta e desprotegida a serviço dele. Víctor poderia ser implacável; a viúva, vaidosa; Marius e Valentina, gananciosos – mas Santángel era o único monstro naquele cômodo. Ela teria uma vida melhor do que sobrevivendo sob o jugo dos Ordoño, ele disse a si mesmo. Santángel faria o que precisava fazer. Se ele era uma fera, que fosse uma fera sem uma jaula.

Ele abaixou a voz, falando apenas com Víctor.

— O humor dela pode impactar a eficácia de seus dons. Você sabe como são as mulheres. Ela ficou com medo e perdeu o foco.

— Por que não pudemos encontrar um homem para ser nosso campeão? — rosnou Víctor.

— Tive muitas oportunidades de questionar o destino, mas o destino ainda não respondeu.

— Você precisa achar um jeito de controlá-la. Estamos prestes a jogá-la em um cesto de serpentes. Ela não pode se encolher toda vez que uma picar.

— Encontraremos um jeito, eu lhe garanto.

— É o seu futuro em risco aqui tanto quanto o meu, Santángel.

— E não me esquecerei disso.

A garantia pareceu apaziguar Víctor, e ele se virou para os Ordoño e a viúva para discutir seus planos, deixando Santángel para contemplar a verdade do que tinha rasgado a língua de Luzia e a verdade ainda mais feia de sua própria natureza.

O sol já estava se pondo quando Luzia acordou. Por um momento, ela não soube onde estava, mas então reconheceu os aposentos de Valentina.

O quarto era azul no crepúsculo, como se visto embaixo d'água. Sua língua ainda latejava, uma dor agora embotada, quente em sua boca. Ela se sentou, serviu água do jarro ao lado da cama, tomou um gole cuidadoso e sentiu-o deslizar frio e fresco pela garganta. Tinha sido saborizada com mel.

Ela se lembrou do gosto de sangue e lutou para não vomitar. Quanto tinha engolido?

Ergueu-se e teve que segurar a cabeceira quando uma onda de tontura a tomou. Ainda estava usando o vestido ensanguentado. Nunca conseguiria tirar aquelas manchas e teve uma vontade angustiante de chorar. *Eles não podem obrigar você a sair em roupas manchadas*, ela se lembrou. Seria uma vergonha para a família. Mas poderiam fazê-la pagar por algo novo, tirar o custo do seu salário. Ela não estava pensando com clareza.

Lentamente, enfiou os pés nos sapatos e desceu para o seu quarto. Podia ouvir vozes nos aposentos abaixo.

Não havia sinal da violência que ocorrera antes. O chão estava limpo, o cheiro de vinagre forte no ar. Ela foi até janela. Do outro lado da rua, a sala de música estava escura, a forma turva da harpa como a proa de um navio fantasma.

Na bacia, Luzia pegou uma esponja para limpar o sangue seco do pescoço, depois acendeu uma vela e se inclinou para mais perto do espelho. Abriu a boca, examinando a língua. Parecia um pouco vermelha, mas não havia sinal do que tinha acontecido, nenhuma cicatriz horrível.

Ela cutucou a pele rosa e molhada e apertou. Ali. Havia dor. Prova do que tinha dado tão errado. Mas por que aquilo tinha acontecido? E ela tinha matado um homem naquele quarto?

A escrivaninha tinha sido trocada, e cá e lá ela podia ver arranhões no chão. A bolsa de Santángel estava encostada na parede, aquela da qual ele tirara as sementes de romã. Ela fechou a porta e se ajoelhou, a mão pairando sobre a bolsa como se estivesse prestes a oferecer uma benção. Aquelas eram as coisas privadas dele, mas quando ela teria uma oportunidade como essa de novo?

Ela desatou os laços e espiou lá dentro. Havia um livro em francês, que ela não sabia decifrar, e uma coleção de cartas, algumas com o selo dele – o escorpião com o rabo enrolado e pronto para picar –, esperando um criado que as levasse de Madri. A quem ele escrevia? Príncipes? Políticos? Espiões? Haveria uma mulher em algum lugar esperando notícias do seu amado? Havia uma carta em castelhano de um estudioso da universidade de Sevilha, e uma em latim também. Ela correu os olhos pela folha. Tivera pouco motivo para usar o latim que a mãe lhe ensinara, mas não tinha esquecido, e o ocasional tratado ou manual emprestado de Hualit ajudara. Seus olhos pousaram em um nome: *Pérez*.

Luzia fez uma pausa, ouvindo o murmúrio de vozes na sala de visitas, e então continuou lendo, tentando descobrir o máximo possível. Parecia tratar apenas de astrologia – o signo sob o qual Pérez nascera e o significado que ele tirara dessa leitura, uma longa menção às estrelas do rei, e o fato de que, quando Filipe ainda era um jovem príncipe, John Dee em pessoa tinha lido seu mapa astral.

John Dee. O feiticeiro da rainha protestante. Diziam que ele falava com anjos, como a Criança Celestial. Mas, se o seu Deus não era católico, de quem era a voz que ele ouvia? Seria o mesmo diabo que tinha falado naquele quarto? Que se movera através de Luzia para cortar um homem no meio?

Ela ouviu passos e rapidamente devolveu as cartas à bolsa, amarrou os laços e deitou na cama.

— Você está acordada — murmurou Hualit, entrando e fechando a porta. — Deveria ter ficado no quarto de Valentina.

Ela sentou-se e afastou o cabelo de Luzia do rosto. Na escuridão do crepúsculo, ela parecia a mãe de Luzia. Ou o que Luzia se lembrava da mãe. Ela teve uma lembrança súbita de Blanca Cotado lhe dizendo que óleo de escorpião podia ser usado para tratar todo tipo de enfermidade. *Mas você tem que capturá-los e fritá-los primeiro, mi tesoro. O perigo vale a pena?*

Sim, mamãe, ela dissera. *Um bom remédio vale um pouco de dor.* Blanca tinha rido e chamado a filha de ousada.

— Eu trouxe arruda — disse Hualit. — E alecrim para proteção. Está doendo?

— Não muito. — As palavras saíram embargadas, sua forma inchada junto com a língua de Luzia. — Só tenho um vestido e está coberto de sangue. — E ela tinha matado um homem.

— Eu lhe dou um dos meus.

— Não vejo a hora de tropeçar na bainha.

Um sorriso repuxou a boca de Hualit.

— Pode me contar o que aconteceu?

— Essa pergunta é sua ou do seu protetor?

— *Seu* protetor.

— Ele é um monstro, Hualit.

Hualit olhou por cima do ombro como se esperasse ver Don Víctor parado lá, ou o diabo no lugar dele.

— Não use esse nome. Não nessa casa.

— Ele quebrou os dedos de Santángel. Ou fez Álvaro quebrar.

— Você teve intenção de matar Álvaro?

— Não! — exclamou Luzia. — Eu... eu acho que não. Não sei o que eu pretendia fazer. — Se ela tivera assassinato no coração, destinava-se a Víctor de Paredes. — Ele é cruel com você? Já a machucou?

— Ele é um homem, portanto a resposta só pode ser sim.

— Fale com clareza pelo menos uma vez na vida.

— E o que você fará se eu disser sim? — Hualit suspirou. — Luzia, ele nunca me bateu, nunca me espancou. Não tem gosto por tais coisas. Minha vida é melhor com ele, querida, e a sua também.

Luzia virou a cabeça, mas Hualit agarrou seu queixo exatamente como Víctor fizera.

— Escute, Luzia. Você quer saber onde obtive o dinheiro para a carruagem com que ia ao Prado toda noite para esperar Víctor? Para os vestidos que tanto o atraíram? Para meu próprio *linajista* me tornar uma boa viúva cristã digna de mais do que o pau de um nobre? Eu deixei um homem lavar meu cabelo com seu mijo porque isso lhe dava prazer. Eu me vesti como uma ordenhadora e deixei o *alguacil* me foder em um campo enquanto fingia chorar. E essas foram as menores das minhas humilhações. Aprender a fazer mesuras, apresentar-se para o rei, isso não é *nada*. Você precisa tentar agradar a Don Víctor e Pérez ou nós duas vamos pagar por isso.

Luzia empurrou a mão da tia para longe, sentou-se e puxou os joelhos, envolvendo os braços ao redor deles.

— Você sabe tanto quanto eu sobre os *refranes*. Por que eles funcionam? Por que não funcionam? Eu estou perdida no escuro.

— O que aconteceu aqui... deve ser um *esticho*. Feitiçaria. Um dos competidores do *torneo* tentando perturbar seus dons. Eu vou escrever para Mari. Ela sabe tudo sobre os *shedins* e como lidar com espíritos furiosos. *Los ke vienen i van.*

Aqueles que vêm e vão. Luzia não queria acreditar que algum espírito vingativo a estava perseguindo ou que ela já corria perigo por rivais que não conhecia.

Por um longo momento, Hualit ficou em silêncio.

— Escreverei a Gento Isserlis também, mas tenho que tomar mais cuidado com o jeito como digo as coisas. Ele sempre está de guarda contra a idolatria.

— Ele é um padre?

— Um rabino.

— Você troca cartas com... com um rabino?

A tia fechou os olhos.

— Ele lidera uma congregação em Tessalônica. Eu mando dinheiro para o óleo, para a lâmpada na sinagoga. Há muitas sinagogas lá. Consegue imaginar?

Luzia não conseguia entender as palavras que a tia estava usando.

Hualit pareceu triste.

— Você não sabe mesmo o que eu sou? Por que lhe sirvo azeitonas e figos, mas nunca presunto? Por que tenho um confessor privado para me dar o sacramento e que tem seus próprios segredos para manter?

— Mas você disse... meu pai... você disse que ele era um tolo. Que...

— Porque ele é. Porque só o sigilo pode nos proteger.

— Você foi batizada!

— Não foi escolha minha. Quando o rei Manuel exigiu que os judeus de Portugal entregassem seus filhos, as mães preferiram levar facas à garganta dos bebês a vê-los batizados. Talvez a mãe da minha mãe devesse ter feito isso também. *Anusim*, eles chamavam aqueles que escolheram o batismo em vez da morte. Os forçados. Mas o que somos, os descendentes deles, que dizem preces falsas e ajoelham nas igrejas dos seus assassinos?

Cristãos. Eles eram cristãos, não eram? Mas lá estava a tia, que sempre pareceu se importar apenas com vinho bom e seda fina, uma judaizante, a personificação de tudo que a Inquisição abominava.

— Luzia, eu poderia ser a cristã mais santa e devota e isso não seria suficiente para eles. A grande religião deles pode transformar pão em carne e vinho em sangue, mas eles não acreditam que qualquer quantidade de água benta ou preces possa realmente transformar um judeu num cristão.

— Ana sabe? — A governanta que ia à igreja com Hualit todos os dias. Era tudo uma farsa?

— É claro. Nós rezamos juntas e cumprimos o sabá quando podemos.

Duas judias sob um teto. Luzia se recostou na parede.

— Por que me contar isso agora? Por que me fazer carregar tal segredo?

— É cruel? — perguntou Hualit. — Talvez. Seu pai queria que você tivesse um nome português para combinar com o dele, mas minha mãe me deu um nome repleto de poder. Não é um nome de mulher ou de homem. Não é hebraico. Não é espanhol. Não é árabe. É todas essas coisas. Assim como os *refranes* que você usa para realizar seus milagres. Não precisamos entender de onde vem esse poder, só que é seu para empunhar.

— Como você pode dizer isso? Eu matei um homem hoje. Ele morreu neste quarto. E se eu tivesse matado Don Víctor? E então?

— Não pense que ele não está se perguntando a mesma coisa, Luzia. Se ele a temer um pouco, talvez seja uma coisa boa. Mostre a ele que pode ser obediente. Conquiste Pérez, depois conquiste o rei. Faça-os cobrirem-na em joias e *reales*.

— E depois?

— Fugiremos com os bolsos cheios de ouro e prata. Nos juntaremos ao rabino Gento em Tessalônica. Levaremos Ana também. A congregação dele é cheia de convertidos forçados. Eles nos receberão de braços abertos. Nos ensinarão a rezar do jeito certo. Comeremos amoras no verão e enfrentaremos os ventos no inverno. Guardaremos o sabá divino e não temeremos nada exceto a velhice. Mas, até esse dia, tudo que temos para nos proteger é a ilusão de respeitabilidade, e precisamos de Víctor de Paredes para preservá-la. Descubra o que deu errado hoje e não deixe acontecer de novo.

Capítulo 19

Luzia recebeu um dia de descanso, a maior parte do qual usou para fazer a bainha de um dos vestidos antigos de Hualit. Valentina era melhor com a agulha, mas já estava farta de cuidar de uma criada.

O vestido era de veludo marrom, nada apropriado a tarefas domésticas ou a trabalho de qualquer tipo. Era apertado na cintura e sobre os seios de Luzia, longo demais nas mangas e mais elegante do que qualquer coisa que ela já usara. Ela disse a si mesma que deveria ficar grata por não ter que viver em roupas manchadas de sangue enquanto esperavam os baús chegarem de Perucho, mas só sentia ressentimento. Na noite anterior, a tia parecera uma mulher diferente, sonhadora e carinhosa. Ela pretendia mesmo deixar a Espanha? E levar Luzia com ela? Luzia não conseguia associar aquela pessoa com a mulher que a oferecera a Víctor de Paredes, que nunca pensara em lhe conceder uma moeda extra ou um vestido descartado.

Ela estava vestida e limpa e sentada à sua mesa quando Santángel chegou. Não sabia quando ele tinha voltado para recuperar sua bolsa, mas tentou se tranquilizar dizendo a si mesma que, caso tivesse notado que alguém havia mexido em suas cartas, culparia outra pessoa. Várias tinham entrado e saído daquele quarto desde o incidente, e que interesse uma criada ignorante teria na correspondência dele?

Mas ele não chegou com suspeitas nem recriminações. Em vez disso, parou na porta dela e disse:

— Esse vestido não serve em você. Eu lhe trouxe uma romã.

— Esse é um novo jeito de dizer bom dia?

Ele deixou a bolsa na mesa e tirou dela um quadrado de linho, uma pequena faca embainhada em couro e uma romã.

— É uma das minhas? — perguntou ela.

Ele assentiu.

Luzia desviou o olhar. Não conseguia deixar de pensar nas frutas caindo ao chão ao lado da cabeça de Álvaro.

— O que devo fazer com ela? — perguntou enquanto ele estendia o linho na mesa e colocava a fruta em cima dele. Sua casca vermelha-escura era fina como papel, como acontecia apenas quando a romã estava madura. — Devo transformá-la em outra árvore?

— Fácil demais.

— Mudá-la de cor?

— Seria algo novo.

— Mudar seu sabor?

— Agora, isso seria uma pena.

Havia conforto naquela conversa fácil, e ela percebeu que temera que o que tinha acontecido naquele quarto, o que ela tinha feito com Álvaro, fosse mudar algo entre eles. Não era que confiasse nele, mas gostava de suas aulas. Gostava de sentir a concentração dele focada nela, o prazer que ele parecia sentir com seu sucesso. E gostava de olhar para ele. Por mais estranho que fosse, ela tivera poucas chances de examinar homens, e ele era mais bonito que Don Marius ou os fazendeiros e açougueiros no mercado. Tinha uma constituição fina como uma concha, com o brilho prateado de uma ostra, a espiral apertada de bordas brilhantes de um náutilo.

Ele usou a faca para rasgar a pele da fruta, fazendo um círculo na coroa para removê-la.

— Seus dedos sararam — comentou ela.

— Sim.

— Achei que talvez me pedisse para cantar para eles.

— Desnecessário.

Como ele tinha suportado tanta dor sem um único grito? Como seus dedos longos podiam se mover tão agilmente se apenas dois dias antes estavam quebrados e inúteis?

Ele fincou as pontas dos dedos na casca e abriu a fruta, revelando suas sementes cor de sangue, o suco manchando o linho.

— Coma, Luzia.

Luzia cruzou os braços, apesar de estar salivando. Ela não tinha muito apetite desde que Álvaro morrera naquele quarto. Ela tinha matado um homem – e, pior, sem ter a intenção. Não sabia se era atormentada pela culpa ou pelo medo, mas de alguma forma sabia que comer essa fruta só aumentaria seu pecado.

— Isso parece um truque — disse ela. Do tipo que o diabo poderia fazer.

— A maioria das coisas boas parece. — Ele enfiou a mão na bolsa e entregou outro pano limpo a ela. — O tempo para as aulas logo acabará e o *torneo* começará.

— Don Víctor ainda acha que eu devo competir? Mesmo depois...

Santángel assentiu uma vez.

— Você precisa confiar em mim quando digo que Álvaro não foi uma grande perda.

— Mas ele merecia morrer?

— A morte não vem àqueles que a merecem. Posso atestar isso.

A culpa dela era grande demais para tais lugares-comuns.

— Você e seu patrão me transformaram numa assassina.

— Se você se tornar a campeã do rei e construir uma nova armada para ele, será responsável por muitas mortes.

Ela sentiu uma pontada de raiva.

— Eu posso esperar para fazer as pazes com isso. O que aconteceu nesse quarto, Santángel?

— Me diga você, Luzia.

— Era a mesma canção que eu sempre usei, o mesmo milagre. "Uma mudança de cena, uma mudança de sorte." Mas a melodia se distorceu na minha cabeça.

— E se transformou no quê?

— Não sei — disparou ela, incapaz de conter a frustração. — Eu estava... Eu não conseguia entender o que estava vendo, o som... seus dedos. Quem faz uma coisa dessas? Quem ordena tal crueldade? Quem obedece a tais ordens?

— Você sabe a resposta. Criados. Escravizados. Fazemos o que é preciso.

— Eu sei — disse ela, impotente. — Eu sei. Eu só queria que acabasse, queria estar em qualquer lugar menos aqui.

— Ah — disse Santángel.

— Ah?

Ele pegou um pedaço da romã e o mordeu como se fosse uma maçã.

— Nunca vi ninguém comer romã desse jeito. — Ela ficou irritada ao ver como seus gestos eram esmerados, nenhuma gota do suco ou do miolo escapando.

— É o melhor jeito. Sem bagunça. — Ele enxugou os dedos no tecido. — Sua magia estava tentando se tornar maior. Estava tentando lhe oferecer uma fuga, tirá-la desse lugar.

— Impossível.

— Sim — disse ele. — Muito. Há histórias em alguns dos papiros gregos e no *Sepher Ha-Razim* de homens que podiam desaparecer em um lugar e reaparecer a quilômetros de distância... no topo de uma montanha, em um mercado. Mas vai saber se eram verdadeiros. E eles sempre usavam uma... — Ele hesitou, procurando a palavra certa. — *Taewidha. Lapillus.* Há uma frase em egípcio antigo: *aner khesbed wer.* Mas mesmo isso não é exato. Um tipo de pedra, um talismã. Eles eram raros e usados para concentrar as habilidades de um sábio. Esses feitiços tinham tanto poder que rachavam a pedra com uma única tentativa.

— Mas funcionavam?

— Vejo sua mente pulando à frente, mas pense nas suas moedas de ouro se tornando aranhas. É a mesma coisa aqui. Existem limites ao impossível. Para cada história de um homem que conseguiu se lançar numa cidade distante ou no topo de uma colina, há milhares que falharam e acabaram enterrados a quilômetros embaixo da terra, ou afogando-se no oceano, ou cortados no meio onde estavam.

Luzia levou a mão à boca e os olhos de Santángel a seguiram.

— Você teve sorte que foi apenas sua língua — disse ele.

— Álvaro não teve tanta sorte.

— Antes ele do que você. — Estava sendo gentil com ela, quase carinhoso, mas sua firmeza permanecia.

Ela pegou um pedaço da romã, admirando suas sementes lustrosas perfeitas, implorando para serem comidas.

— Eu já pensei o mesmo — sussurrou ela.

— Não é algo de que se envergonhar.

— Passei tempo suficiente na igreja para saber que isso não é verdade.

Se ela fosse honesta, conseguiria sentir a atração daquela magia maior. Seu coração ganancioso e desejoso ansiava por ela, e não só pela esperança de fuga daquela cidade e daquela vida. A verdade era que ela tinha *gostado* de ser assustadora. Nunca havia contemplado o que poderia significar ser temida por Víctor de Paredes, por pessoas como ele. O que significava para sua alma murcha que ela tinha gostado tanto disso? Os homens não eram gentis com as coisas que temiam.

— Eu lhe trouxe a romã porque significa algo diferente para cada um — disse Santángel. — Quando Ferdinand e Isabella conquistaram Granada, eles a acrescentaram ao seu brasão de armas, como referência ao significado da palavra. Ainda podemos vê-la na heráldica do rei Filipe.

Mas não pertence a eles. O Alcorão diz que foi um presente de Alá. A Bíblia diz que a serpente a usou para tentar Eva. Duzentas romãs foram entalhadas nas paredes do templo do rei Salomão. San Juan de Dios a tornou um símbolo de cura. Há mil histórias. Mil significados. Mas, no fim, ela não pertence a ninguém, exceto à mulher que a segura na mão. Coma ou não coma. Entre no *torneo* ou dê as costas a ele. A escolha é sua.

Havia outras histórias também – sobre garotas raptadas de campos que tinham a fuga ao seu alcance, mas que no fim foram vencidas pela fome. Uma campesina não deveria conhecer essas histórias, mas ela estava cansada de se esconder, de sua vida de nabo trêmulo. Ela não ia rejeitar o *torneo*. Não ia fugir num navio com a tia.

Luzia sempre fora uma mentirosa e agora era uma assassina. Para que isso significasse alguma coisa, ela tinha que seguir em frente. Tinha que achar um jeito de vencer. Ela construiria uma vida de abundância. Obrigaria o seu mundo a florescer como fizera com a romãzeira, e Santángel a ajudaria a fazer isso. Mesmo se sangue regasse o solo.

— Eu gostaria de três coisas.

Ele ergueu as sobrancelhas.

— Só três?

— Por enquanto — disse ela. — Quero que você me conte sobre os desafios do *torneo*, para que estejamos prontos para enfrentá-los juntos.

— Posso fazer isso — disse ele, com alívio nítido.

— Quero comer essa romã.

— Foi por isso que a trouxe a você.

— E quero que você vire as costas enquanto como, para poder desfrutá--la como deve ser desfrutada, sem me preocupar com a minha aparência enquanto o suco escorre pelo meu queixo.

— Eu também posso fazer isso, Luzia Cotado.

Pela segunda vez, ele deu as costas a ela.

Capítulo 20

Os vestidos chegaram numa quinta-feira, os baús marcados com as iniciais de Valentina. Estavam embrulhados com musselina e pacotinhos de lavanda e alecrim encaixados entre as camadas.

Valentina os estendeu um a um na cama. Três vestidos, um de veludo preto macio adornado com arminho e pérolas, rígido com brocado prateado. Um do verde mais escuro, os rufos e mangas com detalhes de renda e lantejoulas prateadas. Um de veludo creme, com pássaros e espirais e amores-perfeitos bordados em ocre e marrom e preto. Havia anáguas novas, luvas com revestimento de pele de esquilo e novos sapatos de veludo. Um novo espartilho fora enviado, revestido de seda macia. Ela sentiu uma onda de calor atravessá-la, um prazer líquido que a fez pressionar as coxas.

Qual é o verdadeiro custo?, ela se perguntou. *Será ao diabo que eu pagarei?* Mas apertou o espartilho ainda mais forte.

Era verdade que ela não tinha joias adequadas, mas de que importava? Ela se esforçaria para não pensar nisso.

Valentina olhou ao redor, sem saber como se sentir. Queria celebrar, mas não ousava interromper Marius. Ele começara a trabalhar na sala de visitas em vez do seu escritório, e ela não podia culpá-lo. Fazia o sinal da cruz toda vez que passava pela porta e se perguntava se alguma parte do guarda-costas de Víctor de Paredes ainda não estaria sob seus pés ou acima de sua cabeça, encaixada entre as tábuas do chão, alimento para insetos que escavavam a madeira.

Ela seria pragmática nesse momento. Garantiria que os vestidos de Luzia estavam em ordem.

Encontrou a criada em seu quarto, encarando o baú preto envernizado como se pudesse estar cheio de serpentes. Valentina entrou em silêncio, evitando o ponto no chão onde eles tinham deitado um tapete, embora nenhuma mancha fosse visível.

Em concordância silenciosa, ela e Luzia abriram o baú juntas e ergueram os pacotes, dispondo-os ordenadamente na cama, desembrulhando com cuidado a musselina.

Luzia também recebera três vestidos. Um para o dia, de seda cor de ferrugem com detalhes de renda dourada, um de veludo preto e um de lã preta. Para se apresentar.

Luzia correu a mão sobre a lã áspera e suspirou pesadamente.

— Pensei que eu estivesse sendo sábia.

Valentina franziu o cenho. Ficou feliz por não ter desperdiçado o que poderia ser sua única chance de luxo escolhendo algo sensato.

— Talvez pareça menos severo no corpo?

— Venha — disse Catalina de Castro de Oro, entrando no quarto às pressas. — Vamos vesti-la.

Quando a viúva tinha chegado? Juana a deixara entrar? Por que ninguém tinha batido na porta? Como Valentina tinha concordado em conceder a uma desconhecida tanto acesso a sua casa? Ela não externou nenhuma dessas perguntas. Apenas fechou a porta e elas começaram o processo de despir Luzia e enfiá-la em seu novo vestido. Foi um trabalho silencioso, o trabalho de mulheres que não receberam cuidados a vida toda, que tinham realizado as tarefas de criadas quando outro par de mãos não podia ser comprado ou encontrado. Que Valentina soubesse tais coisas era esperado, mas quem era essa viúva, que se vestia tão elegantemente, que caminhava com tanta confiança natural, mas cujos dedos voavam sobre fechos e fitas com confiança?

— Muitos levarão seus próprios criados a La Casilla — disse a viúva. — Víctor certificou-se de que tenhamos uma garota, mas ela terá que ser compartilhada. Luzia será a primeira prioridade dela.

E a viúva seria a segunda, e Valentina esperaria e se atrasaria para o banquete. *Essa* era a parte implícita de tudo aquilo.

— Eu levarei minha própria criada para cuidar do meu cabelo e toalete — continuou a viúva, mas Valentina não queria ser apaziguada.

Quando terminaram, estavam todas coradas e reluzentes de suor. Valentina abriu a janela enquanto Catalina abria a porta para deixar a brisa entrar. Então elas recuaram para examinar seu trabalho.

Luzia ficou parada sob o sol do fim da manhã. O vestido de lã preta era austero, as mangas apertadas em vez de esvoaçantes ou em forma de sino, o tecido de um material opaco e firme da cor de fuligem. O alfaiate tinha construído um espartilho que se estreitava e aplainava como deveria, mas o aro era menor e mais sutil do que aqueles que Valentina e a viúva usavam. Os rufos brancos eram contidos, simples dobras e pregas, um mero fiapo de nuvem. O efeito era sinistro. Luzia não parecia uma freira, mas também não parecia exatamente uma mulher. Era como se tivesse se tornado menor, uma estatueta entalhada de obsidiana, um pequeno ícone pagão que se poderia encontrar em uma caverna.

Catalina inclinou a cabeça e bateu um dedo nos lábios.

— Ouso dizer que combina com você.

Valentina viu a postura de Luzia relaxar um pouco, como se ela tivesse suspirado de alívio. Por que ela se importava tanto com a opinião da viúva? No entanto, Valentina também não esperava a aprovação dela? Alguma parte dela não ansiava por dizer: *venha ver o que o seu alfaiate fez para mim?*

A viúva rodeou Luzia.

— Uma ideia instigante. Vai mudar o jogo inteiramente se ela for apresentada não para apelar ao desejo, mas para proibi-lo. Casta, devota, inacessível.

Valentina tinha menos certeza.

— Ela não deveria ter... *algum* apelo?

— O truque para impressionar um homem é deixá-lo acreditar que você o acha esplêndido.

— E se não achar? — Valentina sentiu o rosto esquentar, mas continuou depressa: — Se você não achar o homem esplêndido?

— Bem, você encontra algo que acha esplêndido de fato e pensa nisso quando estiver com ele. Sorvetes, por exemplo. Figos maduros. Um bom dia ensolarado.

— Roupa de cama recém-lavada e dobrada?

— Exatamente.

— Que você mesma não teve que dobrar — murmurou Luzia.

— Xiu — disse a viúva. — Estou pensando. O vestido é bom, muito bom. Uma fantasia adequada. Um pouco de armadura. La Hermanita com seus *milagritos*. Um teatrinho adorável. O resto... exige trabalho. Tire a touca.

As mãos de Luzia se fecharam e abriram no tecido da nova saia.

— Não posso usá-la?

— Não, não pode — disse Valentina, surpresa com a dureza em sua voz. — Vai parecer uma tola.

— Um véu, então, ou...

— O rei não gosta de véus — disse a viúva. — Ele acha que podem tornar fácil demais para putas fingirem ser mulheres honestas. Você não é uma mulher honesta?

Os olhos de Luzia brilharam e Valentina lembrou da noite em que ela a tinha confrontado quanto ao pão queimado. A sensação de que um lobo tinha assumido a forma de uma garota.

— Eu sou tão honesta quanto a *señora* — disse Luzia à viúva, e por um momento elas se encararam.

Valentina se perguntou se a viúva a estapearia — ou se Luzia poderia estapear a viúva. Mas a garota apenas levou as mãos aos alfinetes que seguravam sua touca.

— Eu ajudo você — disse Hualit.
— Eu consigo perfeitamente bem sozinha — disparou Luzia. — Sempre fiz isso.
Hualit só riu e sussurrou:
— Foi você que começou isso. Vamos ver como terminaremos.
Luzia não sabia o que pensar dos humores variáveis da tia. Quem era a mulher que tinha sentado ao lado de sua cama poucos dias antes? Que tinha acariciado seu cabelo e prometido escapar com ela?
Hualit arrancou a touca da cabeça de Luzia e deu um passo para trás, batendo no lábio outra vez como se lembrasse a boca de ficar no lugar, um gesto que ela só usava no seu disfarce de viúva.
Toda manhã, Luzia fazia uma trança apertada e a prendia enrolada atrás da cabeça. Ela sabia muito bem como ficava quando tirava a touca, o calor úmido erguendo os fios ao redor do seu rosto em um halo exuberante. O efeito era tão cômico que já fizera Hualit e até Luzia rirem em mais de uma ocasião.
Mas não era sua vaidade que a fizera pegar a touca de volta das mãos de Hualit. Ela tinha poucas lembranças da mãe, mas recordava as mãos dela gentilmente passando óleo no seu cabelo quando estava molhado e maleável, um ritual que a acalmava e era o único jeito de domar a massa espessa de cachos pretos.
Cabelo do deserto, a mãe chamara. Luzia não tinha entendido o que significava na época, mas a agradava porque parecia especial.
Mesmo agora que ela entendia, às vezes tirava os alfinetes e sentia o peso do cabelo nas mãos. Ficava úmido por muito tempo depois de lavar, segurando o aroma de óleo de amêndoa em seus cachos. Cabelo que tinha

sobrevivido à destruição do templo, às legiões romanas, à longa estrada até o Marrocos, que suportara conquista e conversão, só para ser amarrado como um segredo em sua touquinha branca. Cabelo das areias, de pedras banhadas pelo sol, de um horizonte que ela nunca veria. Cabelo do deserto.

— Não tem mais? — perguntou Doña Valentina. — Ela parece um pintinho recém-nascido.

Luzia encontrou e sustentou o olhar de Hualit, insegura quanto ao desafio que estava apresentando enquanto puxava os alfinetes da trança, deixando-os cair no chão. Um gesto bobo. Seria ela que teria que coletá-los depois.

Hualit foi para trás dela, e Luzia sentiu um puxão quando a tia soltou a trança. De repente quis chorar, porque ninguém cuidava do seu cabelo ou a tocava com qualquer tipo de cuidado havia muito tempo. Então houve outra duplicação, e Luzia era uma criança, Hualit a mãe cujo rosto ela não conseguia recordar. O pai nunca tinha enlouquecido de luto. Ele vendia produtos de couro e pedaços de metal e eles eram pobres, mas tinham uma casa com velas na janela. O pai sussurrava o *hamotzi* sobre o pão, a benção como um cordão dourado, um cordão que todos eram proibidos de agarrar, mas que ficava pendurado ali acima da mesa da cozinha. *O que significa?*, ela tinha perguntado.

Não lembro, o pai admitira. *Não sei se meu próprio pai se lembrava.*

Mas a mãe tinha as palavras, não só os ecos. *Abençoado sois vós, Senhor nosso Deus...* Luzia não lembrava do hebraico. O latim tinha parecido mais importante na época.

Ela não conhecia o medo de verdade na época. Tinha acreditado que teria uma vida como aquela. Que se casaria e cozinharia em seu próprio fogão e que seu marido beijaria sua bochecha toda noite e a chamaria de amada. Era por isso que tinha ajudado Valentina? Porque sabia como era viver sem amor? Como era acreditar que nunca o teria e se agarrar a qualquer coisa que se assemelhasse a ele – um convite, uma conversa breve, vinho servido em uma tacinha de jade?

— Mostre a ela — disse Hualit.

Luzia se virou. Foi então que viu Santángel, os olhos dele cintilando nas sombras além da porta, faíscas que não ardiam, um fogo frio. Ela não lamentou sua presença ali. Talvez quisesse que ele visse algo nela que não fosse um pescoço sujo e falta de modos.

— Ela tem tanto cabelo! — exclamou Valentina. — E é tão espesso.

— Poderíamos cortá-lo — disse Hualit, as mãos apertando os ombros de Luzia. — Ou raspá-lo para ela poder usar uma peruca.

O olhar de Luzia voou para cima de Hualit, que tinha enrolado um dos cachos de Luzia distraidamente num dedo. Por que Luzia se importava com o que faziam com seu cabelo? Porque parecia o cabelo de sua mãe? Porque sua vaidade lhe dizia que era a única coisa nela que poderia ser chamada de bela, mesmo se não pudesse ser considerada elegante? Ou porque ela não queria ser manuseada desse jeito, abordada desse jeito, movida como uma boneca? Tudo que ela sabia era que, se tentassem levar uma navalha a sua cabeça, ela gritaria e não pararia de gritar. Encheria a casa com romãzeiras. Partiria todos eles no meio. Ela podia sentir o puxão daquela magia maior, perigosa, impossível. *Estava tentando lhe oferecer uma fuga, tirá-la desse lugar.* Ela queria deixar que o fizesse.

— Uma peruca seria mais fácil — disse Doña Valentina. — Mas...

— Não — disse Santángel. A voz dele foi como uma mudança súbita na temperatura, o sinal de tempo ruim por vir.

Valentina e Hualit se assustaram.

— O senhor não deveria estar aqui — disse Valentina. — Não é apropriado.

— Eu a instruo todo dia neste quarto.

— Não é a mesma coisa. Um homem...

A risada de Hualit saiu forçada.

— Santángel não é um homem. Ele não se importa com mulheres ou homens ou nada além de seus livros.

O rosto de Santángel continuou impassível.

— Um livro pode decepcionar, mas é bem mais fácil se livrar dele.

— Sempre espirituoso — disse Hualit alegremente, mas Luzia não deixou de ver a tensão em sua boca. Ela temia Santángel e sabia que estava perigosamente perto de passar dos limites. Era porque ele mantinha uma posição de privilégio com o seu protetor? Ou ela compartilhava dos mesmos temores que Águeda, na cozinha? Ela dizia que Santángel não era um homem porque era algo inteiramente diferente? — Bem, Santángel — prosseguiu Hualit —, como parece ter fortes opiniões sobre moda, o que devemos fazer com o cabelo dela? Se ela deve parecer devota, não podemos deixá-lo selvagem assim, e não conheço nada que possa domá-lo. O rei vai olhar uma vez para ela e colocá-la diante dos seus juízes ou jogá-la na sua cama.

Valentina arquejou.

Mas Hualit não parou.

— Claro, um homem que quer foder é uma coisa útil.

Luzia bateu o pé no chão.

— *Señora*, eu lhe imploro.

— Não lhe implore por nada — disse Santángel. Ele permaneceu no seu lugar entre as sombras, mas ela podia vê-lo claramente, como se estivesse brilhando. — Ninguém vai tocar no cabelo dela ou será a minha ira que vão enfrentar.

— Esta casa é minha — balbuciou Valentina. — Luzia vive sob o meu teto...

Ele avançou e Luzia sentiu a temperatura do cômodo mudar de fato, mais do que uma brisa súbita, uma frente de tempestade. Valentina deu um passo para trás e Hualit congelou, o cabelo escuro de Luzia ainda enrolado no dedo. Elas também sentiram.

— Vocês não tocarão no cabelo dela — repetiu ele.

Valentina deu um único aceno.

Hualit soltou o cabelo de Luzia e enxugou as mãos na saia, como se quisesse esquecer a sensação.

— Nem uma mecha.

Santángel desapareceu sem fazer barulho no corredor.

— A impertinência! — exclamou Doña Valentina quando ele tinha ido embora, mas sua voz estava estridente.

— O que foi isso? — perguntou Luzia, esfregando os braços.

Hualit pareceu se libertar do que a tinha mantido enraizada no lugar.

— Só faça o que lhe mandam — disse ela sem olhar para Luzia. — Encontraremos uma touca de veludo ou pediremos ao *plumajero* de Perucho que invente algo com penas e joias. Vamos ver os outros vestidos. Não quero ter que fazer outra prova de roupas.

Talvez elas devessem ter cortado o cabelo dela naquele dia. Se Valentina tivesse erguido a navalha ou Hualit as tesouras, se Luzia tivesse curvado a cabeça aos seus cuidados, talvez mais do que uma delas teria retornado à casa esquálida na Calle de Dos Santos e vivido para contar a história.

Capítulo 21

Valentina tinha imaginado que seu coração cantaria quando eles chegassem aos portões de La Casilla, quando vissem as cercas vivas do jardim como uma marcha de soldados verdes enfileirados num campo de batalha, as roseiras, o cascalho branco e fino da entrada de carruagens. Era mais grandioso do que ela tinha sonhado, perfeito em sua simetria, suas janelas brilhando, joias incrustadas na pedra.

Em vez disso, ela se sentia enjoada e desejou tomar vinho para se acalmar. À sua frente, Marius relaxava contra o assento da carruagem, os rufos da camisa com lantejoulas prateadas para combinar com o vestido dela e uma espada ornamental no quadril. Ele parecia um cão de caça bem alimentado, mas sua família tinha uma posição mais elevada. Já tinham sido mais do que nobreza menor e, mesmo que suas propriedades lhes fornecessem pouco mais que uma vista empoeirada nos últimos tempos, havia orgulho em seu nome. Em algum lugar no seu sangue, ele carregava uma tranquilidade que ela só poderia fingir. Ao lado dele, a viúva conseguia parecer tanto calma como misteriosa, usando seda cinza-platinada feita perfeitamente sob medida com bordados pretos e amarelos.

Só Luzia, espremida ao lado de Valentina, refletia a infelicidade dela. A garota usava seu vestido de lã preta severo, com seus rufos brancos brilhantes, e sua respiração era superficial, ainda desacostumada à constrição de um espartilho de verdade. Seu rosto parecia quase verde sob o chumbo branco e óleo de violetas que elas usaram para tentar suavizar a catástrofe que eram suas sardas.

— Não desmaie — instruiu Valentina.

Os olhos de Luzia se viraram para ela com tanto desdém que Valentina olhou para Marius para ver se ele tinha reparado. Mas ele estava sorrindo largo pela janela, olhando os cavalariços e lacaios que cercavam a carruagem em sua libré cor de creme. A porta se abriu. Marius desceu primeiro e Valentina fez menção de seguir, mas a viúva já se levantara graciosamente.

— Você esquece seu lugar — sibilou Valentina, seu medo e preocupação lhe dando coragem. — Sou eu que devo seguir meu marido, não...

Dentro da carruagem apertada, Catalina de Castro de Oro olhou por cima do ombro, um sorriso brincando nos lábios.

— Não?

A língua de Valentina parecia gorda em sua boca, mas ela se obrigou a dizer as palavras.

— Todos sabemos que você é a puta de Don Víctor.

A viúva não se encolheu nem a estapeou. Seu sorriso se alargou e ela olhou para Valentina como se ela fosse uma criança adorável que ainda não tinha aprendido bem a ler e escrever.

— Tenho quase certeza de que seu marido tomaria Don Víctor em sua própria boca pelo preço de um bom cavalo de corrida. — Ela se inclinou para a frente. — E talvez eu gostasse de vê-lo fazer isso. Agora, vamos todos lembrar que estamos em um lugar onde mesmo um cheirinho de escândalo pode nos condenar e esforçar-nos para nos divertir apesar da espada pairando sobre nossos pescoços.

Ela saiu flutuando da carruagem, pousando sem som no caminho, seu rosto brilhante com um prazer tranquilo.

— Feche a boca, señora — disse Luzia gentilmente enquanto erguia as saias. — Parece estar esperando alguém empurrar um bolo para dentro dela.

Valentina sentiu a dor vergonhosa de lágrimas na garganta.

— Você parece um *goblin* — cuspiu ela, dando um empurrão em Luzia, de modo que a garota caiu de volta no banco. Ela desceu da carruagem e tomou o braço de Marius.

— Está se sentindo mal? — murmurou ele no ouvido dela. — Sua respiração está instável.

— Só estou animada — mentiu ela.

— Como todos nós. — Ele parou. — Você está muito bonita nesse vestido novo. A cor lhe cai bem.

Era a primeira vez que Marius elogiava sua aparência e Valentina não conseguia nem aproveitar. A viúva tinha escolhido aquela seda verde na loja de Perucho.

Ela inspirou fundo e tossiu. Eles estavam a menos de dois quilômetros de casa, mas o ar era tão doce, tão limpo, tão livre do fedor da cidade. Era como ser mergulhada em água fria, ao mesmo tempo revigorante e alarmante.

Ela sentia que estava encolhendo na sombra de La Casilla, como se o grande palácio com seu nome humilde estivesse ficando maior. As vastas portas duplas, com suas maçanetas douradas, se abriram como uma boca, e Valentina tropeçou enquanto cruzava o limiar, agarrada ao braço de Marius. *O tapete fino é uma língua*, pensou ela. *Vou pisar ali e ele vai agarrar meu tornozelo, me enrolar e me engolir inteira.*

Havia pinturas em toda parede e as janelas eram pesadamente cobertas com tecido bordado com fio de prata.

— É tudo tão perfeito — sussurrou ela.

Marius grunhiu, rindo.

— Aposto que até os cavalos dele cagam ouro.

Geralmente ela odiava quando ele falava coisas vulgares, mas não naquele dia. *Antonio Pérez é só um homem*, ela disse a si mesma – mesmo que esse homem já tenha estado atrás apenas do rei em termos de poder, ainda é um homem. Um homem que era quase um prisioneiro em sua própria casa desde que perdera o favor do rei.

A carruagem de Don Víctor vinha atrás da deles, para que todos tivessem que esperá-lo. Por fim, ele entrou com o terrível Santángel seguindo-o de perto. Não se deu ao trabalho de cumprimentar Valentina ou Marius, mas disse algo à viúva e gesticulou para que seguissem.

— Não teremos uma chance de nos refrescar? — perguntou Valentina.

— Eles só nos darão aposentos depois do primeiro desafio — respondeu a viúva. Sua expressão ensolarada tinha murchado, mas ela entrelaçou o braço no de Luzia e os fez apertar o passo atrás de Don Víctor.

Valentina e Marius não podiam fazer nada exceto segui-los.

— Todos os baús que preparamos, as roupas novas... vai ser tudo em vão? — perguntou Valentina. E será que uma parte dela queria que fosse o caso? Por que ela deveria ansiar pela familiaridade miserável de sua casa fria e sem charme?

— Suponho que... — começou Marius. — Bem — disse ele, pondo a mão em cima da dela. — Suponho que agora depende de Luzia.

Capítulo 22

O salão onde entraram era grande como uma catedral, seus tetos pintados com afrescos, seus lustres enormes flamejando com a luz de velas. Luzia não conseguiu evitar fazer os cálculos de quanto todas aquelas velas deveriam custar, e se perguntou quanto tempo levava para acendê-las, erguer e abaixar as estruturas dentadas e limpar a poeira dos cristais. Em algum lugar da multidão, músicos tocavam flautas e tambores e instrumentos que ela não conhecia.

— Preste atenção — disse Santángel. — Você está entrando na arena e é hora de conhecer seus colegas gladiadores.

— Pensei que ia me apresentar mais tarde esta noite. Por que ninguém me informou que o primeiro desafio começaria ao chegarmos?

— Ninguém sabia.

— Pérez está nos dando um lembrete — disse Don Víctor. — Estamos jogando o jogo dele.

— Pense assim — disse Hualit. — Se você fracassar miseravelmente, é melhor já terminar logo com isso.

— Mas as taças — objetou Luzia. — Eu preciso...

— Tudo foi arranjado para o desafio esta noite — disse Hualit, gesticulando para a plataforma erguida com suas cortinas douradas. Um medalhão de prata pendia sobre o palco, gravado com a imagem de um centauro no centro de um labirinto. Luzia lembrava de ver o mesmo símbolo no selo de cera quebrado no convite para La Casilla.

Santángel tinha dito que haveria três desafios: a demonstração de prova, seguida pela prova de pureza e, finalmente, a pureza do poder.

— Só o primeiro será fácil — avisara ele. — Vamos usar seu truque com a taça, mas torne-o mais dramático. É aí que você deve ganhar seu direito de competir no *torneo*. O fracasso é uma humilhação que Víctor não vai perdoar. Fora isso eu sei muito pouco, só que Juan Baptista Neroni vai comparecer ao segundo desafio para certificar-se de que seus *milagritos* são divinos.

O vicário de Madri. Ela imaginou que deveria ficar grata por não enfrentar o Inquisidor Geral.

— E o terceiro desafio? — perguntara ela, pensando no *linajista* subornado, nas cartas de Hualit ao rabino em Tessalônica.

— Os competidores finais serão apresentados ao rei em El Escorial.

El Escorial – parte mausoléu, parte monastério. O rei em seu palácio. O leão em seu covil. E a rata de cozinha libertada da despensa e vestida como uma dama elegante. Mas ela não se sentia mais como uma rata. As roupas caras ajudavam, e o primeiro banho quente da sua vida, mas principalmente a romã, um presente de Santángel, uma coisa que ela mesma fizera. Ela a consumira avidamente, observando as costas dele na capa de veludo preta, mal se reconhecendo enquanto o linho em suas mãos absorvia o suco vermelho e sua barriga se enchia. Ela tinha escolhido entrar no *torneo* apesar dos riscos e, fosse ao escolher, fosse ao comer, tinha mudado. Ergueu os olhos para o palco e se perguntou se a mulher que tinha sido ou a mulher que estava se tornando estavam à altura da tarefa.

— Então você vai realizar seu milagre algumas horas mais cedo — sussurrou Hualit no ouvido de Luzia. — Deus vai entender. — Ela enfiou a mão na manga. — Tenho um presente para você.

Ela tirou um rosário da seda cinza. As contas pesadamente entalhadas estavam penduradas num cordão trançado, alternando-se vermelhas e brancas, com detalhes em prata. Marfim e granadas reais? Ou talvez só madeira e osso pintados. O cordão acabava em uma borla e uma concha de vieira com uma cruz entalhada.

— Aqui — disse Hualit. — Vou prender no seu pulso.

Novamente, ela se perguntou quem a tia realmente era. Se as granadas e o marfim fossem reais, aquele presente poderia ser uma corda de segurança em que se agarrar. Dinheiro para uma casa ou uma viagem ou algo que poderia durar além daquelas paredes douradas, se ela fracassasse. Mas o aviso também era claro: tome cuidado e interprete bem o seu papel, não importa o custo. Luzia não precisava de um lembrete. Ela era uma criada. Ela era Juana esfregando sangue do chão. *Servicio y silencio*. Por enquanto.

Don Víctor as observou com atenção.

— O que a criadinha de cozinha pensa de La Casilla?

Luzia nunca vira tanto ouro ou prata, tantas janelas cintilantes emolduradas por veludo, tantos criados em libré idêntica. Ela não sabia nada de arte, mas para onde quer que olhasse via enormes molduras, homens fazendo guerra, deuses fazendo amor. Era glorioso, magnífico, ridículo. Se você não é o rei, pensou ela, é perigoso fingir sê-lo.

Mas ela disse:

— Não tenho nem o gosto nem a experiência para julgar meus superiores.

Don Víctor pareceu satisfeito.

— Finalmente está aprendendo a segurar a língua. — Ele deu um aceno curto a Hualit. — Venha, eu serei apresentado aos outros mecenas e quero você lá. — Eles se afastaram juntos, mantendo-se a uma distância respeitável. Não tinham chegado na mesma carruagem e ele não ofereceria o braço a ela em público. Um arranjo como o deles era bastante comum, mas não algo a ser ostentado.

— Está se perguntando se ela está feliz? — perguntou Santángel enquanto eles se aproximavam do palco.

— Isso importa? Ela é uma criada, assim como nós. — Ela ficou surpresa ao se ouvir dizê-lo. Nunca tinha pensado em Hualit e em si mesma como remotamente parecidas, mas, agora que estava em um palácio, usando renda, dormindo em uma cama toda noite, sua visão estava menos anuviada.

— O que você realmente acha desse palácio?

Luzia bufou baixinho.

— O que um besouro pensa da bota que o esmaga? É uma bota excelente, com um solado muito impressionante e feito do couro mais fino.

Um pequeno sorriso tocou os lábios de Santángel, o que a agradou.

— Você realmente não se interessa por tamanho esplendor?

— Claro que sim. Quando foi a última vez que você tomou um banho?

— Eu... A minha pessoa a ofende?

Luzia riu.

— Não ultimamente. Mas eu nunca tinha tomado um banho em água quente antes de hoje. — Ela fechou os olhos. — Você não imagina o prazer que é.

— Você não deveria falar de tais coisas a um homem.

Luzia abriu os olhos de repente. Ficou surpresa ao ver uma careta no rosto dele.

— Das alegrias da água de banho aquecida?

Santángel desviou o olhar.

— Não é apropriado.

— Bem, eu sou uma campesina. Pouco mais que um bicho do campo. — Ela o estava provocando, mas não queria parar. Não podia dizer que eram amigos, mas a transformação que a romã tinha realizado nela tinha mudado algo entre eles também. — Não tenho moral ou modos.

E se quiser saber o que eu penso disso... Acho que é uma festinha bem deprimente. Todos de preto. Música triste, ninguém dançando. Os ricos podem financiar qualquer coisa exceto diversão, ao que parece.

— O que você faria com uma fortuna em ouro?

Luzia refletiu. Ela não podia dizer nenhuma das coisas que vieram à sua cabeça. *Eu faria o nome da minha mãe ser gravado em mármore. Encontraria o túmulo do meu pai. Compraria muitos livros, e compraria uma casa onde pudesse lê-los, e construiria um muro alto fora da casa para que ninguém me incomodasse. Contrataria um exército para ficar no topo dos muros e me proteger de reis e inquisidores e homens que mandam outros homens quebrarem dedos.* No entanto, ela também não conseguia soltar as respostas de criada corretas que sabia que deveria empregar: uma casa confortável, esmolas para os pobres, missas a serem celebradas por ela após sua morte. Quando estava com Santángel, sua mente pulava adiante, ávida para brincar, escapada da coleira de humildade que poderia mantê-la a salvo.

Então ela falou bobagens.

— Eu construiria um palácio muito grande.

— Maior que esse?

— Ah, sim. Duas vezes mais largo, mas só com metade da altura. E colocaria uma cama muito grande nele. — Novamente as sobrancelhas dele se ergueram e ela se apressou antes que ele pudesse lhe dizer que não deveria falar de camas: — Eu nunca sairia dela exceto para ser levada para banhos escaldantes.

— E para fazer as refeições?

— Não, eu faria minha cozinheira servir bolos no meu travesseiro.

— Você ficaria muito gorda.

— Certamente é o que eu esperaria.

Santángel riu então, um som estranho e rouco que ele silenciou depressa, com medo de atrair atenção.

— Você é insana — disse ele.

— É preciso ser, para sobreviver ao dia de alguma forma.

— Agora que se esqueceu de parecer assustada, vamos nos aproximar do palco. Quero que veja a competição.

Ele a estava distraindo? Ela decerto entrara no salão sobrecarregada pelo esplendor e o terror de sua primeira apresentação, mas Santángel tinha direcionado sua mente à dança da conversa. Era irritante o fato de ter funcionado. Era constrangedor ele não ter sido seu parceiro na dança, mas sim seu professor outra vez.

— Qual é o significado da criatura no labirinto? — perguntou ela.

— Esse é o emblema pessoal de Pérez. A mesma *impresa* que o pai dele usava quando era secretário do rei.

Luzia queria perguntar por que haveria um centauro no centro do labirinto e não um Minotauro, mas essa era uma pergunta erudita demais para uma criada de cozinha.

Santángel abaixou a voz.

— Dizem que Pérez encomendou uma nova *impresa* quando caiu das graças do rei. O centauro liberto, parado diante das ruínas de um labirinto desmoronado. Lá... — disse ele, sua atenção desviada. — A Criança Celestial, Teoda Halcón.

— A garota que fala com anjos.

— Um em particular, pelo que me disseram.

— Aqueles são os pais dela?

— É o pai e uma das amas dela. São uma família rica, então a Criança Celestial não precisa de um mecenas.

— E a mãe dela?

— Dizem que a morte da mãe foi a primeira coisa que ela previu.

Luzia não conseguia rebater com algo espirituoso. Será que teria sentido a perda menos agudamente se soubesse que sua mãe morreria? Ou teria sido pior? Uma morte prolongada por semanas ou meses, o conhecimento assumindo vida própria como se se alimentasse da dela? Ela teria se perguntado se causara a morte da mãe ao sonhar com ela, como Lucrecia com a armada de Filipe?

— Seria de pensar que o dom de previsão daria a ela uma vantagem em tudo isso — disse Luzia.

— Se o dom for real. Ela é a favorita disparada, uma refutação direta aos sonhos que Lucrecia tinha com a Espanha em frangalhos e Filipe sendo devorado por aves de rapina. Agora, olhe para a esquerda. Devagar, por favor, não façamos um espetáculo de nós mesmos. Eles estão observando você assim como você os observa. O jovem com a cabeleira é Fortún Donadei, o Príncipe das Azeitonas. Ele vem de uma família de trabalhadores do campo de Jaén.

O príncipe. Então Luzia não competiria com ninguém de sangue real. O título tinha a intenção de debochar. O rapaz tinha um físico esguio e uma coroa de cachos grossos e escuros.

— Ele parece terrivelmente triste. — E assustado também, a boca levemente aberta enquanto absorvia o luxo do salão. É assim que eu deveria parecer, pensou Luzia com uma súbita pontada de vergonha. Uma campesina desajeitada, desconfortável em suas roupas elegantes, boquiaberta diante de cada coisinha nova.

— Não vejo por que estaria. Ele tem uma mecenas rica que dizem estar completamente apaixonada por ele. A história é que ele estava cuidando das suas oliveiras e se sentou para tocar alaúde na sombra de uma árvore quando ela passou por ali e o viu tocando.

— Então o poder dele também está na música?

— Sim. Ele consegue tocar qualquer instrumento e dizem que materializou uma miniatura do pônei de infância da marquesa nas oliveiras.

— Eu não consigo criar algo do nada.

— Ninguém consegue — disse Santángel. — Nem Deus.

— Você acha que ele é uma fraude?

— Fortún Donadei ou Deus?

Luzia não conseguiu esconder o choque.

— Você me manda segurar a língua — sussurrou ela —, mas poderia ser torturado por uma blasfêmia dessas.

— Eu poderia dizer que essa festa é tortura suficiente. Mas você não está errada. Tomarei mais cuidado.

— Você não teme mesmo a Inquisição?

— Por que deveria temê-la?

Porque você não é natural. Porque sabe coisas que um bom cristão não deveria saber. Porque não há qualquer sinal de que um homem quebrou três dedos seus apenas uma semana atrás. Os olhos estranhos dele a estudavam, quase entretidos, instigando-a a dar voz a qualquer um desses pensamentos.

Nesse momento, um silêncio tomou o salão, como se todos tivessem inspirado ao mesmo tempo. A multidão se virou como flores em um campo buscando o sol, esticando os pescoços. Luzia nem sabia o que estava procurando, mas se viu fazendo o mesmo.

Uma mulher entrara no salão de baile. Seu cabelo era macio e tão preto que brilhava quase azul. Sua pele leitosa parecia refletir a luz das velas, fazendo-a brilhar como uma estrela capturada. Seu vestido sério era de veludo preto e a cobria completamente, mas tão pesadamente bordado com diamantes e fios metálicos que não parecia mais preto, mas prateado, cintilando sob os lustres.

— Quem é essa? — perguntou Luzia.

— Essa é Gracia de Valera. A Bela.

— Ela é algo mais do que bela.

— Dizem que ela também realiza *milagritos*, e me contaram que pode falar com os espíritos dos mortos. Pediram que se apresentasse primeiro.

Luzia observou Gracia deslizando pela multidão como uma pétala carregada por uma brisa. Ela nunca se sentira mais robusta, mais presa à terra, um pedaço de carvão em seu vestido austero e sua grinalda de tranças com pérolas e conchas modestas.

— Receio que vamos todos decepcionar após tal aparição.

Mas os olhos de Santángel ainda estavam nela, não acompanhando Gracia de Valera através da multidão.

— Se o rei quiser uma mulher bonita para olhar, há muitas delas na Espanha. Faça exatamente como praticamos e ninguém estará à sua altura.

Uma criança. Um fazendeiro. Uma criada de cozinha. E uma jovem que parecia com a própria Virgem saída da moldura de uma das muitas pinturas de Pérez. Luzia conseguia sentir o gosto da romã na boca, o sabor de sua própria ambição, o apetite por mais. Examinou as cortinas douradas do palco e soube que ia provar que Santángel estava certo. Ela se recusava a passar fome de novo.

Capítulo 23

Santángel soube quando Antonio Pérez entrou no salão. Era como estar parado no mar e sentir a maré mudar, puxando seus tornozelos, a areia deslizando para longe enquanto o oceano respirava. Todos se viravam enquanto ele caminhava ao redor do salão, cumprimentando algumas pessoas e ignorando outras.

Ao lado dele, Víctor enrijeceu-se quando Pérez passou sem um aceno sequer em sua direção. A ofensa agradou Santángel ao mesmo tempo que o intrigou. Ele ainda não entendia inteiramente os limites de sua própria influência, mas sabia que era melhor Pérez torcer para recuperar a confiança do rei. O insulto não era algo que Víctor perdoaria tão cedo.

Mesmo na desgraça, Pérez não demonstrava sinal de dúvida ou preocupação. Era um homenzinho bem-arrumado, preciso em seus gestos, seu traje tão extravagante quanto sua casa, cada dobra e enchimento feito impecavelmente sob medida, como se ele fosse uma marionete habilmente construída. Era um homem que sentia prazer sob a atenção dos outros, de um jeito que só os destemidos eram capazes.

Ele ergueu sua taça e o salão caiu em silêncio.

— Não há império maior que este e não há rei maior que o nosso. É a Espanha que deve cuidar da alma do mundo, e esse fardo pesado repousa sobre os ombros do nosso abençoado governante, colocado ali pelo próprio Deus. Como o corajoso Don Juan venceu os bárbaros em Lepanto, assim também devemos erguer o mosquete e a cruz e subjugar os traidores flamengos e aquela herege desgraçada, Elizabeth. Então, se nosso poderoso rei deseja milagres, eu os fornecerei. Não há homem mais santo, país mais santo, causa mais santa.

Os músicos tocaram um acorde dramático, como se realmente estivessem no teatro e alguém estivesse prestes a começar uma música.

— É ousado invocar o nome de Don Juan — murmurou Víctor.

— Por quê? — sussurrou Luzia.

Quando Santángel abaixou os lábios ao ouvido dela, o aroma verde e doce de flores de laranjeira o sobrecarregou. Ela tinha um amante? E por que essa ideia o fazia querer encontrar esse misterioso pretendente e enterrar uma faca em seu coração?

— É ousado porque o herói de Lepanto não era páreo para os holandeses — sussurrou. — Ele sofreu uma derrota completa e foi obrigado a recuar. E Pérez fez o secretário do homem ser assassinado. É por isso que caiu das graças do rei. Você precisa parar de usar fragrâncias se quiser interpretar La Hermanita. Nenhuma freira importa perfume de Paris.

Luzia franziu o cenho.

— Eu não uso fragrâncias.

Ele não ia discutir.

— Vá assumir seu lugar nos bastidores. Você vai se apresentar depois da Bela.

Ela assentiu, a mandíbula cerrada. Ele quase esperou que enrolasse as mangas, como se estivesse prestes a atacar uma mancha teimosa.

— Por que ela tem que marchar dessa forma? — resmungou Víctor. — Onde foi parar todo o treinamento dela?

— Há certo charme nisso — protestou a viúva. — Talvez a determinação a faça se distinguir.

Pérez se postou no exato centro do salão, onde algumas cadeiras tinham sido dispostas. Ele não precisava de um trono ou estrado. A multidão tinha-lhe aberto um caminho, de modo que sua linha de visão não ficasse obscurecida.

Gracia de Valera flutuou escada acima até o palco, seu vestido fortemente ornamentado cintilando como um céu noturno.

— Impecável — disse Víctor, amargamente. — Não fizemos um erro de cálculo?

— Não é o vestido que importa aqui. — E um ornamento daqueles não combinava com Luzia. O poder dela brilharia mais forte do que qualquer adorno ou joia, embora Santángel estivesse começando a acreditar que a força de vontade era o seu maior dom. Ela era teimosa como uma parede bem construída, tão decidida em seu rumo quanto uma avalanche.

Ele se perguntou por que a Bela tinha escolhido caminhar até o palco em vez de aparecer de trás da cortina. Ela fez uma mesura profunda, como se estivesse diante do próprio rei, seus movimentos lentos e perfeitamente controlados, e então ergueu uma mão delicada. A cortina se ergueu, revelando uma torre de taças de vidro.

As taças de Luzia.

Víctor soltou um grunhido, como se tivesse sido golpeado. A viúva apertou uma mão na boca. Marius só pareceu perplexo, e a cabeça de Valentina balançou no pescoço, para cima e para baixo, para a esquerda e a direita, como se pudesse ajustar o ângulo nessa situação e de alguma forma torná-la um fiasco menor.

Agora Santángel entendia por que Gracia de Valera tinha pedido para se apresentar primeiro.

Ele procurou Luzia no salão, mas ela já tinha se afastado. Estaria assistindo de seu lugar nos bastidores? O que ela faria? Poderia haver tempo de pegar velas, mas ele não gostava da ideia de fazer o truque de fogo.

Não tão cedo, não quando eles estavam tentando evitar qualquer indício do diabólico. Talvez as videiras? Ele olhou ao redor do salão, mas não viu arranjos de flores. Assistiu com medo crescente quando Gracia quebrou as taças. Ela o fez modestamente, elegantemente, passando pela mesa como se flutuasse e estendendo um único dedo fino para empurrar cada uma da beirada, trocando um sorriso tímido com a plateia.

— Ah, ela é muito boa — disse a viúva.

Era mesmo. Seu olhar era recatado e ao mesmo tempo travesso, seu andar gracioso sem parecer praticado. Quando as taças jaziam numa ilha cintilante de cacos, ela se pôs atrás da mesa, fez o sinal da cruz e estendeu os braços. Suas mangas tinham sido astutamente decoradas com contas de modo que pareciam as asas de um anjo, e ela inclinou o rosto para cima, a luz refletindo de suas feições perfeitas.

— Ela está tendo uma visão? — perguntou a mulher ao lado de Santángel.

— Uma visita divina? — indagou o companheiro dela.

— Alguma coisa, sem dúvida — murmurou a viúva quando Gracia soltou um gemido.

A Bela jogou as mãos para o alto, como se conduzisse uma orquestra invisível. Um som como o canto de um coral encheu o salão, as vozes altas e celestiais, quase inumanas em sua pureza. Nuvens apareceram em seus pés calçados em chinelos, elevando-se e envolvendo-a, assim como o palco.

A multidão arquejou. A névoa se dissipou.

Gracia de Valera apareceu com a cabeça humildemente curvada, como se rezasse.

As taças estavam enfileiradas, todas perfeitas.

— Agora, isso sim é um espetáculo — disse Don Marius.

— Não é merda nenhuma — disse Santángel, e Doña Valentina ofegou.

Era tudo um truque. Um truque muito bom, sem dúvida pensado em conjunto com alguns dos melhores cenografistas e atores do Corral de la Cruz. Mesmo assim, era uma ilusão.

Se Gracia de Valera tinha algum tipo de magia, não escolhera usá-la naquela noite.

Então agora eles sabiam que pelo menos um dos competidores era uma fraude. Mas isso poderia não importar. Se Luzia passasse vergonha ali, não haveria volta. Santángel não conseguiria poupá-la da ira de Víctor.

A cortina caiu e o salão se encheu com o burburinho de conversas, a plateia maravilhando-se com a beleza de Gracia, sua postura, a perfeição de seu vestido. Ela desceu até a multidão ao som de aplausos, e seu mecenas rico, Don Eduardo Barril, a cumprimentou com uma mesura.

Novamente, os músicos tocaram seu acorde. Novamente, a cortina se ergueu. A torre de taças permanecia ali, e lá estava Luzia em seu vestido preto simples, La Hermanita, uma pequena penitente solene com conchas no cabelo rigidamente trançado, o rosário com que Víctor e a viúva lhe tinham presenteado para ser seu único adorno.

Santángel não conseguia dizer no que ela estava pensando. Ela olhou para o salão de baile e ele se perguntou se estaria planejando quebrar a mesa com a canção que usava para rachar lenha ou se faria uma figueira crescer das bandejas nos aparadores. Sua boca estava apertada no que ele só podia descrever como uma linha furiosa.

Ela observou a torre de taças, aproximando-se dela sem nada da suavidade de Gracia. Parecia um capitão frustrado examinando suas tropas desobedientes e considerando a sua punição. Pegou uma e a quebrou no chão, desafiadora. Então outra. E outra. A plateia se remexeu, inquieta. Alguém riu baixinho. Antonio Pérez recostou-se na cadeira, os lábios curvados para baixo.

Ela não pode ser tola a ponto de fazer o mesmo truque. Ele sentiu uma decepção profunda, não porque debochariam dela, nem porque Víctor a renegaria, mas porque ele a tinha em mais alta conta, com sua inteligência, sua conversa animada que galopava como um pônei inquieto, os cascos dançando, nada como a criatura hesitante que ele conhecera no pátio da viúva, uma garota do campo que não era de forma alguma o que parecia.

Como se pudesse ouvir seus pensamentos, ela olhou para ele, erguendo a sobrancelha de leve, com a expressão de uma mulher entretida. Bem. Aproveite seus sorrisos agora. Víctor a escorraçaria de Madri pelo crime de humilhá-lo. Santángel supôs que deveria ficar feliz por ver seu patrão virar motivo de riso, mas lembrou de Luzia parada em pânico diante do caule de uma romãzeira, tentando encontrar uma canção para salvá-lo. Sobreviva, sobreviva. Ambos conheciam aquele refrão tão bem.

Ela fechou os olhos. Deveria estar ouvindo as palavras para consertar as taças. Bateu o pé uma vez, duas. Como se estivesse furiosa, como se usasse a bota agora e todos que a assistiam fossem ser esmagados sob ela. Quando bateu o pé pela terceira vez, sua voz ergueu-se em um lamento agudo e sinistro, e os cacos estilhaçados de vidro ergueram-se junto com ela, um brilho gentil de poeira girando no brilho das velas.

A plateia se calou, sua atenção capturada. Pelo menos era diferente da névoa e da afetação da apresentação de Gracia.

Luzia ergueu os braços gentilmente e a nuvem de vidro estilhaçado ergueu-se alto sobre sua cabeça, então sobrevoou a plateia. Os pedaços pendiam no ar, alguns maiores, alguns menores, passando lentamente de um lado para o outro.

A sobrancelha de Pérez tinha se abaixado. Ele parecia perplexo, mas não contente.

A nuvem se separou, linhas se formando e criando pontos brilhantes. Santángel entendeu o que ela estava fazendo apenas um instante antes da plateia. As pessoas arquejaram. A boca de Pérez se abriu com um estalo audível.

O vidro se arranjara na forma de estrelas, uma constelação cintilante que pendia acima da cabeça de Antonio Pérez, e sua forma era inconfundível, como se uma fatia do universo distante tivesse aparecido naquele salão de baile. As Plêiades. O signo sob o qual o secretário do rei tinha nascido, o mapa astral que tanto lhe agradara, a promessa de que o destino dele estava amarrado a reis e rainhas.

A garota do campo analfabeta tinha lido a carta dele. Uma carta contemplando a arrogância de Pérez, seu apego a esse sonho de sua própria grandeza. Uma carta escrita em latim.

A plateia irrompeu em aplausos trovejantes, correndo na direção de Pérez, tentando erguer-se para tocar a constelação de vidro. O próprio Pérez se levantou, os olhos brilhando e fixos firmemente em Luzia.

A criada de cozinha tinha vencido Gracia de Valera de forma espetacular. Ela tomara o insulto da Bela e o transformara de modo teatral em benefício próprio.

Víctor apertou o ombro de Santángel.

— Brilhante — entusiasmou-se. — Qual é o seu problema? Por que você parece pronto para assassinar alguém?

Santángel obrigou-se a sorrir.

— Estou apenas pensando em qual desafio pode vir em seguida e como enfrentá-lo.

Presumindo que a mentirosa Luzia Cotado sobrevivesse à noite.

Capítulo 24

Ainda cantarolando, Luzia trouxe a nuvem de vidro de volta ao palco e a deixou cair gentilmente sobre a mesa em um montinho delicado. Ela sabia que deveria parar ali, mas, quando viu Gracia de Valera encarando-a com os lábios perfeitos apertados como uma prega recém-feita em um tecido, acenou a mão sobre os cacos, como se estivesse entediada, como se limpasse migalhas de uma mesa. O vidro reassumiu a forma de taças obedientemente. Um gesto mesquinho. Não ficaram tão perfeitas quanto ficariam se ela tivesse feito com calma, mas Luzia estava interessada em ser desafiadora, não perfeita. Queria que Gracia soubesse que ela não abaixaria a cabeça.

Antes que chegasse ao último degrau do palco, a multidão tinha aberto caminho e Antonio Pérez deslizou entre eles. Era muito pequeno, muito compacto, e possuía uma elegância estranha e suave, como se tivesse sido polido até atingir um brilho forte demais. Cheirava a ameixa e âmbar. Don Víctor e Don Marius o seguiam o melhor que podiam, uma vez que ele estava cercado por cortesãos. Hualit e Valentina tinham sido engolidas pela multidão, e Luzia não conseguia encontrar Santángel entre as pessoas.

Pérez fez um aceno e um cortesão deu um passo à frente – o homem da barba tingida de ruivo e das pálpebras pesadas.

— Luzia Calderón Cotado. Da Casa Ordoño e da Casa de Paredes.

Calderón. Esse não era o nome dela. Ela era Luzia Cana Cotado. Luzia sabia que os judeus às vezes mudavam os nomes de crianças que adoeciam. Qual era sua enfermidade, para que precisasse mudar seu nome? O *linajista* tinha esfregado o nome da mãe até limpá-lo – Blanca Cana, filha de estudiosos, podada da árvore genealógica de Luzia.

Luzia fez uma mesura, agudamente ciente dos olhos sobre ela e mais feliz do que nunca por ter praticado.

— Como uma simples campesina sabe a forma das constelações? – perguntou Pérez. — Ou seu mecenas planejou essa surpresinha?

De alguma forma, Don Víctor tinha chegado até eles.

— Eu lhe garanto, Don Antonio, que não o fiz.

— Então, como tal conhecimento chegou a você?

Luzia manteve os olhos nos sapatos.

— Não cabe a mim saber — disse ela suavemente, no murmúrio humilde de criada que ela passara anos aperfeiçoando. — E não tenho a pretensão de responder. Deus me mostra o caminho e eu o sigo.

— Uma mulher boa e devota — disse Pérez, mas soava como se estivesse avaliando um melão no mercado. — Mostre-me suas mãos.

Luzia sentiu uma pontada de medo. Tal ordem era sempre um prelúdio a um espancamento com vara ou graveto, mas se um rei – mesmo um homem que só era rei em seu próprio palácio – dava uma ordem, não havia escolha exceto obedecer.

Ela ofereceu as mãos. Ele as tomou, os anéis brilhando. Suas próprias mãos eram macias, escorregadias como bolinhos deslizando da panela de sopa.

Ele riu.

— Ásperas e duras como couro de animal. Me disseram que você era uma criada de cozinha, mas eu não acreditei.

— Sou uma mulher honesta, señor. É verdade.

Ele apertou as mãos dela, então as soltou.

— Não tenho dúvida disso, pelo menos. — Ele olhou para Don Víctor pela primeira vez. — A freirinha causou uma grande impressão.

Don Víctor riu.

— Tenho certeza de que ela não foi ordenada.

Mas Pérez já tinha se afastado.

Hualit a abraçou.

— Bom trabalho, querida — sussurrou ela no ouvido de Luzia. — Você mostrou para aquela vadia o que valem os vestidos chiques dela.

— *Como* você sabia o signo das Plêiades? — perguntou Don Víctor.

Luzia o olhou sem expressão.

— Como assim, señor?

— Tome cuidado — disse Hualit. — A Bela não vai ficar feliz com você. Mantenha os olhos abertos.

Os músicos tocaram seu acorde de novo, um sinal de que o candidato seguinte ia se apresentar, agora que Pérez tinha retornado à sua posição no centro da sala.

— Vamos aprender o que pudermos — disse Don Víctor, embora seus olhos permanecessem sobre Luzia.

Ela se permitiu olhar para a multidão, procurando Santángel. Ele saberia agora que ela tinha mentido – e que tinha lido sua correspondência pessoal. Lembrou das mãos dele quebrando a romã, uma oferenda após o pesadelo do que ela fizera a Álvaro, uma oportunidade para que ela renovasse sua fé em si mesma e para que eles mantivessem a fé juntos. Mas, nos bastidores, ouvindo os aplausos para a Bela, a humilhação inundando-a quente e formigante como uma febre, ela não tinha conseguido pensar em Santángel ou olhar além do momento seguinte, quando sairia no palco e seria transformada em alvo de zombaria. Tinha sentido a atração da magia que havia rasgado sua língua, como uma porta implorando para ser aberta, a fuga esperando do outro lado.

Então vira aquelas taças consertadas em suas fileiras perfeitas, e ouvira o *refrán* na voz da tia, lembrara de Hualit recostando-se nas almofadas do pátio, rindo enquanto lia a carta em sua mão. *El hombre es mas sano del fierro, mas nezik del vidro.* Luzia não entendera algumas palavras, e ela e Hualit as tinham estudado juntas. *Um homem é mais forte que o ferro e mais fraco que o vidro.* Ela nunca pensara no *refrán* como algo que poderia usar, mas, parada ali, impotente, sua raiva se misturou com a lembrança e a canção saltou à vida em sua boca. As palavras a tinham salvado.

Isso não significava que a poupariam da raiva de Santángel.

Sua preocupação só aumentou conforme assistia primeiro à apresentação da Criança Celestial e depois à do Príncipe das Azeitonas. Uma parte dela esperava que os demais competidores fossem fraudes. Mas, se era o caso, eram muito melhores nisso do que Gracia de Valera.

Teoda Halcón começou no palco, mas desceu para a plateia e parou diante de Pérez, a mão dele na dela, seu rostinho sereno e brilhante. Ela recitou o sonho que tivera na noite anterior, que envolvia um pomar de maçãs, um cavalo branco e uma mulher banhada de luar, então gesticulou para que ele se aproximasse e sussurrou no ouvido dele.

Pérez oscilou de leve ao se endireitar, o rosto pálido. Piscou devagar e disse em uma voz baixa e rouca:

— Um segredo. Dito a mim pelo meu pai, em seu leito de morte. — Ele fechou os olhos. — Impressionante.

— Ele tem muito orgulho do señor — disse Teoda em sua voz doce e alta. Ela se virou para a plateia. — E agora devo anunciar a todos que uma tempestade está vindo.

— Mas o céu ficou sem nuvens o dia todo! — exclamou alguém.

As palavras do homem foram abafadas por um trovão e o tamborilar súbito de chuva contra as janelas do salão de baile.

A plateia irrompeu em aplausos encantados.

— Isso será o que o rei mais deseja — resmungou Víctor. — Alguém que possa enxergar o coração e a mente dos homens, o próprio futuro.

— Lembre-se — disse Hualit —, o rei não agradeceu Lucrecia de León pelo favor.

Os músicos tocaram outro acorde dramático, e Luzia ficou grata pela distração.

No palco, Fortún Donadei sentou-se com o corpo de madeira curvado de uma *vihuela* entre as pernas. Ele usava veludo verde-oliva com bordados elaborados, renda dourada vertendo no pescoço e brilhando no punho das mangas, suas meias e calças do mesmo verde. Uma grande cruz dourada pendia do seu pescoço, incrustada com joias gordas. Ele tocou algumas notas, formando uma melodia hesitante, depois ergueu o arco e curvou a cabeça enquanto o passava sobre as cordas.

A canção era alegre e a bota dele marcava o ritmo, o tipo de música que se poderia ouvir em um mercado ou taverna, nada formal. No entanto, havia uma tristeza nela também, uma espécie de anseio que parecia falar através do arco, como se o próprio instrumento estivesse cansado e sofrendo, cada passagem sobre as cordas uma lamentação. Ele não parecia mais deslocado, não com um instrumento nas mãos.

Fora Donadei quem criara essa tristeza? Ele estava lindo na luz dourada do palco, seus cachos mais escuros, sua pele bronzeada pelo sol quase do mesmo tom quente da *vihuela*, como se tivessem sido entalhados da mesma árvore e polidos pela mesma mão. Fora esse sentimento profundo, essa dor trêmula entre a alegria e a infelicidade, que tinha atraído sua mecenas até o olival? Havia prazer na tristeza. Era a sensação de recordar uma grande felicidade que nunca se terá de novo, o primeiro rubor de desejo que se sabe que jamais será consumado, mas pelo qual só se pode esperar, o anseio desesperado para ver a pessoa amada mesmo sabendo que não se é amado em retorno.

Os olhos de Luzia captaram um movimento perto do teto do salão – um pássaro tinha de alguma forma entrado ali. Havia dois deles, percebeu ela depois, criaturinhas pretas, gorjeando e rodeando os lustres. Eles voaram até o palco, onde outro se juntou a eles, e depois mais um. Eram uma revoada agora, movendo-se junto à música do arco de Donadei, o fluxo dos corpos criando formas que então se dissolveram com outra virada das asas. Luzia percebeu que estava segurando o fôlego enquanto assistia, assim como o resto dos convidados. Com um último suspiro triste do arco, os pássaros saíram em disparada do salão em uma lufada de vento, e a canção de Donadei terminou. Em conjunto, a plateia suspirou também, então explodiu em aplausos que humilharam o trovão da Criança Celestial.

O Príncipe das Oliveiras se ergueu, o rosto ainda triste, o sorriso pequeno, e fez uma mesura primeiro à plateia e então, mais profunda, a Pérez.

— Bem — disse Hualit, enquanto Donadei descia as escadas para ser cumprimentado pela sua mecenas, que estava vestida em verde e dourado para combinar com ele. — Acho que o salão inteiro se apaixonou um pouco por Fortún Donadei.

— Mas só uma mulher pagou pelo seu amor — respondeu Don Víctor.

Que eles o amem, Luzia disse a si mesma. *São os milagres que importam.*

Capítulo 25

Luzia esperava ficar livre para descansar e ter um pouco de privacidade após as apresentações, mas os convidados foram conduzidos até outro salão glorioso, quase tão grande quanto o salão de baile e com longas mesas com velas.

O banquete que se seguiu foi menos uma refeição que um espetáculo teatral, um prato após outro prato em um desfile infinito pontuado por pratinhos de água aromatizada com lavanda com a qual lavar as mãos. Perdiz nadando em leite; pavão com bacon e amêndoas picadas; codorna recheada com canela e cravo, e uma musse de seus próprios fígados; javali com molho de laranja-azeda e torrada mergulhada em caldo de carne; torta após torta de verduras avinagradas e nacos de bife cozidos com romã e mel, suas crostas douradas cobertas de açafrão. Entre cada prato, os músicos tocavam, às vezes acompanhados por malabaristas ou dançarinos em trajes escarlate e dourados, e curtas cenas eram apresentadas em um palco de madeira móvel que era deslizado de uma ponta do salão à outra.

Luzia fez questão de se fartar de qualquer prato com porco, mas só mordiscou o resto. Queria vinho, mas bebeu água aromatizada com erva-doce. Sentava-se entre Don Víctor e Hualit, obedientemente silenciosa em seu vestido de convento, escutando conversas sobre peças de que nunca ouvira falar e pessoas que não conhecia. Se Santángel estava presente, ela não o vira, mas imaginou que não havia motivo para criados jantarem em tal companhia, a não ser que fossem competidores no *torneo*, como ela e o Príncipe das Azeitonas.

Fortún Donadei sentara-se ao lado de sua mecenas, e, embora estivesse fazendo seu melhor para sorrir e parecer à vontade, Luzia podia ver que também não estava comendo muito.

Por fim, foram servidos sorvetes e bolos doces com fruta cozida, e as damas tiveram permissão para se retirar. Lacaios conduziram os Ordoño, depois Hualit e Luzia, aos aposentos que lhes foram designados.

— Ficaremos na mesma ala — disse Hualit —, longe de Don Víctor e dos criados dele, como é apropriado. Os Ordoño estão no final do corredor. Teoda Halcón é jovem o suficiente para estar hospedada com sua própria família em aposentos não muito longe dos seus, e a Bela e suas damas estão próximas, então tome cuidado.

Luzia pensava que estava exausta, mas, quando o lacaio abriu a porta do seu quarto, um júbilo renovado a inundou. Ela nunca vira uma cama com lençóis tão brancos, a manta bordada com o labirinto de Pérez e coberta de peles douradas. Brasas ardiam em um braseiro de prata e cortinas grossas tinham sido fechadas contra a chuva. Ao lado da cama, chinelos de veludo foram deixados, e uma penteadeira estava cheia de todos os cremes e pós que Hualit e Valentina tinham reunido para ela, junto com um conjunto de escovas e pentes prateados pesados.

Uma criada estava esperando e fez uma mesura quando ela entrou.

— Don Víctor paga o salário de Concha, e a paga bem — explicou Hualit —, então você não precisa temer sabotagem quando ela estiver por perto. Ela vai guardar seus segredos.

— De todos exceto Don Víctor.

— Precisamente — disse Hualit. — Venha, vamos despir você.

Ela e a criada trabalharam rapidamente para remover o corpete, a saia, o espartilho e as meias de Luzia. Quando Concha começou a erguer sua roupa de baixo de linho, Luzia hesitou.

— Ela vai levá-la para ser lavada — tranquilizou-a Hualit. — Você tem outras agora.

Luzia sentiu aquela pontada de prazer e ressentimento quando a peça foi removida e uma camisola de linho branco fino foi enfiada sobre sua cabeça.

Seus sapatos foram trocados por chinelos e um roupão de veludo laranja-avermelhado, revestido de pele, da loja de Perucho.

— Agora você entende a situação — disse Hualit com gentileza, removendo as conchas do cabelo de Luzia e pondo-as na penteadeira. — Você não pode voltar atrás. Só há um caminho à sua frente. Ou ele leva a um palácio...

— Ou a uma pira — concluiu Luzia. — Pelo menos estarei bem-vestida quando for arrastada para minha cela em Toledo.

— É verdade — disse Hualit com um sorriso, e deu um beijo na cabeça de Luzia antes de partir.

Depois que ela saiu, a criada usou pinças para tirar o tijolo quente que tinha posto entre as cobertas para aquecer a cama. Tinha a forma do medalhão redondo que pendia sobre o palco e o mesmo labirinto gravado.

— Não tem nada em que ele não tenha colocado seu emblema? — perguntou Luzia.

— Tem uma placa em cima da cama dele — disse Concha, com uma risadinha ofegante. — Um pergaminho segurado por anjos de prata sólida. Me contaram que diz: "Antonio Pérez dorme aqui".

— Para o caso de ele esquecer?

Concha riu, então se assustou quando alguém deu uma batidinha na porta.

Luzia presumiu que Hualit tivesse voltado, mas era Santángel parado ali.

— Vá — ordenou ele à pequena criada, e, com um gritinho, Concha sumiu.

— Você não deveria estar aqui — sussurrou Luzia furiosamente. — Não sozinho. Não comigo.

— Ninguém me viu chegar e ninguém me verá sair.

— Como pode ter certeza? Um único rumor de indecência...

— É meu trabalho ter certeza — disse ele, fechando a porta atrás de Concha. — No entanto, eu estava muito errado sobre você. Por que mentiu para mim? E não pense em inventar uma bela história sobre o que Deus lhe mostrou. Sei quais cartas carregava no dia em que você quase matou a nós dois.

— Não me lembro de sua vida estar em perigo. Foi a minha língua que rasgou.

— E meus dedos que quebraram.

— Mas como eles sararam depressa, meu honesto señor.

— Responda à pergunta — cuspiu ele.

— Eu nunca disse que não sabia ler.

— Você me deixou acreditar nisso.

— É bom deixar um homem ter suas ilusões — disse Luzia, sem saber bem o que fazer consigo mesma, consciente demais de sua camisola. — Ninguém o obrigou a presumir que uma criada era idiota.

— Eu nunca pensei que você era idiota.

— Vejo que também é um bom mentiroso. — Ela cruzou os braços, tentando conter a raiva correndo através de si, como se pudesse amarrá-la nos cotovelos. — Me diga que pensou outra coisa naquele dia no pátio, quando viu aquele toco triste de vela de cera que foi trazido à sua frente, sem charme nem beleza, e portanto, é claro, sem inteligência. Só uma mulher com a aparência de Catalina de Castro de Oro ou Gracia de Valera poderia dizer algo que vale a pena ouvir.

— Você se vende barato demais, Luzia — rebateu ele. — Naquele primeiro dia, quando tropeçou no pátio e fez sua mesura horrenda, você fez um trabalho extraordinário em se humilhar, fingindo ser um pedaço de cera suja. Uma atriz de sua laia é coisa rara. Pode mesmo me culpar por não ter desvendado sua interpretação?

Talvez ela quisesse que ele visse. *Veja-me. Veja que sou mais do que essa farsa de humilhação balbuciante.*

— Você pode fingir que se sentiu afrontado e afofar suas penas brancas, se lhe agrada — respondeu ela. — Mas é como qualquer outro homem que deseja uma mulher formosa e gentil e devota, sábia apenas o suficiente para não o aborrecer.

A risada de Santángel foi amarga, o som como gravetos secos se quebrando.

— Por que não conta a verdade a si mesma agora, Luzia? Admita que a farsa ficou tão boa que você mesma começou a acreditar nela.

— Eu sei quem eu sou.

— Sabe? Eu sei o que é me degradar, manter os olhos abaixados, buscar a invisibilidade. É um perigo tornar-se o nada. Você torce para que ninguém olhe, e então, um dia, quando vai procurar a si mesmo, só resta pó, triturado até não sobrar nada por pura negligência.

Ele estava certo, e ela odiava que estivesse certo. Quando era jovem, era destemida – até a mãe morrer, até o pai morrer, até ela entender que não havia lugar no mundo para uma *conversa* que sabia ler e escrever, que ansiava por falar e discutir trivialidades, que queria ver o suficiente do mundo para ter uma opinião sobre ele. Ela aprendera a se esconder bem demais, mesmo de Santángel.

— Eu sei quem eu sou — repetiu ela, e dessa vez sua voz ressoou com segurança. Ela era a mulher que tinha comido a romã, e que naquela noite tinha comandado um palco. Mantivera um salão cheio de nobres sob seu feitiço.

— Que outros segredos você está guardando, Luzia Cotado?

Ela se sentou na cadeira diante da penteadeira. A mulher no espelho turvo à sua frente era uma desconhecida, o cabelo espesso livre das tranças, os olhos escuros selvagens. Ela nunca se vira brava antes.

— Estamos compartilhando nossos segredos agora? — perguntou ela.
— Eu não tenho nenhum.
— Outra mentira.
— Faça-me uma pergunta e eu responderei honestamente.
— Quem é você? Por que as pessoas o temem? Você fez um pacto com o diabo?

Ele ergueu os dedos, enumerando suas respostas.

— Em outra vida, em outro mundo, eu seria chamado de *familiar*. Meus dons não são meus. Eles existem só para servir aos outros. As pessoas me temem porque eu quero que me temam, porque o medo torna minha vida mais fácil.

— E o pacto com o diabo?

— Dependendo de sua opinião sobre Víctor de Paredes, pode haver certa verdade nessa acusação específica. Agora, é sua vez de responder. Qual é a natureza da magia que você usa?

— Não sei como responder isso.

— Onde aprendeu a usá-la?

— Isso não cabe a mim dizer.

— Acha que o padre Neroni não vai perguntar? Acha que pode murmurar e dar de ombros e será suficiente para ele?

Ela ergueu a escova de prata.

— Eu direi a eles que meu dom vem de Deus.

— Ele apareceu para você numa visão? Perfurou seu coração com uma flecha de luz? Melhor já pensar na sua história. Me conte a verdade e eu posso protegê-la. Posso ajudá-la. Que texto você estudou? Que língua você usa?

Ela não sabia como responder. Seus *refranes* eram espanhol e hebraico e turco e grego, e não eram nenhuma dessas coisas. Mudavam dependendo da parte do mundo de onde vinha a carta. Eram palavras gastas e sopradas a todos os cantos do mapa, que depois voltavam a ela, assim como as pessoas que as falavam poderiam nunca voltar.

— Nenhuma língua — disparou ela, frustrada. — Todas as línguas.

Ela bateu a escova de prata na mesa, então sibilou quando uma criatura preta saltou de suas cerdas claras.

— Não se mexa — disse Santángel.

O escorpião estava parado na frente de Luzia, a poucos centímetros de sua mão, seu corpo preto curvado como um dedo.

Ela pensou no símbolo do sinete de Santángel. Seria a vingança dele? Será que ele sempre quis vê-la morta? Será que sabia que a Bela iria sabotar a performance e mandar Luzia ao palco para ser ridicularizada, esperando que ela fracassasse só para ter sua expectativa frustrada? Ela não o vira durante o banquete. Ele poderia ter estado ali, nos aposentos dela, montando uma armadilha.

Ele se movia devagar na direção dela. Ela ficou com medo de desviar o olhar do escorpião, mas podia senti-lo se aproximar. Ele disse que era um assassino. Então por que não o tinha temido?

— Não — sussurrou ela, envergonhada da súplica em sua voz.

Sua mente buscou palavras de proteção, algo para manter o monstro a distância. Quem era o perigo maior, o escorpião ou Santángel?

— Luzia, não se mexa. — Ele estava atrás dela agora.

Ela podia vê-lo no espelho, a pele branca, o cabelo branco, uma criatura entalhada de gelo.

Ela gritaria. Correria.

— Olá, amigo — disse ele suavemente. — *Nen chu mem senuwak.* — Apoiou a mão de dedos longos na mesa e o escorpião subiu por ela.

Ele o ergueu e se afastou.

— Foi esperto — disse ele — colocá-lo na escova. Uma picada tão perto da cabeça ou do coração poderia ser fatal. No mínimo, você não seria mais uma ameaça.

Luzia observou o escorpião parado na mão dele como se fosse parte de um rosário, seu coração batendo num ritmo irregular no peito. Se Santángel tinha preparado a armadilha, por que não a deixou se fechar?

Por que não a deixou morrer? E ele não tivera incontáveis oportunidades de feri-la nas últimas semanas? Poderia tê-la deixado sangrar até a morte quando ela rasgara a língua.

— Como? — Ela conseguiu dizer. — Quem fez isso?

— Pode ter sido qualquer um dos seus concorrentes. É ousado agir tão cedo. Você deveria sentir-se lisonjeada por ser tão digna de ser morta.

— O sonho de toda jovem mulher. — Ela hesitou. Ainda não conseguira recuperar o fôlego. — Por que ele não picou você?

— Nós nos entendemos. — Ele apontou para uma jarra de pó para embranquecer os dentes. — Esvazie isso.

Luzia virou o pó fino de coral e alunita, e Santángel pegou a jarra com a mão livre. Deslizou o escorpião para dentro e fechou a tampa. Luzia tentou não demonstrar seu alívio.

— É o seu símbolo, seu sinete — disse ela. — El Alacrán. — Não o escorpião amarelo, quase inofensivo, mas a variedade mais mortífera.

— Então você deve ter notado quando estava lendo minhas cartas privadas. Pelo menos tem modos suficientes para parecer envergonhada.

Luzia estava. Um pouco.

— Por que escolher isso como *impresa*?

— Não escolhi para mim mesmo; ela me foi dada. Uma piadinha de um De Paredes, um aviso aos outros sobre minha real natureza. — Ele ergueu o jarro à luz da vela na penteadeira e, através do vidro turvo, Luzia viu a forma do escorpião recuar do calor da chama. — Mas passei a gostar dele. Escorpiões têm vida longa. E escolhem quando usam sua picada. Escolhem o momento.

Luzia ainda estava pensando em como tinha chegado perto da morte.

— Eles queriam que você fosse culpado. Se o escorpião fosse encontrado.

— Sim. — Ele virou-se para a porta.

— Você... está indo embora?

— Preciso falar com Don Víctor. Vamos postar guardas e informar Pérez. Ele vai querer saber que alguém está planejando um assassinato sob seu teto. Além dele mesmo. — Virou de novo antes de sair pela porta, emoldurado pela escuridão, a jarra brilhando na mão. — Agora nos conhecemos. Vamos ver o que podemos realizar com menos mentiras entre nós.

Capítulo 26

A manhã trouxe um estranho tipo de silêncio à casa. Na noite anterior, Luzia e Concha tinham revistado toda gaveta, sacudido toda roupa de cama, batido todo vestido e virado sapatos e chinelos e caixas e garrafas contra o chão. Não encontraram outros monstros à espreita e tinham puxado a cama auxiliar de baixo da cama maior para que Concha pudesse dormir ao lado de Luzia. De manhã, Concha foi esvaziar os penicos e esquentar água fresca, e Luzia ficou sentada um longo tempo à janela, assistindo a nuvens de névoa se moverem sobre as cercas vivas e caminhos como convidados de festa fantasmagóricos. Viu jardineiros trabalhando e cavalos conduzidos por seus cavalariços até algum estábulo distante.

Ela não sabia o que fazer consigo mesma – se deveria ir encontrar Valentina ou Hualit ou Santángel, ou se deveria esperar no quarto até alguém vir chamá-la. La Casilla era um país à parte, com seus próprios costumes e língua, e ninguém se dera ao trabalho de educá-la sobre eles.

Era estranho só ficar sentada. Ela trabalhava desde criança, limpando a casa com a mãe, cuidando das panelas e pedacinhos de metal do pai, caminhando pelas ruas ao lado dele ou ajudando a consertar a carroça. Amava aquele tempo com ele tanto quanto amava as horas tranquilas com a mãe, quando estudavam cartas e mapas e aprendiam a somar e subtrair com as contas da casa. Ela nunca conhecera um minuto ou uma hora em que não houvesse alguma tarefa a ser feita. Um vestido a ser remendado, carvão a ser coletado, pão a ser preparado. Suas mãos, seus pés, suas costas eram sempre empregados a algum fim. Mas não a sua mente. Não por muito tempo. Os textos e lições da mãe tinham desaparecido, como se tivessem morrido junto com ela.

Quando tinha ido trabalhar para os Ordoño, treinara seus pensamentos para estar em dois lugares, para caminhar pelas ruas e realizar suas tarefas enquanto vivia distraída. Ela se deixara sonhar com lugares estrangeiros, camas macias e, sim, se fosse honesta, homens belos. Quando criança, eles eram heróis esguios e de rosto liso montados em cavalos, príncipes e poetas. Mas ela não era mais criança, e suas esperanças tinham sido temperadas pelo tempo e por um desejo que lhe sobreviera súbita e vergonhosamente. Os músculos do antebraço do açougueiro enquanto erguia um cutelo, um belo perfil, uma mão de dedos longos persuadindo um escorpião a entrar numa jarra. Ela desejava e ansiava ser desejada em retorno. E agora era como se a Luzia serviçal e a Luzia sonhadora estivessem se encontrando no silêncio daquele lugar e não tivessem absolutamente nada a discutir.

Então ela ficou sentada, esperando uma interrupção, uma ordem. Sentou-se à *sua* janela e assistiu ao sol se erguer por completo sobre as roseiras aparadas na forma de tufos redondos e as longas fileiras de cercas vivas. Procurou os velhos sonhos de reis piratas e cortesãos principescos, de panoramas inesperados e cidades estrangeiras. Mas agora estava escrevendo uma nova aventura. Se vencesse o *torneo*, ela se tornaria uma soldada em uma guerra que não entendia. E não tinha ilusões de que a vitória significaria um fim à competição ou ao perigo que ela apresentava. Entrar no serviço do rei significava entrar em um mundo de política e rivalidades, de estratagemas infinitos e competição por um lugar na corte. Ela nunca estaria a salvo.

Ótimo. Sua mente seria desafiada, sua astúcia afiada. Ela poderia não sobreviver, mas ao menos seria submetida ao teste. *Onde está seu medo, Luzia?*, Hualit tinha perguntado. Luzia não sabia. Talvez o tivesse comido junto com a romã.

Ela deixou o rosário se mover pelas mãos. Tinha examinado as contas na noite anterior, entalhadas de um lado com rostos humanos plácidos e do outro com crânios, lembretes da inevitabilidade da morte. Granadas de verdade. Marfim de verdade. As contas frias contra sua pele. A mulher que ela fingia ser deveria rezar, mas Luzia sabia que estava destinada ao inferno, porque tudo em que conseguia pensar era que cada conta amarrada ali valia uma pequena fortuna.

No fim do corredor, Don Marius tinha acordado cedo para dar uma volta até os estábulos e, ao retornar, encontrara chocolate sendo preparado. Nunca tinha provado a bebida, mas seu médico avisara que podia causar melancolia. Ele o viu ser preparado com açúcar e pimenta-do-reino e canela e aceitou uma xícara a fim de parecer cosmopolita, mas então não soube se devia beber.

Caminhou com a xícara intocada de volta aos aposentos designados a ele e a Valentina, quartos grandiosos de onde podia ver os tetos dos estábulos se esticasse o pescoço. Quando entrou, Valentina estava acordada, mas ainda na cama, seu cabelo castanho ao redor dos ombros.

— Como são os estábulos? — perguntou ela.

— Impressionantes. Os cavalos de Pérez vivem melhor do que nós. — Ele olhou para a xícara em suas mãos. — Trouxe chocolate.

Para sua surpresa, ela se endireitou.

— Sério? Como é o gosto?

— Eu... eu ainda não provei — admitiu. — Gostaria de tomar o primeiro gole?

Ele não estava preparado para o sorriso que se abriu no rosto dela.

— Sim!

Marius se sentou na beirada da cama e pôs a xícara em suas mãos estendidas. Esperou enquanto ela a erguia aos lábios e bebericava.

Uma risadinha escapou dela.

— É estranho — disse ela, fechando os olhos. — Amargo. Mas... acho que gosto.

Ela o ofereceu a ele e ele tomou um gole. Era estranho *mesmo*. Ele conseguia sentir o gosto da canela e da pimenta, e talvez também de anis, mas não sabia dizer qual era o gosto do chocolate em si e não sabia se gostava ou não.

— Gostaria de beber mais um pouco? — ofereceu.

— Não quero ser gulosa.

— Eu trouxe para você — mentiu ele.

— Sério? — Havia algo no choque dela que o deixou envergonhado.

— Achei que minha esposa poderia gostar.

Ela sorriu de novo e Marius se viu se empertigando. Nunca lhe ocorrera que a esposa pudesse ser feliz ou que ele poderia ser a pessoa a fazê-la feliz, ou que ao fazê-lo ele mesmo poderia ficar feliz. Talvez seu médico estivesse errado e houvesse algo bom naquela bebida de chocolate, afinal.

Em outra ala da casa, Quiteria Escárcega estava bebendo sua própria xícara de chocolate, trazida pelo jovem amante, Luis Lopez Venegas, e tanto a bebida como o homem começavam a entediá-la. Ela tinha esperado que o *torneo* a inspirasse, mas, apesar dos feitos milagrosos e dos banquetes, ela estava com dificuldades, escrevendo uma única linha, depois meia página, depois percebendo que havia desperdiçado a manhã e não tinha nada que pudesse usar. Ela olhou para Luis, semidespido e esperando sua atenção, e suspirou. Quando não conseguia escrever, era quase sempre um sinal de que um caso estava terminando, e isso significava choro e recriminações e muitas baladas mal cantadas. Poderia esperar até que deixassem La Casilla para pôr fim a esse romance e usar o que podia de Luis até então. Tinha começado a imaginar uma peça ambientada em uma cozinha, com uma cozinheira e uma criada no centro, uma sátira da vida vazia de seus empregadores ricos.

— Meu amor — disse ela, e ele se animou como um cachorro preparando-se para uma volta. — Me fale outra receita da sua mãe.

— Salgada ou doce, meu anjo? — perguntou ele, satisfeito consigo mesmo.

Quiteria suspirou de novo.

— Doce — disse ela, e pôs a pena ao papel.

No norte de Madri, no monastério enorme que também era um mausoléu que também era uma biblioteca que também era um palácio, o rei da Espanha acordou cedo, como sempre fazia, e começou a escrever uma carta a seu embaixador em Colônia. Seus dedos e pés doíam, inchados pela gota que enchia suas veias com fogo, mas era essencial que ele administrasse tais comunicações pessoalmente, e ele queria que os detalhes dessa missão chegassem em sua própria letra. Um conjunto de relíquias tinha sido tomado de uma multidão calvinista que invadia igrejas na Alemanha. Dentes e ossos e cabelo, uma mistura gloriosa de santos, resgatados do sacrilégio. Até havia um fêmur que pertencera ao próprio San Lorenzo e que diziam ter gritado quando um dos hereges tentou esmagá-lo sob a bota. Ele as traria para casa, para a Espanha, e para a segurança. Elas se juntariam a sua coleção e os monges fariam relicários sob sua supervisão.

Ele sabia que logo teria que se voltar à questão de Pérez. Seus espiões tinham relatado grandes feitos no *torneo*, mas ele esperaria para ver o que o vicário tinha a dizer. Não fecharia nenhuma porta que Deus quisesse aberta.

Alguém batia à porta de Luzia. Concha entrou e murmurou:

— O... señor Santángel quer uma palavra. — Ela estava pálida e trêmula.

— Ele não é tão assustador assim, é?

— Não, señorita.

— O que é que você acha que ele pode fazer?

Os olhos da garota se arregalaram e havia algo menos temeroso que empolgado neles.

— Qualquer coisa.

A criada a ajudou a se vestir em seda cor de ferrugem, já que ela não se apresentaria como La Hermanita naquele dia. O corpete de decote alto acabava em um rufo de renda dourada, e as mangas tinham um recorte para exibir a seda rosa por baixo. As mãos de Concha puxaram e apertaram o cabelo de Luzia em tranças rígidas, enfiando dois pentes de flores esmaltadas nas mechas.

— A señorita não tem joias de verdade? Seu mecenas é rico, não?

— Prefiro coisas simples — mentiu Luzia.

A tia convencera Don Víctor a pôr granadas na mão dela, mas não haveria pérolas ou diamantes, nada que lhe permitisse uma fuga fácil demais.

Hualit entrou enquanto Concha estava colocando uma capa de veludo castanho-clara revestida de pele sobre os ombros de Luzia, o laço de cetim em um ângulo estiloso. Seu rosto não tinha nada do divertimento tranquilo a que Luzia estava acostumada.

— Vim levá-la aos jardins.

— Preciso encontrar Santángel.

— Agora, Luzia — ordenou Hualit.

Ela passou o braço no de Luzia e partiu num passo veloz pelo corredor, dois lacaios as seguindo de perto.

— Fico feliz de ver que você sobreviveu à noite. Sim, Víctor me contou o que aconteceu. — Ela olhou para trás. — Pérez insiste que deve ter sido um acidente infeliz, mas ofereceu guardas a todos os competidores.

— Com certeza não foi surpresa para você — murmurou Luzia. — Eu tomei o lugar de uma competidora que...

— Quieta. — Hualit parou abruptamente. — Fiquem aqui — instruiu aos lacaios. — Preciso de um momento com a señorita Cotado.

— Ela levou Luzia à grande janela com vista para a entrada de cascalho.
— Escute-me, Luzia. A posição de Antonio Pérez fica mais perigosa a cada dia. Há boatos de que o rei vai prendê-lo se Pérez não conseguir mudar o humor dele em breve. Você precisa tomar cuidado. Não pode confiar em ninguém aqui.

— Nem em você?

— Você sabe exatamente de quem eu falo.

— Santángel salvou minha vida. — Duas vezes.

— É mesmo? Ou ele criou uma situação em que pareceria que fez isso?

— Eu não acredito nisso.

— Esta manhã, um dos guardas de Gracia de Valera foi encontrado morto nos jardins. Ele sufocou na própria língua inchada.

— O que isso tem a ver com Guillén Santángel?

— Fale abertamente, señora. — Santángel estava parado no corredor onde os lacaios se encontravam um momento antes. Usava botas e roupas de caça, e só agora, vendo-o sem a longa capa, Luzia entendeu o quanto tinha mudado. Era difícil associar o homem à sua frente com a criatura doentia que conhecera no pátio da casa da tia poucas semanas antes. Ele ainda era esguio, seu rosto cheio de ângulos afiados, mas parecia forte e sadio, as costas retas, os ombros largos. Era irritante perceber como ele era bonito. Eles estavam mais em pé de igualdade quando ele parecia prestes a desfalecer a qualquer momento. — A boa viúva acha que alguém pôs um escorpião na boca daquele pobre coitado.

Hualit se encolheu, mas manteve a compostura.

— Eu não disse nada do tipo.

— Erro meu, então. Seria uma coisa tola de sugerir, afinal. Diga apenas que, se esse guarda era o tipo de covarde que prepara armadilhas para jovens mulheres em vez de macular as próprias mãos com sangue, ele encontrou o fim que merecia. Diga que será espalhado que agir contra Luzia Calderón Cotado é cortejar a própria morte. Diga que essa tragédia pode ser um acidente feliz para nós.

— Muito afortunado, realmente.

— A señora pode ir agora.

— Eu não sou uma criada a ser dispensada.

— Mas não vai querer deixar Don Víctor esperando.

Luzia observou Hualit considerar suas opções: insistir e arriscar a raiva do seu mecenas, ou capitular e ferir o próprio orgulho.

— Lembre-se do que eu disse, querida — sussurrou ela e, com uma mesura de elegância perfeita, passou com firmeza por Santángel.

Santángel veio até Luzia com um passo ameaçador – não, Luzia se corrigiu, ele não era ameaçador; era um homem que caminhava na direção dela com propósito. Os alertas da tia a tinham deixado tensa.

Sua língua recorreu a bobagens.

— Você matou meus guardas também? — perguntou.

— Sim, enfiei-os embaixo da sua cama. Concha vai dormir espremida esta noite.

— Tenho quase certeza de que você está brincando. — Ela obrigou as mãos nervosas a ficarem imóveis. — Você está vestido para a caçada.

— Vou cavalgar com eles, mas não vou caçar. Sei o que é ser derrubado do céu.

Pelo menos ele tivera a chance de usar suas asas. Talvez ela devesse parar de discutir morte e derramamento de sangue, mas ele havia dito que ela podia fazer qualquer pergunta que quisesse.

— Você matou aquele homem? O guarda de Gracia de Valera?

— Ele abdicou da vida quando tentou tirar a sua.

Ela não sabia qual resposta queria ouvir, mas sabia que não deveria ter ficado satisfeita com essas palavras. Ela era pior do que Concha, com suas risadinhas e arquejos.

— Porque eu pertenço a Víctor de Paredes — disse ela.

Santángel hesitou.

— Suponho que seja um jeito de ver a situação. — Ele se juntou a ela na janela, um olho no corredor, outro nos jardins abaixo. — Pérez mandou os candidatos irem à varanda oriental, onde vocês terão seus retratos desenhados.

— Para que propósito?

— Isso eu não sei.

— Talvez o artista capture o momento em que Gracia tentará me apunhalar.

— Pelo menos teremos uma prova — rebateu ele. — Vá encontrar os outros competidores.

— E o que devo fazer com eles?

— Aprender o que puder. Determinar suas forças e fraquezas.

Luzia remexeu com as contas na cintura.

— Eles farão o mesmo.

— Sim, mas você tem uma vantagem. Nós, criados, estamos acostumados a observar nossos superiores e nos tornarmos invisíveis. Veja o que consegue descobrir sobre eles e o segundo desafio.

— Quando vai começar?

— Amanhã à noite. Não consegui descobrir muito mais, mas vamos revisar sua coleção de milagres.

— Por que não começar o desafio mais cedo? Por que não hoje?

— Está tão ansiosa para competir?

— Sim — admitiu ela, perguntando-se se ele a repreenderia por seu orgulho. — Eu gostei de estar naquele palco.

Ele a estudou. A luz entrando pelas janelas tornava os olhos dele translúcidos, cacos de vidro cinza.

— Combinou com você.

Algo novo tinha nascido entre eles, algo com uma forma que ela não conseguia determinar exatamente. A morte de Álvaro, a romã, agora o escorpião, cada momento assumindo sua própria alquimia. Mas era ela que estava mudando ou Santángel?

— Quero saber o que vem em seguida — disse ela, sem saber se falava do *torneo* ou do mundo lá fora ou só daquele corredor. — A expectativa... sinto que pode me desfazer.

— A expectativa — repetiu ele. Seus dedos se flexionaram, como se testando o peso da palavra. — Não o medo?

— Isso também. Quanto mais tempo aqui, maior a chance de eu ser envenenada ou ter uma queda misteriosa pelas escadas. E você disse que o próximo desafio será uma prova de fé. Não pode pedir que eu não tema uma audiência com o vicário de Madri.

— Ele vai procurar sinais de heresia e traição. Você não lhe dará nenhum dos dois.

— Procurar sinais em nós ou em Pérez?

— Você aprende o jogo rápido. Ambos, suspeito.

— A viúva disse que a posição dele está cada vez mais precária.

— Lembra-se do secretário de Don Juan? — perguntou ele. — O que foi assassinado nas ruas de Madri? A viúva de Escobedo foi ver um clérigo e ele leu nas estrelas que o marido dela foi assassinado pelo melhor amigo.

— E esse seria Pérez?

— É questionável. Mas o papel de Pérez no assassinato não é. — Abaixou a voz ao continuar: — Pérez encomendou a morte de Escobedo. É possível que o rei tenha ordenado o assassinato, e é possível que ele tenha medo de que esse fato venha à luz. Don Juan resistiu às estratégias de Filipe nos Países Baixos, e Pérez contou ao rei que o grande herói de guerra poderia estar tentando tomar o poder para si mesmo, que Escobedo o estava ajudando a se tornar traidor. — Ele balançou a cabeça. — Foi tudo mal pensado. Pérez ultrapassou os limites vezes demais, falhou vezes demais. E ele sabe muito mais do que deveria. O lema do pai era *"in silentio"*, mas, quando Pérez refez sua *impresa*, omitiu essas palavras para usar *"usque adhuc"*.

Luzia tocou a língua no topo da boca, então deixou a tradução escapar. Ela não tinha mais que se esconder. Não quanto a isso, ao menos.

— *Até agora*. É um aviso, não é?

— É — disse Santángel. — Um aviso ao rei de que Pérez sabe todos os segredos dele. — Os olhos estranhos de Santángel pareciam menos estranhos agora, com a cor firme.

Agora nos conhecemos. O que significaria ser conhecida?

— Pérez acredita que ainda pode recuperar a confiança do rei? — perguntou ela.

— Ele é o filho de um político, está nadando nessas águas há muito tempo. Agora, vá. Tente não ser o peixe que é comido.

Capítulo 27

Ainda fazia frio na varanda oriental, e Luzia ficou grata por sua capa e meias de lã. Gracia de Valera sentava-se numa cadeira dourada, seu rosto luminoso sombreado por dois criados segurando uma sombrinha franjada. Ela usava um vestido de veludo coral, o corpete bordado com botões e florzinhas, as mangas e os rufos recobertos de pérolas diminutas. Seus grandes olhos azuis deslizaram uma vez para Luzia, então retornaram a qualquer que fosse o sonho de glória que ela via a distância.

Um artista se debruçava sobre um cavalete, as mãos sujas de carvão, a mesa ao seu lado com uma pilha de rascunhos. Ele parecia estar trabalhando numa espécie de frenesi, como se as mãos não conseguissem se mover rápido o suficiente para capturar a perfeição das feições de Gracia.

Em outra mesa comprida, bandejas de frutas e pães assados na forma de pássaros tinham sido dispostos. Teoda Halcón sentava-se numa almofada elevada sob uma macieira, o cabelo dourado-avermelhado trançado com laços, o vestido uma cascata de rufos brancos. Duas de suas damas de companhia esperavam a distância, sussurrando entre si.

Luzia se perguntou se deveria se preocupar com veneno, mas, a não ser que alguém tivesse decidido matar todos eles, parecia seguro empilhar pães e frutas no seu prato.

Aprenda o que puder, dissera Santángel. Muito bem. Se ela esperava sobreviver na corte de Filipe, precisaria se tornar sua própria espiã.

Seguiu até Teoda e sentou-se no outro banquinho acolchoado, tentando ajeitar a saia.

— Não fomos apresentadas ontem à noite — disse a garotinha em sua voz aguda e doce.

— Não. Mas eu a vi uma vez. No armazém de Perucho, com seu pai.

— Perucho é o melhor dos alfaiates. Eu esperava que pudesse me tornar algo um pouco mais interessante, mas meu pai diz que o rei prefere estilos tradicionais. — Ela tomou um gole de uma xicarazinha branca.

— Isso é chocolate?

— Sim, e é muito bom. Já bebeu?

— Só uma vez — admitiu Luzia. Hualit tinha lhe oferecido em sua casa. Um presente de Víctor. Luzia e o pai dela se encontraram lá e assistiram a Ana mexer a panela, cheirando a canela e o cravo, e aquele cheiro estranho, amargo e maravilhoso. Era uma das últimas lembranças do pai com a mente lúcida. Ele tinha inventado rimas bobas para elas e contado a história de quando conhecera a mãe de Luzia. Luzia pensara: *Se for isso que a vida pode ser, é suficiente.*

Teoda gesticulou a uma de suas mulheres.

— Traga uma xícara de chocolate a La Hermanita.

— Eu prefiro Luzia.

— Luzia, então. — Ela apontou a cabeça para o artista. — Meu pai encomendou uma miniatura minha no meu sexto aniversário. Isso parece uma produção muito mais elaborada. Me disseram que o vencedor será pintado a óleo. O artista é italiano, trazido de Veneza a um grande custo. Ele está debruçado sobre os rascunhos de Gracia há mais de uma hora.

— Não podemos culpá-lo.

— Ela é *mesmo* muito bela. Como uma dama em uma balada. Deve desfrutar da atenção enquanto pode.

— Você não acha que ela pode ganhar? — perguntou Luzia com cuidado.

Teoda encontrou seus olhos sobre a xícara.

— É você a especialista em milagres. — Ela olhou na direção do palácio, sombreando os olhos. — Ah, bom, o fazendeiro chegou.

Fortún Donadei emergiu no sol de outono, repuxando a renda do colarinho, a cruz dourada apoiada contra o peito. Sorriu cautelosamente quando as viu e acenou como se estivesse numa estrada do campo, então abaixou a mão, pegando-se na gafe. Trazia algum tipo de instrumento de cordas nas costas.

— E o que você acha das chances *dele*?

A Criança Celestial soltou um murmúrio.

— Bem, seus modos precisam ser aperfeiçoados, mas ele certamente não é uma fraude. Não teríamos tanta sorte. Não, o poder dele é real, mas provavelmente não o mais valioso dos seus dons. — Ela inclinou a cabeça de lado. — Ele é tão lindo. Tantos dentes brancos, cachos tão maravilhosos. E financiado por Doña Beatriz Hortolano, que alegremente fará você ser assassinada em sua cama caso olhe para ele com interesse demais.

Era estranho ouvir tais palavras da boca de uma criança, mas Luzia supôs que Teoda Halcón não era uma criança comum. Ela via o futuro, o passado, o interior do coração e da mente dos homens. Uma de suas damas chegou com uma xícara de chocolate em um pires delicado.

Luzia a tomou e agradeceu, mas hesitou.

— Você não está bebendo — observou Teoda.

— Ainda está muito quente.

A garota deu um sorrisinho, uma covinha aparecendo na bochecha.

— Aqui — disse ela, entregando a Luzia sua xícara meio cheia. — Pegue a minha e eu beberei a sua.

— Eu me sinto tola.

— Não se sinta. Ouvi que alguém colocou um escorpião embaixo do seu travesseiro. Você está certa em ser cautelosa.

Luzia deu de ombros e elas trocaram de xícaras. Ergueram-nas em um brinde e beberam. Ela não tinha esperado gostar da Criança Celestial, mas gostava.

Fortún se aproximou e fez uma mesura a elas.

— Señoritas, posso me juntar a vocês?

— A honra seria nossa — disse Teoda. Ela gesticulou para que ele se sentasse, e ele se acomodou numa cadeira a uma distância respeitável. — Veio tocar para nós?

— Só se desejarem — disse ele, deixando a *vihuela* a seus pés. — Eu fico mais à vontade com um instrumento nas mãos. Para o filho de um agricultor, conversas são mais assustadoras do que um pouco de música.

— Estávamos falando da señorita De Valera.

— Ela foi muito impressionante ontem à noite.

A covinha de Teoda apareceu de novo.

— Foi?

Ele abaixou a cabeça e balbuciou:

— Tal... talvez não tanto quanto seu mecenas esperava.

— Muito diplomático.

Fortún estendeu a mão até o pescoço da *vihuela*, mas pensou melhor.

— Eu... posso lhe fazer uma pergunta, señorita Halcón?

Luzia ficou surpresa com a risadinha encantada da garota.

— Eu estava pensando se você perguntaria abertamente — disse Teoda. — Luzia ainda não teve coragem. Em geral, as pessoas querem saber se vão encontrar o verdadeiro amor ou fazer uma fortuna, mas acho que posso adivinhar sua pergunta. Deseja saber qual de nós vai vencer o *torneo*?

As faces bronzeadas dele coraram.

— Estou sendo tolo?

— Não, mas não posso oferecer qualquer previsão. Meu anjo fica em silêncio quando meu próprio destino está envolvido no resultado.

— Suponho que seja melhor assim — respondeu ele, olhando ao redor para os jardins e a fachada gloriosa da casa. — Desse jeito, todos podemos sonhar mais um pouco.

Com essas palavras, o sorriso alegre de Teoda vacilou.

— Há algum problema? — perguntou Luzia.

Os ombros pequenos dela se ergueram e caíram. Seu olhar estava distante.

— É essa casa. Meus sonhos são perturbados aqui. Há prata demais, ouro demais. Tudo pilhado. Tudo fedendo a morte. De noite, as paredes sangram.

A mão de Fortún se fechou sobre a cruz dourada que ele usava, como se tivesse medo de que ela tentasse tomá-la.

— O tesouro é da Espanha por direito, conforme a vontade de Deus.

Teoda pareceu despertar de seu devaneio.

— É claro — disse ela, com um sorriso largo. — Conforme a vontade de Deus e do nosso grande rei. Enfim, estou ficando impaciente.

Ela gesticulou para que uma de suas damas a ajudasse a se erguer. Luzia não tinha considerado como poderia ser difícil se levantar, e de repente sentiu falta de seu vestido de apresentação severo, com seu *verdugado* mínimo.

— Signor Rossi — disse Teoda —, só Deus pode dominar a perfeição. Fingir o contrário é blasfêmia.

O artista ergueu o rosto, corado, a testa brilhando de suor.

Gracia se ergueu, uma flor dourada pelo sol da manhã, e juntou-se a suas próprias damas de companhia, uma das quais lhe ofereceu um chapéu de aba larga com uma fita verde-pálida. Ela deslizou para os jardins seguida por dois lacaios de Pérez. Como se fosse a única que precisasse de proteção.

— Não sei o que pensar da señorita Halcón — disse Fortún, os olhos na garotinha que assumia o lugar de Gracia na cadeira dourada, os pés balançando bem longe do chão. — Isso foi... um tanto assustador.

Talvez ela quisesse assustá-los, mas Luzia não achava que fosse o caso.

— Suspeito que seja muito mais assustador para ela.

— Eu não tinha considerado isso — disse ele, pensativo. — Ela deveria ser uma resposta à traidora Lucrecia de León. Não vejo como podemos competir com um talento desses.

— Você acredita nas visões da Criança Celestial?

— No que eu acredito não importa. Se Pérez e o rei acreditam nela... Bem. — Novamente, ele estendeu a mão à *vihuela* e dessa vez a ergueu, deixando-a repousar nos joelhos. — Se posso dizer, sua apresentação ontem à noite foi extraordinária. Embora...

Luzia esperou.

Fortún relanceou para o caminho onde Gracia tinha desaparecido.

— Eu me pergunto se era a apresentação que pretendia fazer originalmente.

Por mais que Gracia de Valera merecesse a culpa, Fortún poderia apenas estar procurando uma fofoca para repetir.

— A oportunidade é como mingau, deve ser comida quente.

— E você realmente é uma criada de cozinha?

— Não posso fingir que não.

— Como o simples filho de um agricultor, eu não desejaria que o fizesse. Estou muito feliz que esteja aqui. — Luzia deve ter demonstrado sua surpresa, porque ele acrescentou depressa: — Eu disse algo errado? Eu... eu sinto que todos aqui falam a mesma língua que falei a vida toda, mas não consigo entender uma palavra.

Luzia conhecia bem a sensação. Era só que ela tinha bastante certeza de que ninguém jamais lhe dissera que estava feliz por vê-la. O mais perto fora Águeda gritando: *Finalmente! Vá buscar mais água.*

— Você não disse nada errado. Estou contente por estar aqui.

Ele sorriu, os dentes brilhantes contra a pele bronzeada.

— Que prazer ter algumas horas de lazer. Sinto como se fôssemos crianças deixadas sozinhas sem as mães.

— Não estamos sozinhos — disse Luzia, com um olhar significativo para os guardas postados em toda porta.

— Não, imagino que não. Ouvi falar do seu encontro próximo com a morte ontem à noite.

— Não foi tão próximo assim, eu lhe garanto. — Luzia escolheu as palavras com cuidado. — Doña Beatriz é sua mecenas?

— Sim. — A mão de Fortún voltou à cruz dourada, incrustada com ovais de jade pesados e uma esmeralda enorme no centro, o verde escuro e fresco como um bosque sombreado. O rosário de Luzia parecia pobre em comparação, mas ela suspeitava de que seu peso fosse mais fácil de suportar.

— Que presente generoso — arriscou ela.

Ele deu uma risada desconfortável e abaixou a mão.

— Sim. Ela é muito generosa, muito gentil.

— É muito importante para ela que você ganhe?

Algo feroz entrou no olhar dele.

— É importante para *mim*. — Ele abaixou o queixo e ela se perguntou se ia começar a se desculpar de novo. Mas ele se inclinou mais para perto. — Você é mesmo uma criada de cozinha, de verdade?

— Devo lhe mostrar minhas mãos como fiz com Pérez?

— Talvez seus calos também sejam *milagritos*.

— Posso lhe dizer como fazer uma mistura de lixívia com borra de vinho ou como passar um rufo para criar uma curva delicada, se isso o ajudar a ficar à vontade.

Fortún esfregou a testa com o dedão e o indicador.

— Perdoe-me. Tudo isso é tão...

— Eu sei. — Esmagador, desconcertante, nada parecido com a existência que veio antes.

— Sou filho de um agricultor. Meus dias eram ditados pelo nascer e o pôr do sol, pelas chuvas, pelo medo de pragas. Quando Doña Beatriz me encontrou, ela me deu a música, a arte, a comida mais fina que já tinha comido. Eu deveria lhe dizer que amava a vida simples, que tenho saudades de casa, mas... — Aquele sorriso brilhante apareceu de novo, menor dessa vez, um segredo mantido. — Não sinto! Eu não quero a vida do meu pai. Não quero trabalhar até quebrar as costas. Não quero limpar campos de pedras e colher frutas e trabalhar nas prensas. Gosto dessa vida fácil.

Luzia não conseguiu evitar um sorriso.

— Acha que a vida na corte será fácil?

— Eu pareço um palerma?

— Você parece alguém que preferiria dormir numa cama macia a dormir numa dura. Há pecados piores.

— Pecados — repetiu ele. Dedilhou algumas notas das cordas do pescoço da *vihuela*. — Você deve entender que eu... eu pertenço a ela. De todos os modos. De Paredes não... Ele não é...?

Luzia sabia que deveria ficar ofendida, mas a sugestão era tão absurda que nem conseguiu.

— Víctor de Paredes preferiria vender a barba a se encontrar na minha cama.

— Ah. — Fortún parecia quase decepcionado.

— Estou lisonjeada que você pense que um homem rico me desejaria como amante.

— Por que não desejaria?

— Señor Donadei, se quer que sejamos amigos, não me lisonjeie. Faz você parecer tolo e eu me sentir como uma.

— Sei que você não é uma beleza da cidade grande. Mas... — Ele deu de ombros. — Parece as garotas da minha cidade.

Ele estava flertando? Luzia não sabia, mas a Criança Celestial tinha razão: ele era charmoso.

Fortún tocou outra série de notas que se ergueram e caíram.

— Você não está escandalizada com a minha situação?

Luzia percebeu que tinha cometido um erro. Ela *deveria* estar escandalizada, horrorizada, por um homem abordar tais assuntos com ela, com a ideia de uma mulher violando seus votos de casamento para tomar um jovem músico como amante. Homens e mulheres eram levados à

Inquisição por fornicação e comportamento libidinoso com frequência. Mas seu tempo com Hualit a deixara disposta demais a aceitar vícios.

— Temo que tenha me revelado — disse o mais suavemente possível. — Eu não sou uma de suas boas garotas do campo. Fui criada na cidade e vi coisas que não deveria e ouvi coisas que nunca desejei. — Era a melhor desculpa que podia oferecer, e não era mentira. — Você a ama? Doña Beatriz?

— Eu a abomino. — As palavras vibraram em sua garganta como uma panela fervendo. — É por isso que preciso vencer. Se o rei me tornar seu campeão, terei dinheiro e seda e boa comida, e não terei que fodê-la para consegui-los. Talvez então eu não me odeie tão completamente.

Agora Luzia sabia que deveria pedir licença com alguma declaração alta de asco. Uma mulher digna ficaria escandalizada com tal linguagem. Mas ninguém ouvira. Ninguém além dela.

— Você precisa tomar cuidado — disse ela, a voz baixa.

— Quê?

— Eu poderia ir contar a Doña Beatriz o que você disse. Assim seria fácil arruinar as suas chances e melhorar as minhas.

Ele a encarou, os olhos castanhos chocados.

— Mas você não faria isso.

— Você não me conhece.

— Nós somos as únicas duas pessoas aqui que entendem o que é trabalhar até as mãos sangrarem. Eu a conheço desde o primeiro momento, e sei que não vai contar a ela porque não é uma víbora bonita como Gracia de Valera.

Talvez Luzia devesse contar. Uma competidora esperta aproveitaria qualquer vantagem.

— Eu não vou — admitiu ela, deixando de acrescentar um *por enquanto*. — Mas não estamos no campo. Você não pode... bem, não pode ser tão honesto.

— Eu posso. — O sorriso largo dele voltou, uma vela branca se desdobrando. — Se escolher meus amigos com cuidado.

— Então me conte algo útil. Sabe qual vai ser o próximo desafio?

— Nossa pureza será testada. Me disseram que enfrentaremos Satanás na frente do vicário, mas não sei o que isso significa.

Luzia tentou ignorar o calafrio que a tomou. Supôs que o diabo em pessoa viria a La Casilla, se convidado.

— Não sei se quero adivinhar.

— Luzia! — chamou Teoda da cadeira dourada. — É hora de você posar para o Signor Rossi.

Luzia suspirou.

— Talvez eu me pareça com as garotas dessa cidade também. — Ela começou a se empurrar de pé e ficou grata pela mão que Fortún lhe ofereceu, mesmo que não fosse tão decoroso.

— Você me deu um alerta, señorita Cotado — disse ele. — Eu lhe darei o mesmo: tome cuidado.

— Dificilmente acho que corro o perigo de ser honesta demais.

— Eu vi o criado de Don Víctor esta manhã, saindo a cavalo para a caça. El Alacrán.

— Santángel?

Fortún assentiu.

— Ele não é o que parece.

Ela recuou, forçando-o a soltar sua mão.

— O que quer dizer com isso?

— Apenas o que disse. Tome cuidado.

Fortún sorriu e fez um gesto para que ela fosse em frente, como se tivesse apenas avisado que uma chuva se aproximava.

Capítulo 28

A caçada foi cansativa, e Santángel ficou grato por evitar o banquete que se seguiu. Seu apetite por comida tinha retornado, mas não pela pompa de tais refeições nem pelas conversas tediosas que as acompanhavam. Em vez disso, ele caminhou pelo palácio e os jardins, ouvindo a conversa fiada dos guardas e criados, esperando reunir mais informações sobre o desafio do dia seguinte. Não foi visto nem ouvido. Foi dessa forma que determinou quem tinha colocado o escorpião no quarto de Santángel. O guarda tinha confessado que o mecenas de Gracia de Valera o enviara nessa missão assassina, e então fora silenciado.

Quanto ao escorpião, Santángel tinha saído a cavalo para deixá-lo em um ponto quente junto a um penhasco rochoso e falara as mesmas palavras que dissera ao neutralizar a criaturinha:

— Este não é o seu lugar.

O escorpião tinha descido de sua mão, livre até que a morte o encontrasse.

Luzia perguntara o que ele era, e *familiar* era o nome mais fácil de dar. Ele podia ter respondido: *um criado e um cativo*. Ele poderia ter dito: *eu sou o que é necessário*. Isidro de Paredes fora o primeiro a nomeá-lo El Alacrán, com a intenção de envergonhá-lo. Mas ele era uma criatura desprovida de vergonha.

Quando voltou a La Casilla, procurou Luzia. Disse a si mesmo que era para descobrir sobre os outros candidatos, mas sabia que não era o único motivo. Tinha passado tempo demais sem amigos ou companheiros. Os criados nas casas dos De Paredes iam e vinham, viviam e morriam. Os estudiosos e filósofos a quem escrevia para animar seus dias sugeriam visitas a seus laboratórios e bibliotecas, lugares que ele nunca poderia ver. Não conseguia mais diferenciar os dias e os anos. Outra negociação, outro pedaço de terra para adquirir, outro De Paredes ambicioso para apaziguar. Às vezes ele olhava para Víctor e não tinha certeza de quem era o rosto que encarava. O pai de Víctor? Seu avô? Os muitos que vieram antes? Todos tinham perseguido o poder como se fosse uma grande caçada, como se houvesse novidade nessa perseguição. Seu entusiasmo e seu ímpeto, o polimento constante do seu nome, sua bandeira e suas posses nunca vacilavam, nunca mudavam. E sempre falavam com ele como se suas metas fossem as dele, como se Santángel compartilhasse de seu desejo infinito e ávido. Quando, esse tempo todo, ele não sentia nada.

Até aquele dia amaldiçoado no pátio da viúva. Agora seu coração batia, seu estômago rosnava, seu pau endurecia. Ele era um homem de novo, e não sabia se odiava Luzia Cotado por esse despertar indesejado ou se caía a seus pés em gratidão. Era um tipo de loucura, mas podia ser curada. Quando ele fosse livre. Então veria o mundo. Ele se lembraria do que era ser humano e esqueceria a criada de cozinha que escolhera condenar.

Concha abriu a porta de Luzia e saiu correndo sem que ele pedisse.

— Finalmente! — disse Luzia quando ele entrou. — Achei que tinha desaparecido de vez.

— Como se fosse tão fácil assim. — Ela estava sentada à sua penteadeira com pós e pomadas, enrolada em seu roupão de veludo, limpando aquela tinta de chumbo terrível do rosto. Ele lamentou ao ver que seu cabelo magnífico ainda estava preso em tranças apertadas, mas era melhor assim.

Seu controle dessa situação emaranhada tinha começado a vacilar, talvez no momento da morte de Álvaro, talvez muito antes. Ele não precisava de mais tentações. — Me diga o que descobriu hoje.

— Vi pouco de Gracia de Valera, mas a Criança Celestial e o Príncipe das Azeitonas acreditam que ela é uma fraude.

— Porque não são tolos.

— Se for verdade, como ela pode esperar sobreviver ao *torneo*?

— Isso não é preocupação nossa. O que mais?

— Teoda não tinha palavras gentis para o império. Falou de sangue e saques.

Santángel se encostou na parede junto à janela.

— Me conte o que ela disse. Da forma mais exata que conseguir.

Quando Luzia terminou, ele pensou nas palavras dela.

— Então ela não escuta só vozes, mas é sensível a objetos também. Talvez o anjo seja só invenção, um modo de relacionar seu poder à Igreja.

— Fortún não gostou disso.

— Sem dúvida ele repetirá cada palavra. Isso é perigoso. Ela foi muito cuidadosa ao lisonjear o rei em suas previsões. Para ouro e prata fluírem do Novo Mundo, o sangue também deve correr. É assim que funcionam as conquistas. Mas o império espanhol é fraco.

— Agora é você que critica o rei? — sussurrou Luzia, talvez temendo que Concha estivesse ouvindo do outro lado da porta. Mas a garota tinha ido fofocar com as outras criadas.

— Todos os impérios são o mesmo império para os pobres e os conquistados. Mas nem todos os impérios são iguais. Os holandeses e os ingleses construirão mercados para seus bens, colônias para seus impostos, novas rotas de comércio. Vão fazer o mundo sangrar ao longo de uma era. A Espanha não constrói nada, só gasta sua riqueza roubada em guerras sem fim. Se as paredes de La Casilla estão molhadas de sangue, o monastério do rei e todas as igrejas de Madri também estão, assim como as casas de todos os nobres. Víctor se afogaria nele.

— E se eu não quiser ajudar Filipe ou qualquer outro a fazer o mundo sangrar?

Santángel não tinha resposta para isso. Não importava qual poder ou posição Luzia ganhasse, ela nunca estaria em terreno firme. Até rainhas precisavam temer seus reis, e Víctor de Paredes a controlaria como tinha controlado Santángel. Por uma eternidade.

Como se pudesse ler os pensamentos dele, ela encontrou seus olhos no espelho.

— Fortún Donadei disse que você não é o que parece.

— O que eu pareço?

— Quer que eu afague sua vaidade?

— Sou um homem, então a resposta é sempre sim.

— Você é?

A pergunta o surpreendeu.

— Um homem? Você duvida disso?

Suas faces coraram e ela desviou o olhar.

— Não dos detalhes. Mas você não é como os outros homens.

— Não — admitiu ele.

— Você é El Alacrán. Não dorme. Não come.

— Eu como. Venho comendo bastante.

— Não comia antes.

— A vida não tinha sabor.

Luzia virou-se no banquinho e jogou as mãos para o alto, sua frustração clara.

— O que quer dizer quando fala tais coisas? Você está se esbaldando aqui, eu posso ver. Don Víctor o mantinha numa masmorra?

Ele não pretendia ser evasivo, mas tinha perdido o hábito da honestidade muito tempo antes.

— Não com frequência.

— Então a cozinheira é muito melhor em La Casilla?

— Víctor tem uma boa mesa. Vamos mesmo discutir meu apetite?

— Se você me desse uma resposta real, não haveria necessidade.
— Isso significa que Fortún Donadei conseguiu fazê-la me temer?
— Madri inteira o teme.
— Não Madri inteira — corrigiu ele, com certo divertimento. — A Espanha inteira.

Ela apertou as mãos e ele viu que os nós estavam brancos.
— Disseram-me que devo enfrentar o diabo no segundo desafio.
— É uma metáfora, nada mais.
— Tem tanta certeza assim?
— Se o padre Juan Baptista Neroni consegue invocar o diabo de fato, temos problemas maiores do que o *torneo*. Mas verei se há algo mais que eu possa descobrir. — Ela tinha direito a seu medo, e ele faria o seu melhor para apaziguá-lo. Cruzou os braços. — Você me disse o que descobriu sobre seus competidores, mas não o que achou deles.
— Gostei de Teoda Halcón. Ela é estranha, mas suponho que todos sejamos.
— Até Gracia de Valera?
— Não. Ela é um furúnculo disfarçado de flor.

Com isso, ele teve que rir.
— Uma descrição apta. E o filho do agricultor?

Luzia se virou de volta ao espelho.
— Entendo — disse Santángel. — O Príncipe das Azeitonas se tornou seu amigo.
— Eu não o chamaria assim. Ele não é adequado a este lugar mais do que eu sou. Mas quer vencer muito.
— E tenho certeza de que se defendeu de modo a inspirar sua compaixão.
— Ele está numa posição insustentável.
— Mais insustentável que a sua?

Pelo menos ela teve o bom senso de pausar.
— A... mecenas dele... ela...
— Reivindicou tanto o corpo como a alma dele? — Por que o Príncipe das Azeitonas estava compartilhando tais confidências com Luzia?

Santángel tinha que se perguntar quanto das fofocas de Garavito poderiam ter alcançado os ouvidos de Donadei e o que o filho do agricultor poderia dividir com ela para conquistar a sua confiança. — Fortún Donadei não é um garoto do campo inocente. Ele foi atrás da pobre e solitária Doña Beatriz. Levou sua viola de mão e tocou fora do palácio dela por dias para chamar sua atenção.

— Talvez sua atenção seja maior do que ele desejava.

— Ou ele está tentando embotar seu apetite pela vitória, enfraquecer a sua determinação. Você tem tanto a perder quanto ele. — Santángel certamente tinha.

— Talvez.

Ele se afastou da parede, sem saber por que estava tão irritado. Era como ser um rapaz inexperiente de novo, açoitado por arroubos de ciúmes e luxúria. Complicações de que ele não precisava. Que ele tivesse passado a respeitar essa mulher, até gostar dela, era compreensível, ainda que um fardo indesejado, dado o que ele tinha que fazer. Mas que ele a desejasse, que ficasse aturdido quando ela mencionava o prazer de um banho quente? Isso era inaceitável. Naquela manhã mesmo, quando Luzia dissera que pensava que a expectativa poderia desfazê-la, a mente dele fora dominada pela ideia de amarrar uma mecha do seu cabelo ao redor do dedo, de soltá-la e assistir ao cacho pular de volta. *Desfazer*. Uma única palavra era capaz de enlouquecê-lo. Prendia-se a sua mente como um espinho, infectando-o com uma espécie de febre – a ideia de Luzia Cotado se desfazendo.

Ele virou-se para a janela, mas não havia nada a ser visto na escuridão exceto algumas tochas deixadas nos caminhos do jardim. Ele precisava de uma ocupação. Precisava sair dali. Essa doença passaria, com tempo e distrações.

— Acabou o que queria comigo, então? — disse ela enquanto ele ia até a porta.

Eu nem comecei. Ele precisava sair agora. Pelo bem dos dois.

— Vamos praticar amanhã — disse ele. — Descanse e sonhe como você pode destruir o filho de um pobre agricultor.

Luzia fez uma careta.

— E o que você vai fazer?

— Vou descobrir tudo que puder para ajudá-la a derrotar o diabo.

Ao menos isso ele podia oferecer.

Capítulo 29

O segundo desafio aconteceria de noite, então Valentina usou seu vestido de veludo preto. Sua falta de joias seria menos óbvia no escuro. Marius tinha aparecido na porta quando ela estava ajudando Concha a terminar de dispor as conchas de vieira nas tranças de Luzia. Ele também usava preto e seu gibão acolchoado parecia um pouco apertado. O desfile de comida e vinho em La Casilla nunca parava. Mesmo assim, ela achava que o excesso combinava com ele. Ele amava caçar e cavalgar e tinha perdido sua palidez taciturna. Seu cabelo e barba pretos estavam lustrosos, seus olhos cintilavam.

No passado, era como se ele tivesse escondido como um tesouro as coisas que lhe davam prazer, recebendo qualquer pergunta sobre seu dia ou seus interesses como um tipo de intromissão, mas agora parecia ansioso para compartilhar com ela, virando-se para Valentina nas refeições para sugerir que provasse um prato interessante, voltando da caçada transbordando de histórias, até perguntando sobre o dia dela.

Na noite anterior, contara-lhe que um homem fora jogado do cavalo, uma coisa quase fatal.

— Bem — disse ela, sem pensar —, eu tive que passar a tarde com a señora Galves, então tenho sorte de não ter expirado de tédio.

Quando ele irrompeu numa gargalhada, ela quase caiu da cadeira de surpresa. Será que já tinha feito o marido rir?

— Não é ela que tem o filho que escreve poesia? — perguntou ele.

— Sim. Ela recitou alguns dos versos dele para nós.

— Por favor, diga que lembra deles.

— Só os piores — confessou ela. Eles tinham passado o resto da noite inventando dísticos terríveis e ficando muito bêbados e, conforme a hora avançava, a conversa tornou-se beijos, mas eles ainda riam quando paravam para recuperar o fôlego. Ela não sabia que tal coisa era possível ou permitida, e, embora tivesse acordado com dor de cabeça, sentia que o preço da descoberta valia muito a pena.

Então ele disse:

— Vamos encontrar o vicário? — E ofereceu-lhe o braço.

Luzia os seguiu até os jardins e o crepúsculo azul. Valentina sabia que essa era uma ocasião santa, um teste de pureza para os candidatos, outra demonstração de seus dons. Ela deveria se manter solene na presença do vicário e dos outros representantes da Igreja, sentados em um estrado erguido, uma tenda azul pontilhada com estrelas douradas acima deles como os próprios céus, mas os jardins estavam iluminados com lanternas e tochas, e música tocava em algum lugar no meio das árvores. Era difícil não pensar que ela estava simplesmente numa festa, a festa mais maravilhosa a que já comparecera.

Cadeiras estavam dispostas em um dos jardins e um palco pequeno e bonito tinha sido erigido, decorado com fitas vermelhas e brancas, o tecido da cortina brilhando dourado.

— Um espetáculo de marionetes?

— Sim — disse Catalina de Castro de Oro, aproximando-se com uma taça na mão. — Pérez trouxe o titereiro da Úmbria.

— Pintores italianos, marionetes italianas — resmungou Marius. — Nada espanhol é bom o suficiente para ele?

A viúva ergueu um ombro.

— É a moda.

— Isso é vinho? — perguntou Valentina.

— Vinho e limonada. Uma mistura de León que bebem durante a Semana Santa. Chamam de *matar judíos*.

— Que espirituoso — disse Luzia suavemente. — Vou ter que provar.

A viúva ergueu a taça em um brinde, mas seu sorriso era amargo. O motivo logo se tornou claro.

Víctor de Paredes já se sentara para a apresentação – ao lado da esposa. Valentina estava desesperada para dar uma boa olhada nela. Falavam que era um dos maiores sucessos de Don Víctor, uma mulher de beleza e fortuna de uma das famílias mais antigas da Espanha, um testemunho de sua sorte. A viúva se importava porque o amava? Ou porque seu lugar fora usurpado? E por que Don Víctor escolhera a amante para cuidar de Luzia em vez da esposa? Tal tarefa estava abaixo dela de um jeito que não estava abaixo de Valentina?

— Todos os luminares de Madri estão aqui hoje — disse a viúva. — Poetas e cantores. Até aquela dramaturga.

— Quiteria Escárcega? — perguntou Valentina.

— Você conhece o trabalho dela?

Valentina trocou um olhar com Luzia, e pela primeira vez eram elas que sabiam mais que Catalina.

— Certamente já a ouvi ser mencionada.

— Bem, lá está ela em uma jaqueta muito peculiar.

Era estranha mesmo, de veludo carmesim escuro e com faixas de pérolas. Fazia o vestido dela parecer quase um uniforme militar. Seu cabelo era castanho-escuro, seus olhos da cor calorosa do chocolate que Valentina consumira tão avidamente.

— Essa mulher é uma praga — resmungou Marius. — Dizem que tem um apartamento em Toledo onde os homens entram e saem a qualquer hora.

— Mulheres também — disse a viúva.

Como se sentisse o interesse dela, a dramaturga virou e encontrou o olhar de Valentina, então ergueu a taça, o gesto curiosamente ousado, como se estivesse erguendo uma espada no início de um duelo. Valentina sentiu-se subitamente quente.

— Você está pronta? — perguntou a Luzia, procurando uma distração.

Luzia assentiu, mas seu rosto estava brilhando de suor.

— Quer algo para beber? — ofereceu Marius. — Por que está tão nervosa? Santángel não a preparou?

Luzia não sabia como responder. Santángel a encontrara naquela manhã e eles praticaram nos jardins, longe de olhos intrometidos. Ele conseguira descobrir sobre o espetáculo de marionetes e eles tinham pensado numa estratégia para prepará-la o melhor possível. Mas estava claro que ele estava ansioso para sair de sua presença. Na noite anterior, ele tinha falado com ela, a sós em seu quarto, como se fossem amantes, alto e branco como um fantasma, e, no entanto, parecendo ficar mais forte e mais belo a cada dia que passava. Ele a tinha olhado no espelho e novamente ela tivera a impressão de sair do corpo. Tinha lembrado do sonho das laranjeiras e sabia que, se ela perdesse suas amarras e de alguma forma flutuasse para o céu noturno e sobre a cidade, ele encontraria um modo de encontrá-la lá. Tivera certeza disso.

Então ele tinha rosnado para ela e saído, como se ela fosse só outra tarefa e ser cumprida em nome do seu patrão.

O que mais você seria? A confiança que eles tinham construído entre si era uma coisa temporária, um pacto feito a pedido de Don Víctor e nada mais. Mas ela se viu querendo perguntar o que aconteceria se ela conseguisse vencer, de alguma forma. Suas aulas continuariam? A sorte dele permaneceria sendo a dela? E quais dos segredos dela ele tinha compartilhado com Víctor de Paredes?

Havia outros temores que ela só considerara na noite anterior. Luzia tinha sonhado em subir na corte, tendo uma posição de segurança e até autoridade, sendo valorizada e respeitada, mas ela não seria apenas uma conselheira ou cortesã — o rei a tornaria sua arma. Uma coisa era ser empunhada contra os ingleses ou os holandeses, mas será que a usariam para reprimir rebeliões, assassinar hereges e *indios* e judeus e qualquer outro inimigo do Deus de Filipe? Ela ficaria coberta do sangue que Teoda Halcón vira em seus sonhos?

Como se o tivesse invocado com suas preocupações, Santángel apareceu e disse:

— Você precisa ser levada até o vicário. Don Marius, Doña Valentina, vocês a apresentarão.

— Entendo — disse Don Marius, com um olhar para onde Víctor de Paredes estava sentado.

Santángel deu um único aceno de reconhecimento.

— Vou levar Luzia a Don Víctor quando a benção terminar.

Luzia deixou-se ser guiada até o estrado. Mais convidados tinham chegado usando capas, longas e curtas, e vestidos para a noite fresca. Luzia sabia que deveria se concentrar na competição, nos representantes da Igreja sentados na plataforma elevada, três deles numa fileira, todos de batina e chapéu, imaculados de branco e vermelho e preto. Ela não conseguia deixar de pensar que era como um auto de fé em miniatura. Os competidores do *torneo* eram trazidos diante deles como penitentes, só que vestidos em roupas elegantes em vez de *sanbenitos*.

O sol de outono tinha sumido fazia tempo, mas ela estava suando em seu vestido recatado. Concha tinha limpado e engomado o colarinho e os punhos das mangas para que reluzissem brancos, e Luzia ficou grata por terem mantido seu rosto livre de tinta, temendo que as sensibilidades do vicário ficassem mais ofendidas por artifícios do que por sua pele marrom com sardas.

Eu fui batizada, ela se lembrou. Ela ia regularmente à missa. Conhecia o *pater noster*, a *ave maria* e o *salve regina*, os salmos e mandamentos. Comia presunto de boa vontade e remendava vestidos após o pôr do sol no sabá. No entanto, sentia sua magia como um fio condenatório, atando-a ao passado e a todo judeu em toda sinagoga que ainda curvava a cabeça em prece. Hualit tinha desaparecido. Ela podia beber uma bebida que pedia a morte de judeus com uma piscadela, mas não se colocaria diante do vicário de Madri.

Capítulo 30

Os colegas de competição de Luzia já tinham se reunido para as apresentações. A Bela estava vestida de veludo cor de creme, adornado com pérolas e diamantes e fio de prata trançado, de modo que reluzia como a primeira geada do ano. Fortún Donadei usava verde e dourado de novo, e Teoda Halcón tinha uma cruz de prata bordada no vestido vermelho, como se fosse uma pequena soldada.

— La Hermanita chegou — disse ela com um sorriso. — O que pensa de todo esse espetáculo alegre?

— É estranho, não é? — murmurou Luzia. — Não sei se deveríamos nos comportar como se estivéssemos numa festa ou na igreja.

O sorriso de Teoda se curvou e ela sussurrou:

— Dependendo da igreja, pode ser difícil diferenciar os dois. — Em uma voz mais normal, ela acrescentou: — Gracia, não sei se já conheceu Luzia, embora pareça familiarizada com os *milagritos* dela.

Se Gracia ficou incomodada com a alfinetada, não demonstrou. Apenas fez uma mesura.

— Prazer.

— O prazer é meu — respondeu Luzia.

— Aquele é Pedro del Valle — disse Fortún, apontando o queixo na direção do homem à direita do vicário. — Foi ele que avisou Lucrecia de León para abandonar suas traições.

— Antes de ela ser levada a Toledo? — perguntou Luzia.

Teoda estremeceu.

— Ele tomou a cabeça dela entre as palmas e disse: *Eu arruinei muitos profetas com essas mãos.*

— Mas ela não parou, não é? — observou Gracia. — Por que causar tamanha infelicidade para si mesma?

— Talvez os sonhos dela o exigissem — disse Teoda baixinho.

Luzia não aguentava mais esperar. Estava ansiosa para concluir esses desafios e ter seu futuro decidido, mas suspeitava de que lamentaria quando tudo terminasse. Ela tivera poucas oportunidades de fazer amigos e, mesmo que fossem todos rivais, eles estavam unidos em seus temores e desejos. Ela gostava de Teoda e de Fortún e, se Gracia não tivesse tentado assassiná-la, provavelmente gostaria dela também.

— Quem está sentado à esquerda do vicário? — perguntou Luzia.

— O frei Diego de Chaves — respondeu Fortún, apertando sua cruz dourada com força.

O cortesão de barba ruiva de Pérez estava acenando para que eles se aproximassem, agrupando-os com seus mecenas para que pudessem ser apresentados. Quando todos tinham feito suas mesuras e seus nomes foram lidos em voz alta, o próprio Pérez subiu no estrado e fez uma mesura profunda.

— Que as obras desta noite agradem aos senhores e a Deus — disse ele humildemente.

O frei Diego o ignorou e se inclinou para dirigir-se aos candidatos reunidos. Tinha um rosto comprido, alongado ainda mais por uma papada caída, e apertava os braços de sua cadeira como se estivesse tentando resistir ao impulso de lançar-se para fora do palco.

— Seu amigo Pérez teria gostado de fazer Quiroga aqui abanar a mão sobre vocês e garantir ao nosso rei que está tudo como deve, mas vocês terão que enfrentar o nosso escrutínio em vez disso. Verdadeiros filhos de Deus não terão nada a temer do nosso julgamento, mas estejam avisados: a magia pode imitar o poder de Deus, e o diabo pode usar todos os seus artifícios para convencer mentes fracas de profecias e milagres. Os nossos olhos não estarão tão anuviados.

O olhar sombrio dele os percorreu um por um, e Luzia sentia que ele podia ver toda palavra proibida que já dissera rabiscada em sua testa. Sentiu algo roçar contra seus dedos. Teoda estava ao lado dela, e, embora não se virasse, Luzia tinha certeza de que fora a sua mão que sentira.

— Saberemos de quem é o poder que opera esta noite — continuou frei Diego —, seja sua fonte divina, seja demoníaca, e oferecemos a vocês esta oportunidade agora: se fizeram um pacto com forças malignas, se estão envolvidos em feitiçaria ou heresias, digam agora. Caiam de joelhos diante do Deus todo-poderoso e eterno e implorem pela sua misericórdia. Confessem e serão perdoados.

O silêncio os cercava como uma mortalha. Os sons dos convidados rindo e bebendo pareciam muito distantes.

Aqueles eram os homens que tinham condenado Lucrecia de León e amaldiçoado Piedrola. Eles tinham a atenção do rei e talvez do próprio Deus. O que eles viam? O que poderiam já saber?

Não tema nada. Era isso que Santángel tinha sussurrado para trazê-la de volta da beira da morte. *Não tema nada, e você se tornará maior que todos eles.*

Eram homens e nada mais, ela se recordou, segurando a língua.

Um minuto se passou, depois outro. Esperariam ali até alguém vacilar? Até uma prova da permissão de Deus aparecer ou chifres brotarem da cabeça de um deles?

Por fim, frei Diego se recostou em sua cadeira.

— Muito bem. Então façam como quiserem, e que Deus lhes demonstre a misericórdia que nós não demonstraremos.

Pérez fez uma mesura, sorrindo, como se o frei os tivesse encorajado a desfrutar de uma farta refeição.

— Agradeço aos senhores e ao rei por sua generosidade.

Eles foram dispensados com um aceno, conduzidos aos convidados que passeavam entre os assentos, aproveitando seu vinho e limonada.

— Pronto — disse Santángel, aparecendo ao lado de Luzia e guiando-a na direção de Don Víctor —, o pior já passou.

— Até eles nos reunirem para o desafio. Você me abandonou.

— Eu fiz como fui ordenado.

— Porque Don Víctor não queria que fosse visto comigo. Não na frente do vicário e do confessor real. — Ela tinha razão. Víctor de Paredes nunca pretendera colocá-la sob seu teto. Don Marius e Valentina seriam a proteção dele se Luzia fracassasse ou atraísse a atenção da Inquisição. — Foi por isso que ele me deixou na Casa Ordoño. Para o caso de tudo isso dar errado.

— Sim.

Sim. Só isso. Ela queria chutá-lo.

— Você esperava justiça de Víctor de Paredes? — perguntou ele.

— Antes esperaria poesia de um urso.

— Então deixe de amuação e concentre-se no desafio à frente.

Don Víctor esperava perto da frente da plateia. Ele se ergueu quando se aproximaram e ofereceu a mão à mulher ao seu lado para que ela também se erguesse.

— Venha — disse ele —, minha esposa está ansiosa para conhecer a famosa *milagrera*. Doña María, esta é Luzia Cotado, La Hermanita.

Luzia ficou surpresa ao ver como a esposa de Don Víctor era adorável. Ela não podia ser mais diferente de Hualit, sua pele como um prato de leite fresco, o cabelo espesso do ouro forte de moedas recém-cunhadas. Seu vestido era de seda azul, bordado com um padrão de minúsculas íbis douradas. Ela parecia um navio prestes a zarpar. Parecia a prosperidade.

Por algum motivo, Luzia pensara que a esposa dele seria sem graça ou tímida, que ele tinha buscado Hualit por sua beleza e elegância, mas talvez homens como Don Víctor não precisassem contemplar o que precisavam, só o que desejavam.

Luzia fez uma mesura baixa e Doña María sorriu, tomando a mão dela.

— Que prazer conhecer tal mulher.

Por um momento Luzia achou que a mulher estivesse zombando dela, mas os olhos de Doña María eram afetuosos.

— Sou apenas uma humilde criada de cozinha, señora — disse Luzia.

Doña María apertou mais sua mão.

— Você é um instrumento de Deus, escolhido por Ele para ajudar nosso rei e país. Eu pedi a nosso padre que rezasse missas por sua segurança e sucesso nesta missão.

— Obrigada, señora.

— Não me agradeça. — Doña María deu um beijo nos nós dos dedos de Luzia. Seus olhos eram brilhantes demais. — Eu a sirvo alegremente, como você serve a Deus.

— Venha, meu amor — disse Don Víctor, puxando a esposa. — Luzia precisa se preparar. — O olhar dele encontrou Santángel, que guiou Luzia até onde os outros candidatos estavam se reunindo junto ao palco de marionetes.

— Eu já tive medo de ser descoberta — sussurrou Luzia. — Raiva da necessidade de enganação. Mas essa é a primeira vez que sinto vergonha de nossas mentiras.

— Doña María é gentil e carinhosa, e está sendo comida viva por seu próprio anseio. Uma astróloga leu seu mapa astral e lhe contou que ela não engravidaria até os holandeses retornarem ao controle católico.

— É por isso que ela reza tão fervorosamente?

— Não, ela sempre foi devota, mas aquela charlatã a tornou desesperada. Eu tentei tranquilizá-la, mas ela não me ouve. Pensa que Deus achou sua fé insuficiente.

— Mas você não pode prometer um filho a ela.

— Claro que posso. É por isso que a devoção de Víctor a ela nunca vacilou. Ele sabe que uma criança virá quando isso melhor atender aos seus interesses.

— Você tem tanta certeza assim de sua influência?

— Toda esposa de De Paredes gerou um filho e todo filho sobreviveu ao nascimento, e à infância, e às imprudências da juventude para tornar minha vida infeliz até morrer satisfeito em sua própria cama. Minha confiança é merecida.

— Do que está falando? E por que está rosnando para mim como se eu tivesse tentado furtá-lo?

— Eu não rosno.

— Poderia muito bem ter exposto os dentes agora.

Ele apertou o braço dela e a puxou para um canto sombreado junto ao palco.

— Estou tentando proteger-nos, Luzia. Proteger você.

Ela se abaixou numa mesura.

— Obrigado, señor. Sua grosseria é um escudo poderoso.

— Você perguntou por que eu posso comer, descansar, cavalgar, por que recuperei a saúde. — Ele olhou de volta para a plateia e abaixou a voz até o mais leve sussurro. — Não consegue adivinhar? Não é a cozinheira que fez retornar meu apetite. É outro milagre que se deve a você.

Luzia quase riu.

— Eu não o recuperei. Não saberia como!

— Toda vez que usa seu dom, toda vez que me usa, você me deixa tomar um pouco do seu poder para mim mesmo. Assim como eu a torno mais forte, você faz o mesmo por mim. Faz o sangue fluir em minhas veias de novo. Lembra meu coração de bater.

— Um coração não pode esquecer de bater — desdenhou ela.

O rosto dele ficou sombrio.

— Todas as coisas podem ser esquecidas, se tiverem tempo suficiente. Agora pare de reclamar e concentre-se na tarefa adiante.

Ele se afastou e ela teve que resistir ao impulso de não deixar uma musiquinha escapar e fazê-lo tropeçar com uma raiz. Mas, com ou sem Santángel, ela tinha uma batalha real para lutar. Seus rivais esperavam na frente do palco.

Capítulo 31

Santángel conseguira descobrir que haveria algum tipo de peça sobre a vida de Cristo, possivelmente o esforço de Satanás para tentá-lo. Cada um dos competidores seria chamado pelo vicário e seus companheiros durante a apresentação, e era aí que o treino deles importaria, porque Luzia teria que rezar em voz alta, mesmo enquanto puxava as palavras do *refrán* na cabeça. Ela não estava preocupada. Era uma habilidade que aprendera no colo da mãe e praticara a vida toda. Sempre tinha sido duas pessoas com duas fés, nenhuma delas completa.

Ela tinha preparado alguns *refranes* diferentes – um que lhe permitiria banhar o salvador em luz divina, outro que usava o milagre das videiras. Por sorte, nenhum dos candidatos sabia a ordem em que seriam convocados a se apresentar, então Luzia não precisava temer outros truques de Gracia.

— Algum de vocês já viu uma dessas peças? — perguntou Fortún quando Luzia se juntou aos outros. — Um titereiro passou por Jaén. Foi maravilhoso!

— Não — disse Teoda. — Mas não espere uma apresentação muito empolgante. A Inquisição julgou Federigo Commandino por necromancia quando seus homenzinhos de madeira se provaram espetaculares demais para serem santos.

— Ouvi que Gaspar del Águila esculpiu uma estátua da Virgem com duas cabeças — disse Fortún. — Uma feliz e sorridente e uma para ocasiões mais solenes.

— Meu pai me contou que havia um Cristo de Burgos feito de cabelo e cílios reais — disse Gracia. — Tinha até um receptáculo oculto para sangue. Mas faz muito tempo que foi destruído.

Teoda ergueu uma sobrancelha loira.

— São incríveis as ilusões que podem ser realizadas com um pouco de engenhosidade.

Luzia não tinha nada a acrescentar. Ela vivera em livros quando podia, e na escuridão da cozinha o resto do tempo. Nunca estivera num teatro ou dentro de qualquer igreja mais grandiosa que San Ginés. Conhecia Madri e suas ruas sinuosas e o calor dos seus longos verões. *Ele está numa posição insustentável*, ela dissera a Santángel, o coração cheio de compaixão por Fortún Donadei e seus cachos gloriosos. Ele poderia abominar sua amante, mas ainda era um homem, livre para buscar sua fortuna, livre para ver espetáculos de marionetes e tocar suas músicas sob o sol.

Ela ficou grata quando os tocadores de tambor flanqueando o palco encontraram seu ritmo. As flautas vieram em seguida, depois uma corneta alegre, e a cortina se ergueu.

Luzia ficou surpresa com a cena: uma noite estrelada e, a distância, uma manjedoura. Enquanto assistiam, as silhuetas das marionetes dos três reis magos apareceram no topo de uma colina e desceram para entregar seus presentes ao salvador. A aurora pareceu se erguer, brilhando dourada contra as colinas falsas e ao redor de Maria, José e Jesus. Um grupo de animais apareceu, o burro zurrando, o bezerro mugindo, e até pequenas galinhas que pareciam pular e bicar. Luzia antecipara medo, até horror, não aquele encantamento delicado.

Então um novo personagem apareceu, vestido de veludo verde-oliva e carregando uma minúscula *vihuela*. A plateia irrompeu em risos e aplausos.

— Fortún — disse Gracia com um sorriso —, você nunca esteve tão belo.

— Sou eu! — exclamou ele.

Do estrado, o frei Diego disse em voz grave:

— Fortún Donadei, como cumprimentará o Cordeiro de Deus?

Ao lado de Luzia, Fortún ergueu sua *vihuela* de verdade. Tocou uma longa nota e então dedilhou as cordas com cuidado, solenemente, a melodia totalmente diversa da canção animada que tocara no primeiro desafio. Agora, ele quase parecia segurar um instrumento diferente, ressonante e milagroso, um instrumento que fora criado apenas para dar glória a Deus. Ele tocou a cruz dourada no peito e ergueu seu belo rosto ao céu. Nos bosques escuros ao lado do palco, as folhas começaram a farfalhar. Então, do meio dos galhos, saiu um pequeno cordeiro brilhante.

A plateia arquejou. Alguém exclamou de espanto. O cordeiro não fez som algum. Suas patinhas mal pareciam tocar o chão. Ele ofereceu uma pequena mesura aos homens santos no estrado e desapareceu de volta nas árvores. Só então a plateia irrompeu em aplausos.

— Olhem! — gritou um homem.

No palco, uma nova marionete apareceu de trás da montanha, um dragão monstruoso que rugia com o som de cornetas e tambores, sua cabeça horrenda balançando para a frente e para trás no longo pescoço.

— Uma *tarasca*! — disse Gracia.

Luzia conhecia a palavra: um monstro que fora derrotado por uma santa. Ela os vira nos desfiles de Corpus Christi, às vezes montados por uma mulher que, segundo disse seu pai, simbolizava os vícios.

O dragão recuou nas pernas traseiras e chamas jorraram de sua boca, longas fitas de seda vermelha e laranja.

No topo da colina, uma linda garota apareceu num vestido branco cintilante. A Bela.

— Gracia de Valera — exigiu frei Diego —, como cumprimentará o Cristo Infante?

Gracia deu um passo à frente e ergueu as mãos aos céus, como se lhes implorasse por ajuda. Seu rosto brilhou como se ela fosse a própria estrela que conduzia os reis magos pelo deserto. Como alguém poderia recusar tal suplicante? Um vento frio começou a soprar e, contra o fundo dos bosques, pequenos flocos de neve brancos começaram a cair, cintilando contra as árvores escuras, o ar subitamente gélido e úmido enquanto as tochas ao lado do palco se apagavam.

A plateia trovejou com aprovação e o dragão abaixou-se de barriga no chão.

— É feito com uma lanterna mágica — sussurrou Teoda, revirando os olhos. — Um pouco de gelo, um fole.

— Como você sabe? — perguntou Luzia.

— Porque nós preparamos uma lanterna mágica também! Lentes especiais importadas da Suécia. Eu não tenho talento para milagres ou ilusões, só para previsões. — Ela deu uma piscadela. — Mas isso me torna uma excelente planejadora.

O dragão empinou de novo e, dessa vez, tinha uma mulher nas costas. Ela estava nua, o corpo pálido entalhado de madeira, as pernas e braços pequenos unidos com cavilhas. Tinha cabelo ruivo forte e uma coroa de miniatura na cabeça.

Elizabeth. A rainha da Inglaterra.

Abaixo dela, uma figura de preto com uma longa barba branca dançava aos pés do monstro. Deveria ser o feiticeiro dela, John Dee.

No topo da colina, uma Luzia de marionete apareceu, vestida de preto, uma figurinha firme e severa.

— Luzia Calderón Cotado, como defenderá o Nosso Senhor?

A mente de Luzia estivera correndo enquanto assistia aos outros, optando rapidamente pelo segundo *refrán* que ela e Santángel tinham preparado, procurando as formas das velhas palavras confiáveis que ela sentia serem tão certas para esse momento, a forma de *rosica* florescendo em sua mente.

Ela não ergueu os braços nem a voz. Em vez disso, caiu de joelhos, apertando o rosário nas mãos.

— *Ave, Maria, gratia plena, Dominus tecum. Benedicta tu in mulieribus, et benedíctus fructus ventris tui, Iesus.* — Ela falou as palavras de cor, do jeito que as deveria ter aprendido, uma campesina fazendo os sons de prece, o único latim que ela deveria conhecer. Mas em sua mente, em seus ouvidos, havia outra língua, uma música nova. As duas súplicas eram tão diferentes assim? Ouça-me. Salve-me. Dê-me conforto. Deixe-me ser segurada nos braços de uma mãe outra vez.

Sobre as paredes do palco, brotou uma profusão de rosas de um branco puro, puxadas do jardim, florescendo como as videiras, como as íris de Hualit tanto tempo antes. As rosas viraram seus rostos gloriosos à manjedoura. Porém, diante da rainha herege e dos seus monstros, formaram um muro de espinhos compridos e perigosos.

Os aplausos pareciam uma benção. Ela tinha sobrevivido a outro desafio, e na frente do assassino de profetas, ainda por cima.

— Espantoso! — gritou alguém.

— Milagroso!

Mas eles não estavam apontando para Luzia nem para nenhum dos candidatos. Gesticulavam para o palco, onde as marionetes do feiticeiro e da rainha no dragão estavam se encolhendo para longe dos espinhos. Suas sombras não faziam o mesmo.

A rainha de marionete ergueu seu pequeno punho para os concorrentes de marionete. A rainha de sombra pôs as mãos nos quadris nus e esticou a língua.

O John Dee de marionete cofiou a barba de frustração. O John Dee de sombras deu as costas ao vicário e ergueu suas vestes, expondo a silhueta das nádegas.

A risada da plateia era nervosa e Luzia se perguntou o que o confessor do rei e o vicário de Madri pensariam de um humor tão vulgar.

— Como isso é feito? — perguntou ela a Teoda. — É um tipo de ilusão de palco?

Teoda balançou a cabeça. Ela estava se distanciando do palco.

— Isso não é uma ilusão. Alguma coisa está errada.

— Faz parte do desafio? — perguntou Gracia.

As sombras das marionetes estavam se alongando agora, suas formas mudando. A cabeça da rainha era comprida demais, seus braços finos demais. Eles acabavam em garras. Um deles se estendeu e atacou a marionete de Elizabeth. O corpo se rasgou e Luzia ouviu um grito de trás da cortina preta quando o titereiro deixou caírem as cordas da marionete.

A forma de sombras atrás de John Dee era peluda e curvada, dois chifres projetando-se da cabeça de sombra, um rabo açoitando o ar, um falo enorme projetando-se do meio das pernas. Ele saltou nos ombros da marionete de Dee, estrangulando-a enquanto a plateia gritava e erguia-se das cadeiras, tropeçando para trás.

— É um teste! — gritou Fortún. — Tem que ser um teste!

A rainha de sombras estava de joelhos e o dragão de sombras estava atrás dela, montando-a. No estrado, o vicário e seus homens santos se levantaram, aparentemente em conjunto, mas não ergueram as cruzes nem rezaram; só correram, fugindo pelos degraus até os jardins.

— O diabo está aqui! — exclamou Gracia.

— Corra — disse Luzia, agarrando o braço dela.

Mas o demônio de sombras estava do tamanho de um gato, empinado nas pernas traseiras, e saltou do palco. Gracia berrou e ele saltou sobre ela, subindo por sua saia.

Sem pensar, Luzia tentou agarrá-lo. Mas, quando suas mãos roçaram seu corpo, ela sibilou de repulsa. Ele não tinha uma forma real, mesmo assim a deixou enojada. Ela se obrigou a agarrá-lo de novo e apertou seu corpo, que se contorcia. Ele se debateu em suas mãos, peludo e guinchando, e ela o lançou o mais longe que pôde, desesperada para se livrar da aversão rastejante e escorregadia que a tomou.

Luzia saltou para longe do palco, procurando algum tipo de ajuda, mas o mundo ao seu redor se tornara um pesadelo. Ela não conseguia ver Fortún ou Teoda ou Santángel. As pessoas estavam gritando e derrubando suas cadeiras, correndo até o caminho de cascalho ou de volta ao palácio. As tochas tinham caído e o estrado com tenda tinha pegado fogo. Ela ouviu a batida de cascos de cavalo e viu uma série de guardas disparando para o jardim.

— É real — disse Gracia, lágrimas escorrendo pelo rosto. Seus olhos estavam arregalados como luas, o corpo inteiro tremendo. — É real.

Luzia enxugou as mãos nas saias e a puxou de pé.

— Corra, Gracia! Vamos, sua linda inútil, eu não posso te carregar!

Elas tropeçaram na direção do palácio. Certamente haveria segurança lá. Luz. Ordem. Sentido. Onde quer que olhasse, ela só via fumaça e fogo, pessoas gritando de medo.

— Por que ninguém me contou? — chorava Gracia.

— Você achou que estávamos todos fingindo? — Luzia não conseguia acreditar. — Achou que éramos todos fraudes.

— Claro que sim!

— Mas você não podia ter esperança de vencer!

— Eu não vim aqui para vencer! — berrou Gracia. — Eu vim para encontrar um marido!

Se Luzia não estivesse tão aterrorizada, teria rido.

— Lá! — Ela puxou Gracia na direção das portas que levavam ao salão de baile. Alguém as tinha aberto.

Luzia perdeu o equilíbrio, as pernas se emaranhando na saia. Gracia virou para ajudá-la e gritou, seu rosto contorcido de alarme. Luzia sentiu algo rastejando pelas costas.

Ela ergueu a mão sobre o ombro e tentou não vomitar quando fez contato com algo murcho e vil. Mas não conseguia agarrá-lo. As garras da criatura estavam em seu cabelo, fincando-se no seu crânio.

Ela caiu de joelhos e então estava no chão, enquanto a coisa em cima dela pressionava seu rosto na terra. Podia sentir o peso dele nas costas, no pescoço, impossivelmente pesado, empurrando-a, esmagando suas costelas.

O inferno tinha vindo para ela, e sua mente estava amedrontada demais para achar palavras de salvação. Ela só conseguia pensar na Ave Maria. *Ave Maria, mãe de Deus, rogai por nós, os pecadores, agora e na hora de nossa morte.*

Ela sentiu-se ser puxada para cima, viu o céu e galhos, e então nada exceto o chão correndo sob ela. Soltou um grunhido quando o quadril recebeu o impacto de uma sela.

— Segure firme — disse Santángel, e então estavam galopando pelos jardins.

Ela achou que pudessem só continuar cavalgando, além das cercas vivas, além dos portões, além de Madri.

Mas Santángel virou o cavalo.

— Você precisa pará-los, senão só vão ficar maiores e mais fortes. Vão entrar no palácio.

— Eu não sei como! — exclamou ela.

— Sabe. Você sabe que sabe. Do que as sombras precisam para existir?

Luz. A exata luz na direção da qual ela estava correndo como uma tola.

O cavalo de Santángel galopou até o palco e, nas chamas das tochas derrubadas, Luzia viu a rainha de sombras e seu dragão, o demônio que tinha sido John Dee. Eles estavam maiores agora, mais altos que homens, assomando sobre os guardas que tentavam perfurá-los.

Luzia não queria falar as palavras. Sabia o que viria em seguida.

— Você precisa — disse Santángel.

Ela não se deu ao trabalho de formar a frase na mente ou tentar disfarçá-la. Puxou um fôlego e deixou as palavras cantarem livres.

— *En lo oskuro, es todo uno.*

As chamas desabaram em cinzas como se apagadas como uma grande onda, as lanternas, toda janela brilhante do palácio. Só havia a noite escura.

As palavras ecoaram nos ouvidos de Luzia. *Na escuridão, tudo é um só.*

Capítulo 32

Por um momento, tudo ficou imóvel, como se o mundo tivesse sido apagado feito uma chama. Então Luzia ouviu pessoas chamando umas às outras, gritando por ajuda. O brilho de velas apareceu nas janelas do palácio. Guardas começaram a acender tochas.

Luzia deslizou do cavalo, feliz por ter o chão sob os pés de novo. O vestido estava molhado da grama e ela sabia que estava sangrando. Seu coração ainda batia alto demais no peito e ela manteve a mão no flanco do cavalo, firmando-se, esperando que alguém saltasse contra ela das sombras tremeluzentes.

— A magia está desfeita — disse Santángel.

Sentado no seu grande cavalo preto, ele parecia uma espécie de espírito maligno que se erguera das profundezas do inferno. Talvez todas as histórias estivessem erradas e só o diabo pudesse derrotar seus demônios. Exceto que tinha sido ela que os rechaçara.

— Disseram que eu enfrentaria o próprio Satanás — disse ela. — Isso não pode ter sido parte do desafio, pode?

— Não. Isso foi alguém aproveitando uma oportunidade.

— Você aí! — gritou um guarda vindo na direção deles, com uma tocha erguida. — Volte ao palácio. Os candidatos serão confinados em seus aposentos.

— Você tem que ir — disse Santángel.

— Fique — sussurrou ela, aterrorizada e com vergonha do seu terror.

— Eu não posso ir com você agora. Preciso descobrir o que puder antes que alguém tenha a chance de criar uma mentira convincente. Se alguém tentar ferir você, use a parede de espinhos. Pode defendê-la tão facilmente quanto a um Cristo de madeira.

— Pode matar alguém.

— Ótimo. Eu irei encontrar você.

— Jure.

Ele abaixou os olhos para ela, reluzindo como moedas.

— Essa promessa eu posso cumprir.

Luzia assentiu e ele cutucou os flancos do cavalo com os calcanhares.

Os guardas tinham aberto um caminho até as portas perto da varanda oriental. Ainda havia fumaça pairando sobre os resquícios do palco, e a plataforma onde os homens santos estiveram sentados tinha desabado por completo, partes dela esmagadas até virar lenha. Um cavalo jazia de lado, seu grande corpo imóvel, sua barriga aberta por rasgos profundos e sangrentos que poderiam ser marcas de garras. Na varanda, um homem usando a libré cor de creme de La Casilla estava sentado, as pernas estendidas à sua frente, os olhos chocados e vítreos. Tinha perdido um dos sapatos e sua manga esquerda fora quase completamente arrancada. Havia uma mancha de sangue em sua testa. De algum ponto nos jardins, ela podia ouvir gritos.

O guarda puxou seu braço com força para mantê-la em movimento, e ela sentiu as palavras do *refrán* formigando no teto da boca, mas se obrigou a conter seu medo. Alguém seria culpado pelo desastre daquela noite, e ela não tinha nenhum desejo de atrair mais atenção para si mesma.

Deixou-o arrastá-la para dentro e escadas acima. Estava fria, agora que parte do pânico tinha recuado, e sua mente tentava entender o que tinha visto. Suas mãos lembravam-se da textura da sombra nos dedos, como tinha parecido errada, e a infelicidade e repulsa que a tinham inundado.

— Não saia desses aposentos — disse o guarda enquanto a empurrava para o quarto.

— Por quanto tempo?

— Isso cabe a Don Antonio decidir. Não pense em desafiá-lo ou vai desfrutar da hospitalidade de uma cela. Guardas serão postados nos corredores.

Luzia ficou parada por um longo momento encarando a porta, desejando ter uma tranca, desejando ter mais do que os fiapos de poder que tinham chegado a ela em cartas e canções. Ela queria ter uma faca ou qualquer tipo de arma. Havia a magia que matara o guarda-costas de Víctor, mas ela não fazia ideia de como recriá-la, e de quem era a culpa disso? *Existem limites ao impossível*, Santángel lhe avisara. Mas por que precisaria haver?

— Concha? — ela chamou baixinho, com medo de erguer a voz. Mas sabia que a garota não estava lá. O quarto parecia vazio demais, silencioso demais.

Quem criara aquelas sombras? Quem as controlara? Eles podiam se esgueirar através de portas? Atravessar paredes? E se o diabo tivesse realmente vindo a La Casilla, não para ser derrotado, mas para marcar todos eles como suas criaturas?

Ela estava tremendo, o vestido úmido, o espartilho arranhando embaixo dos braços. A saia estava enlameada e chamuscada em alguns pontos. Ela queria se trocar, ficar quente e seca, mas não tinha como sair do vestido sem outro par de mãos. Deveria procurar Valentina? Hualit? O que acontecera com elas? O que acontecera com os outros competidores? Mil questões, mas a única que importava era: *o que vai acontecer agora?*

Ela sussurrou para as brasas no braseiro e elas brilharam. Ela podia fazer uma chama saltar. Podia rachar uma pedra. Embora não pudesse multiplicar ouro ou rubis, podia criar uma montanha de feijões ou sapatos ou mosquetes.

Mas sempre quisera mais. Ela pensou em Álvaro, dividido em dois, e no que teria significado se ela tivesse um dos talismãs de que Santángel falara, se ela pudesse ter se removido daquele quarto até o topo de uma montanha ou qualquer outro lugar. Uma mudança de cena, uma mudança de sorte. Ela quase tinha morrido naquele dia e ainda assim queria mais.

A porta se abriu e ela quase gritou. Era Santángel.

Ela não se deu ao trabalho de perguntar como ele tinha passado pelos guardas. Era um dos dons dele.

— Onde está a criada? — perguntou ele.

— Não sei. Algo pode ter acontecido com ela?

— Muitos dos criados saíram do palácio para assistir à peça. Alguns estão se abrigando nos estábulos e nas outras construções, mas muitos fugiram.

Luzia esfregou as mãos no calor das brasas.

— Não posso culpá-la. Eu fugiria se pudesse.

Santángel foi até a janela, embora ela soubesse que havia pouco a ser visto nos jardins escuros.

— A Criança Celestial e o Príncipe das Oliveiras voltaram a seus aposentos com seus mecenas e criados. Gracia de Valera pediu para deixar o *torneo*.

Uma escolha sábia. Uma competição assombrada por sangue e demônios não era o lugar para achar um marido.

— O que eu vi esta noite? — perguntou ela. — Quem tem esse poder? Fortún disse que enfrentaríamos o próprio Satanás, mas...

Santángel balançou a cabeça.

— É magia de sombras. Eu já vi antes. Talvez seja a obra do diabo, mas, se for, ele teve ajuda mortal.

— Gracia quase foi morta.

— Suspeito que essa era a intenção. Sem dúvida você teria sido culpada.

Ela soube que ele tinha razão assim que Santángel falou essas palavras. Gracia tinha tentado arruinar a primeira apresentação de Luzia. O guarda de Gracia tentara matá-la ou ao menos tirá-la da competição. Luzia tinha todo motivo para querer feri-la.

— Eu seria uma tola de atacá-la tão publicamente — protestou ela. — E na frente de um inquisidor!

— Lembre-se, eles acreditam que você é uma criada de cozinha.

— Uma campesina idiota incapaz de maquinações. — A risada de Luzia era amarga. — De todas as coisas a me condenar.

— Sua condenação ainda não é garantida. Quem quer que seja responsável por essa magia tinha um poder tremendo, mas não habilidade ou controle real. Duvido seriamente que tivesse esse resultado em mente.

Luzia puxou a cadeira da penteadeira para perto do fogo e sentou-se. As pernas não conseguiam mais sustentá-la. Ela estava cansada e com frio e nunca sentira mais medo.

Manteve os olhos nas brasas e disse:

— Quando estávamos no seu cavalo, eu queria que você continuasse cavalgando. Queria que disparasse pelos portões e para a estrada. Eu não queria voltar.

Por um longo momento, ela pensou que ele não diria nada.

Quando finalmente falou, sua voz estava baixa, como se estivesse confessando.

— Eu pensei a mesma coisa — disse ele. — E me perguntei quão longe poderíamos ir.

Capítulo 33

Ele não deveria ter dito aquilo, mas não tinha a menor vontade de retirar as palavras.

— Por que não fez isso? — perguntou ela. — Por que não continuou cavalgando?

— Teria sido o mesmo que uma admissão de culpa.

— Foi por isso que você parou?

— Não — admitiu ele. — Estou amarrado em serviço aos De Paredes.

— Certamente há limites ao senso de dever.

Ele podia ouvir a esperança na sua voz, de que a confiança crescente entre eles ou o desejo de autopreservação dele poderia levá-lo a romper o laço com seu patrão. Ele não lhe devia uma resposta. Poderia apenas sacudir a cabeça. Poderia ir embora.

Em vez disso, ele falou a verdade.

— Estou amarrado a Víctor de Paredes como estava amarrado ao pai dele e ao pai dele antes dele. Eu sirvo a sua família desde antes de os reinos serem unidos, desde antes de estas terras terem nomes cristãos.

Luzia não disse *isso é impossível*. Ele não esperava que dissesse. A essa altura, ela sabia que muitas coisas que nunca tinha contemplado eram possíveis. Criadas podiam se tornar soldadas. Garotinhas podiam ver o futuro. Sombras podiam viver e às vezes tinham dentes.

Tudo que ela disse foi:

— Estou com frio e cansada e preciso que me ajude a sair dessas roupas.

— Eu vou achar uma criada ou a viúva para você.

— Eu não as quero.

As palavras encheram o quarto, um sino que fora batido, uma reverberação que atravessou os corpos deles, as paredes, até a noite lá fora.

Ele deveria dizer que não era apropriado. Deveria ir embora.

— Se eu for encontrado aqui, não haverá nada que possa salvá-la, Luzia. O custo não será tão alto para mim.

— Se você acha que vou permitir que me deixe sozinha de novo, está enganado. Vestida ou despida, se você for encontrado aqui, eu estarei condenada, e prefiro estar confortável quando for amaldiçoada ao inferno.

Recuse, ele disse a si mesmo. Não é tarde demais para poupá-la dessa traição. Faíscas se ergueram das brasas aquecidas. Lá fora, um soldado chamava o outro.

Ele estendeu a mão.

— Venha aqui.

Luzia se levantou e atravessou o quarto. Virou as costas para ele, e Santángel lembrou-se do dia em que ela tentara recusar o treinamento, quando disse que tinha que mexer a sopa. Ele estendeu a mão para os laços do vestido e, quando seus dedos roçaram a pele do pescoço acima do colarinho, sentiu um tremor mover-se por ela. Como se ela fosse o sino que tinha sido batido, que estremecia com som. Ele queria ouvi-la soar.

Suas mãos foram velozes.

— Não é a primeira vez que você faz isso — disse ela, com uma risada fraca.

— Estou vivo há muito tempo. — Sua juventude tinha se passado em inúmeras camas, chãos, campos, uma vez entre as fileiras de uma vinícola. Houve vezes em que o único modo de lidar com a própria imortalidade fora foder até achar a liberdade, sentindo-se breve e inteiramente vivo no prazer de outra pessoa. — Temo que o vestido esteja arruinado.

— Você viveu tempo demais entre gente rica. Ele pode ser rasgado e transformado em algo novo.

Ele virou-se para oferecer privacidade a ela e ouviu o baque do vestido, seguido pelo espartilho, depois o farfalhar das roupas de baixo úmidas sendo puxadas da pele.

— Vou tomar banho — disse ela.

— A água vai ter esfriado.

— Eu posso aquecê-la.

Claro que podia. O desejo transformara a mente dele em geleia.

— Eu gostaria de um pouco de vinho — disse ela.

— Então encontrarei para você.

Ela tinha ido para trás da tela que protegia sua banheira e ele a ouviu sussurrar para a água.

Ele saiu furtivamente pela porta e desceu o corredor depressa. Podia ouvir vozes abafadas, alguém chorando. Sabia que não deveria voltar aos aposentos de Luzia, mas sabia que o faria.

Quando voltou com a garrafa, ela já estava na banheira. O quarto estava suave com o calor da água, as janelas anuviadas.

— Santángel? — chamou ela, com medo.

— Estou aqui.

Ele lhe serviu uma taça de vinho e a deixou na mesa atrás da tela para ela pegar.

— Você vai ficar? — perguntou ela.

— Não vou sair até você me mandar embora. — Ou até enlouquecer de desejo.

Ele tirou a capa e se acomodou contra a parede ao lado da tela.

— Pode falar comigo? — pediu ela. Ele podia ouvi-la na água e imaginou seus membros molhados e escorregadios, o vislumbre dos joelhos nus acima da superfície.

— O que gostaria que eu dissesse?

— Não fale do *torneo* nem de diabos ou reis. Me conte por que estava doente quando nos conhecemos.

— Eu estava doente porque essa vida me adoece. Porque ela drena e me entedia, mas eu ainda me aferro a ela como uma criança à mão da mãe. Depois de todos esses anos de sofrimento, eu quero viver.

— Você não pode morrer?

— Posso — admitiu ele. — Mas sou covarde demais. Há pouco mais a dizer sobre isso.

— Só fale. Fale comigo. Como se fôssemos amigos. Como se houvesse um futuro.

— Eu esqueci o que é ter um amigo, falar confortável e abertamente.

— Tudo são maquinações.

— Tudo são tramas.

— Por que você fica com ele? — perguntou ela.

Como responder? Depois de tantos anos protegendo seus próprios segredos, era difícil largar o hábito.

— Eu vou lhe contar uma história. É tudo que posso lhe conceder, um pouco de faz de conta.

— Eu aceito — disse ela, magnânima, e ele se viu sorrindo apesar da história que estava prestes a contar.

Tentou pensar em por onde começar.

— Há muito tempo, havia um rapaz rico...

— Ele era um príncipe?

— Digamos que sim. A história fica melhor se for.

— Bom. Ele era bonito?

— Alguns achavam que sim. Ele era rico. Bem instruído. Era amado. Era o segundo filho e o favorito do pai porque tinha um dom para o aprendizado, que o pai valorizava até mais do que o ouro. Não faltava nada ao príncipe. Ele viajava a terras distantes e se encontrava com estudiosos e trazia de volta manuscritos raros para acrescentar à coleção do pai. Passava todos os dias em debates animados sobre filosofia e ciência e o movimento das estrelas. Passava todas as noites atrás de prazeres. Fodia quando queria e bebia quando queria. Sabia que tinha sorte do jeito que as pessoas sortudas sabem.

— Então, nem um pouco.

— Nem um pouco — concordou Santángel. — Aonde quer que fosse, ele era bem-vindo. Quando se juntava a um grupo, ficavam alegres. Quando os deixava, caíam no desespero. Ele achava que a vida sempre seria fácil assim.

— Se tivesse sido, não haveria história.

— É verdade. O príncipe via muitas maravilhas em suas viagens. Mistérios do velho mundo que quase foram esquecidos. Milagres, se quiser chamá-los assim. Ele aprendeu a ler e escrever em muitas línguas na esperança de que abriria portas ao que era possível, e só tinha um amigo verdadeiro ao longo de tudo isso, um jovem sem nome e sem posses chamado Tello.

— Um criado?

— Começou assim. Mas Tello era duas vezes mais instruído que o príncipe, e duas vezes mais gentil, e rapidamente se tornou o amigo de confiança do príncipe. Eles bebiam juntos, cortejavam mulheres juntos, passavam longas noites no escritório juntos e, quando o pai do príncipe morreu, foi Tello quem o impediu de se lançar no mar. Eles voltaram para casa, e o príncipe rezou pela alma do pai. Tello ficou sentado com ele por muitas horas, pensando que isso lhe traria paz. Mas, quando o príncipe parou sobre o túmulo do pai, foi como se pudesse ouvir a Morte o chamando. Tentou seguir em frente, voltar a suas viagens e tratados, mas sempre sentia a Morte ao seu lado. Podia sentir a paciência dela, sentia que ela esperaria por ele, confiante em sua inevitabilidade. Não conseguia sentir prazer em mais nada porque sabia que tudo chegaria ao fim.

— Era mimado, esse príncipe.

— Muito. Ficou obcecado em encontrar um jeito de viver para sempre. Ele e Tello se encontraram com sábios e curandeiros e videntes, com alquimistas e astrólogos. Foram a lugares em mapas que ainda não tinham sido desenhados. Porém, apesar de todo o dinheiro que gastaram e das milhas que percorreram, não tinham nada a mostrar exceto elixires malcheirosos, amuletos inúteis e pés doloridos.

Santángel ouviu um barulho alto de água e sentiu o cheiro doce de amêndoas. Ela estava lavando o cabelo? Ele queria perguntar, mas não conseguia confiar em sua voz para fazer a pergunta.

— Ele devia ter ficado em casa chorando a morte do pai — disse Luzia.

— Talvez — disse Santángel. — Se tivesse se encontrado com o luto como um homem honesto, poderia não temer cumprimentar a Morte na mesma estrada.

— Eu ainda me encontro com o luto em lugares súbitos, quando menos espero. Uma canção familiar. Um aroma da cozinha. De repente lá está ele, um inimigo que não pode ser derrotado.

— Quem você perdeu?

— Minha mãe, rapidamente. Meu pai, lentamente. Não sei qual foi o pior. Mas conte-me mais do príncipe e seu amigo.

— Devo avisá-la de que essa não é uma história feliz.

— Não lembro de ter pedido tal coisa.

Embora ela não pudesse vê-lo, Santángel assentiu. Queria terminar, embora conhecesse o final bem demais.

— Então vamos em frente, pois este é o momento na história em que um estranho aparece. No mercado de uma cidade do sul, um homem se aproximou do príncipe e de Tello, que estavam discutindo sobre para onde ir em seguida. Tello queria ir para o norte, para casa, mas o príncipe ouvira falar de um nobre que tinha um texto que supostamente concedia vida eterna se a pessoa conseguisse lê-lo do começo ao fim. O estranho pagou bebidas para eles e disse que entreouvira sua conversa. Ofereceu um pacto ao príncipe.

   Luzia suspirou.

— Sim, eu sei — disse Santángel. — Mas os jovens e afortunados acreditam que o serão para sempre. No começo, o pacto não parecia tão terrível. O estranho pediu um pagamento...

— Claro.

— Claro. Mas não era uma quantia tão grande. O estranho explicou os detalhes do ritual que faria, algumas palavras recitadas, um pouco de vinho bebido, um pouco de sangue derramado. O de sempre. Então ele disse: "Você vai perder a coisa que menos valoriza, mas há outro preço".

— Claro.

— Claro. O estranho se virou para Tello. "Seu criado perderá a coisa que mais valoriza." O príncipe, e talvez até o estranho, esperaram que Tello recusasse, mas eles não entendiam quão pouco Tello possuía. Ele não tinha família, não tinha fortuna, não tinha lar. A vida não era tão preciosa a ele, e a obsessão do príncipe em acumular o confundia. Tello concordou com o pacto.

"O príncipe tinha pouca fé de que o estranho podia fazer muito mais que levar o dinheiro deles, mas protestou mesmo assim. 'Pode custar sua vida', ele avisou a Tello. E Tello concordou que podia. 'Então por que faria isso?', perguntou o príncipe.

"'Porque eu o amo mais que tudo no mundo', respondeu Tello. 'E se esse pacto puser fim a essas viagens incessantes e pudermos ir para casa, eu o farei.' Então o pacto foi firmado."

Atrás da tela, Luzia se remexeu e ele ouviu a água transbordar da beirada.

— Venha pentear meu cabelo — disse ela.

— Luzia...

— Venha, penteie meu cabelo. Preciso saber que o que eu quero importa para alguém.

Ele podia ter recusado. Podia ter deixado a história inacabada. Pegou o pente prateado dela.

A água estava leitosa de sabonete, e só o brilho dos seios dela e do topo dos joelhos estava visível. Sua cabeça se inclinava sobre a beirada da banheira, a massa molhada do cabelo pingando no pano que fora posto no chão. Ele se ajoelhou atrás dela, olhando para seu rosto de ponta-cabeça, suas faces rosadas, seus lábios abertos, as muitas sardas como areia do deserto. Como ele não tinha entendido quão adorável ela era? Ela abriu os olhos escuros, o olhar direto.

— Vá em frente — disse ela. — Você não vai me machucar.

— Vou — respondeu ele. — Você viu o que eu sou. Sabe qual é a minha natureza.

— Vá em frente — repetiu ela.

Ele sentiu que o mundo tinha mudado, que, se saísse lá fora, as constelações teriam desenhos desconhecidos. Ergueu o pente e o apoiou contra a cabeça dela, puxando-o pelos cachos oleados. Ela fechou os olhos e seu suspiro de prazer o fez se perguntar, pela primeira vez em muitos anos, se Deus era real e o estava testando.

— Não há mais nada em sua história?

Ele controlou a respiração e disse:

— Naquela noite, o estranho os levou além dos muros da cidade e eles seguiram os passos do ritual que ele realizou. Não houve ventos uivantes nem clarões de raio, e o príncipe sentiu que foi tudo bastante decepcionante. Mas pagou a taxa ao homem e eles voltaram a seus quartos.

"Na manhã seguinte, o príncipe acordou tarde. Não se sentia diferente. Mas, quando andou pelas ruas, as pessoas não sorriram para ele como costumavam fazer. O açougueiro não lhe ofereceu um belo corte de carne. Seu senhorio exigiu pagamento. Você consegue adivinhar o que ele perdeu?"

— O que ele menos valorizava — disse ela. — Sua sorte.

— O príncipe nunca entendera que havia algo realmente especial nele. Ele não tinha compreendido que a sorte que o mantinha longe de naufrágios e terremotos e mordidas de aranha era um tipo de magia, uma magia que ele nunca reconhecera e que, portanto, nunca valorizara como deveria.

"Aflito, ele foi encontrar Tello, com medo de que o amigo tivesse morrido durante a noite. Mas Tello estava são e salvo e dividindo uma refeição com um grupo de viajantes.

"'Meu amigo', exclamou Tello. 'Recebi uma grande notícia. Meu tio decidiu me tornar o seu herdeiro, e devo viajar a suas terras de imediato.'

"Logo ficou claro que, o que quer que tivesse acontecido no ritual além dos muros da cidade, o príncipe não perdera sua sorte; ele a dera a Tello. *Há coisas piores*, ele disse a si mesmo, *do que ver um amigo prosperar*. Mas não conseguia entender o que Tello fora obrigado a ceder, e isso o preocupava."

— Era um truque.

— Você é mais sábia que o príncipe. Com tempo, ele entendeu que o feitiço tinha mesmo funcionado, que não o tinha apenas privado de algo, mas oferecido um dom em retorno. Se o príncipe queimava a mão, ela sarava quase imediatamente. Se quebrava um osso, nenhum remédio era necessário para endireitá-lo além de uma boa noite de sono. Ele e Tello testaram esse novo poder, com cuidado no começo. Um corte cá e lá. Um pouco de veneno na xícara do príncipe, depois um pouco mais. Às vezes ele ficava doente, mas sempre se recuperava. E, conforme os anos passavam, eles perceberam que, embora Tello envelhecesse, o príncipe não o fazia. Ele estava tão jovem e forte como quando encontraram o estranho no mercado.

"Eles viajaram às terras do tio de Tello, e logo o tio faleceu e Tello recebeu sua herança. Seus rebanhos cresceram e suas colheitas eram sempre abundantes. Ele reuniu um grupo de homens e os ofereceu em serviço ao rei. Comprou um título de cavaleiro e mais terras. Casou-se com uma jovem nobre e teve um filho. Tello ficou mais rico e mais feliz, e o príncipe ficou inquieto, ansioso para viajar e voltar a seus estudos novamente. Ele tinha vida eterna e queria usá-la.

"Tello lhe implorou que ficasse, mas o príncipe se recusou. Ele não podia mais ficar ali. Guardou seus poucos pertences e partiu. Passou o dia viajando, animado, e dormiu em uma estalagem confortável, mas, quando acordou, teve uma sensação estranha. O sol nascente estava entrando pela sua janela e, conforme subia, o príncipe viu seus dedos queimarem até cinzas."

Um vinco apareceu na testa de Luzia.

— Ele foi amaldiçoado?

Santángel tocou o dedão na pele úmida da sua testa e esperou que se alisasse, depois passou o pente pelo cabelo dela de novo.

— Ao que parecia. Ele pulou no cavalo e voltou às terras de Tello e, ao fazê-lo, sua pele foi restaurada e sua força retornou.

"'Você voltou para mim, meu amigo', exclamou Tello. 'Que nunca sejamos separados de novo.'

"'Você sabia', disse o príncipe, e Tello não demonstrou surpresa.

"'Estamos amarrados um ao outro. Enquanto você permanecer no meu serviço, sua sorte é minha e a vida eterna é sua. Ah, meu amigo, eu temia esse dia e a expressão em seus olhos. Fico grato por não ter chegado antes.'

"Foi então que o príncipe entendeu que o estranho no mercado fora empregado por Tello. E por fim entendeu o que Tello tinha cedido: a confiança do príncipe, o amor da pessoa a quem mais amava no mundo. Era tudo que ele tivera de valor na época."

Santángel deixou o pente de lado. Era hora de contar o resto para ela.

— Desde aquele dia, estou amarrado a Tello de Paredes e a todos os descendentes dele. Minha sorte é deles. Eu vivo, eu não envelheço, mas estou amarrado a eles para sempre. E, se passar um dia longe deles, vou queimar até virar cinzas quando chegar a manhã.

— Você não pode morrer? — perguntou Luzia. Ela já perguntara isso. Mas, pela primeira vez, sua voz não era tão ousada, a verdade da maldição e o que ela significava entrando entre eles.

— Eu posso. Pelo menos, acho que sim. Se você arrancasse minha cabeça do pescoço ou me queimasse numa pira.

— Como você sabe?

— Porque eles tentaram tudo o mais. O filho de Tello era cruel e desejava testar os limites da minha imortalidade. Eu fui apedrejado, apunhalado, meus membros quebrados, mas ainda sarei. Fui afogado no rio, vez após vez, mas ainda assim subia pelas margens. Implorei a Tello que me libertasse das minhas amarras, para não me largar à misericórdia do filho. Ele chorou no seu leito de morte e implorou pelo meu perdão, mas não me libertou.

"A cada novo membro de sua linhagem, eu tinha esperança de que um deles acharia justo me libertar. Que seus cofres estariam cheios o suficiente, suas terras grandes o suficiente. Víctor prometeu que o faria, quando era jovem. Mas isso mudou, como tudo muda. Tudo exceto eu."

O quarto estava silencioso. Vapor se erguia da água. Os dedos dele estavam úmidos com óleo de amêndoas.

Ela suspirou.

— Então estamos presos aqui, você e eu. Apesar dos nossos dons. — Ela virou a cabeça para ele. — Você vai me beijar agora, Santángel?

Ele deveria dizer não. Deveria se levantar e ir embora, gastar seu desejo na própria mão. Pelo bem do seu coração e da vida dele, ele deveria fazer essas coisas. Mas no fim, após tantas vidas, ele era só um homem.

Inclinou-se para a frente. Os lábios dela eram macios, sua boca doce, e, quando sentiu a pressão da sua língua, soube que não apresentaria outras objeções. Ergueu-a da banheira, encharcando as mangas até os cotovelos sem nem reparar. Ele a secou gentilmente e a deitou na cama.

— Dispa-se para mim — disse ela. — O único homem que já vi sem roupas era enrugado como uma noz.

— Se isso lhe agrada.

Parecia que ela tinha despertado a vaidade dele, junto com seu desejo. Ele sentiu prazer com o modo como ela lhe assistiu se despir, na subida e queda rápida dos seus seios, no rubor que se espalhava em suas bochechas, no movimento do seu corpo como o ondular suave de uma duna.

Quando ela tinha satisfeito sua vontade de olhar, ele deitou-se ao seu lado e ela se virou para ele.

— Não é tarde demais — disse ele. — Se me pedir que eu vá embora, eu irei.

— É isso que você quer?

— Em todos esses muitos anos, nunca quis nada menos que isso.

Ela segurou o seu rosto, deixou a mão traçar sua mandíbula, seu pescoço, os planos do seu peito. A respiração dele falhou quando ela chegou ao seu estômago e desceu mais, os dedos se fechando ao redor dele, toda hesitação desaparecendo.

— Então me beije de novo, Santángel — disse ela. — Era tarde demais para nós antes de sequer nos conhecermos.

Naquela noite, Valentina acordou banhada em suor, a cabeça nadando com a lembrança de um sonho belo e estranho. O ar estava doce com o aroma de laranjas e ela caminhava com Quiteria Escárcega, que lhe emprestara sua jaqueta de veludo carmesim. Mas agora seu quarto parecia imóvel demais e, sob o luar, ela viu as sombras se alongando, demônios de garras compridas vindo atrás de sua alma amarga e gananciosa. Ela disse a si mesma que voltasse a dormir, que bebesse um pouco de vinho para acalmar os nervos, que deixasse de ser tola, mas sentia-se agitada e desconfortável, como se um fogo tivesse sido aceso sob sua pele.

Foi menos porque ela levantou da cama e mais porque foi impelida para fora dela, e viu-se batendo na porta que conectava seu quarto ao de Marius. Não esperava resposta, então ficou surpresa quando ele disse suavemente:

— Também estou acordado.

Ela ficou ainda mais surpresa quando abriu a porta e o viu atravessando o quarto na direção dela, e seu espanto só cresceu quando ele a tomou nos braços e a jogou na sua cama.

— Eu sonhei com laranjeiras — disse ele enquanto enterrava o rosto no pescoço dela.

Ela teve tempo de pensar *que estranho que ele também tenha tido esse sonho*, mas então foi tão arrebatada pela perplexidade e outras emoções inomináveis que não conseguia pensar de forma alguma.

Nos jardins, um dos guardas de Pérez virou-se para o homem com quem tinha mantido vigia pela maior parte de dois anos e disse:

— Você não acha que é hora de pararmos de fingir?

Eles se esgueiraram até as sombras das cercas vivas onde a terra fria engoliu seus sussurros e gemidos, e onde no dia seguinte o jardineiro encontraria um misterioso canteiro de flores brancas.

Nas cozinhas, a cozinheira e seu marido fizeram amor na mesa ao lado de um regimento de pães em fermentação. O pão da manhã tinha o gosto doce de laranjas.

Sob seu pergaminho com anjos prateados, Antonio Pérez chorou de solidão, a cabeça cheia de um sonho de laranjeiras, depois ergueu-se e tentou voltar a sua correspondência, mas só poemas de amor emergiram de sua pena.

Se algum deles tivesse prestado atenção, teria ouvido pássaros farfalhando nos galhos e, em algum ponto nas paredes, os guinchos amorosos de ratos. Mas seus ouvidos estavam cheios demais com palavras sussurradas de amor.

Quando nasceu o dia e Luzia sentiu pela primeira vez a alegria de acordar nos braços de um amante, experimentou um tipo de esperança desesperada também.

— Deve haver um jeito de quebrar a maldição — disse ela. — E vamos encontrá-lo juntos.

Santángel queria contar a ela que Víctor de Paredes já tinha lhe oferecido um jeito. Mas a puxou mais para perto e não disse nada.

Capítulo 34

Luzia acordou com o som de gritos e Santángel sacudindo seu ombro.
— Levante-se — exigiu ele. — Eu ajudo você a se vestir.
— Quem está gritando?
— Não sei — disse ele, vestindo-se. — O *alguacil* da Inquisição está aqui com os homens dele. Vieram prender alguém.

Luzia ainda estava em meio à névoa feliz da noite, mas essas palavras foram suficientes para arrastá-la até a consciência.

Ela apressou-se em entrar no espartilho e vestir a saia, agora desconfortável com Santángel de um jeito que não ficava antes, ciente de todo lugar no seu corpo que ele tinha tocado. Sabia que deveria estar envergonhada, assustada, mas não se arrependia de nada. Se ia morrer, então morreria com lembranças que valeria a pena guardar.

Ele a ajudou com os laços, depois a fez sentar diante do espelho e arrumou seu cabelo em uma trança apertada.

— Onde você aprendeu a trançar cabelo de mulher? — perguntou ela, vendo o rosto pálido dele no espelho, a concentração ali.

— Não lembro — disse ele. — Mas fico feliz pela habilidade. Eu passaria uma vida inteira trançando e destrançando seu cabelo.

Uma bobagem que amantes dizem. Mas ela engordaria com tais bobagens todo dia, se pudesse. Só gostaria de poder usar seu vestido simples de convento – como se uma camada de lã preta fosse protegê-la. O veludo teria que servir.

Houve batidas apressadas na porta e Valentina apareceu, seu rosto pálido, as mãos tremendo.

— Eu ia levar Luzia até você — mentiu Santángel.

Luzia viu Valentina observar a cama amarrotada, o vestido descartado e o chão úmido com água do banho. Mas tudo que fez foi estender a mão para Luzia.

— Venha — insistiu ela. — Não sei onde Don Víctor está. Marius quer ir embora, mas não temos carruagem.

— O *alguacil* não deixará vocês irem — disse Santángel. — Eles estão revirando o palácio em busca de alguém.

Os gritos de soldados se ergueram de baixo, seguidos pelo baque de botas nas escadas.

— Eu não devia ter vindo aqui — disse Valentina, com um arquejo, como se percebesse de repente que Luzia era o provável alvo.

Enfim chegou a hora, Luzia pensou quando os soldados se aglomeraram no corredor. Chega de fingir, chega de desafios, seu destino finalmente escrito. Ela respirou fundo, como se estivesse prestes a mergulhar, mas eles passaram com seus passos trovejantes pela porta dela, as espadas chacoalhando, as botas fazendo o chão tremer.

De algum ponto no fim do corredor, Luzia ouviu uma voz nova, um grito agudo e suplicante.

Valentina apertou o punho ao peito.

— O que é isso?

A resposta veio depressa. A ama de Teoda Halcón foi puxada aos berros dos aposentos delas.

— Levante-se! — exigiu o *cuadrillero*, tentando fazê-la se erguer. Mas a mulher só continuou a chorar.

— Eu sou inocente! Eu não sabia! — As palavras vinham em grandes fôlegos entre os soluços, erguendo-se e caindo em rajadas de infelicidade. — Eu não sabia!

Ele agarrou seu cabelo e a arrastou pelo corredor. Ela não resistiu, mas se agarrou às suas pernas, como um junco flácido.

— Mãe de Deus, me ajude, eu sou inocente!

O pai de Teoda veio em seguida, a cabeça abaixada e os passos comedidos, como se estivesse caminhando em uma procissão, a mão do *cuadrillero* no seu ombro. Ele usava uma longa camisa de linho e um roupão, os sapatos de couro e as meias projetando-se de debaixo da bainha. Eles pareciam pertencer a outra pessoa.

Só a Criança Celestial estava totalmente vestida, como se soubesse que esse momento e esse destino estavam chegando. Talvez o seu anjo tivesse sussurrado em seu ouvido. Ou talvez sua culpa fosse responsável por aquilo. Seu rosto estava molhado de lágrimas, mas ela estava calma e rezava em voz alta, embora as preces não fossem nenhuma que Luzia já tivesse ouvido.

— Eu rejeito seus padres e aceito apenas a palavra de Deus — dizia ela, o rostinho determinado. — Rejeito seus santos e dedico minha fé apenas a Jesus.

— Fique quieta ou eu vou silenciá-la — disparou o *cuadrillero*, guiando-a pelo corredor. Ele era esguio e de olho redondo, mal um homem crescido.

— Nem você, nem o seu papa podem silenciar a verdade. Eu já vi a morte do seu rei, e ele vai morrer devagar, afogando-se em sua própria imundice.

— Fique quieta — rosnou ele, estapeando-a no rosto.

A garota caiu e tombou contra a parede. Ergueu os olhos para ele e cuspiu sangue.

— Eu também vi a sua morte, e é feia.

O soldado se encolheu, mas um dos outros chutou-a do lado do corpo.

— Encontraremos uma mordaça para você, demônio. — Ele a ergueu com uma mão e a carregou sob o braço como um bezerro, seus pequenos calcanhares chutando o ar, enquanto batia a outra mão sobre a boca dela.

Quando passaram, os olhos de Teoda encontraram brevemente os de Luzia, e ela não viu medo neles, só raiva.

— O que está acontecendo aqui? — exclamou Valentina.

— Volte a seus aposentos, señora — disse o jovem soldado que tinha se encolhido à previsão de Teoda. — Está tudo bem agora.

Mas Luzia viu que as mãos dele estavam tremendo.

Pelo resto do dia, eles ficaram reunidos nos aposentos dos Ordoño. Não havia sinal de Hualit nem de Don Víctor. Nenhuma notícia foi enviada.

Santángel ia e vinha, retornando com bolo de amêndoas ou um jarro de vinho, ou às vezes alguma informação – os jardins foram revistados até serem julgados seguros, o titereiro tinha uma queimadura na perna, mas estava bem e pronto para a viagem de volta para casa, o quarto da Criança Celestial foi revistado e textos calvinistas encontrados entre os pertences do pai dela. Luzia lembrava de colocar-se diante dos representantes da Igreja, perguntando em voz alta se deveriam se comportar como se estivessem numa festa ou na igreja. *Dependendo da igreja, pode ser difícil diferenciar os dois.* Será que Teoda estivera se preparando para usar a apresentação como um ataque contra os homens santos do vicário? E, se tinha sido ela que criara aqueles monstros, o que isso significava quanto a suas previsões? Quem estava sussurrando em seu ouvido disfarçado de anjo? Ou tudo isso era invenção também, outro milagre fabricado?

A mente de Luzia não conseguia encontrar um lugar para se assentar. Pousava em um pensamento, um sentimento, e então alçava voo outra vez, um pássaro saltando de um galho a outro. Ela encontrava o olhar de Santángel e sua mente era inundada com imagens, a cabeça lustrosa dele entre suas coxas, o som de sua respiração falhando enquanto entrava nela, a pressão do dedão dele impelindo o desejo dela adiante, o aperto dos seus dedos enquanto erguia os seus quadris. Ela era uma marionete, uma coleção de membros, uma corda invisível conectando sua garganta, seu coração, seus pulmões, seu âmago, e com um mero olhar um par fantasmagórico de mãos puxava aquelas cordas, fazendo-a perder o fôlego e apertar as pernas uma contra a outra.

Então, logo depois desse sentimento selvagem e delicioso, vinha o medo, uma mão fria pressionada contra a boca dela, um peso na barriga. Ela via os olhos ferozes de Teoda, a cabeça curvada do pai dela, o soldado assustado seguindo-os enquanto a Criança Celestial era levada. Luzia pensou nas sombras que agarraram sua saia, suas garras cravando-se em sua pele. Imaginou a cela aonde Teoda seria levada, as torturas que poderia suportar. Os inquisidores não podiam derramar sangue, mas podiam quebrar seus ossos e tirá-los das juntas, prender seus pequenos braços e pernas com cordas que se apertariam cada vez mais até ela berrar uma confissão. Havia rumores de coisas piores, de espetos em que os fornicadores eram obrigados a sentar, de um garfo de ferro encaixado sob o queixo para forçar a cabeça a ficar erguida. A Inquisição tratava todos os hereges do mesmo jeito, e uma criança pecadora não era menos perigosa à alma da Espanha.

Ela ficou surpresa quando Valentina pôs um prato de queijo e azeitonas à sua frente.

— Você devia comer — disse ela.

— Estou sem apetite.

— Mesmo assim — disse Valentina. — Só um pouco.

Luzia se obrigou a dar uma mordida no queijo e a tomar um gole de vinho.

— Melhor assim — disse Valentina. Ela estava usando seu veludo creme e correu o dedão sobre uma linha do bordado ocre. — Não é um vestido prático. Vai ser tão difícil manter o veludo limpo.

Luzia pensou que agora esse seria um problema para Juana ou alguma outra criada. Não haveria retorno à segurança ou ao tédio da despensa.

— Você sabe aonde Concha foi?

Valentina balançou a cabeça. Seu dedo continuou a seguir a espiral de folhas bordadas como se tentasse memorizá-la.

— As pessoas estão falando sobre o que você fez ontem à noite. Quando outros correram, foi você que... Me disseram que foi muito corajosa.

— Nunca estive mais assustada.

Valentina ergueu os olhos para ela.

— Mas não fugiu.

— Eu queria.

— Mas não fugiu.

— Não.

Valentina assentiu.

— Coma mais queijo.

Capítulo 35

Era bem depois do meio-dia quando Luzia ouviu uma leve batida na porta. Marius e Valentina se levantaram, mas, quando Luzia fez menção de abrir a porta, Santángel entrou na frente dela. Para o caso de quê? Monstros? O *alguacil*? Ela temia mais os demônios ou a Inquisição?

Antonio Pérez estava parado no corredor, acompanhado pelo homem com a barba tingida de ruivo e um punhado de seus guardas de libré.

— Eu vim ver minha criada de cozinha — disse ele, olhando para além de Santángel com um sorriso.

Ele entrou e fechou a porta, deixando seu séquito esperando no corredor. Pérez estava lindamente vestido em veludo cor de ameixa, adornado pesadamente com bordados de prata, o colarinho e os ombros revestidos com ametistas.

Luzia sabia que não tinha a aparência que deveria ter. Seu vestido estava amarrotado e ela não usava nada para cobrir as sardas. Seu cabelo não tinha sido erguido adequadamente e estava preso em uma única trança úmida. Só pôde fazer uma mesura e manter os olhos no chão, tentando parecer modesta e serena.

— A noite passada foi assustadora, não foi?

Luzia assentiu.

Pérez olhou para os Ordoño.

— E todos vocês também estão com um pouco de medo de mim, penso.

— Não, señor, claro que não — protestou Marius.

— Somos convidados gratos — disse Valentina.

— E você, Luzia? — perguntou Pérez.

Luzia sabia que não deveria mentir nesse momento.

— É claro que tenho medo do señor.

— Luzia! — exclamou Valentina, a voz fina.

— Conte-me por quê — disse Pérez.

Luzia ficou confusa ao vê-lo dirigir-se a ela diretamente, sendo que deveria fazer suas perguntas aos Ordoño. Eles podiam não ser os mecenas dela, mas eram seus empregadores e muito superiores em posição.

— Perdoe-me, mas não há mistério na minha resposta. O señor é um homem de grande poder e influência. Eu sou uma criada sem nenhum dos dois. Como minha resposta poderia ser diferente?

— Ela é uma diplomata, nossa criada! E apresenta um sólido argumento. De fato, eu ficaria triste se as pessoas não tremessem um pouquinho na minha presença. Por favor — disse ele, gesticulando para o quarto. — Vamos todos ficar confortáveis, se pudermos. Devo pedir refrescos? Não, vejo que têm tudo de que precisam. Bom. — Ele falava como se desfrutasse de cada palavra em sua boca, empilhando uma atrás da outra para aumentar esse prazer.

Marius sentou-se mais perto de Pérez, enquanto Valentina e Luzia dividiram uma banqueta acolchoada. Os olhos de Luzia buscaram Santángel, e ela percebeu que ninguém estava olhando para ele ou falando com ele. Era como se tivessem esquecido que estava ali, enquanto, para ela, ele parecia estar brilhando na luz turva do cômodo. Era assim que ele passava despercebido por soldados e enganava patrulhas de guardas? Como tinha dominado uma espécie de invisibilidade que nem ela conseguia imaginar como funcionava?

Pérez se acomodou em sua cadeira.

— Eu acabei de falar com Fortún Donadei e sua mecenas, Doña Beatriz. Em uma demonstração de sabedoria e coragem... e, ouso dizer, prudência... eles concordaram que o *torneo* deve continuar.

Marius assentiu com ar sábio.

— Sente que é o melhor caminho?

— Receio que seja o único caminho, meu amigo. O rei exige um terceiro desafio, e o que um rei deseja está praticamente feito.

Valentina deu um olhar duro para Marius e limpou a garganta.

— Mesmo depois de tamanha violência?

— Terrível, eu sei. Mas isso foi obra de Teoda Halcón e sua família herege. Que perfídia, que maldade. E trazida sob meu teto disfarçada de inocência santa. Eles seguem uma seita calvinista, e foi Teoda que sabotou o segundo desafio.

Luzia manteve o rosto inexpressivo. Na loja de Perucho, ela vira o olhar que Hualit trocara com o alfaiate quando ele mencionou que o pai de Teoda viajava à Alemanha e aos Países Baixos. Havia boatos de heresia mesmo na época? Luzia estava ao lado dela quando as sombras começaram a se mover no palco. A garota poderia ter fingido seu medo e surpresa, mas não tinha a habilidade de criar tais monstros. Como Gracia, ela preparara uma lanterna mágica para superar o segundo desafio. *Eu não tenho talento para milagres ou ilusões.* Talvez isso também fosse uma mentira.

— O que vai acontecer com ela? — perguntou Luzia.

— Luzia — repreendeu Valentina —, não cabe a você fazer tais perguntas.

Mas Pérez só se recostou na cadeira e disse:

— Não precisamos fazer cerimônia depois de uma noite dessas. Ela está sendo levada a Toledo para enfrentar o tribunal. Sem dúvida terá vizinhos interessantes.

Ele devia estar se referindo a Lucrecia de León. A garota que sonhava e a garota que falava com anjos, ambas trancafiadas e enfrentando tortura.

— Quanto a Gracia de Valera — continuou Pérez —, ela tinha muito a dizer sobre você.

Marius se assustou como se alguém o tivesse cutucado com um alfinete.

— Sobre Luzia?

— Ela alega que você salvou a vida dela — disse Pérez.

Luzia se obrigou a não olhar para Santángel. Podia ser um truque. Será que Gracia dissera que Luzia a salvou por meio de algum artifício estranho ou demoníaco?

— Posso ter salvado? — arriscou ela.

— Ela abandonou o *torneo* e está voltando para Sevilha. Disse que manteria você em suas preces diárias e daria esmolas em seu nome pelo resto dos seus dias. Ficou dizendo tais coisas por um bom tempo.

Luzia o encarou, então balbuciou:

— Eu farei o mesmo por ela.

— Todos faremos — acrescentou Marius.

— Agora, Luzia das mãos de criada, salvadora de lindas donzelas, está preparada para o terceiro desafio?

— Isso importa? — As palavras escaparam, suas defesas erodidas por uma noite passada abençoadamente insone e uma manhã que se arrastara em terror.

Pérez só riu.

— Nem um pouco, criança. Era uma questão de cortesia.

— Don Antonio — disse Valentina, a voz rala como sopa. — Perdoe-me. Eu... eu hesito em perguntar, mas, mesmo o com os hereges trancafiados, podemos ter certeza de que tal desafio será seguro?

— Não — admitiu Pérez. — Mas o rei insistiu e ofereceu seus próprios guardas para nossa proteção. Entendam, eu sou apenas o relojoeiro; o rei nos dita a hora.

— Então iremos para El Escorial? — perguntou Marius.

Pela primeira vez, Pérez pareceu desconfortável.

— Uma pergunta válida. E quem não desejaria ver os seus esplendores? Infelizmente, ainda não sei onde o terceiro desafio será realizado. Isso é decisão do rei.

Pelo que Luzia entendia, Filipe nunca iria a La Casilla. Nem a perspectiva de um campeão santo para reprimir revoltas holandesas e intimidar a rainha inglesa poderia persuadi-lo a fazer tal gesto. O mundo ia até o rei, e seria uma honra grande demais para Pérez. Mas ela tinha pensado, talvez esperado, que eles visitariam Alcázar ou El Escorial. O que significava o fato de o rei não ter feito tais convites?

Marius se apressou em preencher o silêncio.

— Sem Teoda e Gracia, o rei terá menos campeões entre os quais escolher.

— Então digamos que ele terá menos oportunidades para distrações. — Pérez se virou para Luzia e se inclinou para a frente. — Você deve fazer tudo que puder para mostrar ao rei do que é capaz, freirinha. Então ele vai decidir se você ou o jovem Donadei será seu campeão. Ou nenhum dos dois.

Então Luzia entendeu. Se o rei rejeitasse tanto ela como o Príncipe das Azeitonas, estaria rejeitando Pérez também. Pérez nunca retornaria às graças do seu governante ou retomaria seu posto de secretário. Era por isso que estava naquele cômodo com eles, falando com Luzia como se ela importasse. O destino dele dependia de uma criada de cozinha e do filho de um fazendeiro.

— Eu farei tudo que puder — disse ela — e rezarei para que Deus faça o resto.

— Isso é tudo que qualquer um de nós pode pedir.

— Señor — arriscou Luzia. — Não há nada que possa me contar sobre o último desafio?

— Ele será ditado pelos caprichos do rei. Sou tão ignorante quanto você.

Luzia duvidava disso, mas não havia mais nada a dizer.

Pérez se ergueu e todos o seguiram. Antes de sair pela porta, ele disse:

— Por favor, diga-me, Don Marius, onde estão Don Víctor e sua esposa?

Santángel tinha mais chances de saber, mas ninguém lhe perguntou. Ninguém sequer olhou na sua direção.

— Não os vimos desde o começo do desafio ontem à noite — disse Marius.

— Não posso dizer que estou surpreso — respondeu Pérez. — Don Víctor é como um gato. Ele será visto quando lhe for conveniente e nem um momento antes disso.

Quando ele se sentisse a salvo. Quando tivesse certeza do resultado do *torneo*. Víctor de Paredes estava aumentando a distância entre eles, criando uma rota de fuga se tudo aquilo desse horrivelmente errado.

Mas nada disso importaria se Luzia pudesse mostrar um verdadeiro milagre ao rei, se pudesse fazê-lo acreditar nela. Manter-se em suas graças poderia se provar um desafio maior, mas Luzia resolveria esse problema quando precisasse. Por enquanto, bastava ter esperança.

A fé podia ser vencida. Maldições podiam ser quebradas.

Capítulo 36

Santángel não tinha certeza se Víctor voltaria a La Casilla, mas sentiu quando o patrão estava novamente na propriedade, a mão em sua coleira puxando-o para segui-lo. Encontrou Víctor em seus aposentos grandiosos com vista para os jardins. Ele tinha programado seu retorno para evitar qualquer visita de Pérez e chegar muito depois que os cães da Inquisição tivessem ido embora. Era, afinal, um homem muito sortudo.

— Então Teoda Halcón é uma herege — disse Víctor quando Santángel entrou. — Qual você acha que era o plano dela? — Ele tinha tirado os sapatos e bebericava *jerez*, seus pés com meia estavam apoiados numa mesa baixa.

— Onde está Doña Maria?

— Na cidade. Ela ficou muito abalada.

— E você?

Víctor contemplou o líquido âmbar em seu copo.

— Eu sabia que nenhum dano ocorreria comigo e com os meus.

— Há limites à minha influência, Víctor.

— No entanto, minha esposa e eu estamos ilesos, assim como minha campeã.

— Fico surpreso por ouvi-lo chamá-la assim. — Ele não queria ouvir Víctor falar de Luzia de forma alguma.

— Eu não abandonei a esperança de que tudo isso pode dar certo para nós. A criada se portou bem ontem à noite e os problemas do rei não mudaram. Não me diga que está perdendo a coragem. Teme a liberdade a esse ponto?

Antes que Santángel pudesse pensar, sua mão apertava sua adaga. Mas a raiva não lhe faria bem algum. Quantos homens Santángel tinha matado no serviço daquela família, silenciosamente, facilmente, como se fosse a própria mão da Morte? No entanto, toda ação que tomara contra um De Paredes tinha sido frustrada. Ele tinha jogado veneno na xícara de Jorge de Paredes. O homem adoeceu, mas então ficou mais forte, como se o veneno o estivesse nutrindo. Ele tentara uma abordagem mais direta e simplesmente apunhalara Isidro de Paredes no coração. A adaga de alguma forma não tinha entrado na carne, deslizando para o lado. E as repercussões tinham sido terríveis.

Isidro o prendera numa caixa embaixo da terra, enterrado vivo, deixando-o lá para definhar. Ele não sabia por quanto tempo. Deveria ter ficado mais furioso com isso, deveria ter buscado vingança, mas tinha sido finalmente quebrado, como cada De Paredes lhe assegurara que aconteceria. Era menos a punição do que o entendimento de que ele não tinha opções, de que, a não ser que estivesse disposto a tirar a própria vida, ele estava verdadeiramente preso. Mesmo depois, Isidro o chamara de El Alacrán por sua tentativa de traição, por mais que sua picada tivesse se provado vã.

Suas outras pequenas rebeliões foram igualmente inúteis. Ele tentara arruinar acordos de negócios, deliberadamente escolhendo parceiros que pensava serem os mais inclinados a trair seus patrões. Ladrões se tornaram homens honestos sem entender por quê. Ele escolhera empreendimentos absurdos sem esperança de sucesso. Ouro foi encontrado e prata minerada. Santángel não era capaz de derrotar seu próprio poder.

Que direção tomaria agora? Se fosse sábio, ele contaria a Víctor do terceiro desafio e nada mais. Mas não podia deixar Luzia cair no que poderia ser uma armadilha, mesmo se fosse de sua própria criação.

Ele sentou-se na frente de Víctor.

— Eu não acredito que Teoda Halcón tenha sido responsável pelo que aconteceu ontem à noite.

As sobrancelhas de Víctor se ergueram.

— Ela é a única chamando o papa Gregório de anticristo. Seu pai tem conexões em Colônia, até com os anabatistas na Polônia.

— Não nego que ela seja herege. Mas por que criar um espetáculo desses no segundo desafio? Por que não esperar uma audiência com o rei? Ou se consolidar no serviço dele?

Víctor deu de ombros.

— Talvez ela nunca pretendesse chegar tão longe quanto chegou. Talvez pretendesse que a culpa caísse em outro lugar. Em Luzia ou um dos outros competidores.

— Se é o caso, como sua heresia foi descoberta? Quem a traiu?

— O que isso importa para nós ou a nossa causa?

— Importa porque esse dedo acusador poderia ser apontado para Luzia com a mesma facilidade.

— E isso o incomodaria, não é?

Santángel não era tolo o suficiente para morder a isca.

— Teoda Halcón é uma vilã conveniente demais. Fortún Donadei é quase tão ambicioso quanto você, e a Inquisição é um jeito excelente de eliminar a competição... quer você esteja abrindo uma loja de temperos, quer esteja vendendo milagres.

— Se seus espiões tivessem feito um trabalho melhor, Donadei seria meu campeão e não teríamos motivo para nos preocupar.

A possibilidade de não ter conhecido Luzia parecia uma fissura na terra. Se o destino tivesse escolhido esse rumo, Donadei seria o sacrifício que desfaria seu pacto com Víctor. Uma escolha limpa, mal constituindo uma traição. Ele estaria livre do seu desejo insano e da decisão de condenar Luzia. Ela ficaria a salvo com os Ordoño ou competiria para algum outro nobre. Se ele a tivesse conhecido em La Casilla, teria reconhecido sua inteligência, seu talento, sua beleza? Teria se dado ao trabalho de olhar com atenção suficiente para descobri-la? Ou ela teria sido só mais um obstáculo a destruir na busca da glória de Víctor e de suas próprias metas? Ele podia deixá-la ser mais do que isso agora?

— Luzia é mais poderosa do que o fazendeiro poderia sonhar em ser.

— Certamente espero que sim — disse Don Víctor. — Você suspeita mesmo de Donadei ou só não gosta dele?

— As duas coisas podem ser verdade. Ninguém deveria ter tantos dentes brancos. — Independentemente do seu charme natural, era óbvio que era Donadei quem mais tinha a ganhar. Teoda e Gracia tinham ambas saído do torneio e Luzia quase morrera. Que tragédia tinha sobrevindo ao Príncipe das Azeitonas? Sua cabeça cacheada teria ficado chamuscada?

Ele encheu o copo de Víctor, sabendo que esses pequenos gestos o agradavam.

— Pérez alega que o rei está insistindo que o *torneo* continue.

Agora, Víctor franziu o cenho.

— Mas se é assim... por que não abrir El Escorial aos candidatos? Pode não significar nada. Filipe nunca foi um homem de tomar decisões rápidas. Ele mantém Pérez numa longa corrente há anos.

— Há algo errado aqui — disse Santángel. — La Casilla poderia ter virado cinzas ontem à noite. Alguém poderia ter morrido.

— Você acha que Pérez está jogando um jogo mais profundo. — Víctor recostou a cabeça, como se contemplasse os afrescos no teto. — Nas ruas e bares, as conversas contra o Austríaco estão ficando mais altas. Problemas nos Países Baixos, invasores em nossos próprios portos.

O Austríaco. Quando a Espanha estava forte, as pessoas ficavam felizes em reivindicar Felipe. Mas, atordoadas pela perda de sangue e tesouros, ele era o Austríaco de novo, um intruso Habsburgo que nunca pertenceria ao solo espanhol, não importava qual fosse sua língua nativa ou quantos palácios construísse.

— Pérez não vai agir contra Filipe — disse Santángel. — Não diretamente.

— Talvez não. Mas o *torneo* serve como uma espécie de propaganda, não é? O rei não está pronto para abandonar as oportunidades que esses desafios podem criar, mesmo se isso polir a reputação de Pérez. Mas quem disse que Pérez não está aberto a outras ofertas? Se Filipe não agir para agarrar o poder que nossos campeões santos oferecem, talvez alguém que deseje desafiar o rei faça isso.

Era isso que Pérez esperava? Uma rebelião de verdade que poderia erguê-lo ainda mais alto do que já estivera? O rei sofria de gota. Ficava mais frágil a cada dia. Seu filho não tinha a natureza de um governante. Mas um rei fraco ainda era um rei. Os *comuneros* tinham tentado agir contra o pai de Filipe e fracassaram. Essa lembrança não era tão antiga.

— Podemos desistir — disse ele.

Víctor examinou Santángel como se tentasse ver através de uma janela embaçada.

— Quase não consigo acreditar no que estou ouvindo.

Santángel quase não conseguia também. Mas ele tinha que dizer isso, ao menos oferecer a possibilidade.

— É a escolha prudente. Desistir, deixar Luzia afiar suas habilidades em privado, ver se o rei está saudável e forte o suficiente para rechaçar Pérez e seus detratores.

— Muito sensato. Mas é isso mesmo que você quer?

Ele não sabia mais. Centenas de anos de servidão, do jugo ao redor do pescoço mantendo-o amarrado ao nome De Paredes. Ele suportara crueldade, capricho e tédio incessante. Poderia condenar Luzia a isso? Seria escolha dela, assim como fora dele, mas Víctor acharia um modo de forçar sua decisão, e a sorte de Santángel o ajudaria a fazer isso.

Talvez Víctor tivesse razão e ele temesse a liberdade. Ele seria mortal de novo e ainda era o mesmo tolo que tinha fugido da morte tempos antes. Teria apenas uma vida para desperdiçar, para preencher com seus próprios erros. O primeiro seria deixar Luzia.

Como se lesse seus pensamentos, Víctor disse:

— Você a esquecerá com o tempo. O mundo é vasto e cheio de mulheres. O *torneo* vai continuar e Luzia vai vencer. O poder dela será meu, e você vai viver sua vida e encontrar sua morte e esquecer todos nós.

E Luzia seguiria em frente, para sempre.

Capítulo 37

La Casilla parecia vazia, o silêncio pairando no ar como poeira. A maioria dos convidados de Pérez tinha ido embora. Não havia caçadas nem grandes banquetes, nenhuma explosão de conversa alta enchendo os corredores nem risadas no jardim.

Marius e Valentina tinham passado o resto da tarde discutindo possibilidades para o terceiro desafio. Quando Luzia cansou de suas especulações, pediu permissão para retornar a seus aposentos.

— É seguro? — perguntou Valentina.

— Vocês vão me proteger se o *alguacil* voltar?

— Ela pode ir aonde quiser — disse Marius com um aceno. — Se ela não estiver a salvo, nenhum de nós estará.

Luzia esperava que Santángel pudesse ir encontrá-la, se ela deixasse os Ordoño, mas não recebeu visitantes e Concha deveria ter voltado à Casa de Paredes ou mesmo fugido dos pesadelos que tinha presenciado.

Ela deitou-se na cama e obrigou-se a pensar em seus *refranes* e em como poderiam ser úteis, e não na cama, ou no modo como tinha rangido na noite anterior, ou nos sons que Santángel tinha tirado dela, ou no desejo que se contorcia dentro dela e parecia ter transformado o seu corpo em enguias tentando escapar de uma panela.

Freite en la aceite, y no demandes de la gente. As palavras que ela usava para esquentar brasas ou acender fogo sempre a tinham agradado. Frite em óleo antes de implorar.

Na época, os pequenos sussurros a tinham ajudado com manchas e frutas que ainda não tinham amadurecido. *Non mi mires la color, mirami la savor.* Julgue-me pelo meu sabor, não minha cor.

Ou as palavras que ela usara para abrir armários quando eles perdiam as chaves – doce palavras abrem portões de ferro. *Boca dulce abre puertas de hierro.*

A canção familiar para aliviar o peso de lenha ou baldes de água – *el mal viene a quintales, se va a miticales.* Os problemas vêm em galões, mas vão em gotas.

Todos pareciam tão míseros. Onde estava a magia que lhe daria asas? Que a transportaria ao topo de uma montanha? Que a transformaria num leão? Onde estava a magia que a ajudaria a controlar aquele desejo profundo?

Por fim, ela não conseguia mais ficar parada. Pegou sua capa e desceu ao jardim. O ar estava fresco e a varanda vazia. Ela não sabia bem se deveria explorar, mas podia ao menos caminhar entre as rosas. Elas já tinham sido aparadas para o outono, e as flores que ela criara na noite anterior tinham sumido, levadas com os destroços do palco e do estrado. Havia sulcos na grama, marcas de queimado onde tochas tinham caído e o palco pegado fogo. O que acontecera ali, realmente?

— Luzia.

Ela quase pulou ao som do seu nome. A governanta de Hualit estava parada perto da beirada do jardim de rosas, embrulhada num xale, as tranças enroladas contra o pescoço.

— Ana?

— Venha comigo, por favor, señorita.

Luzia sabia que Hualit confiava em Ana, mas evocou as palavras que usara para fazer as rosas crescerem na noite anterior. Dois competidores já tinham sido eliminados. Se ela precisasse de espinhos, eles estariam a postos.

Ela seguiu Ana além das cercas vivas, até onde a tia esperava num banco de pedra, embrulhada em veludo preto, um laço azul amarrado no pescoço, safiras brilhantes pendendo das orelhas.

— Finalmente — disse Hualit, erguendo-se e abrindo os braços para um abraço. — Ana e eu passamos a tarde toda esperando você sair de casa.

Luzia deixou-se ser segurada brevemente, lavada pelo aroma doce de bálsamo de abelha.

— Onde você estava? — perguntou ela quando se acomodaram no banco. — Por que não voltou a La Casilla?

— Eu voltei à cidade.

— Eu quase morri e você desapareceu.

— Porque Víctor me pediu. — Como se isso fosse resposta o suficiente. — Ele precisava cuidar da esposa.

— Se ele não a expulsou, por que você está se escondendo nos jardins?

— Você aprende rápido demais, Luzia. Damas não agem assim.

Luzia esperou.

Por fim, Hualit suspirou.

— Ele teme que eu seja questionada.

— Sobre o quê?

— Sobre você. Sobre Pérez. Sobre os negócios dele aqui.

— Você garantiu que sabia jogar esse jogo.

— Bem, saboreie esse momento, porque eu estava errada. Víctor acha que ainda podemos tornar isso um sucesso, que Pérez pode reconquistar o rei, mas está sendo cuidadoso. Se estiver errado, uma associação próxima demais com Pérez pode ser perigosa para todos nós.

— Não para Víctor de Paredes.

Hualit a analisou.

— Quão bem você entende o poder do familiar dele?

— Eu poderia fazer a mesma pergunta.

— Muito pouco — admitiu ela. — Os criados falam, mesmo se Víctor não falar. Você está fodendo com ele?

Luzia se ergueu e andou até as macieiras para que a tia não a visse corar.

— Isso importa?

— Só se você permitir. Só se começar a imaginar que pode salvá-lo.

— E se eu puder?

— Pense no seu próprio futuro, Luzia.

— Estou pensando — disse Luzia, a raiva erguendo-se, aquela chama sempre pronta para alastrar-se. — Isso é tudo que venho fazendo. Estou tentando aprender a nadar enquanto o resto de vocês acena para mim da praia.

— Você pulou na água...

Luzia ergueu uma mão.

— Eu escolhi continuar realizando meus *milagritos*, do mesmo jeito que escolhi demonstrar meu poder ao seu protetor quando você me encurralou na sua casa. Então digamos que eu pulei porque você empurrou. Você sabia o que eu pretendia fazer naquele dia? Eu tinha um cesto de comida e achei que a Inquisição estava atrás de mim. Eu ia fugir.

— Talvez devesse ter fugido.

— Não lamento ter ficado. Ou ter exigido algo mais dessa vida do que esfregar o chão e me prostrar para Valentina Ordoño. Não lamento nada disso. — Ela deveria parar por aí, mas precisava saber. — Você teve mil chances de facilitar minha vida, de me oferecer um pouco de esperança, um pouco de conforto, mas nunca fez isso. Por que não? O que teria lhe custado?

— Eu tinha meus próprios segredos para guardar.

— Achou que eu iria dedurar você? — Ela realmente acreditava que Luzia a teria denunciado como judaizante ou fornicadora?

— Não intencionalmente. Você era jovem. Seu poder... Você não tinha controle, e eu não fazia ideia de como ensiná-la.

— Então me deixou dormir no chão de uma despensa?

— E estava certa ao fazer isso — disparou Hualit. — Você se revelou de fato. Caiu na armadilha desajeitada de Valentina Ordoño no momento em que foi armada. Eu não podia assumir esse risco.

Luzia pensou no dia em que a tia lera as palavras de uma carta para ela pela primeira vez, quando sentiu a linguagem se retorcer e assumir uma forma nova, ouvindo a melodia que essas palavras criavam. Ela pensou na íris florescendo com sua boca amarela faminta. Se tivesse fracassado naquele dia, se não tivesse o dom para os milagres, se as palavras não tivessem significado nada em seus lábios, será que Hualit a teria abrigado?

Talvez. Mas e daí? Ela ainda teria sido uma criada. Poderia ter tido uma cama onde dormir, mas teria sido tão dependente da tia quanto fora sob os Ordoño.

— Você escolheu a si mesma — disse Luzia. — Eu não posso culpá-la. — Entretanto, culpava. Era um sentimento mesquinho, mas ela tinha ficado tão sozinha. A mãe morta, o pai louco. Ela fora uma criança. De certas formas, ainda era. Uma mulher que mal tivera uma chance de viver.

Hualit estendeu a mão, chamando Luzia de volta ao banco, ávida para fazer as pazes.

— Sente-se, por favor. Me escute. Não foi tudo em vão. Eu não sou a megera egoísta que você acha que sou. E não vim aqui para brigar.

Luzia obrigou-se a cruzar o chão macio e sentar ao lado da tia.

Hualit agarrou suas mãos.

— A vida com a qual sonhei, o futuro que estive construindo, não é só para mim. Víctor sugeriu que eu vá a Veneza e aguarde até o rei e Pérez terminarem sua dança.

Uma dança que terminaria com a confiança do rei restaurada ou Pérez numa cela.

— Veneza?

— Eu irei. Exatamente como ele instruiu. Mas minha jornada não vai terminar lá. Vou achar outro navio para me levar a Tessalônica. E você vai comigo.

— Você quer que eu viaje com você? Don Víctor não vai me soltar tão facilmente.

— Ele não precisa saber. Eu tenho o dinheiro para tirar você de Madri. Nós nos encontraremos em Valência. Mas temos que ir amanhã à noite.

Amanhã. Antes do terceiro desafio.

— Eu posso vencer — disse ela. — Sei que posso.

— Luzia... o que acha que vai acontecer se vencer? Você é esperta e determinada, mas não é charmosa como Fortún Donadei. Não tem o apelo dele. Ele é feito para maquinações na corte. Você...

Luzia puxou as mãos.

— Eu sou feita para o quê? Ir com você até a Turquia e trabalhar como criada em outra cozinha?

— Você podia ser...

— Sua criada pessoal? Eu poderia lavar seus vestidos e cuidar das suas joias e esperar que você me encontrasse um marido?

— Isso seria tão ruim?

— E o rabino vai receber de braços abertos uma mulher que pode realizar milagres?

Os olhos de Hualit se desviaram.

— Existem curandeiros. Mulheres sábias. *Prekaduras*.

Tessalônica. Onde os ventos uivavam do mar e criavam uma música nova através dos becos, onde a Inquisição não podia alcançá-la. No passado, teria parecido uma linda história que ela não veria a hora de contar, mas agora ela não tinha certeza. Mulheres rezavam nos balcões nas sinagogas de Tessalônica, separadas dos homens. Elas não estudavam a Torá. Não faziam milagres. Ela estaria sozinha numa cidade cuja língua não falava e cujos costumes não conhecia, com apenas Hualit para protegê-la – e Luzia não confiava na tia para fazer isso, não se ameaçasse suas próprias perspectivas. Ela sempre escolheria a si mesma primeiro. Luzia podia tentar culpá-la por isso, mas era hora de viver pela mesma regra.

Ela não queria ser serviçal da tia. Não queria uma vida de silêncio e submissão. Queria sua audiência com o rei. Queria comer até se saciar.

E, sim, ela podia admitir: não estava pronta para deixar Santángel, que não podia segui-la para além das fronteiras de Madri sem ter Víctor de Paredes ao seu lado.

— Eu vou levar isso até o fim — disse ela. — Vou vencer. E você aprenderá a falar turco e a respeitar o sabá. Sentirei sua falta, Hualit. Mas não irei mais ser conduzida por você.

Hualit balançou a cabeça, o rosto tomado pelo que poderia ser maravilhamento ou preocupação, ou só descrença.

— Você ainda é a criança que pensava que a cidade chorava por ela. Sua ambição irá destruí-la, Luzia.

— Talvez — admitiu Luzia. — Mas que seja a minha ambição e não o meu medo a selar meu destino.

Hualit segurou o rosto de Luzia e suspirou.

— Mesmo se vencer, você não pode lutar contra Víctor de Paredes.

— Posso se tiver a proteção de um rei.

— Víctor sempre vence. Sempre.

Por causa de Santángel. Mas, se Luzia caísse nas graças do rei, se ela se tornasse indispensável a ele, teria a influência para forçar Don Víctor a libertar Santángel. A sorte dele seria sua outra vez. Ele seria livre. Livre para ir embora. Livre para ficar com ela, se o desejasse. Víctor de Paredes estava acostumado a ter tudo que queria, o que significava que esquecera o que era estar desesperado.

— Pense a respeito, querida — disse Hualit. — Ainda há tempo para decidir. Você só precisa ir aos estábulos e pedir um cavalo. Eu deixei dinheiro com o cavalariço. Ele a ajudará. Só considere. Eu já a decepcionei demais. Deixe-me consertar isso.

— Só eu posso fazer isso agora.

Hualit suspirou de novo e se levantou.

— Eu não tenho magia. Não sou uma beata ou *bruja*, nem uma mulher boa. Mas esta noite eu vou rezar para que você se junte a mim. E se não vier, se escolher esse caminho perigoso, então eu rezarei por você em Tessalônica. Rezarei por você em hebraico, tão alto que o rei e seus padres terão que cobrir os ouvidos até em Madri. Rezarei para que nosso sofrimento seja engolido pelo mar.

O sol estava começando a se pôr, os jardins ficando azuis no crepúsculo. Luzia abraçou a tia e despediu-se de Ana, depois voltou para as luzes de La Casilla.

Ela se perguntou se teria que passar a noite ansiando por Santángel, mas ele a esperava em seus aposentos.

— Olá — disse ela. — Eu estava andando nos jardins.

— Eu sei — disse ele. — Eu estava esperando você.

Então a porta se fechou e ela foi pressionada contra ela, a boca dele na sua, o corpo dele como uma nuvem escura pressionando-a. Ela vivera tempo demais sem chuva.

Luzia tinha mil perguntas sobre o *torneo*, o rei, Tessalônica. Em vez disso, ela disse:

— Pode ser feito contra uma porta?

Uma espécie de rosnado escapou da garganta dele.

— Pode.

— Por favor, demonstre — disse ela. Então sua saia estava nas mãos dele e ela parou de falar.

Capítulo 38

Era perigoso para ele ficar, mas já tinha sido perigoso ir até o quarto dela, e não havia mais como se esconder disso.

A cópula deles fora breve e urgente, seus corpos espremidos contra a porta, a cabeça dela enterrada no pescoço dele, a pressão dos dentes dela mordendo a pele do ombro dele, abafando seus gritos. Ele ficara grato pelos séculos que lhe ensinaram controle.

Ele deveria ter ido embora logo depois, mas não queria. Melhor dizer que não podia. Tinha passado tanto tempo sonhando com a liberdade que esquecera outros desejos. O prazer de pele quente, conversas, o cintilar da conexão – hesitante no começo, então brilhante e firme, outro navio vislumbrado em um mar escuro e infinito.

— O que significa ser um familiar? — perguntou ela quando estavam deitados sobre as cobertas, o joelho dela enganchado sobre a coxa dele, a cabeça no seu peito.

— Servir.

— Dar a sua sorte a Víctor e sua força a mim?

— São a mesma coisa. Se você vencer, vai beneficiar Víctor.

— Então por que só uma delas o deixa forte em troca?

— Porque Víctor em si não tem magia. Nenhum De Paredes já teve. Ele não tem nada para me dar de volta.

— Mas eu sim.

Gentilmente, ele endireitou um dos cachos grossos dela, sentindo-o deslizar e se enrolar entre os dedos enquanto redescobria sua forma, uma coisa viva.

— Em abundância.

— Você já ficou bêbado?

Ele riu.

— É claro. Você não?

— Acho que não — disse ela. — Um pouco atordoada. Parecia com isso.

— Quando eu era jovem...

— Muitos, *muitos* anos atrás.

Dessa vez foi ele que a mordeu.

— Quando eu era jovem — começou de novo —, fazia tudo em excesso. Havia noites em que bebia e ria e cantava, mas chegava um momento em que uma espécie de infelicidade me tomava. Em que eu olhava ao redor, para meus amigos se divertindo, e só me sentia sozinho, e até com raiva por poderem ser tão felizes e despreocupados enquanto eu me afogava entre eles.

— E em outras noites?

— Em outras noites parecia tão bom estar desconectado da minha mente que eu só queria ficar bêbado, e bebia mais e mais para tentar preservar esse sentimento, manter-me no alto.

Ela se remexeu contra ele e seu pau se agitou contra a perna dela.

— Águeda me disse uma vez que a cura para a bebedeira era beber até vomitar, até odiar o gosto.

— E se você nunca cansasse? — perguntou ele enquanto ela deslizava para cima dele. — E se esvaziasse sua garrafa e só desejasse outra igual a ela?

— Existe tal vinho?

— Sim, mas é muito raro — disse ele. — Ponha seu joelho aqui.

— Quer que eu monte em você? — perguntou ela, cética.

— Assim mesmo — disse ele, sentindo a pressão da pele úmida dela, as espirais dos seus cachos, perguntando-se onde tinha ido parar o seu controle de séculos.

— Um vinho raro — disse ela, com um suspiro, enquanto o guiava para dentro de si.

— Só alguns homens podem prová-lo. — Ele deslizou a mão pelos músculos fortes da coxa dela, ajudando-a a encontrar seu equilíbrio e depois seu ritmo.

— Só os muito sortudos — disse ela. Suas palavras se transformaram em gemidos e ele foi levado pelos ventos de novo.

Santángel foi embora antes do amanhecer para não ser descoberto. Quando plantou beijos suaves nas suas bochechas, lábios, pálpebras, ela sorriu.

— Vejo que está feliz com minha partida — disse ele.

— Estou tentando imaginar uma hora em que não terá que ir.

Ele não prometeu "um dia", mas a beijou de novo e foi embora. Luzia adormeceu outra vez, então acordou tarde. Não tinha nada a fazer naquele dia exceto se preocupar com o desafio final e a oferta de Hualit.

No espelho, suas faces estavam coradas, sua pele úmida. Ele não a deixara com machucados ou mordidinhas. Não era tolo. Mas ela podia vê-lo em todo o seu corpo. Seu cabelo estava todo emaranhado e ela sabia que a escova não ajudaria em nada, então passou os dedos por ele, vez após vez, primeiro com água, depois com óleo, e por fim com o pente de prata.

— Eu posso ajudar — disse Valentina quando chegou, e trabalhou em silêncio por um tempo, arranjando as tranças de Luzia como uma coroa.

Luzia percebeu que Valentina deveria estar sem uma criada desde que Concha tinha sumido. Será que Marius a ajudara a se vestir e despir nas últimas noites? Ela não conseguia imaginar a cena, e na verdade não queria, não com outra noite feliz fresca na memória.

Ela sabia que era insensato deixar essa felicidade moldar suas preocupações quanto ao futuro. Seu foco tinha que ser o *torneo* e tudo que poderia ou não se seguir a ele. Santángel podia falar de uma eternidade trançando o cabelo dela, mas o que isso significava quando ele estava condenado a servir o nome De Paredes e ela ainda poderia se tornar serviçal do rei?

Se ela encontrasse um jeito de forçar Don Víctor a quebrar a maldição, Santángel estaria livre para partir e ela nunca lhe negaria a vida pela qual ansiava. Ela sabia o que era estar presa em um lugar como uma mariposa. Ousaria ir com ele? Poderia viajar pelo mundo, visitar Hualit em Tessalônica. Eles poderiam dormir sob seu próprio teto em alguma cidade estrangeira. Ele iria querer isso? Ela iria?

— Vamos caminhar nos jardins — disse Valentina. — Não sei quantos dias de tempo bom ainda temos.

Luzia ficou surpresa com o convite, mas não tinha outro modo de passar aquelas horas. No dia seguinte, eles veriam além da curva na estrada. Saberiam o que havia à frente: um mundo de palácios e poder, ou um destino mais incerto. Se o rei não selecionasse Luzia como sua campeã, ela se perguntava quais escolhas poderiam restar a ela.

Luzia e Valentina desceram até a varanda. Ela sentiu que Valentina queria falar alguma coisa, mas a mulher não disse nada, apenas remexeu com a renda nos punhos das mangas.

O Príncipe das Oliveiras estava caminhando nos jardins, seguido por Doña Beatriz, vestida em seda berinjela com detalhes verdes e dourados, as cores de campos de oliveiras à tarde. Seu cabelo tinha toques grisalhos e as sobrancelhas tinham sido fortemente desenhadas. Eles podiam ter sido mãe e filho.

O suspiro de Valentina foi melancólico.

— Ela está com um vestido diferente toda vez que a vejo.

Quando Fortún avistou Luzia, ergueu a mão em cumprimento. Ele fez uma mesura para sua mecenas e beijou sua mão, e Doña Beatriz se iluminou, os olhos brilhantes, viva sob sua atenção. Luzia sabia que havia uma lição ali sobre o perigo de deixar outra pessoa fazer você feliz, mas não estava com vontade de aprender nada.

— Foi isso o que aconteceu? — perguntou Valentina.

Luzia levou um momento para entender o que ela estava perguntando. Seguiu o olhar de Valentina até o rascunho apoiado num cavalete à sombra da macieira e se aproximou para olhar melhor.

Signor Rossi tinha abandonado seus retratos sérios dos competidores do *torneo* em prol de uma interpretação dramática dos horrores da noite anterior, o estudo composto de nuvens borradas e linhas cortantes de carvão. Gracia se encolhia lindamente, as mãos apertadas em prece, enquanto Luzia e Fortún Donadei pareciam flutuar juntos, lado a lado, avançando em um vento divino do lado direito da cena, olhando para baixo até o que poderia ser uma grande nuvem de tempestade, mas que, quando se apertavam os olhos, assumia a forma de algo mais sinistro.

— Isso é menos assustador que o que enfrentamos — disse Fortún enquanto se aproximava.

Doña Beatriz foi abordada por Valentina. Seria uma estratégia? Valentina teria convidado Luzia a caminhar nos jardins para incentivar um encontro com o Príncipe das Azeitonas?

— Quando os problemas começaram, não lembro de estar lado a lado com você — disse Luzia, cansada e ansiosa demais para ser diplomática. — Eu salvei Gracia. E eu mesma. E toda essa casa amaldiçoada.

— Eu estava garantindo a segurança de Doña Beatriz — protestou Fortún.

— E a sua?

— Não vou pedir desculpas por isso.

— Não pedi que o fizesse. Mas isso... — Ela apontou para a pintura. — Isso é ficção. — Luzia tinha sido desenhada em seu vestido de convento, luz brilhando ao redor da cabeça trançada como um halo, feixes caindo para longe dela. Rossi não a tornara bela, não exatamente, mas ela era toda luz e sombra, seus olhos determinados, a boca apertada em uma linha severa. Era assim que ela sonhava consigo mesma quando estava criando música com os *refranes*, uma mulher elevando-se da terra, suas vestes esvoaçando ao seu redor.

Fortún estava ainda mais belo no rascunho, erguendo a cruz dourada com joias para rechaçar o mal que descia sobre eles, as joias rascunhadas parecendo olhos.

Havia um borrão na multidão, e Luzia percebeu que era onde Teoda Halcón fora apagada pelo dedão de Rossi.

— Acho que ele capturou bem a cena — disse Fortún —, e não precisa ser ficção. É assim que deveria ser. Você e eu, lutando juntos, dois campesinos de sangue comum recebidos na corte do rei e celebrados.

— Você está vendo algo que não está aí. Gracia quase morreu e alguém é responsável.

— A Criança Celestial.

— Você acredita mesmo nisso? — Ela observou seu rosto com cuidado. Poderia ser útil para Fortún Donadei culpar Teoda pelo que tinha acontecido. Ou talvez Luzia fosse tola por querer absolver Teoda por um crime que ela tinha praticamente confessado.

— Não — admitiu ele.

Um pouco de honestidade, enfim.

— Então o que acredita que aconteceu? Quem é o culpado?

— Isso não cabe a mim dizer.

— Então cabe a quem? — Luzia olhou por cima do ombro, mas não havia ninguém para ouvir. — Você me diz que devemos ser soldados juntos, serviçais santos do rei, mas não vai dizer o nome de alguém que deseja ver nós dois mortos?

— Não nós dois. — Ela sabia o que ele diria em seguida, mas o nome ainda soou com um baque oco. — Santángel.

Luzia deu as costas para ele e começou a andar na direção de Valentina. Fortún correu até parar na sua frente, bloqueando seu caminho.

— Pense, Luzia... señorita Cotado, pense no que há para ser ganhado e perdido.

— Aquela sombra... eu quase fui morta.

— Mas não foi. Aqueles demônios assustaram Gracia a ponto de ela sair da competição. Agora, Teoda se foi também. Santángel assassinou o guarda de Gracia. Se pudesse ter me dispensado com a mesma rapidez, duvida que o teria feito?

— Você está fazendo acusações perigosas.

— Mas você não as nega. Porque sabe o que ele é. Amaldiçoado.

Com isso, Luzia hesitou. Como Fortún sabia da maldição? Ou estava tentando enganá-la para que revelasse os segredos de Santángel?

— Que maldição?

— Decerto já estamos além de mentiras. Ele usou magia para obter a imortalidade e perdeu a alma no processo. Minha patroa me contou.

— Ela tem prova disso?

— A prova é a vida longa dele. Os seus olhos de demônio.

Luzia se obrigou a rir.

— Então, não há prova.

— Não achava que você fosse uma criança. Não se pode confiar numa criatura como aquela.

— Mas em você sim?

— Todas as maldições requerem sacrifício. Para serem criadas e quebradas. Você já se perguntou que papel pode ter nisso? Você não é a primeira *milagrera* que ele e o patrão dele abordaram.

Ele é o seu rival, ela se lembrou. É um estrategista.

— Fale claramente. Você sabe de algo real ou está inventando fofocas para me assustar?

— Ele tinha espiões rondando pelas cidades e pelo campo, procurando videntes e *milagreros*. Por que acha que corri tão depressa para Doña Beatriz?

— A Doña Beatriz que você abomina?

— Sim — disse ele sem hesitar. — Eu a seduzi porque ouvi boatos sobre Víctor de Paredes e a criatura dele. Pessoas que ganham a atenção deles não compartilham da sorte de Don Víctor.

Quando Águeda tinha murmurado seus alertas na cozinha da Casa Ordoño, Luzia os tinha ignorado como boato, superstição. *Pessoas que cruzam o caminho daquele homem acabam mal.*

Ela sabia que precisava tomar cuidado agora. Qualquer coisa que dissesse contra Don Víctor poderia ser usada por Donadei.

— Só estou ouvindo especulações.

— A *alumbrada* Isabel de la Cruz foi abordada por Santángel. Onde ela foi parar? Nas celas da Inquisição. Piedrola encontrou o mesmo destino. Santángel estava entre aqueles que visitaram Lucrecia de León quando Don Alonzo de Mendoza começou a registrar os sonhos dela, e você sabe como isso acabou.

Luzia se obrigou a se concentrar nas fileiras ordenadas de cercas vivas, nos galhos da macieira desprovidos de frutos. *Eu poderia fazê-los crescer*, pensou ela. *Poderia encher um pomar inteiro.*

— Ainda assim, você não apresenta provas.

— Que provas posso fornecer exceto rumores transmitidos de um *milagrero* a outro? Catalina Muñoz foi sábia o suficiente para evitar Don Víctor e Santángel. A filha de Maslama al-Majriti desapareceu completamente da história. — Ele deu um olhar para Doña Beatriz, que ainda conversava com Valentina. — Disseram-me que há um capítulo secreto de Juan Diánoco em que ele escreve não apenas dos *milagros* feitos por um fazendeiro chamado Isidro, mas do diabo que apareceu para tentá-lo diante do seu arado. Um demônio com cabelo branco e olhos prateados.

— Entendo — disse Luzia. O que mais poderia dizer? Em que ela deveria acreditar? O céu parecia próximo demais, pesado demais, uma mão opressora.

— Só estou sugerindo que há perguntas que seria sábio você fazer.

— Ou está tentando enfraquecer minha determinação e fraturar minha relação com um aliado poderoso.

— Deus quer isso para nós dois, Luzia. Eu sinto isso.

— Também tem visões agora?

— Não preciso de uma visão para ver o que poderíamos construir juntos.

— Vou pensar no que você disse. — A voz dela estava firme, apesar das batidas frenéticas do seu coração.

Ele abaixou a voz.

— Talvez eu devesse sentir vergonha por ter seduzido Doña Beatriz, mas não sinto. Apesar de toda a sua fortuna e poder, o amor a tornou minha e a colocou sob meu comando. Acho que você me compreende.

Luzia não conseguiu impedir o sangue de subir às suas bochechas. Será que ela e Santángel tinham sido indiscretos assim?

— Eu o entendo muito bem — disse ela, ríspida. — Você sabe que pode vencer. — Ela não deveria dizer isso. Santángel lhe diria que era má estratégia falar tão francamente. — Você é popular com os amigos de Pérez e seu dom é tão grande quanto o meu.

— Juntos, poderíamos ser ainda maiores. — Ele tentou pegar a mão dela e Luzia se encolheu.

— Não — sussurrou furiosamente. — Sua patroa verá. A minha também.

Ele recuou, envergonhado.

— Eu não... Eu não entendo os costumes deste lugar. Nunca entendi. Só sei que não quero suportar o peso das expectativas do rei sozinho. O que aconteceu com Teoda pode acontecer com qualquer um de nós.

— Ela é uma herege — disse Luzia, porque precisava dizer.

— Procurando longe o bastante, cavando fundo o suficiente, a Inquisição pode encontrar uma desculpa. Eu não quero viver com medo.

Luzia considerou o rascunho no cavalete. Era tão fácil assim reescrever um momento? Mudar uma história que ela achava que conhecia?

Uma criança apagada com uma passada de um dedão. Uma criada de cozinha transformada em uma guerreira santa. Dois rivais transformados em aliados.

— Eu não quero fazer isso sozinho, Luzia. Não acho que consigo.

— Mas estamos sozinhos — disse ela, dando as costas para ele. — Sempre.

Um aviso ao Príncipe das Azeitonas. Um lembrete para si mesma.

Capítulo 39

Luzia ficou no seu quarto pelo resto do dia, observando a luz mudar, desejando algo para ler, esperando que Santángel fosse até ela, temendo as respostas que poderia exigir se ele viesse. *Sacrifício*. Ela aprendera a formar palavras na cabeça, a ouvir o sentido dos seus *refranes* e a encontrar um novo uso para eles. Mas o que podia fazer com a palavra *sacrifício*? Ela não confiava em Fortún Donadei, mas isso não significava que devesse ignorar seus avisos.

Ela pensou nas Plêiades, a constelação que significava tanto para Antonio Pérez. Sua mãe contava velhas histórias sobre as estrelas, sobre dois anjos que ficaram tão apaixonados por mulheres mortais que revelaram seus segredos a elas; sobre Órion, o Caçador, perseguindo as filhas de Atlas pelo céu, e sobre o escorpião que o perseguira por sua vez. *Plêiades*, ela dissera a Luzia. *Khima*.

Como uma constelação pode ter dois nomes?, Luzia perguntara.

Tem muito mais do que isso, respondera a mãe. *Nada é apenas uma coisa.*

O pai de Luzia também amava as histórias, mas nunca aprendera a ler e não se interessava por livros ou astronomia. *Por que nomear as estrelas?*, perguntara com uma risada, erguendo Luzia nos ombros. *Só deixe que brilhem.*

Desde o momento em que Santángel lhe contara a história do príncipe e da maldição e da traição de Tello, ela soube que ele estava lhe dando uma espécie de aviso. Talvez ela não entendesse os detalhes de como os destinos deles estavam entrelaçados, ou do que ela poderia ter que abdicar em tal pacto, mas reconhecera o perigo. No entanto, não conseguia fazer os cálculos baterem. Ela não era um ser imortal cujos dons podiam ser transmitidos de uma geração a outra. E, se Santángel valorizava a liberdade mais que tudo, como poderia barganhá-la e quebrar a maldição?

Não era tarde demais para voltar a Madri, encontrar a casa de Hualit e fugir. Ela se imaginou andando pelos jardins até o estábulo, pedindo um cavalo que mal sabia cavalgar. Era arriscado viajar sozinha nas estradas, mas ela não teria que ir longe. Podia até pedir a um cavalariço que fosse com ela, oferecendo-lhe algumas contas do seu rosário. Luzia não sabia bem como a tia planejava levá-la a Valência sem que Víctor descobrisse, mas Hualit sempre fora engenhosa. Ela encontraria um jeito. Luzia veria o oceano, embarcaria num navio, escaparia da Espanha, do tribunal, do rei. Teria segurança.

— Eu preferiria ter poder — sussurrou a ninguém.

Quando Valentina chegou para ajudá-la a se despir, ela perguntou:

— Você me levou aos jardins para falar com Fortún Donadei?

As mãos de Valentina pausaram nos laços, então retomaram seu trabalho.

— Levei.

— Por sugestão de Don Víctor?

— Doña Beatriz me abordou. Ela sugeriu que uma aliança poderia servir aos interesses dela e aos nossos.

Será que Doña Beatriz acreditava tão pouco na habilidade do seu campeão? E Valentina acreditaria tão pouco na de Luzia?

— Você acha que vou perder.

— Não acho — disse Valentina, com certa surpresa. — É algo que você não parece fazer.

Luzia não conseguiu conter uma risada.

— Ainda há tempo.

Elas foram para a penteadeira para Valentina poder soltar seu cabelo, e Luzia se maravilhou com a estranheza de ter sua patroa agora lhe servindo, e como elas tinham caído nessa nova rotina com facilidade.

Valentina começou a retirar os alfinetes.

— Eu pensei... pensei que você talvez gostasse de falar com ele.

A ideia de que Valentina pudesse estar tentando juntá-los romanticamente nunca lhe ocorrera.

— Não acho que Doña Beatriz aprovaria.

— O relacionamento deles não pode durar. Não é bom para nenhum dos dois, e ela se tornará motivo de chacota.

— Assim como eu, com Santángel?

Valentina soltou um murmúrio desaprovador.

— Precisamos falar dele?

— Por que não deveríamos?

— Ele não é natural.

— Talvez não. Talvez eu também não seja.

Luzia inspirou bruscamente quando Valentina puxou seu cabelo com força.

— Não diga tais coisas. Nem de brincadeira. Uma mácula em você é uma mácula em todos nós.

Luzia encontrou seus olhos no espelho.

— Solte-me. Agora.

Valentina balbuciou:

— Se você tiver filhos dele, todos terão rabos.

— Ao menos eu terei filhos.

Luzia se arrependeu das palavras assim que as disse. O aperto de Valentina se afrouxou, os olhos subitamente perdidos, uma mulher procurando na multidão uma filha que nunca encontraria. Luzia se virou na cadeira e segurou suas mãos.

— Eu não deveria ter dito isso. Foi... Eu não deveria ter dito isso.

Valentina pareceu oscilar de leve, uma folha num galho esperando que um vento forte a carregasse para longe.

Ela não olhou para Luzia ao falar.

— Você... você me impediu de ter filhos? Por que eu era cruel com você?

— A señora era cruel, sim. Mas eu não tenho esse tipo de poder.

Valentina assentiu devagar. Luzia não sabia dizer se estava concordando ou decidindo se acreditava que Luzia não a tornara infértil.

— Então pode me ajudar, não pode? — perguntou.

Havia quanto tempo Valentina segurava essa pergunta contra a língua, tentando reunir a coragem para libertá-la?

— Sinto muito — disse Luzia, com sinceridade. — Eu nem saberia por onde começar.

Valentina assentiu de novo, os lábios apertados como se considerasse o gosto de sua decepção. Luzia pensou que ela iria embora, mas ela só recuou um pouco, movida por uma maré invisível, até seu quadril bater na cama. Encostou-se ali.

— Às vezes sinto que passei a vida toda desejando — disse ela.

— Eu também.

Valentina se surpreendeu, chocada com a ideia de que Luzia sonhava.

— O que você queria?

— Dinheiro — disse Luzia, e ficou aliviada quando Valentina riu. — Às vezes eram desejos pequenos. Um dia sem nenhum chão para esfregar ou cortina para bater ou galinha para depenar. Um marido para me amar.

— Isso não é uma coisa pequena.

— Não — admitiu Luzia. — Mas eu não conseguia parar por aí. Ansiava por beleza e poder e salões cheios de pessoas, conversas animadas, jornadas até terras misteriosas. Eu queria ser olhada e admirada.

— Vaidade.

— Vaidade e preguiça e gula. Cada um dos pecados. Eu desejava o tempo todo. Ainda desejo.

— Eu achava que desejava luxo e abundância. Usar roupas elegantes, conhecer pessoas elegantes. Mas agora só quero ir para casa, comer o *cocido* de Águeda, e parar de ter tanto medo. Uma parte de mim odeia você por nos trazer até aqui.

Luzia ergueu uma sobrancelha.

— Sem dúvida odeia mais a si mesma.

— Talvez. A ambição é uma coisa terrível. Quando me casei com Marius, meus pais ficaram tão satisfeitos. Ou mais satisfeitos do que eu já tinha visto. Mas acho que uma parte dele sempre vai se ressentir de mim, do casamento, do meu nome menor.

— É um bom nome. Romero. Tem um bom significado.

— Um nome de peregrinação? — bufou Valentina. — Não há nada nele.

— Mas é um nome para o alecrim também — disse Luzia, a palavra *ruda* formando uma harmonia não cantada na sua mente. Alecrim, arruda, hissopo, um pouco de açúcar. — Para a proteção.

Valentina só pareceu cética, mas gesticulou para Luzia se virar a fim de terminar de desfazer sua coroa. Dessa vez, suas mãos foram gentis enquanto destrançavam e alisavam o cabelo dela.

Quando terminou, ela disse:

— Don Marius, Don Víctor, Pérez, talvez até o rei... eles são todos iguais, na verdade. Giram em suas órbitas e a nós resta nos perguntar sobre seus movimentos. Você deve ter cuidado com... com Santángel.

Parecia que todos queriam alertá-la hoje.

— Por que ele fez um pacto com o diabo?

Valentina se encolheu. Balançou a cabeça.

— Porque ele é um homem, Luzia.

Naquela noite, Luzia manteve a lâmpada ao lado da cama ardendo por um longo tempo, desejando que Santángel fosse até ela, lembrando dos nomes que Donadei tinha listado ao defender seu argumento. Ela não reconhecia todos eles. Sabia dos milagres de Isidro, das previsões de Piedrola, da mística Isabel de la Cruz, de Lucrecia e seus sonhos. *Todas as maldições requerem sacrifício.*

Don Víctor realmente tentara se tornar o mecenas de Donadei? Que papel Santángel tivera em tudo isso? Que papel ele estava interpretando agora?

Havia um humor estranho no palácio que parecia se infiltrar pelas paredes, uma sensação de abandono, como se os móveis tivessem sido empacotados, as pinturas removidas, as janelas tampadas com tábuas. Sua mente caminhou até os estábulos. Ela se viu cavalgando um cavalo branco em uma estrada sob o luar. Era uma tola por ficar, apostar em seus próprios dons e num príncipe amaldiçoado?

Como poderia separar o amor do desejo? Era como plantar sálvia ao lado de dedaleira, tentando separar as folhas quando as plantas ainda eram novas. Ambas eram uma espécie de remédio, se a pessoa soubesse qual era qual. Santángel era perigoso, mas era perigoso para ela? Ele se deitara com ela naquela cama. Sussurrara o seu nome. Um assassino que falava com escorpiões, que aparecia em lugares onde não deveria. Ele era um horizonte que ela não conhecia. Por que seduzir uma garota de parca beleza e conhecimento se não para controlá-la? Por que se associar com uma campesina se não havia algo a ganhar com isso?

Tinha que haver um caminho através daquilo, uma chance de sobrevivência, se nada mais. E se ela tivesse sido idiota o bastante para querer mais, para ansiar por amor em vez de tecer planos, então era melhor pôr essas esperanças de lado. O rato não sonhava com o oceano, não se queria sobreviver ao gato.

Luzia quase pulou da cama quando ouviu uma batida na porta.

Don Víctor estava parado no corredor escuro, a capa negra esvanecendo nas sombras de modo que seu rosto comprido parecia flutuar na escuridão.

Ela se encolheu, escondendo o corpo atrás da porta, consciente do tecido fino da camisola e do que o traje implicava.

— Eu esperava Doña Valentina — mentiu ela.

Ele a estudou com seus olhos frios.

— Santángel está cumprindo uma tarefa para mim. Pensei que seria melhor você concentrar seus pensamentos na tarefa adiante.

Então ele sabia, como Donadei. Santángel teria contado a seu patrão? Teria sido o seu patrão que ordenara a sedução, para começo de conversa? A ideia se prendeu como um gancho sob as costelas dela. Ela deveria ter caído em desespero, mas só ficou com raiva.

— Esteja preparada para sair amanhã cedo — disse ele.

— A localização do terceiro desafio foi revelada?

Ele ignorou a pergunta.

— A posição de Pérez perante o rei é ainda mais precária do que eu pensava. Mas tudo isso não será em vão. Amanhã você será extraordinária, tão extraordinária que o rei não se importará com quem encontrou seu tesouro, só que você é um veio de minério tão rico que deve ser minerado. Pérez não será uma preocupação para nós.

— O senhor se esqueceu de Fortún Donadei? O dom dele é tão grande quanto o meu, talvez maior.

— O poder de Deus é tudo que importa aqui.

Mas ele não queria dizer Deus. Ele falava de Santángel e da sorte que sempre lhe serviu.

— Eu farei tudo que puder.

— Você entende que há uma espada sobre sua cabeça? Ela pende sobre o pescoço da sua tia também.

Luzia teve dificuldade em esconder sua surpresa. Don Víctor sempre soubera que ela e Hualit eram parentes?

— Eu posso privá-la da sua respeitabilidade — continuou ele. — Posso tirar tudo que ela ganhou com sua boceta ardilosa. É isso que meu dinheiro e minha influência significam.

Ele estava tentando assustá-la, mas ela não seria levada a revelar que sabia da viagem da tia a Veneza. Logo Hualit embarcaria em um navio para Tessalônica e estaria além do alcance de Víctor de Paredes.

Ela manteve a cabeça abaixada.

— Eu entendo, señor.

O silêncio pareceu se alongar entre eles no corredor escuro.

— Santángel sente afeição por você — disse ele por fim. — Ele sempre gostou de criaturas fracas e quebradas.

— Acho que o senhor vai descobrir que sou muito firme. A maioria dos criados tem que ser, para sobreviver.

— Firme como uma panela. Talvez haja certa novidade em foder alguém tão abaixo de você, mas não é uma perversão que já tenha apelado a mim.

— Você deve odiá-lo. — As palavras escaparam, e a sensação foi tão boa que Luzia permitiu-se continuar. — Ele roubou de você qualquer chance de saber que tipo de homem poderia ser sem ele.

Ele a estapeou, tão forte que ela soltou a porta e tropeçou. Sua mão foi à bochecha.

— Firme, de fato — disse ele. — Confio que pode usar seus talentos para curar qualquer machucado ou marca. Maravilhosamente conveniente.

Eu poderia matá-lo, pensou ela. *Poderia empalá-lo em espinhos de rosas.*

Em vez disso ela fez uma mesura, não mais preocupada com sua camisola de linho ou que ele soubesse que ela estivera antecipando uma visita de Santángel.

— Sim, señor — disse ela suavemente, humildemente, e quando ergueu os olhos viu a inquietude em seu rosto. Ele achou que ela se enfureceria? Que se encolheria? Desmoronaria após um único tapa? Uma criada tinha muitos jeitos de aprender a sobreviver. Luzia tinha anos de experiência em esperar, contando os insultos lançados contra ela. Ainda não sabia o quanto tinha sido injustiçada, mas podia esperar até ter aliados poderosos o suficiente para protegê-la, pelo momento certo para deixar Víctor de Paredes saber que tipo de inimiga ele fizera.

— Mantenha a cabeça no lugar amanhã — disse ele. — Eu espero milagres.

Luzia sorriu. Ela sabia que havia sangue em seus dentes.

— Então eu rezo para que Deus atenda às nossas preces.

Capítulo 40

Valentina chegou cedo para ajudá-la a entrar no vestido de veludo preto. Luzia tinha passado o colarinho pessoalmente na noite anterior, depois ficara na cama, acordada, olhando para o escuro. A cada hora que passava, sentia a fuga que Hualit lhe oferecera se afastando mais, até que por fim chegou a aurora e a chance sumiu de fato.

— Eu quase não consegui dormir — disse Valentina enquanto terminava de dispor as conchas no cabelo de Luzia. — E pensar que vou conhecer o rei.

Apesar de tudo que dissera sobre a comida de Águeda, um rei ainda era motivo para empolgação. Valentina tinha escolhido o vestido de seda verde para o dia, as mangas adornadas com prata, e estava surpreendentemente bela, as faces rosadas, os olhos brilhantes.

— A señora está bonita — disse Luzia, e se perguntou se enfrentaria outro tapa pela impertinência.

Mas Valentina se iluminou, corando ainda mais.

As carruagens esperavam quando elas desceram os degraus do palácio, mas parte do grupo escolheu ir a cavalo. Luzia viu Fortún Donadei já montado, vestido de verde e dourado, com um chapéu plumado de veludo sobre os cachos. Doña Beatriz estava sentada em uma égua esguia cor de canela. Ela estendeu a mão e ajeitou a corrente da cruz dourada de Donadei. Era um gesto carinhoso, mas Luzia se perguntou se não parecia a mão do cavaleiro nas rédeas, um puxão para lembrar sua montaria de que ela estabeleceria o ritmo. Mas, se o amor dela era real e o dele não era, quem segurava as rédeas?

E onde estava Santángel?

Marius esperava junto à carruagem dos De Paredes para ajudá-las a entrar.

— Don Víctor não virá conosco? — perguntou Valentina, com óbvia preocupação.

— Aparentemente não — disse Marius.

Eles também viam agora a distância que Don Víctor estava criando para se proteger. Ele sentava-se num grande cavalo cinzento, a túnica ornamentada com cordões dourados trançados e joias em toda cor do brasão de Filipe. Não era sutil, mas talvez o rei não se importasse com sutilezas.

Luzia olhou uma última vez para as pessoas reunidas e acomodou-se na carruagem com relutância. Don Víctor poderia desejar mantê-la separada de Santángel, mas ela não achava que impediria seu familiar de comparecer ao terceiro desafio.

— Sabemos aonde estamos indo? — perguntou ela quando as rodas da carruagem avançaram com um tranco.

— Só o cocheiro principal sabe — disse Marius.

Luzia observou os jardins e os portões de La Casilla passarem por eles, até que estavam avançando a um ritmo mais veloz pelo campo, os cascos dos cavalos trovejando nas estradas de terra. Seguiam para o oeste, afastando-se da cidade, através de colinas e pastos secos. Luzia disse a si mesma que deveria ficar grata por ver mais do mundo além do seu cantinho em Madri e dos limites de La Casilla. Nunca pensara que a grandiosidade de um palácio poderia parecer pequena um dia.

Queria poder abrir as janelas. Em vez disso, viu sua respiração embaçar o vidro e se obrigou a repassar cada um dos seus *refranes*.

Cedo demais, eles viraram numa estrada mais estreita e os cavalos tiveram que reduzir o ritmo. Bosques se erguiam dos dois lados, árvores finas de casca branca, suas folhas começando a mudar de cor, o verde cedendo a exclamações súbitas de amarelo e laranja.

Marius deu um tapinha na janela.

— Esse é Las Mulas. É um velho bosque de caça.

— Eles a farão caçar? — perguntou Valentina. — Ou... ou enfrentar feras?

Luzia queria dizer que isso era absurdo, mas não fazia ideia do que poderia aguardá-la ou de qual forma os caprichos de um rei poderiam tomar. O que ele exigisse, ela encontraria um modo de fornecer. Precisava fazê-lo. O que quer que Santángel sentisse ou Don Víctor pudesse tramar, ao menos isso não tinha mudado.

— Vejam! — exclamou Valentina.

Uma extensão brilhante de água ficara à vista, refletindo o azul sem nuvens do céu de outono. Era tão plana e calma que Luzia sentia que poderia estender a mão e descascá-la da terra. Uma espécie de abrigo de barcos ficava em uma ponta, e um rebanho de ovelhas pastava na campina além. Havia os resquícios de um velho píer nas margens, suas tábuas apodrecidas caindo sobre os juncos altos.

— Talvez o rei pretenda criar uma batalha naval — sugeriu Valentina.

Luzia duvidava disso. Eles não tiveram muita sorte com elas.

Quando saíram da carruagem, ela viu que um grande estrado fora erigido. A madeira era fortemente polida, o toldo que a cobria de seda vermelha e amarela, as cadeiras sobre ele acolchoadas com veludo. Parecia mais firme que metade das casas em Madri, e duas vezes mais imponente.

Bancos longos tinham sido dispostos a uma curta distância, e grupos de convidados extravagantemente vestidos se reuniam perto da margem. Ela tinha visto alguns deles em La Casilla, incluindo Quiteria Escárcega em outra de suas estranhas jaquetas acolchoadas – embora o jovem que geralmente a seguia por toda parte não estivesse à vista. Havia rostos novos também. Ela se perguntou se seriam amigos do rei ou de Antonio Pérez.

O próprio Pérez estava em pé, cercado por criados e cortesãos. Ele encontrou os olhos dela e deu um aceno mínimo, com um sorrisinho nos lábios. Parecia confiante e confortável, mas ela suspeitava de que teria a mesma expressão em uma sala cheia de crocodilos.

— Luzia. — Santángel emergiu do bosque, puxando o mesmo cavalo preto que cavalgara na noite do espetáculo de marionetes arruinado. Seu cabelo claro estava bagunçado, e o cavalo se agitava e bufava, batendo os cascos no chão.

Ela olhou para Marius e Valentina, mas eles já estavam conversando com os outros convidados, sem prestar atenção neles.

Ele apoiou a mão no flanco do cavalo para acalmá-lo.

— Quando percebi que sua carruagem tinha saído, eu saí na frente.

— Onde estava?

— Dormindo para purgar uma dose de veneno. É o jeito de Víctor de garantir que eu não me envolva nos negócios privados dele.

Luzia não sabia se deveria acreditar nele.

— Ele me negaria a sua força no desafio final?

— Ele me negaria uma chance de ver você e confia que minha influência garantirá a vitória. Luzia...

— Ele veio me ver ontem à noite.

Santángel ficou completamente imóvel. Ele usava veludo preto, como ela, mas até ele fizera uma concessão à importância do terceiro desafio: uma corda prateada trançada cruzava seu peito, presa ao ombro por um broche pesado, a torre dos De Paredes feita de prata.

— Com que propósito?

— Me lembrar de que não posso falhar.

— Luzia...

Mas Don Víctor vinha na direção deles, ignorando os cumprimentos de Marius e Valentina.

— Chega de conversa de amantes — disse ele. — A criada é requisitada na margem do lago.

Santángel deu um aceno curto.

— Eu a escoltarei.

— Você vai ficar comigo. Ela pode ir sozinha.

— Então você deveria ter usado uma dose maior.

— Está tudo... — começou Valentina. — Está tudo como deveria?

— Posso me apresentar? — A dramaturga tinha se afastado da aglomeração de convidados, seu chapéu de penachos listrados em um ângulo estiloso. Ela parecia um personagem de uma de suas próprias peças.

Don Víctor deu um aceno distraído.

— A criada não requer cerimônia, señorita.

— Faz tanto tempo que anseio por conhecer a freirinha. — As palavras eram para Luzia, mas o olhar dela estava sobre Valentina.

— É uma honra — disse Luzia com uma mesura, a cabeça cheia demais das ameaças de Don Víctor, os alertas de Donadei, os medos de Valentina. — Sua obra é muito comentada em nossa pequena casa.

— Você já viu uma de minhas peças?

— Nunca fui ao teatro.

— Que escândalo! — declarou Quiteria. — E você, Doña Valentina?

— Minha esposa e eu assistimos ao Corral del Príncipe — disse Marius.

Quiteria o observou como se fosse um peixe que suspeitava estar podre.

— É mesmo? Que tradicional. Se tiverem vontade de um entretenimento de verdade, devem vir a uma das minhas reuniões.

Ela sorriu para Valentina, assentiu com a cabeça, e se foi.

— Que mulher incomum — disse Valentina. Seus olhos brilhavam como na manhã em que eles receberam o convite para La Casilla.

— Insolente — disse Marius. — Indecente, na verdade. Dizem que ela tem outra conquista à vista. Alguma alma nova para corromper. Camila Pimentel teve que ser enviada a Sevilha e casada com um comerciante de lã para evitar a desgraça.

— Se ela é tão terrível, por que o tribunal não a levou a julgamento? — perguntou Valentina.

— Vai saber. O pai dela é bom amigo do frei Diego. Talvez ele tenha um conjunto de relíquias que prometeu ao rei.

Luzia não se importava com a fofoca de Marius nem com a dramaturga. Ela precisava pensar em como o lago poderia ser usado no desafio. Precisava falar com Santángel.

O trovão de cascos se aproximando soou através do bosque e a multidão se virou, remexendo-se e arranjando-se, competindo pelo melhor lugar, preparando-se para a chegada do rei.

Soldados emergiram na clareira, seguidos por criados de libré carregando estandartes com o brasão real. Era grandioso, mas não tanto quanto Luzia esperava, e um momento depois ela entendeu por quê. Ela tinha ouvido dizer que o rei se tornara frágil e doentio, mas o homem que saiu da carruagem era robusto e se movia como um touro determinado pisoteando um campo.

— Um padre? — perguntou ela. Eles tinham enviado mais homens santos para testar a ela e ao Príncipe das Azeitonas?

— Mateo Vázquez de Leca — disse Don Víctor, contrariado. — O secretário do rei. O homem que substituiu Antonio Pérez.

Luzia arriscou um olhar para Pérez. Não havia mudança em sua expressão, mas uma nova tensão pairava na plateia que o cercava.

— Mas... — protestou Valentina, olhando para a estrada que corria pelos bosques, a esperança ainda viva. — Então o rei...

— O rei não virá — disse Don Víctor. A calma dele a confundia. Era um homem que não gostava de ser frustrado, mas soava como se tivesse apenas perdido um jogo de cartas. — Nosso rei mandou o rival de Pérez em seu lugar. O homem que baniu a princesa de Éboli e que gostaria de ver Don Antonio banido também, ou enforcado como traidor.

Uma agitação percorreu os convidados reunidos quando Vázquez de Leca subiu no palco. Com uma bufada suave, ele caiu na enorme cadeira colocada para o rei, flanqueado por cortesãos e conselheiros. Encostou-se de um lado e gesticulou para Pérez como se fosse o anfitrião e Pérez, pouco mais que um criado que demorava para trazer o vinho.

— O desafio vai continuar? — perguntou Luzia.

— Nada mudou para você — disparou Don Víctor. — Vença Donadei. Faça isso em grande estilo. Você vai competir e vai se apresentar tão espetacularmente que Vázquez não terá escolha exceto levá-la diante do rei, tão brilhantemente que ele não verá a hora de apresentar uma criada feiosa e exigir que ela se torne a campeã santa desse país. É nesse nível que deve ser boa. Sua vida, a vida da sua tia e o futuro do seu amante pendem todos na balança. Então faça o seu melhor ou serei forçado a fazer o meu pior.

Valentina arquejou e até Marius pareceu surpreso.

— Terminou de ser assustador? — perguntou Santángel.

— Não sei — rosnou Don Víctor. — Você está suficientemente assustada, freirinha?

Luzia assentiu.

— Então vá. — Ele se virou para Santángel. — Se ela fracassar, afogue-a no lago.

Don Víctor tinha abandonado toda aparência de civilidade, o que preocupava Luzia – não porque a verdade de seu caráter fosse uma surpresa, mas porque algo tinha mudado. Era o insulto do rei? O final do *torneo*? Ou alguma ameaça nova que ela não via chegando?

Santángel a afastou dos outros.

— Conte-me o que ele disse para você ontem à noite.

Ela resistiu ao impulso de se aconchegar na capa preta dele. Não podia se dar ao luxo de ser fraca agora.

— Ele me alertou para ficar longe de você. Não foi o primeiro.

— O Príncipe das Azeitonas renovou sua campanha contra mim?

— Sim. Assim como Valentina. Ela diz que nossos filhos terão rabos.

— Eu não posso gerar filhos.

— Não pode?

— Luzia, não seja tola. Se eu pudesse lhe dar um filho, nunca teria passado uma noite na sua cama.

Ela não sabia o que dizer. Deveria ficar feliz? Grata?

— Por que me olha como se eu a tivesse insultado? — perguntou ele. — Eu não colocaria sua reputação em risco.

Luzia tinha se distraído. Ela não sabia quanto tempo tinha antes de o desafio começar, e não queria pensar mais sobre filhos ou futuros perdidos que não estavam destinados a ser reais.

— Don Víctor queria Donadei como seu campeão? — perguntou ela.

Santángel a encarou com uma expressão ilegível.

— Víctor pensava em construir uma *ménagerie*, uma coleção de pessoas como nós. O *torneo* só deu urgência a suas intenções.

— Quantas delas acabaram nas celas da Inquisição?

— Mais do que deveriam.

— Por sua causa?

Com isso, ele parou e virou-se para ela.

— O que foi que você acha que eu fiz?

— Não sei exatamente. Só sei que não quero que aconteça comigo.

— Algumas eram fraudes. Algumas tinham poder real, mas nenhum bom senso. Suas próprias falas hereges atraíram a atenção da Inquisição. Víctor entendeu seu potencial para a grandeza bem antes de mim. Ele acreditava que você podia vencer o *torneo* e oferecer um caminho para ele obter um título.

Luzia viu Donadei e Doña Beatriz esperando junto às ruínas do velho píer, mas não estava pronta para pensar em alianças.

— Você nunca terminou a história — disse ela. — Me conte agora. Me conte o verdadeiro final do príncipe amaldiçoado.

Santángel a observou com seus olhos estranhos.

— Para ele ser livre, um novo pacto deve ser firmado.

— Foi por isso que você me lisonjeou e me fodeu? Para que eu o amasse? Para que eu tomasse seu lugar no serviço de Víctor?

A risada dele foi baixa e amarga.

— Eu nunca pretendi nada disso. Não queria desejar você.

— Você me negociaria com ele.

— Esse seria o preço.

— Então me diga que nunca cogitou. — Era uma súplica, e patética, na verdade. *Minta para mim, deixe-me acreditar em você mais um pouco.*

Mas Santángel lhe prometera a verdade e não a evitaria agora.

— Eu cogitei. Todo dia e toda noite.

Nenhuma angústia. Nenhum asco por seu egoísmo. No entanto, mesmo sofrendo, Luzia sentia certa satisfação também. Nunca houvera vergonha entre eles. Nunca haveria.

— Eu deveria ter contado tudo isso a você — disse ele. — Deveria ter falado mais cedo. Não entendi a armadilha que o destino tinha montado até ser tarde demais.

— Víctor o fez de tolo, Santángel. Ele nunca aceitaria essa troca. Eu não sou imortal. Não posso servir aos filhos dele, ou aos filhos dos filhos dele.

— O que é a morte para uma mulher que pode curar qualquer ferida? — perguntou ele com gentileza. — Uma mulher que pode curar qualquer doença, até o tempo?

Luzia sentiu o ar deixar os pulmões, uma porta se fechando. A manhã estava fresca; o sol, forte. Ela se viu, uma mulher de preto ao lado de um bosque outonal, emoldurada com seu amante pelo espelho do lago. O palco, os convidados de veludo e penas, Vázquez taciturno sob um toldo de seda.

Na noite anterior, Víctor a estivera provocando. Dissera que o dom dela podia curar qualquer machucado ou marca. *Maravilhosamente conveniente.*

Agora ela reconhecia a pena no rosto de Santángel. Ela a vira no pátio, no dia em que fizera as videiras crescerem, quando sentira a influência dele pela primeira vez, quando começara a entender o que seu poder poderia se tornar. O que significaria viver para sempre? Como ela poderia saber, se mal tinha vivido até o momento?

— Eu não vou aceitar — disse ela por fim. — Não aceitarei o pacto dele. Nem por você, nem por ninguém.

— Eu não lhe pediria que aceitasse. Mas Víctor tem um dom para escolhas impossíveis. Ele vai tramar e manobrar até ser seu único protetor, até ter sua vida nas mãos.

Era por isso que tinha mandado Hualit embora? Para bloquear toda rota de fuga?

— Eu ainda posso recusar.

— Não vai. Somos parecidos demais. Apesar de todas as infelicidades desse mundo, você não quer deixá-lo. Para sobreviver, vai fazer o pacto que eu fiz. Vai abdicar do que menos valoriza.

Mas o que seria isso? A magia que lhe viera sem nenhum esforço, sem nada do sofrimento do latim ou da aritmética? A liberdade que ela nunca conhecera?

— E você? — perguntou ela. — Você tem que abdicar do que mais valoriza para quebrar a maldição. Como isso vai funcionar se é a liberdade que valoriza mais que tudo?

— Era, Luzia. Por muito tempo. Mas maldições são cruéis.

Ela sentiu como se tivesse se jogado de um penhasco. Por um momento, teve a ilusão de voar. As palavras dele eram asas e ela foi carregada por seu significado, pelo êxtase de ser desejada em retorno. *Ela* era o que ele valorizava. *Ela* era o que ele mais valorizava.

Mas não havia asas. Não havia voo. Ela só estava caindo. Ele tinha planejado dá-la a Víctor de Paredes em troca de sua liberdade, assim como Tello o traíra no passado. Será que ela não podia ter sequer a promessa do amor? Por que isso podia pertencer às mulheres nas baladas, às poetas e dramaturgas, mas nunca a ela?

— E se eu o matasse? — murmurou Luzia. — E se acabasse com toda essa discussão de maldições e pactos cravando uma faca no coração de Víctor?

— Mesmo se tivesse a disposição para esse trabalho sangrento, não adiantaria. Eu já vi incontáveis pessoas tentarem derrubar De Paredes. Elas nunca tiveram sucesso. Teria sido mais útil se me ferissem. Mas, se não conseguem ver um alvo, não podem mirar direito.

— Então eu deveria matar você?

— Seria um fim para as coisas. Se você conseguisse. Luzia... há outro jeito.

— Conte-me.

— Perca. Fracasse, fracasse espetacularmente, vergonhosamente. Desgrace-se de modo tão completo que Víctor não queira ter nada a ver com você.

— Essa é a sua resposta? Quer que eu seja humilhada?

— Quero que seja livre.

Trombetas soaram da margem do lago, e Luzia viu o Príncipe das Azeitonas beijar a mão de Doña Beatriz. O cortesão de barba ruiva de Pérez acenava freneticamente para que ela tomasse seu lugar junto à água.

Na plataforma erguida, Vázquez se ergueu com relutância para dirigir-se a eles.

— Vá — disse Santángel. — Vença ou perca. Faça o que precisar.

— Você ainda não sabe o que eu posso fazer — disse Luzia, seguindo na direção da margem.

Capítulo 41

O discurso de Vázquez não teve nada da pompa da apresentação de Pérez na primeira noite em La Casilla, nem das ameaças sombrias do frei Diego no segundo desafio. Ele olhou para a plateia como se não soubesse bem o que todos estavam fazendo ali.

— Maravilhas foram prometidas ao rei — disse ele, com um suspiro pesado. — Então, vejamos como vocês podem melhor servir ao seu governante e ao império dele.

Seria essa toda a orientação que receberiam? A raiva dela se inflamou outra vez. Sua conversa com Santángel não tinha acabado; ela não tinha dado vazão à sua fúria contra ele e Víctor e a injustiça de tudo aquilo.

Perca, dissera ele. *Perca espetacularmente*. Ela fora transformada em La Hermanita, a *milagrera*, em seu vestido preto austero. Podia ser refeita, transformada na criada desastrada mais uma vez, desgraçar-se de tal modo que Víctor de Paredes daria as costas para ela. Podia economizar suas moedas, vender sua seda e veludo e o rosário na sua cintura, e encontrar o caminho até Hualit em Tessalônica.

Ou talvez Víctor ficasse tão furioso que a fizesse ser assassinada no meio da noite. Ele era um homem cruel e mesquinho, e deixara claro que ela pagaria pelo fracasso. Podia denunciá-la à Inquisição, mandar um dos caçadores de hereges do rei atrás de Hualit. Por que ela não tinha ido aos estábulos na noite anterior? E por que todo caminho à sua frente levava à servidão?

Talvez Santángel a amasse mais do que a promessa de liberdade. Talvez não pretendesse trocá-la. Mas a verdade sombria era que o amor ou a falta dele não fazia diferença alguma. Uma criada lavava as roupas e atiçava o fogo e esfregava o chão e carregava a água pelas escadas. O que ela sentia quando estava fazendo isso não importava a ninguém. Havia apenas a tarefa à frente dela, e o único caminho adiante era o mesmo de sempre: vencer.

Mas como? Vázquez não queria ser impressionado, o que significava que ela precisava do tipo de espetáculo que o acordaria do seu desprezo. Ela podia fazer a água ferver como uma gigante panela de cozinha, mas isso poderia evocar forte demais o inferno. Ela podia fazer os lírios desabrocharem para encher o lago, ou derrubar as árvores na margem.

— Eu não entendo — sussurrou Donadei quando ela assumiu seu lugar ao lado dele. — Onde está o rei? Por que ele nos insultaria assim? Fizemos tudo que nos pediram.

Sua voz estava desesperada. Ele observava sua chance de se libertar de Doña Beatriz escapar pelos dedos. *O que era pior*, perguntou-se Luzia, *ser amado tão ferozmente que só um rei poderia libertá-lo ou saber que o homem que mais a queria contemplara condená-la pela eternidade?*

— Donadei — perguntou ela —, sua oferta de aliança ainda é válida?

Ele se endireitou.

— Está falando sério?

— Estou cogitando.

Ele tomou a mão dela.

— Fique ao meu lado. Ambos sabemos como é ser usado. Juntos, podemos ser maiores do que qualquer nome ou título de nobreza.

Mais poderosos que Víctor de Paredes ou Doña Beatriz. Protegidos e valorizados pelo rei. Talvez não significasse nada. Talvez fosse o suficiente para derrotar todas as maquinações e artifícios de Don Víctor.

— Por favor, Luzia — implorou ele. — Certamente há espaço suficiente nesse futuro glorioso para nós dois.

— Então vamos mostrar algo belo a eles — disse Luzia. — Algo tão milagroso que nem o rei nem Vázquez possam nos negar.

— Diga-me como.

— Ele é um padre — disse Luzia. — Então lhe construiremos uma cruz como nenhuma outra. Uma cruz que o fará crer.

O sorriso de Donadei era triunfante.

— Juntos?

— Juntos — concordou ela. — Vamos fazer nossa mesura.

Ela curvou-se a Vázquez, mas não fez o mesmo para Pérez. O jogo tinha mudado e ela jogaria com as regras dispostas à sua frente.

— Por Deus e a glória do nosso rei! — declarou ela, surpresa pela força em sua voz quando ressoou pela plateia, como se sua raiva tivesse construído fundamentos para sustentá-la.

Luzia virou-se para a água e murmurou suavemente, encontrando o velho feitiço de cura com facilidade. As tábuas do píer estavam apodrecendo, então primeiro precisavam ser consertadas, renovadas tão facilmente quanto uma taça poderia ser refeita ou uma língua rasgada curada. Em seguida, ela deixou a canção mudar. Formou novas palavras na mente, o *refrán* que usava para encher seu cesto com mais ovos e cebolas na volta do mercado: aonde quer que vá, amigos encontrará.

Como se fosse tão fácil assim. Ela deixou a voz se erguer, uma súplica pela tia a caminho de um novo futuro, uma prece para si mesma. Ela precisava de amigos agora, e, se as tábuas do píer fossem aliados firmes, ela lhes daria as boas-vindas.

Começou a bater palmas, e, para seu alívio, a plateia a acompanhou. Encontrou o olhar de Donadei quando pisou no píer, encorajando-o a segui-la, e ele avançou, *vihuela* na mão, até o lago. Dedilhou uma nota, tocando a *vihuela* como se fosse um violão. Peixes saltaram da água no ritmo da música, arqueando-se ao lado dele.

Luzia continuou multiplicando as tábuas, criando um caminho que se desdobrava como um tapete, uma tábua após a outra, até que ela e Donadei estivessem no centro do lago.

Mas como formar a cruz? As palavras saltaram em sua cabeça como se fossem peixes também. *El Dio es tadrozomas no es olvidadoza*. Deus age devagar, mas Ele não esquece.

Ela viu a forma das palavras na mente. Eram um templo, um crescente sobre um domo, uma mão erguida contra o mau-olhado, uma cruz. As tábuas se espalharam e aumentaram ao redor dela, enchendo o lago e se empilhando em um ritmo que combinava com as palmas dela.

— Aumente-a! — exclamou Donadei, os dedos dedilhando a *vihuela* enquanto pássaros negros trinavam e esvoaçavam sobre eles. — Faça-a tão grande que eles a vejam em Madri!

A cruz se ergueu, assomando sobre eles, pingando água das tábuas úmidas enquanto peixes pulavam em sua base e pássaros cantavam ao seu redor em um círculo como uma coroa.

A plateia na margem do lago irrompeu em aplausos. Vázquez estava de pé, inclinando-se para a frente no estrado.

— Nós os conquistamos! — exclamou Luzia.

— Obrigado — disse Donadei. — Eu sabia que você saberia como conquistá-los. — Então ele se virou à plateia na margem. — O rei deseja símbolos? Ou deseja navios?

Ele tocou a *vihuela*, fazendo a nota retinir, e, enquanto ela pairava no ar, colocou uma mão sobre a cruz dourada e a ergueu. Os pássaros acima grasnaram em resposta, suas asas parecendo alongar-se, seus corpos mudando de pardais para aves marinhas com pernas longas e bicos afiados.

— O que está fazendo? — gritou Luzia acima do barulho dos pássaros.

— O que devo. — Os dedos dele se moveram sobre o pescoço da *vihuela*. A revoada se multiplicou, um exército de pássaros girando ao redor da cruz. Eles engancharam as garras nas tábuas, arrancando-as e criando uma nova forma. — Meu dom é para o mundo vivo, não para brincar com objetos e ninharias como você faz.

Os pássaros se moveram mais rápido, arremetendo e mergulhando em um frenesi giratório, e foi só quando começaram a se afastar, seus arcos se alargando, as asas impelidas pelas correntes de ar e puxando-os mais alto, que Luzia viu o que tinham feito.

A cruz enorme tinha sido transformada em um galeão. Velas de penas pretas esvoaçavam de seus mastros e enguias contorcidas formavam o canhão preto na amurada. A cruz sólida e imponente dela transformara-se em algo majestoso e aterrorizante. Algo *útil*.

O sorriso brilhante de Donadei tornou-se malicioso. Ele ficou parado ali, apertando a cruz dourada no peito como se o próprio Deus cantasse através das cordas de sua *vihuela*.

— Isso é uma competição, afinal.

— *Malparido* — rosnou Luzia. O desgraçado a tinha enganado. Tinha atiçado as dúvidas dela sobre Santángel, mas, pior, a fizera duvidar de seus próprios dons. Fingira estar tão assustado e vulnerável quanto ela. Fizera-a desperdiçar a sua vez.

Ela ficou parada, impotente, no cais de madeira que tinha criado, e sabia como devia parecer, suas tábuas míseras oscilando na sombra do magnífico navio de guerra de Donadei.

Ela tinha perdido, no fim das contas.

Santángel acharia que ela tinha feito de propósito? Saberia que Donadei a fizera de tola?

Valentina ficaria decepcionada.

Don Víctor ficaria furioso.

E Luzia estava furiosa também.

Mas havia algo no movimento daquelas enguias, nas penas, nos pássaros de longos membros que ela reconheceu.

— Foi você que deu vida às sombras. Você me atacou e a Gracia no espetáculo de marionetes.

Como? Ele não tocara música, nem cantara nenhuma canção. Ela teria ouvido. Então Luzia percebeu como era idiota. Ele tinha usado o mesmo truque que ela. A música era uma máscara, um veículo para as palavras na cabeça dele.

Ela não sabia que língua ele estava usando para realizar seus milagres, mas via agora que a magia dele não tinha substância real: pássaros que podiam cantar, mas nunca respirariam, criaturas de sombras que desapareciam quando as luzes eram apagadas. Ilusões. Era por isso que ele precisava dela. Ela lhe dera toda a substância de que ele precisava, a madeira com que construir todo um galeão.

Ela queria quebrá-lo como uma romã, mas não podia, não em plena vista da plateia.

— Sinto muito que não possamos mais ser amigos — disse ele, sorrindo enquanto os pássaros guinchavam e giravam no céu, as velas do seu navio de guerra esvoaçando em um vento invisível. — Você realmente se parece com as garotas da minha cidadezinha. Cozida pelo sol e sólida como um pão.

Luzia retribuiu o sorriso. Ela gesticulou para a grande cruz dourada com suas joias verdes reluzentes.

— Não pense mais em mim, Fortún.

Então, usando palavras que começaram em espanhol e foram transformadas sob um sol estrangeiro, palavras tornadas sólidas por tinta e carregadas sobre o mar até as mãos à espera da tia, ela disse:

— *Onde iras, amigos toparas.* — Aonde quer que vá, que possa encontrar amigos.

Essa era a magia que servia tábuas e feijões e ovos e cabeças de alho, mas fazia aranhas surgirem do cobre e vespas da prata. Porque a magia nunca era fácil; porque comida era comida, mas moedas não eram nada sem a ganância dos homens.

As joias nos quatro pontos da cruz de Donadei saltaram de suas molduras. Asas cintilantes abriram-se em suas costas enquanto seus corpos espessos de escaravelho alçaram voo, zumbindo ao redor da cabeça cacheada dele. Pernas brotaram dos rubis em seus ombros e formigas vermelhas gigantes se empinaram, subindo em direção ao seu pescoço.

Donadei deu um berro agudo, soltando a cruz que se dissolvia em suas mãos, uma pilha de aranhas douradas que dispararam sobre seus braços. Ele golpeou os insetos, batendo no peito e arranhando o cabelo, tentando afastá-los, perdendo a melodia em sua preciosa *vihuela*. Quaisquer que fossem as palavras que segurara na mente, tinham sido dissipadas pelo terror.

Os pássaros e enguias e peixes desapareceram ao redor deles. O navio começou a quebrar.

— Não! — gritou Donadei, tentando agarrar o pescoço da *vihuela*, procurando a canção e suas palavras secretas outra vez.

Luzia ouviu gritos da plateia.

Donadei virou-se para ela.

— Sua vadia idiota.

Luzia riu.

— Esperta o bastante para lembrar seu nome, Fortún. Você acha que Vázquez está pensando na armada de Filipe sendo perdida para a rainha da Inglaterra? Acha que ele vai agradecer-lhe pela demonstração de como um navio espanhol afunda?

Donadei rosnou e a empurrou. Luzia perdeu o equilíbrio. Seus braços giraram e ela quase mergulhou na água enlameada. Ele tentou atacá-la de novo e ela chamou as tábuas, esforçando-se para manter o *refrán* na cabeça enquanto seu pânico se erguia e a canção tentava se rachar.

Não, ela não ia perder a língua nem a vida para o medo naquele dia. Cantou para criar as tábuas, uma após a outra, um caminho que a levaria de volta à margem. Atrás dela, podia ouvir pedaços do navio de

Donadei mergulhando na água, seus mastros caindo, suas velas de penas se desmanchando.

Ela correu e, assim que os pés fizeram contato com a madeira do píer, soltou a magia para que Donadei não pudesse voltar, deixando-o no lago. Talvez os peixes dele pudessem carregá-lo até a margem.

Será que ela tinha vencido? Ou ele? Ou Vázquez amaldiçoaria a ambos por seus joguinhos mesquinhos? Ela não podia pensar nisso agora.

Mas a margem à sua frente era uma cena de confusão. A plateia tinha recuado da água e alguns pareciam estar correndo na direção do bosque, os soldados do rei atrás deles. Vázquez berrava algo do palco.

Ela tropeçou, tombando na água rasa.

Então Santángel estava à sua frente, puxando-a de pé.

— Você viu? — arquejou ela. — Viu o que ele fez?

— Não importa — disse ele, arrastando-a até a terra seca, onde seu cavalo esperava. — Antonio Pérez fugiu. Ele usou o desafio como uma distração. Os homens do rei estão prendendo todos que podem. Você consegue cavalgar?

Luzia tentou entender o que ele estava dizendo. Aonde Pérez tinha ido? O que os homens do rei queriam com eles?

— Não muito bem.

Ele a ajudou a montar, subiu atrás dela e um momento depois eles cavalgavam como ela sonhara que fariam, para longe de reis e homens ambiciosos e maldições.

Capítulo 42

— Aonde estamos indo? — perguntou Luzia quando eles mergulharam no bosque.
— Para Madri. Até a viúva. Ela parte para Valência esta noite. Posso subornar os homens de Víctor para que levem você também. — Ele não sabia se isso era verdade. Já tentara agir contra Víctor no passado e nunca funcionara. Mas talvez fosse melhor para a sorte do seu patrão se Luzia não fosse descoberta ou questionada. Nesse caso, Santángel estaria livre para ajudá-la, como deveria ter ajudado antes. — Eu levarei você a Valência de alguma forma. — Ele precisava acreditar que podia.

Ele se concentrou na tarefa adiante, tentando planejar, recordando suas conexões e espiões, quem exigiria subornos ou favores. Não queria pensar em como tinha se equivocado terrivelmente. Pensava que teria mais tempo para fazer suas escolhas, para desemaranhar essa bagunça. Será que teria contado a verdade a ela? Ou teria seguido assim, egoísta, desesperançado, descuidado por conta do desejo até que uma armadilha se fechasse ao redor deles?

Antonio Pérez transformara todos eles em atores em sua grande farsa, e Santángel estivera ocupado demais se apaixonando como um rapaz inexperiente para ver o perigo que se aproximava. Deveria ter entendido quando Pérez alegara que o rei exigia um terceiro desafio. Era Pérez que deveria ter insistido, implorando ao seu governante por uma última chance. Ele sabia que o rei não o receberia em El Escorial e que nunca pisaria em La Casilla – a casa que fora praticamente uma prisão para Pérez desde que caíra das graças da corte. A localização exata do terceiro desafio não era importante – contanto que ele finalmente estivesse livre para fugir.

Será que Pérez ainda esperava que o rei pudesse perdoá-lo, que recuperaria sua glória perdida? Essa esperança teria morrido quando o seu rival saíra da carruagem? Ou ele já sabia que a fuga era sua única opção?

— Mantenha a cabeça abaixada — instruiu ele, cutucando a montaria o mais rápido que ousava, esquivando-se de galhos e rezando para que o cavalo não pisasse em falso. Ela é frágil, ele se lembrou. Apesar dos seus dons, ela é mortal. Não tem mil vidas para desperdiçar.

Luzia e Donadei tinham fornecido a distração perfeita enquanto Pérez fugia escondido pelo bosque. Não só uma competição, mas uma batalha, um espetáculo para atrair a atenção de Vázquez e dos seus guardas. E poderiam muito bem culpar Luzia por isso.

Santángel precisava de um plano que beneficiasse Víctor, mesmo que Víctor o punisse. Não fosse sua maldição, ele poderia cavalgar direto até Valência com ela e colocar Luzia em segurança em um navio, mas o porto estava a vários dias de distância. Ele viraria cinzas quando amanhecesse, e então Luzia ficaria à deriva, sem aliados ou proteção. Ele precisava encontrar alguém em quem confiasse para abrigá-la e tirá-la do país.

— À frente! — gritou Luzia.

Dois soldados a cavalo emergiram do bosque para bloquear o caminho deles.

— Segure firme — ordenou ele, pronto para avançar, mas então ouviu Luzia sussurrando e as árvores saltaram em um emaranhado ao redor dos homens, formando uma barreira e isolando-os do resto do mundo.

Ele puxou as rédeas, instando a montaria para o oeste em direção a uma clareira, longe do sol matinal. Eles permaneceriam fora da vista da estrada e voltariam à cidade para se esconder até o anoitecer.

Ele sentiu os outros soldados seguindo-os antes de vê-los. O dom para a furtividade de Santángel, seu entendimento do modo como as ameaças se moviam pelo mundo, servia bem a Víctor. Ele entendeu imediatamente que, juntos, eles nunca sairiam daquele bosque, nunca chegariam a Madri. Mas ele podia criar uma distração.

— Você vai ter que ir sem mim — disse ele, girando o cavalo para ver os soldados com mais facilidade através das árvores. — Preciso que chegue à cidade. Vá à igreja de San Sebastián. Eu tenho amigos lá. Vou atrair os soldados até...

Ele não teve chance de terminar antes de as flechas voarem. Cobriu o corpo dela com o seu, sentindo as pontas de aço perfurarem suas costas como raios de fogo. O cavalo relinchou, nervoso, empinando quando foi atingido também. Se caísse, esmagaria os dois.

Santángel se obrigou a ignorar a dor nas costas e pulou do cavalo, levando Luzia consigo. Caiu no chão com ela embaixo de si, e esforçou-se para proteger o seu corpo de qualquer casco descontrolado, mas o cavalo já estava disparando por entre as árvores e para longe deles, selvagem de pânico.

Ele tinha dificuldade para respirar. Uma das flechas atingira seu pulmão direito e toda tentativa de inspirar o fazia estremecer de dor. Logo os pulmões começariam a se encher de sangue. Ele precisava tirar as flechas antes que seu corpo tentasse se curar ao redor delas.

— Luzia, bloqueie a clareira — disse ele entre dentes cerrados, cada palavra uma agonia.

Ele a ouviu sussurrar, ouviu homens gritando uns para os outros enquanto os bosques se fechavam. Sua própria visão estava ficando preta.

Balançou a cabeça. Precisava ficar acordado.

— Você não está ferida? — conseguiu perguntar.

— Estou bem — disse ela, embora o rosto transparecesse medo. — Me deixe curá-lo.

— Não temos tempo. Você precisa fugir. Abra caminho entre o bosque e feche-o atrás de você.

— Não vou deixar você.

— Eu não posso morrer, mas você sim. Vá a San Sebastián. Eu a encontrarei. Por favor, se valoriza sua vida como eu, vá. Confie que vou encontrá-la. Confie que vou sobreviver como eu confio em você para fazer o mesmo.

— Santángel...

— Eu nunca implorei por nada nessa vida, mas estou implorando a você agora, Luzia. Vá.

Ela deu um beijo nos lábios dele e correu.

Valentina não sabia o que estava acontecendo. Em um momento, ela estava assistindo ao Príncipe das Azeitonas construir um navio de guerra e se amaldiçoando por ter encorajado Luzia a cortejar a amizade dele. No seguinte, Vázquez estava gritando e os soldados do rei estavam se movendo para bloquear a estrada que saía do lago.

— Onde está aquele verme do Pérez? — esbravejou Vázquez, saindo furioso do palco.

Valentina não via Don Antonio na plateia, nem seu cortesão de barba ruiva, nem seus guardas de libré.

— O que é isso? — perguntou Marius. — Onde está ele?

— Ele fugiu — disparou Don Víctor —, e todos nós o ajudamos a fazer isso.

Valentina tinha mil perguntas que gostaria de fazer. Por que Pérez escolheria esse momento para fugir? Ele tinha planejado isso desde o começo? Quão longe esperava chegar se a autoridade do rei se estendia por Castela, Valência, Portugal? As forças dele estavam por todo lado.

— Aonde ele pode ir? Por que faria algo tão imprudente?

— Ele irá para Aragón — disse Don Víctor —, onde a autoridade de Filipe é mais fraca. Desgraça, onde está o meu familiar?

Ele estava falando de Santángel? E onde estava Luzia? O Príncipe das Azeitonas estava vadeando pela água enquanto Doña Beatriz esperava na margem, implorando aos soldados que ajudassem a puxá-lo do lago. A superfície estava cheia de tábuas quebradas; não havia resquício da cruz de Luzia ou do galeão de Donadei.

Tudo parecia bobo agora, enquanto as pessoas se empurravam e acotovelavam ao redor deles, algumas fugindo para o bosque, outras tentando falar com Vázquez ou discutindo com seus soldados, insistindo para ter permissão para ir embora.

— O que fazemos? — perguntou Valentina. — Seremos presos?

Mas Don Víctor já estava seguindo em direção à sua carruagem.

— Você não vai nos ajudar a voltar para Madri? — perguntou Marius.

— Encontrem seu próprio caminho — disse Don Víctor. — Nossa parceria chegou ao fim.

— Maldito. — Então os olhos de Marius pousaram na égua cor de canela de Doña Beatriz. — Venha.

— Não podemos...

— Venha.

— Seremos ladrões!

— Seremos livres. Olhe. — Ele inclinou a cabeça para onde Santángel estava desaparecendo no bosque, Luzia aconchegada entre seus braços. — Ele saberá o caminho para a segurança.

Ele arrastou Valentina até onde um dos homens de Doña Beatriz mantinham guarda sobre o seu cavalo.

— Doña Beatriz vai voltar para a cidade na carruagem de Víctor de Paredes — declarou Marius. — Nós levaremos o cavalo dela.

— Não tenho certeza se...

Marius agarrou as rédeas.

— Eu não preciso da sua certeza. — Antes que o cavalariço pudesse protestar, ele montou com um único movimento fluido e ofereceu a mão a Valentina. Apesar de ele falar tanto sobre cavalos, ela nunca cavalgara com o marido e nunca tinha lhe ocorrido que seria um cavaleiro habilidoso.

— Ajude-a — exigiu Marius, e o cavalariço ergueu Valentina até ele, depositando-a entre os braços dele como um saco de painço.

Ela mal teve um momento para recuperar o fôlego antes de dispararem entre as árvores.

— Somos os protetores de Luzia — disse Valentina enquanto tentava se ajeitar para aliviar as cutucadas do espartilho. — Se eles quiserem nos interrogar, farão isso.

— Então que nos encontrem em nossa casa e nos interroguem lá. Eu não vou ser levado para a prisão enquanto Víctor de Paredes fica sentado confortavelmente em seu palácio.

Ele chutou o cavalo até um trote, seguindo Luzia e Santángel, mas Valentina podia ouvir outros cascos, homens gritando à frente.

— Eles estão sendo perseguidos — ofegou ela, a voz tremendo. — Há soldados nos bosques.

Ela ouviu o relincho alto de um cavalo e o caminho diante deles pareceu desaparecer, espinheiros e galhos formando um muro.

Marius puxou as rédeas e a égua recuou, os pés dançando. Ele a apaziguou com facilidade, deslizou e apertou um dedo contra os lábios. Valentina assentiu.

Devagar, ele os levou ao redor da clareira, seguindo o muro de espinhos.

— Lá — sussurrou Valentina.

Eles tinham rodeado até o outro lado, e, através dos galhos, ela pôde ver Santángel apoiado no cotovelo, flechas projetando-se das costas. Luzia estava de joelhos, lágrimas no rosto, o vestido coberto de sangue.

— Ele está ferido! — exclamou Valentina. Mas Marius fez um gesto no ar, exigindo silêncio.

Ela pôde ouvir Santángel arquejando em busca de ar.

— Vá — disse ele a Luzia. — Se valoriza sua vida como eu.

Valentina deslizou da rédea, com dificuldade para manter o equilíbrio.

— Ajude-os — sussurrou furiosamente. — Luzia não terá chance sem um cavalo. Dê seu cavalo a ela.

— Você enlouqueceu?

Talvez, mas ela podia ver o amor e o medo nos olhos de Santángel. Ele não temia por si mesmo, mas pela mulher que amava. Podia ser um demônio, mas estava tentando salvá-la.

— Eu não vou deixar você — choramingou Luzia, a voz vermelha, em carne viva, uma nova queimadura. Valentina não se importava mais por ter vivido uma vida sem amor. Queria apenas saber que ele existia no mundo e que podia ser salvo.

— Ajude-os, Marius. Estou implorando. Se um dia já se importou comigo, ajude-os.

Marius abriu a boca. Fechou-a.

— Não peça isso de mim.

— O que eu já pedi de você?

Ela ouviu homens chamando uns aos outros, passos através do bosque. Luzia tropeçou pelo caminho que abrira entre as árvores. Seus olhos estavam frenéticos, o cabelo cheio de folhas, as faces com cortes estreitos onde galhos a atingiram.

— Dê seu cavalo a ela, Marius. — Valentina estava implorando agora, e não sabia por quem. Por Luzia? Por si mesma? Que Marius fosse mais do que um homem que gostava de belos pôneis e boa comida, que só era gentil quando a vida era fácil?

O olhar de Luzia focou em Valentina, depois em Marius.

— Marius — implorou Valentina.

Ele balançou a cabeça uma vez, teimoso.

Luzia deu as costas a eles e mergulhou nos bosques, os galhos se fechando atrás dela.

Talvez ela pudesse escapar. Talvez não precisasse do cavalo. Talvez seus dons fossem maiores do que os homens do rei ou a covardia de Marius.

Valentina agarrou-se a essa esperança enquanto eles ficaram em silêncio entre as árvores, mesmo quando ouviu os berros furiosos dos homens que a perseguiam, mesmo quando Luzia começou a gritar.

Capítulo 43

Em uma estrada escura, a carruagem que Víctor de Paredes tinha contratado sacolejava, Hualit em segurança no interior. Ele tinha mandado Gonzalo e Celso cavalgando na frente, porque o campo era menos seguro que a cidade, especialmente de noite. Mas teria que ser de noite. Uma parte dela lamentava que não poderia ver muito de Veneza. Quando chegasse, ela encontraria um jeito de se separar dos anfitriões que Víctor tinha arranjado. Ela tinha contatos na Itália e já comprara uma passagem para Tessalônica.

Seu vestido estava pesado com as joias e moedas que tinha costurado no revestimento, suficientes para suplementar o pouco de dinheiro que Víctor lhe dera e para servir para quaisquer subornos necessários. Cada diamante, rubi e joia dourada que seus amantes lhe deram pesava, mas ela não se importava.

O medo a empolgava; sempre o fizera. Era menos o amor pelo risco do que a emoção de apostar em si mesma. Só gostaria que Luzia ou Ana estivessem ali para conversar com ela. Hualit sempre fora uma criatura social. Era esse o seu dom, mais do que sua beleza ou sua força de vontade infinita para assegurar um futuro real para si mesma.

Sua irmã tinha se casado com um mascate pobre e morrera jovem por conta disso. Talvez não fosse justo culpar Afonso pela morte de Blanca, mas ela não tinha talento para a imparcialidade. Blanca era justa e gentil, e Hualit era gananciosa e ousada. Ela se apaixonou uma centena de vezes, e se desapaixonou outra centena. Enquanto a irmã se dedicava ao latim, ela se dedicara ao desejo, aprendendo a linguagem das necessidades dos homens e as respostas apropriadas. Usara essa aptidão pela tradução para obter uma vida melhor do que o destino jamais pretendera que tivesse, uma vida de conforto e prazeres.

Mas agora estaria entre estranhos. Teria que se tornar uma pessoa nova. Ou talvez pudesse parar de fingir, parar de agradar os outros. Seria chamada por seu próprio nome. Poderia se unir às outras mulheres no balcão na sinagoga. Poderia até achar um marido, um de quem gostasse de fato. Tessalônica. *Que seja tudo pelo que esperei*, ela rezou. Já tivera decepções suficientes para saber que era perigoso ansiar por alguma coisa, imaginá-la por meses e anos e se encontrar à beira dela por fim.

Ela sentiria falta de sua casa alegre, de seu pátio com videiras. Não sentiria falta de Víctor, mas se perguntou se ele sentiria dela. Era perverso querer ser desejada por um homem que ela não amava? No entanto, Víctor não era do tipo que ansiava por qualquer coisa exceto por mais. Ele procuraria alguma outra mulher para entretê-lo. Encontraria uma nova amante para sustentar ou voltaria sua atenção à sua amada esposa de novo.

Ele não queria deixá-la ir embora, mas no fim das contas ela conseguira convencê-lo. Ele sempre ficava amoroso depois de passar um tempo com a doce e devota María, e ela havia feito questão de garantir que ele estivesse bem satisfeito antes de levantar a questão. Tinha dito que os eventos no espetáculo de marionetes a haviam assustado, que temia ser interrogada, e não seria melhor estar livre de qualquer indício de escândalo se os planos dele com Pérez dessem errado?

De novo, ela olhou para o assento vazio à sua frente e teve a sensação desconfortável de ter feito algo errado. Ana tinha ido na frente com seus baús, mas Hualit e Luzia deveriam ter feito aquela jornada juntas. Ela nunca quisera filhos; a ideia a assustava. Já tinha dificuldade para abrir espaço na vida sem tentar fazer o mesmo para uma criatura indefesa. Luzia tinha sido demais para ela, um fardo que não conseguia suportar. Sim, sua magia era uma ameaça à segurança de Hualit, mas eram suas necessidades que mais a assustavam, seu anseio por afeto, sua solidão. Hualit não podia ser sua mãe. Não seria. Não era culpa dela que Blanca cometera o erro de ter uma filha, depois escolhera deixar a pobreza matá-la num hospital de indigentes.

Mas, se ela tivesse sido mais gentil, será que Luzia estaria ali agora? Ela poderia nunca mais ver a sobrinha, a única pessoa no mundo com o seu sangue. O fio tinha sido cortado. Hualit queria acreditar que Luzia alcançaria a glória, mas sabia como era a corte. Transitara pelos melhores círculos de Madri e sabia que não havia jeito de Luzia sobreviver lá. O rei era fraco. Pérez era perigoso. E a verdade era que, se Hualit tivesse tirado Luzia de Madri, Víctor teria encontrado um jeito de arrastá-la de volta.

Eu devia ter esperado um pouco mais, pensou ela. *Devia ter argumentado com mais força.* Mas seu medo era maior que seu amor. Essa era a verdade.

A carruagem desacelerou até parar. Alguém estaria se aproximando? Ela não tinha nada a temer. Gonzalo e Celso eram páreo para qualquer salteador ou bandido.

A porta se abriu e ela viu Celso sob o luar. Podia ouvir a corrente de um rio. O Tagus? Ou eles já tinham chegado ao Júcar?

— Há um problema na ponte?

Ele lhe ofereceu a mão.

— Señora?

Atrás dele, ela podia ver as silhuetas azuis suaves das colinas e Gonzalo observando a estrada.

— Por que paramos?

Ele não disse nada, só esperou, a mão enluvada esticada como se a convidasse para uma dança.

De certa forma, ela supôs que estava. Só que ela ouvira a música tarde demais. A canção estivera tocando o tempo todo, e ela teria ouvido se não estivesse distraída demais com sua própria esperteza.

— Ana? — perguntou ela.

Ele balançou a cabeça.

Então não haveria viagem a Veneza, nenhum anfitrião esperando para recebê-la. Ela nunca se esgueiraria para embarcar no navio rumo a Tessalônica. Mari nunca a encontraria no porto. Víctor não tinha se rendido ou sido convencido pelos artifícios dela. Ele a usara uma última vez, rindo de seus estratagemas, sabendo, enquanto a penetrava, que a sentenciara à morte.

Uma parte boba dela queria perguntar por quê, como se Celso soubesse ou pudesse responder. Será que Víctor suspeitara de que ela pretendia livrar-se dele e decidira puni-la? Não, era mais simples que isso. Víctor de Paredes tinha decidido que ela morreria naquela estrada porque era mais fácil para ele. Ele nunca teria que temer o depoimento ou a interferência dela. Nunca teria que a adornar com outra joia. Era tudo muito conveniente, ela tinha que admitir. Sua morte seria atribuída a bandidos. Aquelas estradas eram perigosas, afinal.

— Muito bem — disse ela, aceitando a mão de Celso e descendo da carruagem. — Se puder me fazer a gentileza, gostaria de esticar as pernas um pouco.

— Você não pode fugir.

— Claro que não. Para onde eu iria?

Ela pensou em sua casa aconchegante e em sua cama confortável e na fonte borbulhando no pátio. Tudo aquilo pertencia a Víctor. Será que ele instalaria sua próxima amante ali? Ela esperava que, quem quer que vivesse lá, a amasse como ela havia amado, que se sentasse e ouvisse os pássaros gorjeando nos telhados e que comesse uvas da videira.

Em manhãs ensolaradas, a esposa do tipógrafo, que morava na casa do lado, cantava enquanto fazia as tarefas domésticas. Ela não tinha uma voz muito boa, mas Hualit aprendera a gostar do som.

Ela ficava sozinha na casa, às vezes. Perguntava-se o que a vida poderia ter guardado para ela. Não previra isso.

— Eu posso oferecer joias a vocês — disse ela enquanto seguia até o parapeito da ponte, ouvindo o som da água muito abaixo. Se fosse corajosa o bastante, ela poderia pular. — Dinheiro.

Gonzalo riu.

— Você não pode nos bancar, señora.

— Você pode ser rápido? — perguntou ela.

— Isso eu posso oferecer — disse Celso. Ele soava apologético, mas sua mão já estava na faca em seu quadril.

— Você tem outras coisas com que barganhar — disse Gonzalo.

Hualit riu.

— Para vocês me foderem e depois cortarem minha garganta e me largarem na moita?

— Prepare-se — disse Celso.

Ela estendeu a mão para ele.

— Reze comigo.

— Não é certo — disse Celso a Gonzalo. — Ela não tem um padre.

— Ela é uma puta — disse Gonzalo. Sua lâmina já estava na mão.

— Não vou resistir — disse ela, sorrindo gentilmente, suavemente.

Hualit torceu para que fizessem preces para ela em Tessalônica. Shema Yisrael, Adonai Eloheinu, Adonai Echad.

Gonzalo agarrou seu ombro.

— Vamos — disse ela, agarrando a jaqueta dele, suas costas contra o parapeito. — Nós iremos juntos.

Ele era mais forte, mas não esperava o peso dela, seus bolsos cheios de *reales*, as bainhas e mangas cheias de joias costuradas.

Gonzalo gritou quando eles caíram da ponte.

Era bom levar um deles com ela.

O pescoço de Hualit se quebrou quando ela atingiu a superfície. Ela morreu rapidamente, como tinha esperado, como Celso prometera que faria. Gonzalo quebrou as costas, mas flutuou por mais um tempo, tentando lutar com a corrente, até finalmente deslizar sob a superfície, chorando.

Meses depois, uma mulher levou um peixe do mercado para casa e, quando o abriu, encontrou uma esmeralda do tamanho do seu dedão. Agradeceu o peixe, guardou a joia no bolso e deixou a casa, para nunca mais ser vista. Seu marido, um bêbado com punhos pesados, encontrou apenas o peixe, que foi obrigado a preparar ele mesmo para o jantar. Engasgou com um osso e foi enterrado numa cova de indigente.

A esposa caminhou até Paris, onde abriu uma perfumaria e viveu feliz por muitos anos, comendo cordeiros e legumes e lesmas, mas nunca peixes, que ela sentia que já tinham feito o suficiente por ela.

Capítulo 44

Luzia acordou na despensa. Estava frio e escuro e o ar tinha um cheiro errado, recendendo a ferro e urina e umidade. *Estou sonhando*, ela pensou. *Eu me vesti de veludo e conheci um anjo. Fiz milagres com a língua.*

O mundo retornou em uma onda feia de memória. O navio de guerra de Donadei, os pedaços de jade incrustados na sua cruz tornando-se escaravelhos, os braços de Santángel apertados ao seu redor enquanto eles corriam pelos bosques, o sangue dele nas mãos dela. Ela tentou se sentar.

— Calma — disse uma voz familiar. — Você levou um golpe duro na cabeça.

Luzia levou os dedos à têmpora. Alguém a tinha golpeado. Ela se lembrava agora, soldados perseguindo-a no bosque, a dor rachando seu crânio.

A cela era estreita, o teto baixo. A única luz vinha de uma vela disposta no chão de pedra. Duas plataformas de madeira baixas, uma espécie de cama, tinham sido colocadas lado a lado no espaço, com um espaço mínimo para manobrar entre elas. Uma garota estava sentada em uma delas, uma criança, as costas apoiadas na parede, as pernas curtas esticadas à sua frente.

— Teoda?

— Receio que sim.

A pilha de trapos ao lado da Criança Celestial se remexeu e Luzia percebeu que havia uma terceira pessoa na cela, uma velha com cabelo grisalho puxado com força para trás do rosto magro.

— Essa é Neva. Ela está aqui há quase dois anos.

— Dois anos? Sob qual acusação?

— Simples fornicação — respondeu Neva, com um sorriso que revelava um conjunto escasso de dentes.

— Estamos em Toledo — disse Luzia. Uma declaração, não uma pergunta. Assim como Fortún Donadei tinha alertado. Uma prisioneira da Inquisição, como Isabel de la Cruz, e Piedrola, e Lucrecia de León. Fragmentos da jornada retornaram a ela: o sacolejar da carroça, o rugido de um rio. Eles teriam passado pelos locais de queima de hereges enquanto entravam nos muros da cidade através da Puerta de Bisagra.

— Estamos — disse Teoda, com um suspiro.

— Eu... eu preciso me aliviar.

— O penico está no canto — disse Teoda. — É tudo muito chocante, mas talvez você não ache tanto.

— Porque criadas preferem erguer a saia com uma plateia?

— Desculpe — disse Teoda, rindo. — Neva e eu vamos nos virar e eu vou me lembrar de que a modéstia não é só para damas com famílias ricas.

Na verdade, a modéstia era um luxo, e Luzia já tinha urinado em becos e atrás de barracas de mercado, mas estava cansada e com medo e sua cabeça doía.

— Não vamos ter que esperar muito pelas acusações — disse Teoda enquanto Luzia cuidava de suas necessidades. — Há um *auto de fe* planejado para Todos los Santos. Eles vão querer nos sentenciar lá. Se você não estivesse numa carroça de prisão, teria visto os palcos e os andaimes subindo na Plaza de Zocodover.

A Festa de Todos os Santos. Não podia ser verdade. Julgamentos duravam meses, senão anos.

— Isso é daqui a poucas semanas.

Teoda encolheu os ombros.

— Eu já confessei minhas heresias. Eles não têm motivo para prolongar minha estadia aqui. Além disso, o rei vai querer tornar minha morte um espetáculo.

— Então... você será queimada?

— É claro. Se eu me arrepender, o carrasco me fará a cortesia de me estrangular primeiro, mas eu não vou me arrepender.

— Ela não é tão corajosa quanto parece — disse Neva. — Eu também não. Você vai nos ouvir chorando de noite.

Teoda deu uma bufada que podia ser outra risada.

— Nós nos fazemos a cortesia de ignorar isso. Não temos segredos aqui. E você deveria saber que os inquisidores dormem a poucos passos daqui e podem nos ouvir, a não ser que sussurremos. É claro, mesmo se sussurrarmos, Neva pode nos denunciar para obter uma audiência mais rápido.

Luzia se alongou e foi até a porta, onde havia uma pequena abertura com barras através da qual não conseguia ver nada além de um corredor mal iluminado. Uma única janela mostrava apenas a noite além, e trapos tinham sido encaixados na moldura para bloquear o frio. O ar parecia pesado demais, a umidade arrastando-se contra sua pele. Ela queria ter estado acordada quando a levaram para lá. Não tinha noção de onde estava. Podiam estar um quilômetro abaixo da terra e ela não saberia.

— Tente respirar — disse Teoda, e Luzia percebeu que estava arquejando, a mão pressionada no peito. — Ou pelo menos se sente para não se machucar, se desmaiar.

— Não entendo por que estou aqui.

— Nenhuma de nós entende — disse Neva.

— Eu sim — disse Teoda.

Luzia sentou-se na cama de madeira na frente de Teoda.

— Traição é uma questão para as cortes civis, não é? Por que sou uma prisioneira do tribunal?

— Considere-se sortuda — disse Neva. — As prisões na cidade são tão lotadas que forçam homens e mulheres a ficar nas mesmas celas. Eles morrem lá dentro e não são encontrados por dias.

Teoda deu um olhar significativo para Neva.

— Uma canção para nós?

Neva bateu o punho contra a coxa e começou a cantar sobre três fontes em seu vilarejo que fluíam frias no verão e quentes no inverno.

— Um pouco de privacidade — explicou Teoda. — Você deve estar aqui por causa de Pérez. Ele fugiu para Aragón, onde o rei não é páreo para a popularidade dele. Por isso Filipe mandou a Inquisição atrás do seu velho amigo. Só o poder do tribunal alcança toda parte da Espanha.

— Como você sabe tudo isso?

— Não temos permissão de receber cartas, mas meu irmão encontrou jeitos de obter notícias de fora. E as fofocas nunca estão em falta aqui. Os guardas gostam de falar tanto quanto nós.

— Você... Chegou alguma notícia de Víctor de Paredes ou da gente dele?

— Só sei que nenhum deles está aqui.

Santángel tinha lhe prometido que não podia morrer. Mas e se estivesse errado? Ele tinha mentido para ela, talvez pretendido traí-la, mas quando os problemas começaram havia se colocado entre Luzia e os soldados do rei. E se os dons dele fossem só ilusão e ela o tivesse abandonado para sangrar até a morte naquela clareira, sem ajuda ou defesa?

Não, Don Víctor não cederia seu prêmio tão fácil. Talvez tivesse pretendido substituir Santángel por ela, mas agora ela estava maculada pela acusação de heresia ou feitiçaria ou algum outro crime.

— E Donadei? — perguntou ela.

A risada de Teoda foi frágil e amarga, o som estranho vindo de sua boca de criança.

— Não ouvi nada sobre ele. Só sei que não está sentado numa cela. Onde quer que esteja, está livre.

— Não vejo como a Inquisição pode perseguir Pérez. Ele cometeu algum crime contra a Igreja?

— Estão alegando que ele encorajou heresia. A acusação é fraca, mas nossa punição pela Inquisição dará peso às alegações e lembrará a todos da força do rei. — Ela ergueu a voz. — Ele não pode exatamente executar Lucrecia, não é?

— Silêncio, demônio — disse uma voz de outra cela. — Estou tentando descansar. Neva, pode parar com esses gritos horrendos?

Teoda revirou os olhos.

— Não descanse bem demais, você pode ter outro sonho!

Então era verdade. Lucrecia de León estava ali, a profeta sonhadora, a garota que previra a derrota da armada.

— Ela não vai ser sentenciada conosco?

— Ela está *grávida* — disse Teoda, alegremente. — Apaixonou-se por um dos escriturários. É tudo muito emocionante.

— Um dos escriturários? — Santángel tinha alegado que não podia gerar filhos, mas podia ter sido outra mentira.

— Diego de Vitores. Um jovem muito agradável, me disseram. Eles trocam cartas, embora também não devessem ter permissão para isso.

Pelo menos era um motivo a menos para Luzia se sentir infeliz.

— O rei não vai executá-la — disse Teoda. — Pelo menos, não por enquanto. Ela é uma boa católica e todos sabem disso.

— E as previsões dela são precisas — observou Luzia. — Isso deve ser inconveniente.

Com isso, a alegria de Teoda morreu.

— Eles a fizeram confessar ter inventado seus sonhos, mas ela se retratou no dia seguinte.

— Então por que confessar? — Mas o olhar sombrio de Teoda tornou a resposta óbvia. — Tortura.

Teoda assentiu.

— Eles também interrogaram você? — perguntou Luzia.

— Não. — Teoda remexeu com o punho da manga. O vestido era diferente do que ela usara na noite do segundo desafio, e Luzia se perguntou como ela tinha arranjado roupas novas. — Eles me levaram à sala onde fizeram seu trabalho. Vão fazer você adivinhar a acusação que está enfrentando.

Heresia, feitiçaria, fornicação também, supôs ela. Talvez Don Víctor alegasse que fora enganado com uma linhagem falsa fornecida pelo *linajista* e ela também fosse acusada de judaizar.

— Você está aqui desde o segundo desafio? Desde o espetáculo de marionetes?

— Sim. Meu irmão tem dinheiro e conexões, então já está fazendo apelos. Ele conhece bem as cortes. Mas não vai importar. Minha ama também foi levada para interrogação. Ela está tentando negar que sabia que somos hereges. Acha que vai salvar sua vida. E talvez salve. Se tiver sorte, ela será publicamente açoitada e banida.

— Por que você soa tão destemida?

— Eu tenho Deus. Sei quem eu sou. Temo a tortura, mas não temo a morte. Então confessarei qualquer heresia, porque não são heresias, só verdades. Entende? Eles não precisam me torturar.

Luzia sabia que isso não era verdade. Se eles quisessem saber os nomes de outros calvinistas e hereges, Teoda teria que dá-los. Mas se a ideia de que podia escapar da tortura tornava aquele horror mais fácil, Luzia não ia roubar isso dela.

— Você terá a mesma escolha — disse a Criança Celestial. — Vão perguntar se está mancomunada com o diabo.

— Bem que eu queria ter amigos tão poderosos.

A risada de Teoda foi alta e leve.

— Eu sabia que gostava de você.

Neva continuou cantando.

Capítulo 45

Ela não podia perdoá-lo.

O cavalo não tinha feito diferença. Valentina e Marius não tinham conseguido escapar do bosque. Perderam-se e vagaram sem rumo entre as árvores por horas, buscando a estrada. Quando os homens do rei os encontraram, ela quase ficou grata.

Eles foram levados de volta a Madri, onde ela foi trancada nas celas femininas da prisão da cidade. Fedia a corpos e excremento, e algo mais, uma infelicidade que se agarrava a seu cabelo e suas roupas. Era um som também, um gemido que ecoava em seus ouvidos. Valentina tinha a mesma sensação de encolhimento que sentira em La Casilla. Ela seria consumida, mas dessa vez seria engolida por uma boca molhada e sem dentes. Apodreceria no escuro, uma fruta acinzentada com podridão, madeira que ficara macia e disforme.

Ela tinha colocado a mão na parede úmida e vomitado, tremendo tanto que achou que seus ossos se desmanchariam. Quando os guardas a conduziram para fora, era noite. Havia estrelas acima e o ar estava fresco, e, para sua grande vergonha, ela chorou.

Foi só quando a levaram ao escritório do vicário que entendeu que a tinham colocado na prisão para aterrorizá-la.

O vicário ofereceu uma pequena taça de vinho e uma cadeira confortável. Disse que ela precisava responder a suas perguntas honestamente ou ele não teria escolha a não ser entregá-la ao tribunal em Toledo. Ela assentira, ainda tremendo, feliz em dizer qualquer coisa que a mantivesse longe daquelas celas.

Ele fez incontáveis perguntas sobre Antonio Pérez, o que ele dissera sobre o rei, suas idas e vindas de La Casilla, quanto tempo passara com Teoda Halcón, quais textos tinha em sua biblioteca. Ela tentou se lembrar do que Pérez tinha dito para eles sobre o terceiro desafio e se demonstrara uma predileção pela Criança Celestial, mas havia pouco a dizer. Ela existia na periferia da sociedade em Madri, e nada tinha mudado em La Casilla. As perguntas sobre Luzia eram mais fáceis de responder, mas mais assustadoras. Sim, ela ia regularmente à missa. Sim, ela tomava a comunhão. Não, Valentina não conseguia se lembrar de nenhuma declaração blasfema ou herética de Luzia Cotado. Não, ela nunca questionara a Trindade na presença de Valentina.

— Ela é... é uma criada de cozinha, señor. Não tínhamos esse tipo de conversa. Ela é uma garota calada.

— Sigilosa.

— Quieta. Humilde. Talvez um pouco estúpida. — Luzia não era nenhuma dessas coisas, mas Valentina podia fazer esse favor a ela.

— Esse tipo de docilidade é facilmente manipulada — disse o vicário.

Ela esperava que ele perguntasse sobre Víctor de Paredes, sobre Guillén Santángel, homens de poder e influência. Em vez disso, passou para perguntas sobre Marius. Ele se correspondia com alguém na Alemanha? Em Flandres? Até onde ela sabia, ele expressara dúvidas sobre a Igreja? Envolvera-se na contratação de Luzia? Associava-se com os seguidores de Piedrola? Falava com desprezo do rei?

Quando a entrevista acabou, ela pensou que a deixariam ir para casa.

— Ainda não, señora — disse o vicário, e ela foi levada a um convento, onde lhe permitiram se confessar e então a conduziram a um quartinho estreito que se trancava por fora. Ela não reclamou. Tinha visto a outra opção.

Todo dia, ela era levada da prisão até o vicário, e todo dia respondia às mesmas perguntas, descrevia as mesmas cenas e conversas. Se algo mudava no relato, o secretário do vicário lia suas declarações anteriores e eles passavam horas discutindo as discrepâncias.

Continuou assim por seis dias, até Valentina começar a questionar suas próprias lembranças de Pérez, de Luzia, de Marius.

— A señora parece cansada — disse o vicário quando ela demorou para dar uma resposta. — Podemos encontrar uma cela para que descanse, se quiser?

— Não — disse Valentina. — Só estava tentando recordar com exatidão.

— Estava nos contando com quem seu marido gosta de caçar.

— Meu marido não pode se dar ao luxo de caçar. Não com frequência.

— Mas quando ele vai.

Valentina não se lembrava. Sua mente tinha sido esvaziada por aquelas conversas incessantes, pelo medo, pelo entendimento brusco da sua insignificância. Ela tinha se iludido por conta de roupas bonitas e refeições fartas. Não era ninguém, e seria preciso mais do que os milagres de Luzia para mudar isso. Ela nem tinha certeza se queria que sua situação mudasse. Não tinha mais palavras. Não tinha mais pensamentos. Sua mente só conseguia formar uma nota baixa e longa, um arco puxado sobre uma corda, para a frente e para trás, para a frente e para trás, sem melodia, sem subir e cair.

— Meu marido é um covarde — disse ela, chocada com suas próprias palavras, mas cansada demais para corrigir o curso. — Ele não tem convicções políticas. Não se importa com Antonio Pérez. É leal ao rei porque é fácil ser leal ao rei, e ele gosta do que é fácil. Foi por isso que se casou comigo. Não tinha que cortejar ninguém e não tinha que impressionar ninguém. Nenhum trabalho a ser feito. Ele se importa com vinho bom e cavalos rápidos. Não tem ambição para conspirações.

Naquela noite, eles a deixaram voltar para casa. Um dos freis a depositou de volta na Calle de Dos Santos.

— Espero que saiba que Deus a poupou. No futuro, tome mais cuidado com a companhia que mantém.

Valentina assentiu.

— Não vai perguntar sobre seu marido?

— Não — disse Valentina. — Acho que não.

Eles tinham mantido o salário de Águeda enquanto estavam em La Casilla, mas Valentina não tivera tempo de avisar que estava voltando, então a casa estava vazia. Ela não sabia onde Luzia estava ou se Juana voltaria. Talvez devesse ter perguntado a respeito de Marius, mas descobriu que não se incomodava em estar sozinha em casa. Desceu à cozinha silenciosa, amaciou pão em uma tigela de vinho e obrigou-se a comer um pouco de presunto e duas ameixas em conserva.

Não tinha água com que se lavar e ninguém para ajudá-la a se despir, então dormiu em cima das cobertas em suas roupas imundas.

No dia seguinte, ela mandou buscar Águeda e pediu que trouxesse alguém para ajudar com a casa. A cozinheira chegou com uma cesta do mercado cheia de comida e sua sobrinha de dez anos, que trouxe água da *plaza* e ajudou Valentina a se lavar e vestir.

Ela ficou esperando, embora não soubesse realmente pelo quê. Pelos soldados do rei ou que os homens do *alguacil* derrubassem sua porta. Pela notícia de que ela seria presa ou exilada. Pelo confisco das propriedades deles, embora fosse difícil imaginar quem iria desejar uma casa decrépita e campos cheios de oliveiras miseráveis.

Ela comeu a refeição do meio-dia na cozinha e, quando subiu as escadas, ficou surpresa ao encontrar Marius no saguão.

Ele tinha perdido peso e suas roupas pendiam do corpo. Ela sabia que devia parecer igualmente desgrenhada. Será que ela o achava mais belo quando ele era robusto? Ou tinha sido enganada por alguma outra coisa, uma ilusão como aquelas que Luzia conjurava?

Ele a puxou para os braços.

— Acabou — disse ele.

Ela esperou que ele a soltasse.

— Onde está Luzia?

As pálpebras dele estremeceram, como se não reconhecesse o nome.

— Toledo. Ela foi dada à custódia da Inquisição.

— Então deveríamos ir para lá. Ela vai precisar de alguém para defendê-la e garantir que esteja sendo bem cuidada.

— A melhor coisa que podemos fazer é ficar bem longe dela. É um verdadeiro milagre estarmos livres.

Valentina balançou a cabeça devagar. Ainda estava tão cansada.

— Eu a arrastei para essa catástrofe. O mínimo que posso fazer é garantir que ela coma direito.

— Você enlouqueceu? — Ele olhou por cima do ombro e sussurrou furiosamente, como se os inquisidores pudessem estar ouvindo através das paredes. — Se ela tiver sorte, será exilada. Mas ela não terá sorte.

— Você deveria ter dado o cavalo a ela.

— Não teria importado!

— Teria — disse ela. — E importa. — Ela não conseguia explicar por quê. Só sabia que não conseguia se livrar da lembrança de Marius parado com as rédeas nas mãos, apertando-as como se temesse que o cavalo fugisse, incapaz de olhá-la nos olhos.

— Não há nada que você possa fazer por ela — disse ele.

Provavelmente era verdade. O que uma mulher sem poder poderia oferecer a outra?

— Eu posso me certificar de que ela não morra sozinha.

Ele a encarou como se um chifre tivesse brotado da sua testa.

— Você não quer a atenção da Inquisição, Valentina. A melhor coisa que pode fazer é lavar as mãos quanto àquela mulher. Fazer o contrário é perigoso, e você é uma tola sentimental por não perceber isso.

— Eu reconheço o perigo — disse ela. — E prefiro ser tola a covarde.

Marius se sobressaltou como se tivesse sido golpeado.

— Basta. Você esqueceu o que é ser uma esposa.

Era possível que ela nunca tivesse sabido.

— Eu vou dormir.

— Estamos no meio do dia.

— No entanto, estou exausta.

Ele entrou na frente dela, bloqueando seu acesso à escada.

— Você não pode salvá-la — implorou ele. — Tem que saber isso! O que espera alcançar?

— Não sei. — Ela nem gostava de Luzia, mas tinha certeza de que, se fosse ela a trancada nas celas do tribunal, Marius ainda estaria escondido ali.

— Você a trouxe para a nossa casa! Você a fez realizar aqueles milagrezinhos que poderiam ter nos custado tudo. Você fez esse desastre se abater sobre nós, e agora culpa a mim?

— Vá embora, Marius.

— Ir... para onde você quer que eu vá?

Valentina suspirou. Ela só queria deitar na sua cama.

— Você tem razão. Eu sou idiota e sentimental. Quando nos casamos, era uma garota tola que esperava amar você. Cresci e me tornei uma mulher tola que esperava agradar você. E agora, bem, suponho que ainda sou uma mulher tola que só espera se livrar de você. Vá embora, Marius. — Ela deu de costas para ele, voltando para a cozinha. — Vá embora e fique feliz por eu não ter contado ao vicário que você dorme com um retrato de Martinho Lutero apertado nos braços.

Valentina desceu a escada da cozinha. Ela não podia dormir. Ainda não. Precisava falar com Águeda.

Capítulo 46

Luzia cochilava e andava e conversava com Teoda e, às vezes, com Neva. Elas podiam ir até o pátio esvaziar seu penico e encher jarros com água fria que aqueciam para se lavar em um pequeno fogareiro a carvão. Quando era hora de comer, eram conduzidas pelo corredor até o chefe das provisões, que lhes dava pão, água e ocasionalmente peixe salgado. Um dia, um cheiro rico e saboroso encheu suas narinas.

— *Cocido* — disse Neva. — Alguns dos prisioneiros recebem comida melhor, se as famílias pagam por ela.

— É bom, Lucrecia? — perguntou Teoda bem alto. — A família dela é pobre, mas seus seguidores ainda não a abandonaram.

— Dê um tempo a eles — resmungou Neva.

Mas foi sua porta que se abriu.

— Luzia Cotado — disse o guarda, abaixando a tigela fumegante. Seu nome era Rudolfo, e, quando não estava cutucando o nariz, estava se lamuriando sobre sua vida amorosa.

— Quem mandou isso? — perguntou ela.

Rudolfo assoou o nariz na manga.

— O dinheiro vem, a comida também.

Elas passaram a colher umas às outras. Assim que Luzia sentiu o gosto do ensopado, quis chorar.

— Veio de uma dramaturga — disse Lucrecia através da parede. — Ela fez uma arrecadação por você no teatro dela.

Luzia deu outra mordida e mais uma. Era tudo impossível. Talvez ela tivesse morrido no bosque. Talvez estivesse dormindo em La Casilla. Por que Quiteria Escárcega levantaria fundos em nome dela?

— Passe essa tigela para mim ou vou morder suas canelas de noite — disse Teoda, e Luzia obedeceu.

Ela nunca comera nada tão delicioso, mas tanta impossibilidade podia fazer mal.

O mistério do ensopado aprofundou-se na manhã seguinte, quando elas desceram ao pátio para pegar suas jarras de água e esvaziar o penico. Rudolfo entregou a ela uma pilha de roupas dobradas – um vestido e roupas de baixo limpas.

— Me dê suas roupas sujas e serão enviadas à sua casa para serem lavadas.

Que casa?, perguntou-se Luzia. Ela não tinha amigos nem família em Toledo. Ela não tinha ninguém em toda a Espanha agora que Hualit tinha ido embora.

— Mais presentes da infame dramaturga? — perguntou Teoda.

Quando voltaram à cela, Neva sussurrou:

— Apalpe as costuras. Pode haver um bilhete ou mensagem.

Luzia correu os dedos pelas costuras e, quando enfiou a mão através da manga, um galhinho verde caiu ao chão.

Alecrim. *Romero.* Para proteção.

Valentina tinha enviado o *cocido*, as roupas limpas. Luzia esfregou o raminho entre o dedão e o indicador e inalou o aroma. Teve que lutar contra a esperança que desabrochou através dela. Valentina e Marius não tinham poder nem influência para ajudá-la, mas Hualit tinha partido pelo mar e Santángel poderia estar morto ou preso também. Talvez não fosse esperança que ela sentisse, mas o conforto de saber que havia alguém do outro lado daquelas paredes que se lembrava do nome dela, que poderia fazer preces por ela muito depois que isso tivesse deixado de importar.

Ela chorava de noite, sim, e às vezes gritava contra o punho, a fúria grande demais para os limites de sua cela lotada. Todo o seu esforço, o latim em sua cabeça, os *refranes* que curvara a seus desejos, sua vitória sobre Gracia no primeiro desafio, sobre as sombras medonhas no segundo, sobre Donadei no terceiro, não tinham resultado em nada. Ela tinha feito o que lhe pediram e mais. Tinha lutado para sair da despensa e, apesar de insultos e traições e uma tentativa de assassinato, conseguira ganhar vez após vez. Mas lá estava ela, impotente e ainda mais miserável do que quando começara.

O único tônico para o medo e a fúria de Luzia eram informações. Se ela ia ser torturada, precisava estar preparada, então, quando Teoda estava disposta a conversar, ela escutava. Geralmente isso acontecia durante o dia, depois que visitavam o chefe das provisões, quando as celas ficavam barulhentas com conversas e havia menos chance de serem entreouvidas.

— Eles a levarão para uma sala e removerão suas roupas...

— Tudo?

— Querem que você fique envergonhada — disse Teoda. — A sala é fria, mas o pior são as máquinas. O cavalete. O *potro*. Não sei os nomes de alguns que vi. Os inquisidores estarão lá, um dos representantes do bispo e alguém para documentar tudo que for dito e feito. Meu irmão diz que eles mantêm registros muito minuciosos.

— Você teve medo?

Teoda hesitou.

— Sim. Mais do que nunca. Mas tenho sorte. Sabia do que era acusada. Eles não vão dizer as acusações para você, só exigir que confesse.

— A pegadinha é que você não sabe exatamente o que eles querem ouvir — disse Neva. — Eu fodi com metade da população entre Castilla e La Mancha. Como vou saber quem me denunciou? Falei sem parar, mas não estava dizendo o que eles queriam. Então me amarraram e simplesmente continuaram apertando as cordas. Não se importavam com o quanto eu gritava e implorava. — Neva ergueu a manga para mostrar as cicatrizes nos pulsos e cotovelos, marcas da cor de carne arruinada que rodeavam seu braço completamente, como se ela ainda estivesse presa à mesa. — Eles mandaram um médico me ver quando acabou.

— Você está assustando ela — disse Teoda baixinho.

— Eu já estava assustada — disse Luzia. Mas era difícil não pensar naquelas marcas, no que significaria gritar e não ser ouvida, sabendo o tempo todo que nada daquilo faria diferença porque ela seria executada de qualquer forma. Não haveria perdão, nenhuma punição mais gentil.

Ela pensou no pobre Lorenzo Botas, sentado na barraca do peixeiro, caindo no sono e carregado para casa nos braços do filho. Quem a carregaria? Os *refranes* podiam curá-la. Ela podia consertar o corpo como tinha sarado a língua, mas a pergunta se torcia e contorcia dentro dela: quem vai me carregar?

A resposta tinha que ser ninguém, como havia sido por tanto tempo.

Hualit tinha ido embora, e quem mais havia? Será que ela tinha acreditado que Santángel viria resgatá-la de novo? Que a ergueria no seu cavalo e a levaria para longe daquele lugar? Algumas noites, ela se deitava acordada no escuro, certa de que ele estava morto, imaginando seu sangue ensopando o chão da floresta. Outras, temia que Don Víctor o mantivesse preso, punindo-o por tentar ajudar Luzia a escapar. Mas sabia que era uma mulher sem alma porque as piores noites não eram quando ela contemplava a morte ou o sofrimento do amante, mas quando imaginava que ele não sofria de forma alguma, que não viera porque ela não valia mais o seu tempo ou transtorno.

Uma pena. Uma tragédia. Uma baixa. Ele poderia ter pena dela, até lamentar a sua morte, mas era uma criatura que suportara várias vidas de perda. O que era uma mulherzinha tola e apaixonada diante dessa imensidão? Ela o conhecera só por algumas semanas. Ele contemplara sacrificá-la para seu patrão mesmo enquanto beijava sua boca e penteava seu cabelo, mesmo enquanto ela dormia confiante em seus braços. Muitas pessoas a avisaram para ter cuidado com Santángel.

Ela queria perguntar a Lucrecia de León sobre ele. Ele a tinha visitado? Tinha-a cortejado para seu patrão? Dito a ela que era corajosa e poderosa e rara? Mas ela não ia gritar sobre Víctor de Paredes ou o seu familiar através da parede, e nunca viu Lucrecia fora da sua cela. A mulher que sonhava nunca era levada para buscar sua própria água, e ela recebia uma permissão especial para visitar o pátio e se exercitar sozinha.

Mas que consolo real qualquer resposta de Lucrecia poderia fornecer? Santángel a usara. Santángel tinha se importado com ela. As duas coisas podiam ser verdade e mesmo assim não significar nada. No fim, ela não valia o risco da atenção da Inquisição ou da ira de Don Víctor. Um cálculo cruel, uma lâmina única e eficiente com a qual ela podia se cortar toda noite. Você não vale a pena salvar, Luzia Cotado, Luzia Cana, Luzia Calderón. Luzia cujo nome desapareceria nas cinzas.

Capítulo 47

Nas manhãs, era mais fácil ser corajosa. Ela se lembrava de Santángel lhe dizendo que criados eram mais bem equipados para ser espiões. Então talvez uma vida inteira de espancamentos e humilhações lhe desse uma vantagem agora. Principalmente, ela pensava em como seus *refranes* poderiam ser úteis quando ela fosse levada até os inquisidores.

Neva e Teoda a avisaram de que não haveria um julgamento formal, e ela estava preparada quando foi levada diante do tribunal, três homens que podiam ser qualquer um – padres em San Ginés, padeiros nos fornos, fazendeiros em suas barracas no mercado. Teoda lhe informara seus nomes: *Don Pedro, Don Gaspar, Don Francisco*. Ela não sabia qual era qual, mas não parecia ser importante. O secretário deles escrevia enquanto eles a questionavam sobre sua família, sua vida com os Ordoño, seu relacionamento com Víctor de Paredes, a esposa dele, Catalina de Castro de Oro, Teoda Halcón, Antonio Pérez. Ela se ateve à falsa árvore genealógica que o *linajista* tinha criado, torcendo para que Don Víctor não tivesse revelado os seus segredos. Nunca mencionou Santángel ou falou o nome verdadeiro da tia. Não contou a eles que sabia ler. Fez o seu melhor para falar a verdade, mas havia tantas mentiras que sentiu que estava pulando de uma pedra para outra, sempre correndo o risco de perder o equilíbrio.

Três vezes eles a alertaram para consultar sua consciência e confessar, mas ela não sabia qual crime alegar. Nem sabia o suficiente sobre a fé de Teoda para fingir ter sido seduzida por ela.

Quando eles finalmente a levaram escada abaixo, ela segurou seus *refranes* próximos a si, todas as palavras que tinha reunido em sua cela, armadura forjada no exílio.

Se eles usassem o *potro* como fizeram com Neva, o melhor que ela podia fazer era curar-se enquanto os danos eram feitos.

Se usassem a *garrucha*, o dispositivo horrendo que tinha tirado os joelhos e tornozelos de Lorenzo Botas de suas articulações, ela podia aliviar os pesos que prendessem a seus pés com as mesmas palavras que usara para aliviar o peso da lenha. Ela gritaria e se sacudiria como se a estivessem quebrando para que pensassem que a tortura estava funcionando.

— Eles só podem torturar você uma vez — dissera Teoda. — É a lei.

— E aí acaba?

Neva gargalhou.

— Ah, não, *amiguita*. Eles não param a sessão. Só a suspendem. Acaba quando eles dizem que acabou.

Eles levaram as roupas dela, despindo-a e descrevendo cada item ao secretário enquanto era removido. Estava frio, como Teoda dissera, e ela nunca estivera nua diante de um homem exceto Santángel. Não queria pensar nele naquela sala, naquele lugar cheio de máquinas feias e desengonçadas.

Pense na magia, disse a si mesma, *pense em como ela pode lhe servir, lembre-se daquela música secreta* – grande, perigosa, incontrolável, a canção que ela deveria ignorar, que a tinha arrebatado quando Don Víctor torturara Santángel, que tinha rasgado um homem no meio. Quase a tinha matado e, se a dor fosse grande demais, ela libertaria aquela canção para que a destruísse e talvez deixasse alguns danos atrás de si. Essa ideia, de que ela poderia escolher sua morte, segurar o fim de tudo nas mãos, a acalmou. Não deveria. Quem sabia quais tormentos a aguardavam no purgatório? Ainda assim, a consciência daquelas palavras, da canção sangrenta que era maior que aquela sala e que os homens que fingiam não assistir enquanto ela tentava se cobrir, de que ela poderia garantir a si mesma uma pequena vingança, a reconfortava.

— Foi sua culpa que a trouxe até aqui, e apenas uma confissão completa pode impedir o que acontecerá. Fale agora.

— Por favor, señor...

— Deite-se na mesa — disse ele. Era Don Gaspar ou um dos outros?

Ela deitou-se e eles amarraram suas mãos e tornozelos com cordas, depois seu quadril, seu peito.

— Agora você será uma noiva — disse o homem cujo nome ela não sabia, e cobriu seu rosto com um pano macio. — Você causou isso a si mesma — ele disse de novo —, e sua confissão porá um fim a tudo.

Luzia só conseguia ver a forma dos homens, sombras na sala. *Não entre em pânico*, ela disse a si mesma. Podia soltar-se das amarras com uma canção se precisasse, se a dor ficasse grande demais. Tudo que precisava fazer era manter a calma como nos desafios, invocar um *refrán* e suportar.

— Conte-nos como cria suas ilusões — disse uma voz.

— Eu canto e...

Ela não teve a chance de terminar. Sua boca estava cheia de água, seu nariz, sua garganta. Ela tossiu, mas a água continuou vindo. Ela estava se afogando. Não era o *potro* ou a *garrucha* nem qualquer outra tortura feita por homens. Era a morte, invadindo seu peito, seus pulmões. Ela não conseguia cantar, não conseguia falar, não conseguia pensar. Não havia palavras. Nunca houvera. Havia apenas a morte, fria e escura.

Ela estava se afogando num balde, um rato se contorcendo, rosa e recém-nascido, olhando para o rosto de Águeda. A tia estava sobre ela, as mãos ao redor da sua garganta, afogando-a devagar, e então a tia estava embaixo dela, afundando até o leito do rio. Ela não tinha olhos, não tinha lábios. Os peixes os comeram. A boca sem lábios de Hualit se abriu.

— Vou rezar para que nosso sofrimento seja engolido pelo mar.

Luzia tossiu e cuspiu, vomitando água sobre o rosto e o pescoço. Tinham removido o pano. A sala tinha voltado. Ela se debateu contra as cordas que a amarravam à mesa. Os homens estavam falando.

— Você usou demais.

— Eu sei o que estou fazendo.

— Outro jarro?

Luzia não conseguia falar. Sabia que estava chorando e odiava-os por fazê-la chorar. Ela iria quebrá-los no meio. Podia incendiar aquela sala, se apenas conseguisse encontrar as palavras. Mas todas elas tinham sumido. Tinham sido todas afogadas, levadas pela maré. Ela estava morta e elas estavam mortas também. *Onde está minha mãe?*, ela queria gritar. *Onde está Deus?*

— Como você cria suas ilusões?

— Eu não sei... — começou ela.

O pano foi colocado de volta sobre seu rosto, seu véu de noiva.

— Uma lanterna mágica! — gritou ela. — Um espelho especial!

— Como uma criada saberia de tais coisas?

— O diabo me sussurrou como fazer!

— Continue — disse ele, e ela soluçou de alívio.

Quando acabou, ela não se lembrava do que tinha dito. Falou de foles e cortinas e fumaça e truques com lentes especiais importadas da Suécia. Disse que era uma bruxa e que o diabo a encontrava diariamente no mercado. Ele lhe dissera que ela seria sua noiva e enfiara a língua na boca dela. Tinha o rosto de uma serpente, de Martinho Lutero, de Antonio Pérez.

Só quando estava de volta em sua cela, sua camisola encharcada, o corpo ainda tremendo de frio e pavor, ela percebeu que estava sangrando. As cordas tinham ferido seus pulsos e tornozelos e quadris enquanto ela se debatia na mesa.

— Luzia? — perguntou Teoda, mas Luzia não queria falar. Não sabia mais como.

Em algum momento na noite ela acordou, sem saber por quanto tempo dormira. Teoda lhe trouxe água aquecida sobre as brasas.

— A viúva está morta, não é? Catalina de Castro de Oro?

— Sua tia Hualit — disse Teoda. — Meu anjo me contou o nome dela.

— Ela se afogou, não é?

— Sim — admitiu Teoda. — Meu anjo a viu morrer.

Luzia já sabia que era verdade, assim como sabia que não fora um naufrágio nem algum acidente que acabara com a vida da tia. Víctor tinha apagado Hualit da terra como se ela nunca tivesse existido. Santángel a chamava de "a viúva". Talvez ele não soubesse.

Importava quem mantinha o poder? Se era Pérez ou o rei ou Víctor de Paredes ou um homem com um funil na sua boca? Que diferença fazia, se a pessoa com o poder não era você?

Luzia mergulhou de volta nas águas escuras, onde Hualit esperava, sua boca sem lábios sussurrando no frio. *O mar é vasto e pode suportar qualquer coisa*, disse ela. Suas mãos estavam cheias de joias.

Quando Luzia acordou, não sabia que horas eram ou qual dia.

Neva estava dormindo, roncando em sua cama de madeira. Luzia gesticulou para Teoda se aproximar.

— Está com fome?

— Não — disse Luzia, rouca. Sua garganta doía. Ela olhou para o corpo adormecido de Neva. — Precisamos sair desse lugar.

— Você quer tentar fugir?

— Esse poder tem que servir para algo. Eu posso abrir as fechaduras. Posso matar um guarda, se precisar. Mas não tenho dinheiro, nenhum amigo fora daqui.

— Valentina...

— Ninguém em quem eu possa confiar para nos ajudar a fugir. Você não considerou isso? Sabe o que meus *milagritos* podem fazer.

— Claro que considerei, mas não há motivo para fazer isso.

— Está tão disposta assim a morrer por seu Deus?

Teoda hesitou, então sussurrou:

— Eu perguntei a meu anjo. Ele diz que eu morrerei aqui. Todas nós iremos.

— Pensei que seu anjo guardasse silêncio sobre seu próprio futuro.

— Sempre. Mas ele não consegue ver o que há além de Toledo. Para qualquer uma de nós. É fácil de entender. Nossa história acaba aqui, Luzia. Eu sonhei com você em uma pira.

— Então eu morrerei numa pira, mas não serei torturada de novo.

— Eles não aceitaram sua confissão?

— Não sei o que queriam ouvir. Eu disse tudo em que podia pensar, mas não será suficiente.

Teoda repuxou a renda suja da manga.

— É culpa minha estarmos aqui. Eu fui indiscreta.

— Eu culpo o rei. Culpo Pérez. Culpo aqueles animais desprezíveis que me amarraram. Eu não culpo você.

— Você não entende. Eu... Donadei era tão lindo, tão charmoso. Fui uma presa fácil. Ele me disse que estava atormentado, que não suportava servir a uma igreja corrupta.

Luzia estudou Teoda à luz das velas.

— Presa — repetiu ela. — Teoda, você não quer dizer... você é uma criança...

Teoda riu suavemente.

— Ainda não adivinhou a verdade, Luzia?

— Receio que esteja falhando nesse teste que você me propõe.

— Eu não sou uma criança. Tenho trinta e oito anos. Trinta e oito anos nesse corpo de criança.

Luzia sabia como deveria parecer estúpida, encarando Teoda, lembrando de cada coisa sábia e espirituosa que a outra dissera. Como Luzia tinha sido arrogante, orgulhando-se de sua habilidade de observar e entender seus superiores. Ela balançou a cabeça, incapaz de aceitar a verdade bem na sua frente.

— Sou uma tola — maravilhou-se ela. — Eu me convenci de que suas visões a tinham feito amadurecer mais cedo.

— Acontece com todo mundo — disse Teoda. — É a voz também.

Luzia quase pulou. O soprano alto e doce de Teoda tinha sumido. Sua voz ainda era jovem, mas o efeito era chocante; sua presença recriada no espaço de algumas palavras, uma mulher em miniatura em vez de uma criança.

— Donadei sabia?

— Ele adivinhou. Talvez tenha sentido que meu interesse nele não era o de uma criança. Talvez tenha visto como eu estava desesperada pelo tipo de atenção que nunca recebi. Ele fingiu que dividíamos os mesmos segredos, reclamando de Doña Beatriz. — Ela hesitou. — Eu nunca tinha sido beijada assim, como um homem beija uma mulher. Sou eu a tola. E agora meu irmão e eu morreremos por causa disso.

— Mas não o seu pai — disse Luzia, a compreensão chegando devagar.

— Não. Ele me protege desde que nossos pais morreram. Eu recebi a data de nascimento de uma criança que morreu em nossa paróquia e nós viajávamos de um lugar a outro para esconder minha idade real. — Ela olhou para Neva, que continuava roncando. — Posso contar tudo isso para você porque não há mais necessidade de sigilo. Porque eu condenei nós duas com minha estupidez.

Luzia pensou nos elogios que Donadei fizera a ela, do modo como falava de Doña Beatriz e de seu desejo de ser livre. Se ela já não estivesse deslumbrada por Santángel e seu mistério, será que teria deixado o Príncipe de Azeitonas seduzi-la? Teria entregado todos os seus segredos? Uma vida passando fome podia levar alguém a comer da mão de qualquer um. Ela teria se alimentado avidamente sem nunca reconhecer o gosto do veneno.

— Se você foi tola, todas fomos — disse Luzia. — Sem dúvida, Donadei disse qualquer coisa sobre nós duas para garantir sua própria liberdade.

Mas eu não vou deitar e morrer por ele. Por nenhum deles. Sua família tem recursos, amigos em países além da Espanha. Eu tenho *milagritos*. O que há para perder?

— Não vai funcionar.

— Nossas escolhas são morte ou tortura e morte, Teoda. Eu prefiro morrer na lâmina de um guarda a morrer queimada viva.

— Ou estrangulada. Se você se arrepender, eles só vão estrangulá-la.

— Nesse caso, vamos definitivamente ficar aqui.

Teoda soltou uma gargalhada.

— Muito bem. Os inquisidores claramente enlouqueceram você, mas verei se Rudolfo pode enviar uma mensagem a meu irmão. Ele tem muito mais liberdade do que eu. Até lhe permitem papel, às vezes. Mas Luzia... meus sonhos não mentem. Eu vi você queimar.

— O destino pode ser mudado — disse Luzia. — Maldições podem ser quebradas.

Ela tinha que acreditar nisso, senão afundaria sob as ondas.

Capítulo 48

Elas tinham pouco tempo para agir. Luzia temia ser levada para outro interrogatório a qualquer momento. Não queria se afogar de novo.

Apesar de sua raiva e medo, uma parte dela acreditara que Santángel viria buscá-la, que encontraria um jeito, mas ela não podia mais ficar esperando. Ninguém a carregaria, então ela precisava encontrar uma saída sozinha. E, se o anjo de Teoda tinha razão e todas elas estavam destinadas a morrer ali, que assim fosse. Melhor ser caçada e derrubada do que mostrar a garganta para ser cortada. Ela morreria como um lobo.

Teoda conseguiu mandar uma mensagem ao irmão Ovidio, mas só convencendo o guarda, Rudolfo, de que Luzia podia lançar feitiços de amor. Ele estava apaixonado pela linda filha de um comerciante de lã, chamada Mariposa Baldera.

— Mas eu não posso fazer isso — protestou Luzia.

— Você sugeriu matar um guarda, mas não quer mentir a um deles?

— O que faremos quando ele perceber que foi enganado?

— Já teremos ido embora — disse Teoda. — Ou estaremos mortas.

Quando Rudolfo trouxe a resposta de Ovidio, perguntou do que Luzia precisava para o feitiço.

— Primeiro você deve se preparar — disse Luzia, olhando-o de cima a baixo. — Os... encantamentos não vão funcionar se não tiver a mente e o coração limpos.

Rudolfo assentiu como se isso fizesse total sentido, e repetiu as instruções para lavar o corpo minuciosamente toda manhã, usar só roupas sem manchas, limpar as migalhas do bigode e polir os dentes.

Elas discutiram se deveriam incluir Neva e se podiam confiar nela para não revelar seus planos, mas a pergunta foi respondida uma noite quando os roncos pararam e a mulher disse:

— Eu já sei dos seus esquemas e não quero participar deles. Estou velha e meus filhos estão aqui. Quero ir para casa.

Luzia torceu para que ela chegasse lá antes que a vida numa cela a matasse.

Teoda achava que elas deviam esperar até que Ovidio assegurasse documentos para Luzia, mas, quando Luzia pensou na água, na garganta se enchendo, nos pulmões lutando contra a enchente, balançou a cabeça.

— Não. Iremos assim que possível.

Apenas quatro dias depois de Luzia ser submetida à *toca*, elas estavam prontas.

A noite chegou devagar, como se temesse o que elas poderiam fazer. Elas precisavam ter a aparência mais respeitável possível, então lavaram o rosto e as mãos, e Neva trançou o cabelo de Luzia. Depois, só podiam esperar. Mesuraram o tempo pelas badaladas dos sinos da igreja. Luzia não sabia o nome da paróquia. Em Madri, ela saberia.

— San Vicente — disse Teoda. — Dizem que ele converteu seu carcereiro.

Luzia se lembrou da história e dos corvos que tinham velado o corpo dele.

Elas contaram as badaladas, escutaram a prisão adormecer, as conversas sussurradas esvanecendo, os sons de negócios sendo realizados nos aposentos dos inquisidores, as batidas de portas e a movimentação de corpos.

— Qual era o seu plano? — perguntou ela a Teoda, mantendo a voz baixa, para passar o tempo. — Se tivesse vencido o *torneo* e o rei a tivesse feito parte da corte?

— Eu teria aprendido tudo que podia e compartilhado com os inimigos da Espanha. Teria feito o rei duvidar dos seus precisos santos e de si mesmo. Teria sido a maior espiã do mundo. — Uma covinha apareceu. — E a menor.

Lá fora, os cascos dos cavalos e o sacolejar de rodas de carruagem deram lugar aos chamados de pássaros noturnos e ao piado gentil de corujas dos bosques e campos além dos muros da cidade. Elas só tinham um toco de vela para queimar, e logo a escuridão da cela era completa.

Por fim, tocou um sino, diferente dos da igreja, um som pesado de metal, como uma vaca que tinha vagado para longe do rebanho.

A mão de Teoda roçou na de Luzia e elas se abraçaram apertado, esperando. De novo, ouviram o sino pesado.

Teoda apertou a mão dela e as duas se levantaram o mais silenciosamente possível.

Luzia espalmou a mão na porta e buscou o *refrán*. Podia sentir aquela canção secreta, a magia maior, ávida para ser cantada, mais próxima desde que ela enfrentara os inquisidores, mas a empurrou para longe. Santángel tinha razão. Ela queria viver.

Boca dulce abre puertas de hierro. Palavras que ela usara para abrir baús trancados ou armários, em vez de buscar uma chave. Palavras doces abrem portões de ferro. Ajude-me, rezou silenciosamente à autoria desconhecida daquelas palavras, alguém dormindo em sua cama do outro lado do mar, ou levantando-se para amamentar o filho, ou labutando à luz de velas em algum canto. Ajude-me a encontrar o meu caminho.

A fechadura fez um clique e a porta pareceu suspirar quando a tranca se soltou. Elas esperaram, atentas, mas não ouviram sons de alarme nem passos correndo em sua direção. Saíram furtivamente para a passagem escura.

Não podiam arriscar acender uma vela, então se esgueiraram lentamente pelo corredor. Teoda foi na frente, os passinhos mal fazendo barulho, a mão de Luzia apoiada em seu ombro.

Luzia tentou visualizar o mapa que Ovidio desenhara para ela, contando seus passos, mas começou a duvidar de si mesma. Já tinha contado cinquenta? Sua passada era longa demais? Curta demais? Então Teoda puxou o ar bruscamente e parou. Luzia conseguiu manter o equilíbrio e estendeu uma mão no escuro. Elas tinham chegado à porta que separava as celas da entrada da prisão. O que as esperava do outro lado? Dois guardas? Dez?

Não haveria volta do que acontecesse em seguida. Ela e Teoda se espremeram contra a parede e Luzia deixou palavras novas e uma melodia nova assumirem forma em seus sussurros. *Cada gallo canta en su gallinero.* Cada galo canta em seu próprio galinheiro.

Mas ela não visualizou um galo afetado. Imaginou a maior mulher que conseguiu, com o pescoço grosso e gritando, o rosto vermelho de sangue, a testa suada, os punhos fechados. Uma giganta poderosa, uma titã.

O som que explodiu das celas atrás delas foi o trovejar de uma onda, uma represa cedendo com um rugido tremendo e estremecedor. Ao lado de Luzia, Teoda arquejou de surpresa, mas Luzia não vacilou. Continuou trabalhando na canção enquanto o rugido das celas ficava cada vez mais alto. As paredes e os pisos tremeram com o som. Era como se os inquisidores tivessem colocado um demônio no banco de tortura, seus gritos enchendo o prédio. Ela esperava que o som assombrasse os freis em suas camas.

Virou a cabeça para o lado bem na hora. A porta de entrada se abriu para dentro e bateu em sua orelha e no lado do seu rosto. Ela se atrapalhou tentando apertar a maçaneta e conseguiu enganchar os dedos nela enquanto a luz de tochas invadia a passagem e os guardas corriam para dentro, as mãos nas espadas, as botas batendo no chão de pedra.

Luzia deu um último ímpeto à canção, e então ela e Teoda se esgueiraram pela porta até a entrada abandonada da prisão. Ela não tinha lembranças do lugar, embora soubesse que o devia ter visto quando a trouxeram à prisão.

— Teoda. — O sussurro quase a fez gritar, mas era só Ovidio. Ele parecia esquelético comparado à figura elegante que ela vira em La Casilla, e Luzia achou que seu cabelo estava mais grisalho. — Sigam-me.

Ele espiou através do pequeno batente de madeira deslizante que os guardas usavam para identificar recém-chegados e visitantes, depois abriu a porta e acenou para que elas passassem. O pátio estava silencioso. Se os juízes e escriturários e criados tinham acordado em suas camas com a algazarra vinda da prisão, não tinham levantado para investigar. Talvez estivessem acostumados a ouvir gritos.

Não havia mais motivo para se mover devagar. Ovidio carregou Teoda nos braços e eles correram, mantendo-se perto do prédio para o caso de alguém estar vigiando o pátio das janelas acima.

Alcançaram um nicho entalhado na pedra, onde um estandarte com a cruz verde da Inquisição estava pendurado. Ovidio estendeu a mão para trás dela e tirou o que parecia ser um cobertor enrolado.

Dentro havia um uniforme para Ovidio, uma capa para Teoda e um vestido novo para Luzia. *Onde está seu pudor?*, ela se perguntou enquanto se despia até as roupas de baixo e Ovidio a ajudava a amarrar os laços. Supôs que tinha se afogado na câmara dos inquisidores.

Eles pareciam quase respeitáveis.

Ovidio escondeu as roupas imundas da prisão atrás do estandarte e eles correram na direção dos portões que os levariam à cidade.

— Preparadas? — sussurrou Ovidio.

Mas só havia uma resposta a dar. Eles viraram à direita e passaram sob o arco de entrada. À frente estavam os portões e um par de guardas em seus postos.

— Alto lá! — berrou um deles. — Qual o seu propósito?

— Essas damas precisam de uma escolta até sua carruagem — disse Ovidio.

— Não seja ridículo. — O guarda não tinha sacado a espada, mas tinha a mão apoiada nela. — O que estão fazendo aqui de noite? Elas são prisioneiras?

— Quem está sendo ridículo agora? Elas são visitantes de... bem, isso não cabe a mim revelar. Mas digamos que ele não via a esposa ou a filha fazia algum tempo.

Os guardas se entreolharam. Era de conhecimento geral que alguns dos clérigos mantinham amantes secretas e até famílias.

— Por que elas estão aqui tão tarde?

— Não posso responder a isso — disse Ovidio, com uma nota maliciosa na voz.

Os guardas as examinaram e Luzia apoiou uma mão protetora no ombro de Teoda, como uma mãe. Lá fora, podia ver as ruas que levariam além dos muros da cidade e uma parelha de seis cavalos atrelados a uma carruagem. Dois batedores a cavalo e um cocheiro aguardavam sob o luar.

— Eu queria ver o papai — disse Teoda, na voz alta e doce que usara no *torneo*.

— Você sabe que elas podem ser putas — disse o outro guarda.

— Señor! — exclamou Luzia, com todo o horror indignado que conseguiu.

— Onde está sua espada? — perguntou o guarda a Ovidio.

— Pelo amor de Deus, homem. Não achei que eu precisava dela quando o frei... quando fui tirado da cama nessa hora de merda. Não pode só nos deixar passar para eu poder voltar para a cama antes que alguém acorde e comece a fazer perguntas que nenhum de nós quer responder?

De novo, os guardas se entreolharam.

O primeiro examinou Ovidio.

— Se o seu bolso está pesado, o nosso também deve ficar.

Luzia quis comemorar. Eles estavam preparados para um suborno.

— Ah, tudo bem — resmungou Ovidio. — Era eu que estava dormindo. Sou eu que estou brincando de ama. Mas, claro, deixe-me compartilhar meu pagamento ganhado a duras penas com vocês.

Ele soltou *reales* de prata nas mãos deles.

— Ora, vamos — protestou o guarda. — Não seja mão de vaca.

Ovidio fez uma careta.

— Certo, mas é só isso.

O guarda sorriu e fez uma mesura. Ele destrancou os portões e deu um passo para o lado.

Teoda apertou as mãos e foi saltitando na frente, e Luzia a seguiu. O guarda ofereceu a mão para ajudá-la a cruzar o limiar e ela a aceitou sem pensar.

— Espere — disse ele, apertando-a com mais força.

— Ela não é para você desfrutar — disse Ovidio. — Você foi pago em prata, não tem direito à bolsa dela também.

— Cale a boca — disparou o guarda, e o outro sacou a espada, mantendo-a apontada para Ovidio.

O soldado arrastou Luzia na direção de uma tocha queimando em sua arandela e puxou a mão perto da luz do fogo.

— Calejada — disse ele. — Mas ela está vestida como nobre. A criança também.

O olhar de Ovidio encontrou o dela.

— Vá — rosnou ele. Então enfiou a adaga na garganta do captor dela.

— Às armas! — gritou o outro homem.

Luzia tropeçou, afastando-se do guarda ensanguentado, que ainda tentava agarrá-la enquanto desabava no chão.

Ovidio tirou a espada dele.

— Corra! — gritou ele. — Proteja ela!

Luzia saltou em direção a Teoda, que já estava a meio caminho da carruagem. Os batedores tinham saltado do cavalo e sacado as espadas para ajudá-los, mas era tarde demais. Guardas chegavam aos montes do pátio e pelo arco.

Teoda gritou e Luzia olhou atrás de si. Ovidio estava de joelhos com uma espada atravessando o peito. Ele arranhou o ar como se tentasse se erguer, então desabou.

Meu anjo diz que eu morrerei aqui. Todas nós iremos.

— Nem todos — sussurrou ela. — Corra, Teoda!

Luzia não parou para pensar: concentrou-se nas pedras da rua e deixou a canção rugir através dela, as palavras como explosões de fogo em sua mente, cegando-a com sua luz. *Onde iras, amigos toparas.* Que possa encontrar amigos. Que possa encontrar amigos. Que possa encontrar amigos. As pedras se ergueram numa pilha, uma maré de pedras que explodiram entre Teoda e os soldados, bloqueando o caminho de Luzia até a carruagem.

Um dos cavaleiros agarrou Teoda e correu para as portas da carruagem.

— Luzia! — gritou Teoda enquanto era enfiada lá dentro.

Luzia empurrou as paredes de pedra para fora, tentando ganhar tempo para a carruagem, bloqueando a estrada. Mas podia sentir a canção tentando rachar, seu medo puxando-a na direção da fuga, *qualquer lugar menos aqui.* Se ela não conseguisse sustentar a melodia, talvez se partisse no meio. Tudo bem.

Seria a morte que ela escolheu.

Algo a golpeou de trás. Luzia caiu para a frente e um momento depois eles estavam sobre ela, chutando e socando. Sua cabeça bateu nas pedras. A canção deslizou para longe.

Terá que ser suficiente uma de nós ter escapado, ela pensou enquanto a escuridão se fechava ao seu redor. O destino estava errado uma vez; talvez possa estar de novo.

Capítulo 49

Havia um cômodo escavado na terra sob a casa de Víctor de Paredes. Não era largo o suficiente para se sentar, nem alto o suficiente para ficar de pé. Suas paredes eram de pedra lisa, e só podia ser alcançado através de uma portinhola de ferro que se trancava por fora. Existia um desses aposentos em toda casa dos De Paredes havia mais de quatrocentos anos. Era chamado de covil do escorpião.

Os homens de Víctor tinham encontrado Santángel no chão da floresta onde os soldados do rei o deixaram, acreditando-o morto, as flechas ainda cravadas no peito. Primeiro ele tinha suportado a agonia de tê-las puxadas do corpo, depois fora jogado no seu covil para curar-se.

Não devia ter sido grande coisa. Ele já suportara coisa muito pior. Vivia com a futilidade de sua própria situação havia muito tempo. Não era diferente de outros homens, impelidos pelo movimento de um mundo que não se importava com ele, pelos caprichos de um Deus que não o ouvia.

Mas dessa vez sua impotência o enlouqueceu. Ele gritou de fúria. Bateu nas paredes de sua cela. Jurou uma vingança sangrenta. Não importava. Ninguém veio. Ninguém trouxe comida ou água. Sabiam que ele não morreria. Ele murcharia e encolheria até se tornar um cadáver vivo, mas sobreviveria.

Santángel tinha vivido apenas uma vida, que fora tanto longa como incrivelmente entediante. Seus primeiros anos de viagens e devassidão, de estudos e busca de prazeres, pareciam um sonho que outra pessoa tivera e então tentara contar para ele. Ele se esquecera do medo, se esquecera da raiva. O que permanecia era uma espécie de curiosidade acadêmica sobre o mundo e seu funcionamento, uma esperança turva de que um dia, em um dos seus muitos livros, ele descobriria o segredo do pacto terrível que fizera com Tello de Paredes e encontraria um modo de desfazê-lo.

Não havia surpresas. Todos o recordavam de alguém que ele já conhecera antes; cada momento era um momento que ele já vivera. Ele pensava que essa marca incessante de mesmice continuaria até que encontrasse um modo de se libertar ou a coragem de morrer.

Mas então Luzia tinha entrado na sua vida, uma personagem em uma peça que deveria ter poucas falas e partir. Em vez disso, ela dominara a história dele. A trama que ele conhecia tão bem subitamente o confundia, a forma de sua narrativa curvando-se ao redor dela e tornando-se algo novo. Mas uma tragédia não podia se tornar uma comédia. No fim, ela fora encurralada pela maldição dele, assim como ele tinha sido. A forma da trama retornara e a tragédia dele se tornou a dela.

Ele se lembrava da dor das flechas perfurando o pulmão, o lado do corpo. Se ela não estivesse consciente para se curar, poderia ter morrido facilmente. Se tivesse escapado do bosque, teria chegado a Madri? Estaria se escondendo em algum lugar ou teria sido capturada? Às vezes ele se deixava acreditar que o rei tinha mudado de ideia, que Luzia estava segura no Alcázar ou em um convento ou mesmo de volta à Calle de Dos Santos. Às vezes imaginava que ela estava na casa acima dele. Víctor gostaria disso.

Se ela estivesse viva, então havia esperança, certo? Ou essa impotência seria uma punição pela juventude egoísta dele, seu passado assassino? Se ela estivesse escondida, precisaria achar um jeito de fugir da Espanha. Santángel podia obter-lhe dinheiro. Podia até arranjar documentos para uma viagem segura. Mas como prever o modo como sua própria influência poderia arruinar qualquer tentativa de libertá-la? Se sua fuga fosse um perigo para o seu patrão, ele nunca teria sucesso. Ele ensaiou argumentos para persuadir Víctor a ajudá-la. Imploraria pela vida dela como nunca implorara pela sua.

E se o seu patrão não concordasse? Havia um jeito de separar sua sorte da de Víctor de Paredes. Tudo que ele precisava fazer era cavalgar para longe. Ele viajaria ao longo da noite e encontraria um belo horizonte para servir como sua última visão do mundo. Queimaria até virar cinzas e sua morte romperia as amarras que o prendiam àquela família. A boa sorte de Víctor viraria cinzas junto com ele. Luzia teria sua chance.

Ele devia estar inconsciente quando Víctor mandou Celso pegá-lo do porão, porque não tinha lembranças de ser transportado. Acordou na sala de jantar, envolto no aroma de carne assada e vinho com especiarias. Não tinha apetite, apesar dos dias de fome, mas forçou-se a comer. Se queria pensar, se queria planejar uma estratégia, precisava recuperar as forças.

Víctor o observou e, quando Santángel afastou o prato, perguntou:

— Gostou de sua refeição?

— Gostou de sua pirraça? — Ele não queria discutir com Víctor, não queria fazer joguinhos, mas tudo deveria aparentar ser como antes.

— Eu esperava que você tivesse tempo para pensar. Livre de distrações.

Santángel não disse nada.

— Não quer saber onde está a criada?

— Você me contará quando lhe for conveniente.

— Vejo que sua compostura retornou. Mal reconheço o tolo apaixonado que encontrei sangrando no chão do bosque. — Víctor tamborilou nos braços da cadeira. — Seu lugar é comigo, Santángel. E sua tentativa de ajudar Luzia Cotado a evadir-se da captura não agradou Vázquez.

— Mas minha sorte o protegeu de qualquer perigo real, não é?

Víctor admitiu com um aceno.

— Sua amiguinha está criando problemas.

O alívio dele deve ter transparecido, porque Víctor sorriu.

— Sim, Guillén, ela está viva. Está em Toledo. Uma prisioneira da Inquisição.

Foram necessários cinco séculos de paciência para manter Santángel em sua cadeira. Ele queria saltar e esganar Víctor até aquele sorriso arrogante sumir de seu rosto. Queria roubar um cavalo e cavalgar noite adentro até ela.

— Por que a Inquisição? — ele conseguiu perguntar, satisfeito com a firmeza de sua voz.

— Ela foi denunciada.

— Por você?

— Não. Eu disse que fui enganado pelas ilusões dela, mas que não sabia nada de heresia ou tramas contra o rei.

E acreditaram nele. Sempre acreditariam nele. Enquanto Santángel vivesse.

Santángel sabia que deveria manter silêncio, não revelar mais nada, mas a loucura do covil do escorpião ainda estava com ele, arranhando seu bom senso.

— Eles a torturaram?

Víctor deu de ombros e Santángel pensou: eu o verei sofrer. Mesmo se levar mil anos, vou cortar esse sorrisinho desdenhoso de sua boca.

— Isso são assuntos do tribunal — disse Víctor. — Mas ela tentou fugir ontem à noite, com a herege Teoda Halcón. Aquele que acompanhava a criança morreu na tentativa, mas Teoda está livre.

— E Luzia?

— De volta à sua cela. Ela confessou tudo e enfrentará a sentença na Festa de Todos os Santos.

Menos de uma semana. Isso deixava pouco tempo para ele agir.

— O tribunal alega que ela teve ajuda dos guardas — continuou Víctor. — Mas minhas fontes dizem que ela fugiu de uma cela trancada e deixou as ruas fora do distrito da Inquisição em ruínas. Ela é mais poderosa do que eu imaginava, e mais imprudente.

— Você ainda quer se apropriar dos dons dela. — Claro que sim. Víctor via e desejava, desejava e reivindicava. Ele não sabia o que era ter um desejo negado.

— Ela é obstinada, mas pode ser quebrada, como todos podem com o tempo. Terá sua última audiência com o tribunal daqui a três dias e ouvirá sua sentença.

— Eles querem executá-la? — Só aqueles marcados para a morte recebiam as sentenças diante de um *auto de fe*.

Víctor assentiu.

— Mas não é tarde demais.

— Não? — Como ele soava tranquilo, entretido.

— Posso usar a minha influência, e a sua, para salvá-la da pira.

— Há limites para ambas, senão você nunca teria começado essa farsa para adquirir um título.

— Mas eu recebi meu título. Você está falando com um duque, Santángel.

— Então devo endireitar minha postura. — Santángel o estudou. — Você ofereceu seus serviços ao rei.

— Não precisei. O rei veio até mim. No dia após o espetáculo de marionetes.

Quando a lealdade de Santángel tinha mudado, quando ele cedera a sua necessidade por Luzia. Quando se deixara começar a amá-la e voltar à mente a ideia de libertar a ambos. Porém, embora ele fosse livre para dar sua lealdade e até seu coração inútil a Luzia, sua sorte pertencia a Víctor. As estrelas se alinharam para conceder a Víctor uma oportunidade, ao mesmo tempo que Santángel buscara roubá-la dele. Ele sentira o mundo mudar, mas não entendera em qual direção.

— Eu cultivei conexões com Filipe e o Conselho Supremo — disse o novo duque. — Posso convencê-los de que nossa criada era um mero peão nas intrigas de Pérez. Que ele e os Ordoño conspiraram para usá-la para seus próprios fins. Ela já confessou que seus *milagritos* eram meras ilusões.

Santángel via claramente a cena que Víctor pintaria para o tribunal: uma garota estúpida e iludida acreditando que tinha grande poder, sendo vestida em roupas elegantes e obrigada a apresentar-se para seus superiores, manipulada por *hidalgos* ambiciosos desesperados por dinheiro e sucesso social. Ela já tinha confessado. Ela se arrependeria, enfrentaria uma punição pública no *auto de fe*, e seria colocada nas mãos de Víctor de Paredes. Não haveria necessidade de pactos misteriosos para amarrá-la a ele. Aqueles que tinham sido julgados e reconciliados por heresia pela Inquisição não recebiam uma segunda chance. Se ela fugisse ou se Víctor escolhesse alegar que ela tinha recaído em práticas irreligiosas, ela seria presa e executada sem julgamento.

— Mas eu não sei que imprudência ela pode fazer em seguida — continuou Víctor. — Se ela não tomar cuidado, vai acabar com problemas de que nem eu conseguirei livrá-la.

— Você quer encoleirar nós dois?

— Por que não? O que eu não poderia realizar com uma *milagrera* e um familiar em minha casa? E isso não será uma espécie de felicidade? Uma eternidade juntos?

— Ela nunca concordará com isso. Viu o que você é.

Víctor riu.

— Guillén, acha que ela valoriza a própria vida menos do que você? As opções dela são a pira ou... — Ele gesticulou para a sala confortável, as brasas queimando, as taças de vinho cheias, as paredes de pedra pesadas e as peles. Uma vida de abundância.

— O que é que você quer de mim, Víctor?

— Você a ama? Não achei que tivesse essa capacidade.

— O que você quer? — repetiu ele.

— Você irá comigo a Toledo. Assistiremos ao sentenciamento diante do tribunal, e, se ela for tomada por visões de martírio ou ideias heroicas de morrer como uma mulher livre, você estará lá para convencê-la de que uma vida sob esse teto, uma vida com você, é preferível.

Santángel duvidava de que tal argumento persuadiria Luzia.

— Sentenciamentos não são abertos ao público. Prisioneiros da Inquisição não podem receber visitantes.

Víctor dispensou o protesto com um aceno.

— Eu não sou o público. Além disso, Lucrecia de León compareceu a festas com o chefe da prisão. Ovidio Halcón correspondeu-se com seus parceiros de negócios para organizar o confisco de sua propriedade. Tudo é permissível onde há dinheiro e vontade.

— Ela será uma vulnerabilidade para você, Víctor. Para sempre. As pessoas sempre vão se perguntar se você tem uma herege em sua casa, e se essa heresia também o macula.

— Você subestima seus próprios dons. Além disso, Pérez não pode fugir do rei para sempre. Uma vez que estiver nas mãos de Filipe, a criada não apresentará mais interesse para ele. Nós nos certificaremos de que ela vá à missa com a mesma regularidade com que mija, e ela será um testemunho da vitória da única Igreja verdadeira. Eu a arrastarei até Roma para tomar a comunhão, se for preciso. — Ele se recostou na parede. — Mas talvez eu tenha me enganado quanto a seus sentimentos por ela. Preferiria vê-la morta a vê-la pertencendo a mim?

Eu preferiria impedi-la de ser enterrada viva em um futuro de servidão. Mas ele não podia salvá-la sem Víctor. Todo esquema que pensasse se deturparia para favorecer a sorte dos De Paredes. Cada movimento que fizesse apertaria mais as cordas ao redor de Luzia. Ele pensara que talvez pudesse comprar sua própria liberdade com a dela, mas agora ambos seriam cativos. Ela o odiaria, e estaria certa em fazê-lo. Talvez escolhesse a pira em vez disso.

— Minha sorte não pode ser suficiente para você? — perguntou ele.

— Sua sorte me trouxe Luzia Cotado. Se o rei não a usará como o instrumento que ela deveria ser, eu o farei.

Lá estava a verdade com que ele engasgara no covil do escorpião. Ele a tinha condenado antes que sequer se conhecessem.

Capítulo 50

A cela era solitária sem Teoda e sem esperanças. Neva dormia mais do que qualquer pessoa que Luzia já conhecera, e ela ouvia com inveja os roncos da velha. Teria gostado de dormir ao longo daqueles dias intermináveis.

Agora Rudolfo ficava postado à porta dela a noite toda e não estava feliz com isso, mas seu mau humor era temperado pela expectativa pelo feitiço de amor que lhe era devido.

— Ainda não é hora — dizia Luzia. — Preciso saber mais sobre sua amada.

— Ela é linda — contou Rudolfo a ela. — Pele lisa, olhos como...

— Safiras. Sim, você me contou. Mas quais são seus interesses? De onde ela vem?

Rudolfo hesitou.

— Você quer um feitiço capenga? — insistiu ela. — Quer que ela se apaixone por algum outro homem chamado Rudolfo?

— Não! — exclamou ele.

— Todo mundo sabe que Mariposa Baldera é bela. Você precisa descobrir do que ela gosta e não gosta, sobre sua família, aprender tudo que puder sobre ela.

— Como eu vou fazer isso?

— Falando com ela.

— Eu não poderia.

Luzia suspirou.

— Então não há nada que eu possa fazer.

— Você vai me ajudar ou eu não deixarei que saia para pegar suas rações. Vai morrer de fome!

— Faça o que precisar — disse Luzia. — É você que vai viver sem amor.

No dia seguinte, ele voltou.

— Mariposa é de Salamanca. Ela tem um irmão que vai começar os estudos na universidade. Gosta de peixe frito e de lírios.

— Então você deve levar lírios a ela.

— É novembro!

— Me traga um bulbo.

— Eu não posso bancar tais coisas.

— Então desenterre um dos jardins do monastério.

— Isso é crime!

— Você pode ser um homem honrado ou pode ter amor, Rudolfo.

Sinceramente, que tipo de dúvida era essa?

Ele lhe trouxe o bulbo e ela sussurrou sobre ele, e então Rudolfo tinha lírios para levar à garota que amava.

— Você pode me tornar rico? — perguntou Rudolfo quando voltou. — O homem que a corteja é rico.

— Ela o ama?

— Não sei.

— Você perguntou para ela?

Teoda prometera magia a Rudolfo para ganhar alguns favores, e Luzia continuou a farsa para evitar represálias quando ele descobrisse que feitiços de amor eram bobagem. Mas agora ela gostava da ideia de ver Rudolfo caindo nas graças de sua dama. Agora que ele não cheirava a suor e seus dentes estavam menos manchados e ele tinha se dado ao trabalho de falar com ela, em vez de encará-la como todos os outros imbecis, talvez houvesse esperança para os dois. Além disso, era o único entretenimento que ela tinha.

— Tem certeza de que ele a merece? — perguntou Neva quando um Rudolfo radiante contou que tinha finalmente roubado um beijo.

— Melhor um homem que se esforça pelo amor dela do que um que a compra por uma beleza que vai esvanecer. Ele fala com ela. Trata-a com gentileza.

— Não vai durar — bufou Neva, rolando de lado para dormir. — As pessoas esquecem o trabalho necessário para fazer o vinho. Bebem tudo e se perguntam por que a taça está vazia.

Era verdade. Mas havia limites ao poder de Luzia. Se ela não podia ser feliz, se não podia viver além daquela semana, alguém deveria ter a alegria que ela não conseguira segurar.

No dia seguinte, Rudolfo chegou com seu jarro de água.

— Você deve se lavar — disse ele.

— Sentenciamento — disse Neva. — Não vejo meu filho há dois anos, mas acho que preciso ser uma beata famosa com dinheiro saindo da bunda se quiser receber respostas do tribunal.

— Quieta — disse Rudolfo. Era o único argumento que tinha.

Luzia pegou o jarro de água das mãos dele. Podia ver seu rosto na superfície, um fantasma preparado. Só aqueles que eram enviados para morrer recebiam suas sentenças antes da procissão e do ritual do *auto de fe*.

Ela aqueceu a água no fogão, depois se lavou o melhor possível, em pé na bacia. Não se importava com o que os juízes pensavam de sua aparência, mas não sabia se teria outra chance de se limpar.

Foi levada escada abaixo até o pátio grande e vazio, em seguida para a *sala dorada*, os caixotões dourados do teto flutuando acima dela, os azulejos com padrões de fitas ondulantes sob os pés. Lembrou-se da água engasgando-a, enchendo sua garganta, da escuridão se fechando sobre ela, do rosto sem lábios e sem olhos de Hualit. *Não haveria beleza ali*, pensou ela. Não haveria mentiras para oferecer a visitantes ou dignitários. Não haveria prazer para os homens que a amarrassem.

Duas grandes janelas ofereciam uma vista do pátio e das paredes da prisão além. Por que ela não conhecia palavras para fuga? Ou essa era outra magia grande demais para conter, outro feitiço que a partiria no meio? Talvez milagres reais pertencessem mesmo a santos. Ela pensou no anjo de Teoda. Ele veria um futuro agora? Estaria vigiando a criança que não era criança? Ao menos, Luzia tinha essa prova de sua rebeldia. Se Teoda vivesse, alguém se lembraria.

Os inquisidores estavam sentados em três cadeiras atrás da mesa, com um escriturário ao seu lado. Não haveria tortura naquele dia, e a dor lhe ensinara a temer menos a morte. Queriam que ela temesse a pira e ser queimada viva, mas ela nunca deixaria isso acontecer. Ela se arrependeria e deixaria o carrasco estrangulá-la. Ou talvez os deixasse atear fogo a ela, depois curasse a pele e os pulmões até estar cansada demais e ter que deixar as chamas a consumirem. O que pensariam quando o calor não escurecesse sua pele? Quando seu cabelo queimasse, mas seu corpo não virasse cinzas? Pulariam sobre ela com facas ou a partiriam em pedaços? Ou se perguntariam se estavam criando uma nova mártir? Claro, ela poderia simplesmente entregar-se à magia selvagem e deixar-se rasgar. Talvez levasse parte da plateia consigo. Ou, se o rei viesse assistir, ela podia tentar cortá-lo no meio antes de morrer. Que a Espanha caísse no caos. Ela não estaria ali para ser punida pelo crime.

Mas seus passos vacilaram quando viu que os juízes não estavam sozinhos. Víctor de Paredes estava parado, numa pose relaxada, diante de uma fileira de cadeiras à direita do tribunal. Ele usava seda preta com cordões de veludo preto e detalhes em trança prateada, a mão apoiada no cabo incrustado de joias da espada em seu quadril. Atrás de Víctor, entre sombras que pareciam agarrar-se a ele como teias de aranha, estava Santángel.

Ele estava vivo e não havia sinal visível de uma ferida que deveria ter sido mortal. Ela sabia que, se abrisse a jaqueta e afastasse a túnica dele, não encontraria cicatriz ou marca na pele lisa. Ele tinha perdido um pouco da força que ganhara em La Casilla, mas ainda parecia brilhar.

Quem era ele, aquele homem que ela conhecia mais intimamente que qualquer outro? Ela queria acreditar que ele só ficara longe dela porque Víctor o impedira de vir, mas sua fé parecia fora de alcance. O olhar dele pousou nela, mas Luzia não sabia como interpretá-lo. Ele estava ali para defendê-la? Denunciá-la? Havia quanto tempo ele e Víctor estavam ali, conversando com o tribunal?

Don Pedro – ou pelo menos o homem que Luzia achava ser Don Pedro, já que ainda tinha dificuldade em diferenciá-los – dirigiu-se a toda a sala.

— A acusada, Luzia Calderón Cotado, foi trazida aqui porque Don Víctor de Paredes, um bom e sábio amigo da Igreja, ofereceu-se para falar em seu nome. Se ela responder à sua consciência e à vontade de Deus com uma confissão verdadeira e honesta, sua sentença será decidida por essa *consulta de fe*, sua punição e penitência realizadas amanhã em plena vista do povo espanhol na Plaza de Zocodover.

Então Víctor viera reivindicá-la, afinal. Apesar do *torneo* fracassado e do espectro da Inquisição, de alguma forma ela mantivera seu valor. Mas que preço a proteção dele exigiria?

Don Pedro virou-se para Luzia.

— Luzia Calderón Cotado, você foi acusada de heresia e de conspirar com outros hereges para perverter os ensinamentos da Igreja e escarnecer de Deus. Se falar agora e nos contar quem a conduziu erroneamente, talvez não salve sua vida, mas salvará sua alma.

Luzia não sabia bem que jogo eles estavam jogando. Ela ainda poderia enfrentar uma pena de morte. Será que havia palavras que a salvariam da pira, mesmo que a deixassem para sempre em dívida com Víctor? A quem ela deveria acusar? E se dissesse as palavras erradas, falasse o encantamento incorreto, eles a arrastariam de volta por aquelas escadas e sob a água?

Luzia limpou a garganta, engolindo o medo.

— Ovidio Halcón — arriscou ela. O tribunal não podia fazer nada contra ele ou sua irmã agora. — Ele me apresentou a ensinamentos novos e estranhos. Disse que eu fui enganada pelos meus pais e padres.

Don Pedro deu um resmungo insatisfeito.

— Estamos bem cientes das perfídias dos Halcón e de sua associação com eles. Ovidio Halcón está além do nosso alcance, mas não do alcance de Deus, e quando sua filha for capturada vai enfrentar sua própria punição.

Então Teoda ainda estava viva e livre. Luzia esperava que estivesse longe das fronteiras da Espanha e que suas noites fossem livres de sonhos.

O homem à direita de Don Pedro se remexeu no assento. O nome *dele*, Luzia sabia: Don Francisco, o homem que pusera o véu de noiva tão amorosamente no seu rosto.

— Se isso for tudo que a prisioneira tem a oferecer, não há nada que possamos fazer por ela. Está claro que ela não está preparada para aliviar sua consciência inteiramente.

Eles queriam novas pessoas para culpar, novos prisioneiros para encher suas celas. Mas quem ela deveria condenar?

— Señores — disse Víctor, seus olhos verdes úmidos fixos em Luzia. — Eu não lhes disse que ela é estúpida? Precisará de mais orientação.

Don Pedro uniu os dedos.

— Conte-nos o que aconteceu sob o teto dos Ordoño.

— Eu já contei — respondeu Luzia.

— Contou-nos que ia à missa e jejuava, mas e seus patrões?

Então esperavam que ela denunciasse Marius e Valentina. Eram eles o sacrifício que Don Víctor queria que ela oferecesse. Luzia pensou no cheiro do *cocido*, em Valentina destrançando seu cabelo, no galhinho de alecrim enfiado na manga dela, em migalhas mínimas de proteção, migalhas mínimas de gentileza após anos de tapas e socos e desdém.

— Eles rezavam como pessoas de bem — disse Luzia.

— Eles se encontravam com Antonio Pérez — insistiu Víctor.

Luzia permitiu-se uma risadinha encabulada.

— Ah, não, señor. Eles não mantinham tais companhias. Não eram pessoas elegantes.

A mão de Don Víctor flexionou no cabo da espada ornamental. Ele gesticulou para Santángel.

— Esse é meu criado. Ele a ajudou a se preparar para o *torneo* e pode atestar como ela é estúpida e facilmente conduzida. Ele pode encorajá-la a falar a verdade.

Luzia viu os homens do tribunal piscarem. O escriturário franziu o cenho e ajeitou suas páginas, a expressão confusa. Luzia sabia que eles não diriam nada, mas cada um estaria se perguntando como deixara de notar o estranho em seu meio.

— Afirme seu nome para que possa ser inserido no nosso registro — disse Don Pedro.

— Guillén Barcelo Villalbas de Canales y Santángel.

— E que papel você tinha na Casa Ordoño?

— Eu agi como uma espécie de tutor da señorita Cotado.

— Então tinha motivos para passar tempo com Don Marius e Doña Valentina.

— Não.

Víctor apertou os lábios.

— Então de que serve você a esse tribunal? — perguntou Don Pedro.

— Nos anos em que servi ao meu patrão, fiz tudo que pude para proteger o bom nome dele. Vi muitas pessoas tentarem feri-lo ou difamá-lo, e aprendi que os ataques mais perigosos nunca são diretos. São as flechas atiradas dos flancos ou por trás que encontram seus alvos.

— Eu não vejo o que... — começou Don Pedro.

Mas Santángel não estava olhando para Don Pedro. Seus olhos de opala estavam fixos em Luzia quando disse:

— Às vezes, os críticos dele até tentaram me alvejar em suas tentativas de prejudicá-lo.

Luzia lembrou-se de estar na margem do lago antes do terceiro desafio, cheia de fúria e amor, ameaçando matar Víctor de Paredes. Santángel lhe avisara que a sorte dele garantiria que ela fracassasse. *Eu já vi incontáveis pessoas tentarem derrubar De Paredes*, dissera-lhe. *Eles nunca tiveram sucesso. Teria sido mais útil se me ferissem. Mas, se não conseguem ver um alvo, não podem mirar direito.*

Luzia o via claramente. Sempre o vira. E agora ele estava lhe dizendo para atacá-lo, mas por quê? Qual era o plano dele?

Don Pedro disse:

— Muito bem, mas como isso se relaciona à prisioneira?

— Eu tenho uma declaração a fazer — disse Luzia. Ela só podia rezar para que Santángel soubesse o que estava fazendo.

Don Pedro fez um aceno impaciente.

— Então vamos ouvi-la.

— O homem chamado Santángel testemunhou de fato meu tempo com os Ordoño. Visitava-me lá quase todo dia. Eu não entendia o que estavam me pedindo para fazer. Ele me disse que eu receberia dinheiro, e comida, e vestidos bonitos. Muitos vestidos bonitos. — Que eles acreditassem que ela era uma tola, contanto que acreditassem nela. — Eu fui seduzida para longe da Igreja e para o lado do diabo. Por Guillén Santángel.

Víctor fez um ruído rouco e surpreso.

Don Gaspar empurrou a cadeira para trás e nem o escriturário conseguiu esconder sua surpresa.

— A garota está confusa — tentou Víctor.

— Pergunte a minha criada de La Casilla — continuou ela. — Ela é empregada de Don Víctor. Pergunte a ela quem vinha a meus aposentos tarde da noite. Não foi Marius Ordoño que tomou minha virtude e me convidou a mancomunar com o diabo. Santángel admitiu ser ele mesmo um demônio.

A risada de Víctor não foi convincente.

— A garota é mais iludida do que eu percebia.

— Ele disse que Cristo não é nada mais que um ilusionista — continuou Luzia, desfrutando da raiva nos olhos de Víctor. Santángel lhe apontara o caminho. Mesmo que não entendesse o destino que estava escolhendo, ao menos ela via a estrada à sua frente. — Ele disse que a ressurreição era um truque que qualquer um podia dominar. Corte-o e veja como ele se cura. Apunhale-o no coração e ele se erguerá, vivo e ileso.

Santángel sorriu. O caminho estava escolhido. A encruzilhada ficara muito para trás.

Os juízes não pareciam escandalizados, só desconfortáveis. A Inquisição considerava a feitiçaria uma ilusão. O diabo era real, mas ele não visitava as cozinhas de Madri. Don Pedro balançou a cabeça e Don Francisco suspirou.

— Está claro que ela enlouqueceu — disse Don Víctor — e quer pagar minha gentileza com crueldade. Melhor pôr fim a esse espetáculo patético.

— Você tem razão — disse Santángel lentamente, testando as palavras na boca. Ele deu um passo à frente e os juízes se encolheram. O escriturário soltou um pequeno gemido. Era como se o vissem de verdade pela primeira vez, uma criatura de luz e sombras, o cabelo brilhante, os olhos cintilantes. — É hora de pôr fim a essa farsa. A criada fala a verdade. Eu sou um serviçal de Satanás.

Capítulo 51

Santángel sentiu a sala entortar, os planetas se moverem, como se um novo alinhamento tivesse sido alcançado. Era a mesma sensação que experimentara em sua primeira noite com Luzia, como se o céu tivesse se rearranjado e a noite fosse mostrar-lhes novas constelações – a forma de uma romã, um caminho através de um laranjal.

Luzia fora a adaga na mão dele. Ela tinha mirado no único alvo possível: a reputação dele, não a do seu patrão. Tinha transformado Santángel em um risco. Mas ele seria irredimível o suficiente? Maculado o suficiente pela ameaça de magia sombria? Tão perigoso para Víctor que a preservação de sua sorte exigiria que eles fossem separados?

— Acha que vai salvá-la assim? — sussurrou Víctor furiosamente.

— Você vai me reivindicar agora? — perguntou Santángel, incapaz de esconder o sorriso. — Eu vou morrer em uma pira e ela será libertada. Eles podem espancá-la ou exilá-la, mas ela vai viver. Não vai precisar do seu dinheiro nem da sua influência quando nenhuma acusação de heresia pairar sobre ela.

— Eu vou encontrá-la e amarrá-la a mim. Será um presente que darei a meus filhos e aos filhos deles.

— Ela é poderosa o suficiente para frustrá-lo, e sabe tudo sobre o pacto que fiz com Tello. Você não pode me usar para curvar o destino dela quando eu estiver em minha cova. A armadilha não será disparada. Vá em frente, diga a eles que também sou louco. Chame-me de mentiroso. Você sabe o que eu posso mostrar a eles. Sabe o que vai acontecer se me torturarem.

— Você está fazendo uma confissão? — perguntou Don Pedro. — Entende que cada palavra será documentada, que está confessando possessão demoníaca e feitiçaria. Não há punições para esse crime. Nenhum modo de se retratar. Você será entregue à autoridade civil para execução.

— Eu entendo.

— E os Ordoño? E Víctor de Paredes? Eles conhecem a abominação que abrigavam?

Santángel teria gostado de ver Víctor jogado numa cela, mas não podia arriscar. Se denunciasse e incriminasse Víctor, não tinha dúvidas de que os juízes não o achariam confiável. Ele seria considerado lunático ou a culpa se voltaria outra vez contra Luzia, para preservar a reputação de Víctor. A influência da sorte de Santángel não permitiria que Víctor sofresse dor ou humilhação real.

— Não — disse ele. — Eu lhes asseguro, os Ordoño eram apenas tolos crédulos, e Víctor de Paredes jamais aceitaria tal blasfêmia sob o seu teto.

Don Francisco fez um gesto para o chefe da prisão.

— Você será levado em custódia. O chefe lhe encontrará uma cela e... Nós nos reuniremos a sós para considerar o julgamento.

Isso preocupou Santángel; podia levar anos até que recebesse uma sentença. Víctor poderia achar um modo de trazê-lo de volta para sua casa nesse tempo. Claro, se Víctor deixasse Toledo, Santángel viraria cinzas na primeira manhã em que ele sumisse.

— Você ainda está amarrado a mim — sussurrou Víctor. — Não falará nenhuma palavra contra mim.

— Eu deveria ter roubado isso de você há muito tempo.

— Señores — disse Víctor —, eu imploro um pouco mais de paciência de...

Don Pedro o interrompeu.

— É difícil para mim conceber que um homem de seu intelecto e conhecimento do mundo tenha tido duas pessoas em seu serviço...

— Luzia Cotado não trabalhava na minha casa.

— Mas você é o mecenas dela, não é? E planeja torná-la membro de sua casa depois que ela for publicamente sentenciada e punida?

Santángel esperou, perguntando-se para qual lado a sala se inclinaria em seguida.

— Sim — disse Víctor, embora não parecesse seguro de si.

— Você será responsável pelo bem-estar espiritual e a educação dela. Ela não pode ser iludida dessa forma outra vez.

— Eu compreendo.

Por alguns momentos, os juízes se viraram uns para os outros, cochichando, mas Santángel não conseguia ouvir o que tinham a dizer. Ele estava prestes a ser depositado em uma cela escura por tempo indeterminado para esperar pela morte, mas se sentia mais livre do que em centenas de anos. Porque Luzia viveria. Porque Víctor poderia permanecer rico e feliz, mas sempre saberia o que Santángel tirara dele.

Ele observou Luzia, mais pálida do que costumava ser, a pele amarelada sob as sardas. Seu vestido estava até limpo, mas frouxo na cintura, e sua expressão estava perturbada enquanto o observava de volta. Ele sabia que ela esperava que ele revelasse algum truque que libertaria os dois. Mas ele não tinha outra carta na manga. Ele morreria e ela viveria. Uma barganha trágica, mas limpa. Ela ficaria com raiva dele, talvez chorasse por ele, mas, quando estivesse morto, ela acharia um modo de se libertar de Víctor. Ele não teria mais a sorte de Santángel para protegê-lo. Ela teria uma chance.

Ele queria poder dizer tudo a ela, mas em vez disso eles esperaram em silêncio.

O chefe da prisão desapareceu pelas portas orientais, e Santángel esperava que ele voltasse com correntes ou mais guardas para escoltá-lo até as celas. Porém, quando retornou, ele veio com o Príncipe das Azeitonas. Doña Beatriz os seguia, usando um vestido de renda dourada, as mãos apertadas.

Donadei tinha uma expressão de humildade respeitosa, mas parecia tão saudável e bronzeado como sempre, vestido em veludo e com os cachos reluzentes. Só a sua cruz estava diferente. A enorme esmeralda ainda estava no centro, mas as pedras de jade que a cercavam foram substituídas pelo que pareciam ser diamantes.

Ele fez uma mesura aos juízes.

— Fortún Donadei, convocamos sua presença hoje porque você é um serviçal verdadeiro e leal da Igreja e porque estava no *torneo*. Testemunhou os estranhos eventos que ocorreram lá. Viu as ilusões criadas pela fraude Luzia Cotado. Viu-a na companhia desse homem, Santángel?

Os olhos de Donadei correram pelo cômodo. Ele estava tentando se orientar, encontrar alguma indicação do que o tribunal desejava.

— Eles são fornicadores. Eu sei disso.

— Como?

— Eles ostentavam. Eu os vi se abraçando nos jardins.

Como ele mentia fácil. Santángel se perguntou o que diria em seguida.

— Quem mais sabia desse relacionamento? — perguntou Don Pedro.

De novo, Donadei fez uma pausa e Santángel o viu fazendo cálculos.

— Os Ordoño. Valentina Ordoño até ofereceu a señorita Cotado para mim. Ela queria que nos apegássemos. Acho que esperava influenciar os resultados do *torneo*.

— Aquela competição amaldiçoada não nos interessa — disse Don Pedro. — Consulte sua consciência e fale a verdade.

Ele ficou quieto.

— Quem mais? — insistiu Doña Beatriz, seu olhar voltado obviamente na direção de Víctor.

Mesmo antes que Donadei falasse, Santángel sentiu de novo, aquela oscilação, a sensação de que a sorte estava se impondo.

— Mais ninguém. Não era de conhecimento geral. Eu não espalhei fofocas. — Ele fez uma pausa antes de dizer: — Eu sei que Don Víctor acreditava que sua campeã era absolutamente pura e santa. Falava dela com frequência como uma mulher boa e devota. Receio que a criatura Santángel e Luzia Cotado tenham conspirado para enganá-lo.

Lá estava. Donadei estava fazendo um lance por um novo mecenas para libertar-se de Doña Beatriz. Houve uma época em que buscara evitar uma associação com Víctor de Paredes, mas ele era arrogante demais para temer maldições, e suas preocupações foram banidas por sua própria ambição, agora que o serviço ao rei não era uma opção. A boa sorte de Santángel tinha movido as peças no tabuleiro para salvar a reputação de Víctor e colocar dois *milagreros* sob o seu teto – Luzia e o Príncipe das Azeitonas. O afortunado Víctor de Paredes, o homem mais sortudo de Madri.

Don Pedro se inclinou para a frente.

— Então você quer dizer que Luzia Cotado participou dessas tramas?

Com isso, Santángel ficou tenso. Sua aposta não podia ser desfeita tão rápido. Donadei precisava dizer não.

O olhar de Donadei passou de Luzia para Víctor de Paredes. Que forças agiam sobre ele, além de sua própria ganância? De que modo a influência que favorecia Víctor o moveria?

Por fim, ele disse:

— Ela é vulgar e imoral, mas não tão pouco instruída quanto parece. Eu a vi muitas vezes sussurrando com Antonio Pérez e a herege Teoda Halcón.

Fácil assim, as estrelas tinham encontrado seu novo alinhamento.

Negue, Santángel implorou silenciosamente a Luzia. Diga ao tribunal que Donadei tentou seduzi-la para formar uma aliança contra Pérez, que menosprezou Doña Beatriz e Jesus e todos os apóstolos dele em sua presença.

Mas Luzia simplesmente deu de ombros.

— Tudo que ele diz é verdade. Eu minto tão fácil quanto respiro. O diabo sussurra e eu respondo. Gostaria de ver o papa pendurado pelos tornozelos e o rei Filipe pregado ao lado dele.

Os homens na mesa arquejaram. Doña Beatriz fez o sinal da cruz. Santángel queria rugir de frustração. O que ela estava fazendo? Por que conceder tão fácil? Por que se incriminar tão completamente? A força de sua influência amaldiçoada podia ser tão forte? Tudo aquilo tinha sido em vão?

Os guardas seguraram Luzia enquanto o chefe da prisão foi na direção de Santángel.

— Eu verei você e aquela puta inútil queimarem — murmurou Víctor.

Tinha acabado. Santángel não fizera nada exceto condenar a ambos.

— Para que seu entretenimento dure mais, tentarei morrer devagar. — Enquanto o chefe da prisão o levava para longe, ele murmurou, alto o suficiente para que o patrão não deixasse de ouvir: — Boa sorte, Víctor.

Capítulo 52

De volta à escuridão de sua cela, enquanto Neva murmurava no sono, Luzia contemplou a estrada que ela e Santángel tinham escolhido. Ela sabia que ele pretendia libertá-la ao se condenar, e quase o deixara fazer isso. Perguntou-se se o Príncipe das Azeitonas sabia quão implacável era seu novo patrão.

Donadei se aproximara dela na câmara de audiências enquanto Luzia esperava para ser levada à sua cela.

— Eu rezarei pela sua alma — disse ele bem alto, depois sussurrou: — Viu, freirinha? Eu ganhei no fim.

— Tem tanta certeza?

— Meus milagres farão maravilhas por ele e eu não vou ter que ouvi-lo gemer embaixo de mim toda noite para merecer meu sustento.

— O que aconteceu com os sussurros de *milagreros* e seu medo de Víctor de Paredes? Você deveria escutar seus próprios alertas.

— Realmente ainda me considera um caipira? Don Víctor tem o favor do rei e logo eu terei um lugar na corte. Ainda serei o campeão do rei.

— Sua ambição vai enterrá-lo.

— Me dê mais conselhos antes de ser acorrentada.

— Então chame de vitória, Fortún. Sobre mim. Teoda. Pérez. Só peço uma coisa: não venha testemunhar minha humilhação. Não compareça ao *auto de fe* e o que está fadado a acontecer depois. Imploro a você, conceda-me essa consideração.

O rosto de Donadei se abriu num sorriso radiante.

— Você até implora mal. Eu estarei lá para ver você e seu amante queimarem. Então Don Víctor terá um *milagrero*, e eu estarei no caminho de volta ao palácio. — Ele fez uma mesura e declarou: — Que Deus tenha piedade de você, Luzia Cotado.

Sua feiura deveria ter transparecido em seu rosto, pensou ela. Mas só histórias e peças funcionavam assim, e talvez ela devesse ficar grata por isso. Se aquilo fosse uma história contada a crianças, chifres e presas brotariam nela pelo que pretendia tentar.

— Você falou a verdade? — perguntou Rudolfo quando assumiu seu posto fora da cela dela naquela noite. — Que fodeu o serviçal de Satanás?

— Se eu conseguir fazer Mariposa Baldera amá-lo, você se importa que eu possa ser má?

Ele hesitou.

— Não. Mas ela já está afeiçoada a mim.

— Afeiçoada. Que agradável. Fico feliz por afeiçoada ser bom o suficiente para você.

Rudolfo pressionou o rosto contra a grade da porta.

— Mas não é o suficiente para mim!

— Então você deve fazer como eu ordeno, pois morro amanhã.

Quando ela lhe contou suas exigências, ele disse:

— Impossível! Não, não posso.

— Pelo menos ela é afeiçoada a você.

— Eu quero que ela me ame completamente — implorou ele. — Sem juízo. Sem razão.

Que maldição a lançar contra alguém.

— E o que acontece quando o prêmio for vencido? Quando cansar dela?

— Nunca vou cansar dela — disse ele, fervoroso.

Falava com sinceridade, e talvez aquilo se provasse verdade. Mas Luzia ficou feliz por não ter mesmo o poder de alterar corações, e rezou para que Mariposa tomasse suas decisões com sabedoria.

— Posso explicar a você como fazer uma *nuska* — disse Luzia — e onde colocá-la. Então estará feito, mas primeiro você deve fazer o que eu pedi.

Ele se recusou. Argumentou. Pareceu prestes a chorar. E então, claro, cedeu. Porque acreditava que o amor estava ao alcance dela. Havia algo mais perigoso que um homem cheio de esperança?

Quando os sinos tocaram as dez horas, ele a levou à cela de Santángel.

— Você tem uma hora — sussurrou ele. — Não façam... barulho.

Santángel se ergueu. Ele brilhava na luz baça, um tesouro inesperado.

— Por quê? — perguntou ele. — Por que se condenar à morte?

— Você quer discutir ou quer me beijar?

Ele fechou o espaço entre eles com dois passos e a tomou nos braços.

— Eu lhe garanto que sou capaz de ambos.

Por que ela desperdiçara tempo duvidando dele? Ele era um assassino. Era um mentiroso. Não era um homem bom. Mas era possível que ela não quisesse um homem bom.

— Eu estava tentando salvar você — disse ele, segurando o rosto dela, traçando as curvas do seu pescoço com a ponta dos dedos.

— Eu sei — disse ela. — Foi muito dramático da sua parte. Muito romântico.

— Mesmo assim, morreremos juntos amanhã. Por que você não me deixou salvar sua vida?

— Você viveu séculos a serviço de Don Víctor. Realmente me relegaria a isso?

— Você não estaria amarrada pela minha maldição! Sabia que não deveria fazer aquele pacto.

— Apesar do dom dele para escolhas cruéis?

— Você teria encontrado um modo de derrotá-lo, como eu nunca fiz.

— Acredita que eu poderia?

— Sei que sim.

— Então confie em mim agora, Santángel. Como uma vez pediu que eu confiasse em você. Nossa morte não será em vão. No mínimo, posso torná-la indolor. — Ela se aproximou, grata pelo calor dele, pelo prazer de se aconchegar nele como amantes faziam, como eles talvez nunca fizessem de novo. — Eu vi você uma vez antes de nos conhecermos no pátio. Você estava na carruagem de Víctor. Quando olhei para você, senti que estava flutuando para fora dos meus sapatos.

— Eu sei — murmurou ele contra o cabelo dela. — Não era primavera, mas as amendoeiras floresceram, e eu me perguntei qual chance tinha passado.

— Fui eu que fiz aquilo?

— Foi o seu poder reconhecendo o meu. Eu não queria acordar para o mundo. Mas você me obrigou.

— Você se arrepende disso?

— Deixe-me destrançar seu cabelo e não terei qualquer arrependimento.

Ela riu, o som estranho na infelicidade úmida das celas.

— Não tem medo de morrer?

— Pensará menos de mim se tiver?

— Não. Estou aterrorizada.

— Eu gostaria de ter morrido como um homem livre, não amarrado a uma estaca. Mas mereci meu lugar na pira. Você não fez nada exceto tentar viver.

— Não me negue o crédito por meus esforços imoderados. Eu trabalhei duro pelo meu lugar nessa prisão.

Era estranho saber que por fim ela desapareceria como sua mãe, como seu pai. Talvez esse sempre tivesse sido o seu destino.

Seu pai era difícil de prever, propenso a tempestades súbitas e arroubos de contentamento. A mãe sabia como lidar com as mudanças dele, deixando a chuva passar com pouco mais que um dar de ombros. Luzia tentou seguir o seu exemplo. Aprendeu a suportar a tristeza profunda que caía sobre ele, quando tudo que ele queria era dormir e ser deixado quieto e sozinho. Até fez as pazes com os acessos de fúria que pareciam chegar sem provocação. Mas os entusiasmos súbitos eram mais difíceis de suportar, a empolgação tagarela. Ela sorria e assentia com ele, mesmo enquanto se sentia fechando-se como um punho. Alguém tinha que ser desconfiado, ser prático. Alguém tinha que estar pronto quando tudo desmoronasse.

Quando ele pendera demais em uma das direções, a mãe de Luzia estava lá para estender uma mão e endireitá-lo, mas, quando Blanca morreu, ele perdeu seu equilíbrio. Oscilava de momento a momento, humor a humor, perseguido de um dia ao outro pela perda. Às vezes trabalhava e voltava para casa para as refeições, mas era mais frequente desviar da sua rota e simplesmente ficar parado na rua, falando ou chorando, o rosto erguido para as nuvens, procurando algum sinal que Luzia não conhecia. Um vizinho o trouxe para casa uma noite e sussurrou:

— Eu o ouvi falando hebraico fora de San Ginés. Não sei quem mais ouviu, mas ele precisa tomar cuidado.

Luzia ficou esperando, frenética, certa de alguém menos gentil tinha entreouvido e o denunciaria, de que a Inquisição chegaria para os dois.

— Se ao menos ele tivesse podido lavar o corpo dela — dissera ela a Hualit. — Se tivesse podido rezar por ela, sentir o luto direito...

Mas Hualit não tinha paciência para tais conversas.

— Não importaria se ele tivesse suplicado para ela encontrar *menuchah nechonah* a plenos pulmões. — Ela bateu na têmpora. — A mente dele é perturbada.

Então, como eu o tranquilizo?, Luzia queria saber. Ela tinha doze anos e sentia falta da mãe e não sabia como viver com um homem que chorava e rasgava as roupas, depois desaparecia por dias e voltava com olhos brilhantes e cheio de promessas e planos.

Uma manhã, Luzia percebeu que o pai tinha voltado para casa à noite sem a carroça. Ela vagou pelas ruas procurando por ela, como se procurasse um cão perdido, sussurrando preces para que estivesse depois da próxima esquina, e da próxima, que alguma pessoa boa e honesta dissesse: "Ah, não se preocupe. Eu sabia que não deveria ficar na rua, onde qualquer um poderia pegá-la". Caminhara até os pés sangrarem e, quando finalmente voltou para casa, o pai estava assoviando sentado à mesa, rabiscando notas no papel que eles usavam para embrulhar o pão. A carroça não importava, ele disse a ela. Eles abririam uma loja.

Por fim, ele parou de voltar para casa. Eles perderam seu apartamento. Luzia foi trabalhar para os Ordoño. O pai aparecia às vezes na casa de Hualit ou no beco atrás da Calle de Dos Santos. Luzia tentava dar comida para ele, fazê-lo ficar e conversar. Ele só aceitava pão se estivesse queimado, legumes se ela dissesse que estavam começando a apodrecer. Se oferecia dinheiro, ele devolvia.

— Ele acha que é uma expiação — disse Hualit. — Não consegue se perdoar por não ter enterrado sua mãe como deveria.

Um inverno, Luzia usou seu salário para comprar um novo casaco e botas para ele. Tinha economizado por meses para saber que ao menos ele estaria aquecido quando estivesse vagando pelas ruas. Ele vestiu o casaco com orgulho, radiante. Tinha feito uma dancinha alegre em suas novas botas e dito que a filha era uma bênção.

Dois dias depois, ela caminhava perto do Prado quando viu um grupo de pessoas junto a uma das pontes. Os *cuadrilleros* estavam tentando pescar um cadáver do rio.

Ela disse a si mesma para não olhar, para ir para casa, que não era da sua conta. Mas seus pés já a estavam carregando através da multidão. O pai estava ajoelhado sob a ponte, as mãos apertadas, o rosto virado para o céu, exultante. Estava descalço e vestido em trapos. Tinha morrido congelado durante a noite.

Hualit a alertara para não reivindicar o corpo. Ele podia ser um mendigo, mas também havia boatos de que era judaizante.

— É perigoso demais, querida — disse ela. — Não há nada que você possa fazer por ele agora. Todos acabamos no mesmo lugar, de toda forma.

— Eu o matei — sussurrou ela. O novo casaco e as botas eram elegantes demais, preciosos demais. Claro que ele os dera. Se ela simplesmente o tivesse em suas roupas puídas e gastas, ele teria ficado com frio, mas teria vivido.

Hualit suspirou.

— Pelo menos ele morreu feliz. É mais do que a maioria de nós pode esperar.

Agora Hualit estava morta também.

Dias depois, Luzia tinha ido à ponte. Ela recitara o que conseguia se lembrar de El Maleh Rachamim. Rezara para que o casaco mantivesse alguém aquecido. Rezara para que ela também não terminasse no frio, de joelhos.

Todas as maldições requerem sacrifício, Donadei lhe avisara uma vez. Como ela tinha se preocupado com essas palavras, sobre o significado de sacrifício, quando tão pouco resultava da perda. Ela tinha matado o pai com seu amor, suas belas intenções. Agora, seu amor também mataria Santángel. Ela o destruiria, e a si mesma. Essa seria sua oferenda.

Ela apoiou a cabeça no peito de Santángel.

— Você conhece alguma magia real? Magia grandiosa? Como aquela das histórias?

Ele tomou a mão dela, apertou os lábios nos nós dos dedos e apoiou as palmas apertadas contra o coração.

— Só essa — disse ele, conforme a manhã se aproximava. — Só essa.

Capítulo 53

No dia do *auto de fe*, Marius Ordoño escolheu ficar em sua cama. Era um dia santo, então ele teria que se levantar e ir à missa mais tarde. Mas, por enquanto, dormiria só mais um pouco. Sabia que, se levantasse e pedisse comida, Águeda prepararia algo para ele, mas a contragosto. A carne estaria dura. A sopa não teria sal. Ele não conseguia se livrar da sensação de que a cozinheira o julgava pela ausência de Valentina. Além disso, a cozinha parecia muito distante, e a manhã estava fria.

Quando se levantou para se aliviar, ouviu o som de algum instrumento de corda sendo tocado, e vagou pela casa em suas roupas de dormir, tentando descobrir a origem. Por fim, chegou ao quarto de crianças vazio, onde uma janela fora deixada aberta. Na casa do outro lado da rua, podia ver uma mulher sentada com sua harpa, as mãos se movendo sobre as cordas. Ele sentou-se e escutou e depois de algum tempo chorou.

Do outro lado da rua, a mulher continuou tocando, sem saber por que escolhera retornar à sala de música naquela manhã, uma vez que fazia muito tempo que não buscava prazer ali. Ela não sabia para quem estava tocando ou por que escolhera uma peça tão triste. Nunca pensara muito nos residentes da Casa Ordoño, portanto não se perguntou aonde a mulher tinha ido. Ela tocou e tocou, sem pensar em como os dedos doíam, nem na criada que havia olhado pela janela e ansiado pela música e que jamais ouviria sua canção.

Na cozinha abaixo, Águeda e sua sobrinha jogavam cartas, já que não havia mais nada para fazer. Seu filho estava sentado à mesa, remexendo com uma colher, taciturno. Ela havia ido à missa naquela manhã e rezado pela alma de Luzia. Sem dúvida a criada tinha recebido o que merecia por sua perversidade, mas Águeda podia ser generosa. Ela certificou-se de oferecer preces de agradecimento também, por os Ordoño não terem sido presos nem terem sua propriedade confiscada, por ela ainda ter um emprego e poder pagar seu aluguel, já que o marido morrera havia muito e o filho não fazia nada além de choramingar por Quiteria Escárcega, agora que a dramaturga tinha ido para Toledo. Outra dádiva de Deus. Ela deixou uma tigela de mingau doce feita com canela e mel na frente dele, ordenou que comesse e fez outra prece para que isso o curasse dos suspiros.

O rei chegara a Toledo na noite anterior. Sua gota tornara a viagem desagradável, assim como a notícia de que Pérez se evadira mais uma vez. Havia boatos de que o traidor iria à Inglaterra encontrar um comprador para seus segredos. Ele se amaldiçoou por sua indecisão, por deixar Pérez continuar com o *torneo*, pelas especulações e os rumores loucos que ele tinha fomentado. Aquele dia seria o primeiro passo para corrigir tudo aquilo. Ele rezaria com seu povo. Eles seriam lembrados do custo da heresia e de que se podia fugir da Espanha, mas não de Deus. E, quando o traidor fosse capturado e La Casilla confiscada, Filipe a tornaria um lugar sagrado. Deixaria seus ministros venderem as pinturas de Pérez e suas pilhas de tecido prateado. Faria todas as imagens de sua *impresa* de labirinto serem quebradas.

Quando entrou no distrito da Inquisição, Filipe viu os andaimes elaborados e o anfiteatro que foram erguidos desde que o *auto de fe* fora anunciado, e notou que o palco, com a plataforma para o Inquisidor Geral, encontrava-se mais alto do que o balcão destinado ao rei e seus filhos. Talvez isso o perturbasse, ou talvez o agradasse, pois Filipe era um homem devoto. Quem pode saber os pensamentos que enchem a cabeça de um rei?

Quiteria Escárcega acordou ao amanhecer, comeu um ovo cozido polvilhado com tomilho e escreveu furiosamente por duas horas. Tinha ficado surpresa ao receber a carta de Valentina, pedindo ajuda e um convite a Toledo. Na verdade, não acreditara inteiramente que a mulher apareceria mesmo, mas um dia soou uma batida à porta, e lá estava ela em uma capa de viagem cobalto surpreendentemente elegante, com um único baú triste ao seu lado.

Elas fizeram uma arrecadação para Luzia entre os amigos de Quiteria, enviaram cartas e pedidos de provisões para o chefe da prisão, e consultaram padres e astrólogos sobre o que mais poderia ser feito. Quiteria não tinha governanta e achou que Valentina poderia reclamar, mas ela simplesmente pôs mãos à obra, lavando roupas, esfregando chãos e arranjando as páginas de Quiteria em pilhas organizadas que invariavelmente ficavam na ordem errada. Parecia precisar de ocupações, e Quiteria não se incomodava em ter ajuda. Nenhuma delas sabia cozinhar, então se viravam com refeições de pão queimado e sardinhas, subsistindo principalmente de bandejas de queijo e azeitonas, e muito vinho.

Uma noite, enquanto bebiam taças de *jerez*, Valentina tinha virado para ela e dito:

— Eu não sou atraente o bastante para corromper?

Quando conhecera Valentina em La Casilla, ela sentira que por baixo da expressão azeda e das joias parcas havia uma mulher esperando uma chance de viver. Desde o primeiro beijo, isso se provou verdade. Valentina tinha o coração de uma glutona e passara anos demais sobrevivendo com restos. Quiteria ficou chocada ao descobrir que, depois de anos de infâmia à busca de todo tipo de prazer, ela finalmente encontrara uma amante que conseguia acompanhar seu ritmo.

Agora, leu de novo as páginas que escrevera, deixando-as à parte com cuidado para que Valentina não pudesse desorganizá-las na tentativa de ajudar. Sua nova peça era mais complicada e mais ambiciosa do que qualquer coisa que já tentara antes. Ela só não tinha decidido o final. Quando estava satisfeita com a cena que escrevera para o personagem do guarda de prisão apaixonado, foi encontrar Valentina.

Valentina tinha acordado quando Quiteria deixou a cama delas para ir trabalhar. Tirou um tempo para preparar uma xícara de chocolate que esperava que restaurasse sua energia após uma noite insone e aliviasse a culpa que sentia por desfrutar de tamanha felicidade quando Luzia estava prestes a morrer. De alguma forma, ainda estava surpresa por esse dia ter chegado. Não sabia bem o que achava que iria impedi-lo, só não pensara que tal coisa realmente poderia acontecer.

Ela sabia que Luzia não precisaria mais de vestidos ou roupas de baixo novas, mas lavou-os mesmo assim, passando os punhos das mangas e os colarinhos com cuidado. Depois, ela e Quiteria caminharam até a Plaza de Zocodover. As ruas estavam lotadas de gente, as igrejas transbordando de penitentes. Eles rezavam com fervor especial naquela manhã, gratos por estarem a salvo do alcance da Inquisição e, pelo menos no momento, do purgatório e suas punições.

A procissão que serpenteou desde a prisão até San Vicente e a plaza começou com os carpinteiros e os pedreiros que ergueram o anfiteatro, os andaimes e os balcões. Entre eles estavam os vendedores de carvão e madeira que forneceram lenha para as piras que queimariam à meia-noite além dos muros da cidade. *Hidalgos* chegavam a cavalo, membros do conselho e embaixadores, pessoas de grande renome em carruagens douradas.

— Venha — disse Quiteria conforme se aproximavam da *plaza*. — Posso conseguir bons lugares para nós. Os inquisidores querem que todos contemplem seu poder.

Na verdade, o *auto de fé* tinha começado na noite anterior, quando os freis e capelães e padres se reuniram para cantar salmos e celebrar. De manhã, eles rezaram a missa, depois o desjejum foi servido a todos que tinham um papel a desempenhar na cerimônia, mesmo os condenados à morte. Valentina se perguntou se Luzia comeria ou se estava assustada demais.

Quando o rei apareceu acima deles, com o príncipe Filipe e a princesa Isabela, ela sentiu uma estranha decepção. Depois de todos os seus esforços e esperanças, lá estava ele com seus filhos, muito mais frágil do que ela imaginara.

— Ele é só um homem — comentou ela.

— O que esperava que fosse? — perguntou Quiteria.

Valentina não tinha certeza. Ele não era um santo, nem um padre, mas, de alguma forma, ela acreditara que estar em sua presença, ser fitada por ele, a mudaria, lhe daria valor, a transformaria de chumbo comum em algo que valeria a pena guardar.

Quiteria tinha avisado que o dia seria longo. Primeiro veio o horrível espetáculo da procissão, a multidão gritando para os penitentes em seus *sanbenitos* e gorros de cartão pontudos, seus pés descalços. Eles carregavam velas ou rosários e tinham cordas amarradas no pescoço, os nós indicando quantas chicotadas iam receber. A maioria usava amarelo com cordões vermelhos, mas os condenados à morte usavam *sanbenitos* pretos pintados com dragões e chamas. Só havia três deles. A distância era difícil ver suas feições, mas ela reconheceu Santángel por sua altura e Luzia pela falta dela. Como parecia pequena, parada naquele palco, enquanto o público vaiava e cuspia nela.

Valentina apertou o sachê de alecrim na manga. Para proteção.

Estou aqui, ela queria gritar. Sinto muito. Eu só queria um pouco de calor. Eu não sabia que tipo de fogo acenderia.

Outra missa se seguiu, então um sermão feito da plataforma. Só então eles começaram a ler as acusações e punições para crimes menores, como fornicação ou blasfêmia. Valentina teve que desviar os olhos quando os açoitamentos começaram.

Eles fizeram uma pausa para a refeição do meio-dia, e os inquisidores e o rei se retiraram enquanto o resto dos freis e capelães comia em mesas compridas.

Valentina e Quiteria compraram tortas das barracas. Ela achou que não teria apetite, mas o frio e o tédio a deixaram ávida por conforto. Não conseguia conciliar aquele espetáculo de piedade, aquela purgação de pecado, com a Espanha que conhecia. Mesmo em sua vida protegida, vira o suficiente de bebedeira, imprecações, fornicação e corrupção para saber que a vida era pecar. Acontecia ao redor de todos eles, uma maré constante de iniquidade.

Se ela mesma já tinha sido verdadeiramente devota, certamente não era mais. Ela não sabia o que buscava ao partir na estrada para Toledo, só que não podia passar outro dia com Marius, furiosa e envergonhada, e mais solitária do que jamais fora.

— Você já quis filhos? — perguntou ela a Quiteria.

— Eu tenho um filho. Ele mora com meu marido em Calahorra.

— Você tem um marido? — exclamou Valentina. Que homem conseguiria lidar com tal mulher?

— Era necessário. Ele é um homem doce. É bom com o garoto e me deixa cuidar da minha vida, contanto que eu retorne a cada poucos anos para dizer que o amo. Acho que sempre me faltou aquela coisa que me tornaria uma boa mãe.

— Eu teria gostado de ter filhos — disse Valentina. Ao menos, achava que sim. Sabendo como o mundo podia mudar rápido, como era cruel, ela estava menos segura disso agora.

— Não é tarde demais.

— Eu sou estéril.

— Marius é o único homem com quem você já fodeu?

— É claro!

— Então arranje um amante. Faça isso depressa e, se engravidar, diga ao marido que o filho é dele.

Valentina riu, então abafou o som. Apesar do tumulto ao redor dela, parecia errado rir, comer, pensar sobre o futuro na sombra do tribunal.

— Eu não saberia por onde começar.

— Eu posso ajudar com isso — disse Quiteria, e Valentina se virou para esconder o rubor.

Seria possível para ela ter um filho? Isso a amarraria a Marius de uma forma que ela não sabia bem se queria. Quando pensava em voltar para Madri, só sentia horror.

Depois de centenas de anos, se ainda restavam tantos pecadores, o que a Inquisição tinha realizado? Eles podiam eliminar judeus e muçulmanos e erasmistas e *alumbrados*, mas o que sobrava? A máquina tinha sido construída para consumir heresia e impiedade, então simplesmente continuaria encontrando heresia e impiedade para se alimentar? A alma de Valentina certamente não fora salva. As ameaças do vicário não a tornaram boa, só assustada – e não com o purgatório. Todo aquele espetáculo, toda aquela infelicidade, e ela não temia o inferno mais do que ficar trancada numa casa com seu marido.

— É hora de voltar — disse Quiteria. — Eles vão ler o resto das sentenças.

Mesmo os prisioneiros que tinham escapado das mãos da Inquisição ou tinham morrido na prisão tiveram suas acusações lidas. Pequenas figuras de cartão foram trazidas e colocadas em jaulas, e crianças jogavam pedras nelas. Baús pintados com chamas e demônios foram colocados ao seu lado, cheios dos ossos daqueles que foram sentenciados após a morte e exumados de suas covas. Eles seriam queimados à meia-noite também.

— Costumava ser pior — disse Quiteria. — Houve uma época em que os condenados eram açoitados através das ruas. Não gosto de ver coisas sofrerem.

Há diferentes tipos de sofrimento, pensou Valentina. O tipo que toma você de surpresa e o tipo com o qual se vive por tanto tempo que você para de notar.

O dia se arrastou, sentença após sentença, pessoas espancadas ou mandadas para o serviço em galeras ou o confinamento em prisões ou monastérios. Elas confessavam, elas se arrependiam. Algumas foram exiladas. Por fim, era hora dos hereges e muçulmanos e judeus secretos que seriam banidos ou exilados. A luz esvanecia, como se o sol, assim como a plateia, tivesse ficado entediado e desejasse trocar aquela visão horrenda por entretenimentos mais felizes.

— O mundo é um lugar solitário — disse Valentina.

— Eu sempre achei que fosse um lugar bastante alegre — disse Quiteria. — Embora, em dias assim, possa ser difícil se lembrar disso.

Porque você é linda e charmosa e talentosa, pensou Valentina, mas não disse.

Talvez fosse por isso que ela tivesse vindo, que tivesse lavado as roupas de Luzia, que tivesse vendido os livros de Marius para pagar por rações melhores na prisão, por isso que, quando tudo aquilo acabasse, ela se juntaria à multidão além dos muros da cidade, por isso que não daria as costas quando as piras fossem acesas. Tinha levado anos e circunstâncias estranhas, mas ela entendia agora que ela e Luzia eram solitárias de uma forma que só os menosprezados podiam ser.

Ela lamentava ter feito sua criada realizar *milagritos*. Lamentava ter batido nela e a chamado de estúpida. Principalmente, lamentava o fato de que, quando chegasse a meia-noite e as fogueiras ardessem, Luzia morreria e o mundo ficaria ainda mais solitário.

Capítulo 54

Depois de tantos anos recusando-se a morrer, Santángel tinha certeza de que teria medo de enfrentar a hora de sua mortalidade. Mas não sentia o menor impulso de chorar ou gritar. Vira o suficiente do mundo. Sem Luzia ao seu lado, não tinha vontade de ver mais.

As humilhações tinham acabado, os açoitamentos e as recriminações. Normalmente os prisioneiros homens e mulheres eram mantidos separados, mas, como só havia alguns deles enfrentando a pira naquela noite, não importava: só Luzia, Santángel, um velho pirata flamengo que tinha sido amordaçado para não cuspir calúnias anabatistas, alguns baús cheios de ossos e uma pilha de efígies de papel para arder no lugar de prisioneiros que morreram na prisão ou fugiram para países onde o tribunal não podia alcançá-los.

As velas tinham sido levadas e suas cordas removidas, junto com seus gorros absurdos. O tribunal não podia derramar sangue, e execuções eram proibidas em solo sagrado, então eles seriam entregues às autoridades municipais para serem assassinados. Santángel pensou que seriam obrigados a andar de burro – outro gesto de humilhação que a Inquisição gostava de empregar. Em vez disso, ele, Luzia e o pirata foram levados descalços por baixo da Puerta de Bisagra, através dos muros da cidade, e até o *quemadero*. Boa parte da multidão foi com eles. Alguns caminhavam em silêncio. Alguns rezavam. Alguns estavam bêbados e riam e vaiavam.

Na noite anterior, quando Luzia fora até ele em sua cela, ele dissera que não estava triste por morrer. Teria aceitado mais algumas centenas de anos de bom grado, mas lamentava quão pouca vida ela pudera tomar para si.

— Sinto muito por todas as coisas que você nunca verá.

Luzia tinha rido.

— Eu sinto muito por todas as pessoas que nunca vão me conhecer.

— Como pode estar tão alegre?

— Eu não faço promessa alguma, Santángel. Só sei que, quando estávamos naquela câmara de audiências diante do tribunal, vi um caminho à minha frente. Não sei se ele leva ao céu ou ao inferno, mas só há um modo de descobrir.

— O que você pretende fazer?

— Se eu vou morrer, planejo rasgar um buraco no mundo ao deixá-lo.

Magia selvagem. Magia verdadeira. Do tipo que quase a matara. O que havia para temer agora?

— Ainda há tempo para fugir — murmurou ele enquanto subiam no palco. Ela podia cantar e soltar as amarras deles facilmente, escondê-los na escuridão.

— Aonde eu for, eles vão me seguir. E eu ainda tenho trabalho para fazer aqui. Reze por mim — disse ela. — Reze por nós dois.

Ele não sabia se ainda se lembrava de como fazer isso.

Carvão e lenha tinham sido empilhados no alto sob a plataforma e em cima dela. Seus *sanbenitos* foram tirados para serem pendurados em igrejas, lembretes para os paroquianos do poder da Inquisição. Ele se obrigou a assistir enquanto ela era amarrada a uma estaca. Um dos homens do *alguacil* amarrou uma mordaça na boca dela.

— O que está fazendo? — perguntou Santángel.

O *cuadrillero* o ignorou. Será que Víctor sugerira isso? Temia o milagre que ela poderia fazer nos seus momentos finais? Ele podia ver o medo nos olhos de Luzia, mas não sabia como tranquilizá-la.

Santángel foi o segundo a ser amarrado.

Cada momento parecia rápido demais, como se ele já tivesse perdido suas amarras ao mundo. Tantos anos, tanta vida vivida, e ele não deixaria ninguém enlutado.

Na multidão, viu Víctor e, ao lado dele, Fortún Donadei. Doña Beatriz não estava em lugar algum. Talvez tivesse voltado para o marido. Será que Víctor lamentaria quando Santángel morresse? Ainda não. Não até seus negócios vacilarem ou ele pisar num prego. Não até sentir a falta do que considerara uma certeza por tanto tempo.

Valentina Ordoño estava lá, mas não o marido. Ela acompanhava aquela dramaturga, em sua jaqueta de veludo carmesim. Na luz das chamas, parecia estar chorando.

O carrasco passou a tocha diante dos rostos deles, um por um.

— Sob que lei vocês morrem? — perguntou ele, dando-lhes uma chance de se arrepender e ser recompensados com uma morte rápida por estrangulamento. Mas Luzia dissera que não tomaria essa rota e ele também não deveria. Então ele morreria como ela.

O carrasco abaixou a tocha em cada um dos quatro cantos do palco. Não houve uma grande cerimônia. A hora para sermões tinha passado. Tudo que restava era o fogo.

Ele podia ouvir o estalar das chamas, sentir a fumaça já queimando seus olhos. Virou a cabeça e viu Luzia nua na pira, o queixo erguido alto. Ela encontrou seus olhos e ele teve a sensação estranha de que estava flutuando para cima da pira. Conforme a fumaça enchia seus pulmões, podia jurar que sentiu o aroma de flores de laranjeira.

Luzia sabia que Santángel estava com medo. Ela também estava. Mas logo aquilo acabaria e, de uma forma ou outra, ela estaria morta. Não haveria cova nem qualquer sinal de que ela já caminhara na terra, só um *sanbenito* pendurado em San Ginés e mais um nome nos registros da Inquisição.

Ela olhou para a multidão e sentiu um aperto no peito quando viu Valentina. Ela apertava o galho seco de alecrim na mão. Mantivera-o consigo durante aquele dia longo e horrível.

Ela podia abafar o fogo erguendo-se ao seu redor. Podia curar a si mesma e a Santángel. Podia fazer as árvores que margeavam aquele lugar amaldiçoado balançar, ou esmagar a multidão reunida para vê-los morrer.

Lá estava Víctor de Paredes, que matara Hualit, que mantivera Santángel como um animal domesticado, que pretendera fazer o mesmo com ela.

E lá, exatamente como prometido, estava Fortún Donadei, sua cruz dourada brilhando no peito como um farol sagrado.

Luzia sabia que ele nunca resistiria a aparecer ali, para partilhar do seu triunfo e da derrota dela. Tinha contado com ele para a violência do momento, e lhe daria um presente enquanto passava de um mundo ao próximo. Ele não era o pior dos homens ali, embora pudesse sofrer mais que todos os outros. Mas a vida não podia oferecer justiça, e ela também não.

Talvez nada acontecesse. Talvez sangue fosse derramado. Ou talvez houvesse um milagre que ninguém testemunharia.

As chamas pareciam estar sussurrando. A fumaça cheirava doce, como se saída de um fogão.

Respire fundo, Teoda dissera. *Se inalar fumaça suficiente nos pulmões, pode morrer antes que as chamas a alcancem.* Ela esperava que Teoda estivesse a salvo. Esperava que ela encontrasse a felicidade, e que seu anjo falasse apenas boas-novas. Esperava ver sua amiga de novo.

Luzia virou-se para Santángel através da fumaça que se erguia. Ele a observava com seus olhos peculiares. O calor já estava quase insuportável.

Ela podia sentir gostas de suor deslizando pelas coxas e entre os seios. Podia esperar, mas seu pânico crescia e ela precisava estar forte o suficiente para realizar aquela façanha.

Buscou as palavras que tinham começado aquela jornada: *Aboltar cazal, aboltar mazal*. Primeiro o pão refeito, depois o vestido, depois a taça. Destruído e restaurado.

Ela podia sentir o terror puxando a canção dentro dela, tentando mudar sua forma. O poder queria segui-la. Dessa vez, ela permitiu que o fizesse. Se desejava ser perigoso, ser incontrolável, ficar maior e mais terrível do que deveria ser, quem era ela para ficar no caminho de sua ambição?

Luzia fixou os olhos em Donadei, em seu rosto convencido, e na esmeralda verde e gorda no centro de sua cruz dourada, a cruz a que ele levava a mão sempre que buscava uma grande magia. A única joia que não tinha sido alterada pelo *refrán* dela no terceiro desafio, que não tinha se tornado um escaravelho ou aranha ou outra coisa rastejante. Quando ele aparecera na câmara de audiência para denunciá-la, quando ela vira aquela esmeralda tão grande e perfeita quanto tinha sido no lago, ouvira a voz de Santángel na cabeça. *Um tipo de pedra, um talismã. Eles eram raros e usados para concentrar as habilidades de um sábio. Esses feitiços eram de tamanho poder que rachavam a pedra com uma única tentativa.*

Ela ouvira a voz da mãe também, nomeando as constelações. *Nada é apenas uma coisa.*

O aroma de flores de laranjeira encheu suas narinas. Ela podia sentir a força de Santángel, o poder que viera ao encontro do dela naquele dia na rua da tia, e a influência dele, a sorte que poderia proteger Víctor de Paredes naquele momento, que poderia ajudar a salvá-los também.

O cenho de Víctor estava franzido, sua boca apertada numa linha petulante. Ela não tinha dúvida de que ele era o motivo para a mordaça que ela usava. Ou talvez fosse Donadei que tivesse sugerido. Mas eles deveriam saber que ela não precisava da voz, só das palavras que Hualit lhe dera, espanhol remoldado com o martelo do exílio. Ela cantara ao redor da própria língua ensanguentada para se curar, e cantou de novo agora, encontrando as letras, exatamente como Santángel lhe ensinara, douradas no escuro.

Aboltar cazal, aboltar mazal.

A canção fluiu através dela uma última vez, rachando, mudando, rasgando o mundo.

Uma mudança de cena. Uma mudança de sorte.

Capítulo 55

Naquela noite, à sombra da Puerta de Bisagra, não longe do fluxo do rio Tagus, os traidores Guillén Santángel e Luzia Cotado morreram por ordem da Inquisição, junto com um pirata flamengo conhecido apenas como Pleunis. Eles foram consumidos pelas chamas terrenas e seguiram para a danação eterna, para queimar repetidamente nos fogos do inferno.

Pelo menos essas foram as palavras ditas por frei Diego, o confessor real, ao seu rei. Se havia rumores de que nenhum resto mortal foi encontrado nas cinzas, então isso seria considerado mais uma prova de que eles eram criaturas do diabo, não mortais, apenas ilusões em corpos corrompidos.

Tais rumores nunca alcançaram o rei, que morria atrás das paredes de El Escorial, a gota queimando através dele. Ele não conseguia encontrar uma posição confortável para descansar.

Filipe ouvira o que aquela gárgula, Teoda Halcón, tinha previsto, mas tinha decidido que sua própria morte seria boa. Ele não imploraria com Deus nem cederia a seu sofrimento. Mostraria ao mundo como um grande homem ia até o paraíso. Chamou seu confessor e seus irmãos e os fez trazerem seus preciosos relicários, apertando os ossos dos santos contra os lábios. Buscou conforto e encontrou pouco, embora se maravilhasse com o aroma de flores de laranjeira que cada relíquia santa parecia emanar. *Certamente*, ele disse a si mesmo, enquanto chorava pela Espanha e por uma solidão que não sabia nomear, *isso significava alguma coisa*.

Doña Valentina voltou a Madri após a execução, mas se recusou a receber Marius em sua cama. Em vez disso, convidou Quiteria Escárcega para ficar em casa, junto com seus exuberantes amigos artistas. A cozinheira se demitiu, mas Valentina não pareceu se importar. Contratou uma nova do orfanato, que Quiteria ensinou a ler e escrever, e que tinha um grande talento com molhos. Eles encheram os cômodos com cantores e atores, artistas e poetas. Realizaram uma cerimônia no velho quarto de Luzia, sobre o local onde o guarda-costas tinha morrido. Lavaram o piso com açúcar e beberam água fervida com arruda. Alegaram que os espíritos tinham sido apaziguados e que grande arte seria criada na casa. Riam constantemente de piadas que Marius não entendia.

Quando não aguentava mais, ele fugiu para o campo, onde podia montar seus cavalos e reclamar de suas míseras oliveiras escassas, que ainda não davam frutos. Valentina nunca gerou um filho, mas teve muitas filhas, que vinham de toda a Espanha até a casa da Calle de Dos Santos em busca de santuário.

Fortún Donadei não dormiu bem naquela noite, nem em nenhuma noite subsequente. Depois da execução, seus grandes poderes pareceram abandoná-lo. Ele ainda podia cantar lindamente e erguer uma melodia triste ou alegre na *vihuela*, até conseguia invocar a ilusão ocasional para entreter convidados, mas não haveria mais galeões ou pássaros canoros ou sombras que obedeciam a suas ordens. Seu novo patrão exigia explicações, mas ele tinha pouco a oferecer.

— Por que nunca usa sua cruz dourada, Fortún? — perguntou Víctor. — Teve uma crise de fé?

Ele não podia contar a Don Víctor que a grande esmeralda no centro da cruz tinha rachado e por que isso era tão desastroso. A pedra que coletava e ampliava seus dons, que tornara tantos *milagritos* possíveis, tinha rachado no calor das chamas. Ele não sabia explicar, mas sentia que de alguma forma a culpa era de Luzia Cotado.

Então disse a seu patrão que se sentia mal, que tinha certeza de que suas habilidades retornariam. Don Víctor lhe assegurou que conhecia um homem sábio que podia restaurar seus talentos, lhe dar força e poder além de tudo que ele imaginava. Teriam que viajar longe para vê-lo, mas, no fim de sua jornada, além dos muros de uma cidade ao sul, eles fariam um pacto.

Víctor dissera a seu *milagrero* decepcionante que eles tinham uma viagem a fazer. Ele tinha o mapa e as instruções que Tello de Paredes escrevera na própria letra, e que tinha sido passado de um De Paredes ao seguinte por quase quinhentos anos. Contou a Donadei que partiriam logo, a qualquer dia. No entanto, toda manhã achava um novo motivo para adiar.

Ele temia deixar a esposa.

Temia viajar.

Temia as notícias que a próxima carta traria.

Quando sua esposa ficou grávida, ele experimentou um pavor tão vasto que não tinha modo de contê-lo. O medo era novo demais para ele, fresco demais, ilimitado demais.

Será diferente quando meu filho nascer, ele disse a si mesmo, mas, quando viu o filho recém-nascido em seu berço, seu medo só aumentou. Ele não conseguia pensar em nada além dos perigos que o mundo apresentava para qualquer coisa pequena ou indefesa. Temia correntes de ar. Temia o calor. Chamou médicos e consultou astrólogos. Suas propriedades foram sumindo, porque ele temia fazer uma escolha, caso fosse desafortunada.

Por fim, sua esposa o deixou.

— Encontre-me quando puder, eu esperarei você — prometeu ela, e voltou para a casa de seus pais ricos com o bebê nos braços.

Eu irei até ela, jurou Víctor. Amanhã.

Vamos viajar para a cidade ao sul e eu recuperarei meu vigor, disse ele a Donadei. Amanhã.

Ele morreu assim, sozinho na cama, com medo de partir, com medo de ficar, com medo de sussurrar qualquer coisa exceto "amanhã".

Nas primeiras horas da manhã, em um quarto barato em uma estalagem decadente, em um bairro de reputação questionável em Valência, um jovem casal esperava o sol nascer.

Em algum momento por volta da meia-noite, três pessoas tinham aparecido em uma rua perto do porto, nuas e cobertas de fuligem. Uma delas, um pirata flamengo que de alguma forma ganhara uma segunda vida, não questionou sua sorte. Tirou a mordaça da boca e, sem dizer nada, fugiu na noite.

Os outros dois se banharam com água salgada e se vestiram com roupas tiradas de um varal que a mulher multiplicou com algumas palavras sussurradas. Eles não tinham dinheiro, mas o homem de cabelo cor de gelo tinha conexões entre os foras da lei e ladrões em toda cidade portuária.

Agora eles estavam deitados juntos sobre as cobertas, a porta trancada, as mãos apertadas, testa contra testa.

— Se você for a última coisa que eu vir — sussurrou ele —, tudo terá valido a pena.

Talvez ele tivesse dito mais, mas, quando os primeiros raios do sol brilharam através da janela, queimou até virar cinzas. Luzia sabia que o amor dela o destruiria.

Ela fechou os olhos e rezou em castelhano, em latim e no parco hebraico de que se lembrava. Depois falou em uma língua que era todas essas coisas e nenhuma delas, as palavras que usara para libertá-los. A única magia real que conhecia.

Ela inspirou, expirou, viu as cinzas voarem para longe sobre a cama, e então depois o corpo pálido dele estava estendido ao seu lado novamente, como uma taça quebrada que já fora restaurada.

— Perfeito — sussurrou quando ele voltou para ela na luz suave do amanhecer.

Ninguém os perseguia. Ninguém sabia que estavam vivos. Luzia esperara até o último segundo para jogar suas palavras nas chamas. Eles tinham que morrer, para nunca poderem ser caçados de novo.

Ele comprou passagem para os dois num navio com destino à Holanda.

Eles não envelheceram. Não mudaram. Viajaram o mundo mil vezes. Talvez ainda estejam viajando.

Cada cidade é nova para eles, cada costa é estranha. O tempo exerce esse efeito nos lugares, quando passa o suficiente. Um dia, eles abrem o portão para um jardim em um vilarejo desconhecido. Caminham entre laranjeiras de mãos dadas. Ambos pensam *Então, esse lugar é real*, jamais sabendo que ambos sonharam com esse momento.

Toda noite ela fecha bem as janelas para protegê-los contra o vento, e toda manhã ele morre e renasce ao lado dela. Ela lembra o coração dele de bater de novo, como fez tanto tempo antes. Ele beija os dedos dela e alisa seu cabelo, e a estima como só um homem que perdeu a sorte e a encontrou de novo é capaz.

Nota da autora

efranes são essenciais à língua ladina e um modo vital pelo qual essa língua sobrevive. É difícil saber precisamente onde e quando tais ditos se originaram, mas é improvável que esses *refranes* tenham existido dessa forma particular, nessa era particular. Eles cruzaram oceanos e quilômetros para encontrar Luzia, e achei aceitável deixá-los cruzar o tempo também.

Em nome da necessidade dramática, alterei as datas e algumas das circunstâncias do aprisionamento de Lucrecia de León pela Inquisição, assim como a queda da graça de Antonio Pérez e sua fuga subsequente da Espanha. Ele escapou da prisão diversas vezes – e acreditava que a habilidade de fazê-lo estava prevista em suas estrelas. Acabou na Inglaterra, onde se acredita que inspirou o personagem (e a caricatura) de Don Adriano de Armado em *Trabalhos de amor perdidos*, de Shakespeare. Suas propriedades foram confiscadas pela Coroa espanhola e La Casilla se tornou um convento.

Agradecimentos

Na Flatiron Books e Macmillan: agradeço muito à minha editora, Megan Lynch, que me guiou através desse novo território com gentileza e perspicácia. Também agradeço a Bob Miller por dar uma casa a este livro, a Kukuwa Ashun, Keith Hayes, Kelly Gatesman, Katherine Turro, Maris Tasaka, Erin Gordon, Nancy Trypuc, Cat Kenney, Marlena Bittner, Emily Walters, Morgan Mitchell, Vincent Stanley, Peter Richardson, Donna Noetzel, Elizabeth Hubbard, Malati Chavali, Louis Grilli, Meaghan Leahy, Patricia Doherty, Brad Wood, Jenn Gonzalez, e todo o nosso incrível time de vendas, que fizeram tanto pelos meus livros e por mim. Como sempre, agradeço a Jon Yaged pela magia muito real deste trabalho.

No Reino Unido: muito obrigada ao meu time da Viking-PRH, e a Harriet Burton e Vikki Moynes por darem esse salto comigo.

Na New Leaf: sou profundamente grata a Lindsay Howard, Keifer Ludwig, Tracy Williams, Jenniea Carter, Goddezz Figueroa, Hilary Pecheone, Eileen Lalley, Joe Volpe, Alaina Mauro, Kim Rogers, Donna Yee, Gabby Benjamin, o durão e gracioso Jordan Hill por repetidamente me impedir de cair, e Joanna Volpe – minha arruda e meu alecrim contra o mau-olhado. Obrigada por manterem a fé.

Muitas pessoas me ajudaram a construir o mundo de Luzia e Santángel. Gostaria de agradecer a Robin Kello, assistente de pesquisa que respondeu a muitas perguntas peculiares com paciência e criatividade; a Javier Castro-Ibaseta, que foi gentil o suficiente para ler este manuscrito em uma versão anterior; a Robin Wasserman, que me ajudou a entender a visão da magia e da ciência da Renascença; a David Peterson, que me ajudou com o médio egípcio; ao Stroum Center for Jewish Studies da Universidade de Washington e sua coleção digital de estudos sefarditas, à professora Canan Bolel por sua tradução da dedicatória deste livro ao ladino, e a muitas pessoas que buscam preservar o ladino e seus *refranes*, incluindo Lela Abravanel, Ladino Uprising/Living in Ladino, Sefardiweb, eSefarad.com e Michael Castro.

Alguns dos livros e artigos que mais ajudaram minha pesquisa incluem: *From Madrid to Purgatory: The Art & Craft of Dying in Sixteenth-Century Spain*, de Carlos M. N. Eire; *Power and Gender in Renaissance Spain: Eight Women of the Mendoza Family, 1490–1650*, editado por Helen Nader; *The Jews of Spain: A History of the Sephardic Experience*, de Jane S. Gerber; *The Spanish Inquisition: A Historical Revision*, de Henry Kamen; *Secret Jews: The Complex Identity of Crypto-Jews and Crypto-Judaism*, de Juan Marcos Bejarano Gutierrez; *To Embody the Marvelous: The Making of Illusions in Early Modern Spain*, de Esther Fernández; *Speaking of Spain: The Evolution of Race and Nation in the Hispanic World*, de Antonio Feros; *Imprudent King: A New Life of Philip II*, de Geoffrey Parker; *Daily Life in Spain in the Golden Age*, de Marcelin Defourneaux; *Daily Life During the Spanish Inquisition*, de James M. Anderson; *Inquisition and Society in the Kingdom of Valencia, 1478–1834*, de Stephen Haliczer; *In Spanish Prisons: The Inquisition at Home and Abroad*, de Arthur Griffiths; *At the First Table: Food and Social Identity in Early Modern Spain*, de Jodi Campbell; *Picatrix: A Medieval Treatise on Astral Magic*, traduzido e com introdução de Dan Attrell and David Porreca; *Trezoro Sefaradi: Folklor de la Famiya Djudiya*, de Beki Bardavid e Fani Ender; *Ritual Medical Lore of Sephardic Women: Sweetening the Spirits, Healing the Sick*, de Isaac Jack Lévy e Rosemary Lévy Zumwalt; "A Conversation in Proverbs: Judeo-Spanish Refranes in Context", de Isaac Jack Lévy e Lévy Zumwalt, como publicado na *New Horizons in Sephardic Studies*; *Lucrecia's Dreams: Politics and Prophecy in Sixteenth-Century Spain*, de Richard L. Kagan; *Lucrecia the Dreamer: Prophecy, Cognitive Science, and the Spanish Inquisition*, de Kelly Bulkeley; *The Inquisition Trial of Jerónimo de Rojas, a Morisco of Toledo (1601-1603)*, de Mercedes García-Arenal e Rafael Benítez Sánchez-Blanco, publicado como parte de *Heterodoxia Iberica*; "Lelio Orsi, Antonio Pérez and 'The Minotaur Before a Broken Labyrinth'", de Rhoda Eitel-Porter, como publicado na *Print Quarterly*; e "The Collection of Antonio Pérez, Secretary of State to Philip II", de Angela Delaforce, como publicado em *The Burlington Magazine*.

Em Los Angeles: Morgan Fahey (que me ajudou a encontrar Robin Kello), James Freeman, Adrienne Erickson, Gretchen McNeil, Michelle Chihara, Sarah Mesle, Kristen Kittscher, Robin Benway, Rachael Martin, Robyn Bacon, e Ziggy, que contará suas próprias histórias maravilhosas um dia. Agradeço muito a Christine, Sam, Emily e Ryan Alameddine por serem os melhores e pela ajuda com o árabe. Amor e agradecimentos a minha mãe, que era de longe a pessoa mais empolgada para ver esta história sendo contada; a Freddy, por cochilar ao meu lado enquanto eu trabalhava; e a E, que sempre sabe as palavras certas para me restaurar.

Por toda parte: obrigada a Zoraida Cordova, Susan Dennard, Alex Bracken, Rainbow Rowell, Gamynne Guillote, Michael Fernandez e Ludovico Ainaudi, cuja música guia todo rascunho. Agradecimentos infinitos a Kelly Link, Holly Black e Sarah Rees Brennan por lerem os primeiros rascunhos deste livro.

Alguns dos meus ancestrais fugiram da Espanha durante a expulsão de 1492. Alguns permaneceram lá por um tempo, mas, por fim, foram obrigados ao exílio. Meu agradecimento final é para os fantasmas que me fizeram companhia ao longo da escrita deste livro.

**Acreditamos
nos livros**

Este livro foi composto em Karol e Gandur
New e impresso pela Geográfica para a Editora
Planeta do Brasil em fevereiro de 2025.